MORTE DI NATALE

UNA RACCOLTA DI RACCONTI DELL'ORRORE NATALIZI

MARK L'ESTRANGE

Traduzione di
LUISA ERCOLANO

Dedica: A Gavin. Hai lasciato un vuoto enorme nei nostri cuori.

Dormi bene, ometto.

MOSTRICIATTOLI

Ogni viglia di Natale ha il suo rituale.

A casa nostra, di regola, i miei figli avere uno spuntino di mezzanotte, se fossero stati ancora svegli all'ora delle streghe. Controllai l'orologio, mentre mi asciugavo le mani in bagno; erano le 23.55 quando vidi i miei due figli maggiori strisciare sul pianerottolo verso di me.

Uscii sul pianerottolo e mi accovacciai davanti a loro. Adam, il mio primogenito, aveva otto anni; alto e magro, stava già sviluppando le spalle larghe di un nuotatore. Charlotte, sua sorella, aveva appena compiuto sei anni e, in qualità di donnina di casa, prendeva molto sul serio il suo compito di badare a noi.

"Che ci fate già in piedi, voi due?", chiesi, arruffando i capelli ad Adam e strizzando il naso a Charlotte.

Charlotte si fece indietro, ridacchiando. "Abbiamo fame, papà", disse, la voce appena più alta di un bisbiglio. Avevo insegnato ai miei bambini fin da piccoli a tenere la voce bassa quando avevo ospiti.

"Moriamo di fame", rimarcò Adam, quasi lagnandosi.

Risi. "Morite di fame, eh?" punzecchiai giocosamente i loro pancini. "Come se non vi avessero mai dato da mangiare?"

Mi guardarono, imploranti.

In quel momento, vidi la più piccola che trotterellava dietro di loro. Melody aveva quasi due anni e ancora non era molto stabile, quando camminava. Schivò i fratelli, usandoli per sorreggersi, prima di cercare di superarmi. La presi per la vita e sollevai il suo corpicino agitato fra le braccia, alzandomi in piedi.

Un padre non può fare preferenze! Su quello non accettavo compromessi. Amavo i miei figli allo stesso modo, ma c'era qualcosa di speciale nella mia piccola Melody. Dalla prima volta che aveva aperto i suoi penetranti occhi blu e mi aveva guardato sorridente, avevo sentito quel dolore lancinante che tutti i padri provano quando, per la prima volta, la loro figlia lascia il nido.

Naturalmente sapevo che ci sarebbero voluti ancora molti anni prima di quel giorno, ma indipendentemente da quanto sembrasse irrazionale, lei mi mancava già.

Mentre le guardavo il visino angelico, con i capelli nerissimi lunghi fino alle spalle che lo incorniciavano perfettamente, sentii di nuovo il mio cuore sprofondare. Anche se sua madre era stata di una bellezza rara, trovavo ancora incredibile che un angioletto così perfettamente formato potesse essere stato prodotto dai miei lombi.

Rendendosi conto che i suoi sforzi erano inutili, Melody smise di agitarsi. Mi guardò con quegli occhi blu da spaccarmi il cuore, e iniziò a sfregarsi il pancino con la mano in senso orario. Sapevo che questo era il suo modo di dirmi che aveva fame.

"Gnam, papà", bisbigliò, con la sua vocina da bimba.

Le baciai piano il naso e la passai a suo fratello. "Ok", dissi, "lasciate che papà si occupi della sua ospite, poi potete mangiare".

Gli si accesero gli occhi alle mie parole. Risi fra me; un estraneo avrebbe pensato che non davo loro da mangiare. Mi portai un dito alle labbra per ricordare loro di fare silenzio, poi scesi le scale, facendo attenzione ad evitare il quarto gradino dal basso - così come avevo fatto salendo - perché scricchiolava.

Dietro di me, sentii i bambini fermarsi in cima alle scale in attesa delle mie istruzioni. Li guardai e feci loro l'occhiolino. Adam aveva la sorellina sulle ginocchia, e la faceva saltellare per intrattenerla. Charlotte sedeva accanto a lui, e tutti e tre mi guardavano attentamente.

Raggiunsi il salotto, e lì, accoccolata sul tappeto davanti al camino, c'era la donna che avevo rimorchiato al club quella sera. Si mosse e gemette piano, tirandosi il piumone sul corpo nudo.

Nel farlo, si scoprì i piedi. Sbucarono per un attimo le dita dalla pedicure perfetta, prima che, nel sonno, le rimettesse al caldo.

Mi fermai accanto al camino e la guardai. Era bella. Lunghi capelli biondi, che all'inizio della serata la facevano sembrare appena uscita da una pubblicità, ora le ricadevano sugli zigomi alti, spettinati come succede solo dopo il sesso. Ma anche così, non toglievano nulla ai suoi tratti bellissimi - che schianto.

Dopo un po', tirai via con cura il piumone per scoprire il suo corpo nudo. La sua pelle perfetta e senza macchie splendeva radiosa alla luce del camino. Ci fu un mormorio di protesta quando, tirata fuori dal suo bozzolo, perse calore, prima di rannicchiarsi in posizione fetale.

Mi inginocchiai accanto a lei e iniziai ad accarezzarle piano i capelli.

Con un lieve gemito si voltò verso di me e, con occhi assonnati, mi sorrise con calore. Schiuse appena le labbra e se le leccò, inumidendole abbastanza da renderle lucide.

Allungò una mano e cercò di attirarmi a sé. Fu così difficile resistere.

Con consumata abilità presi il coltello da sotto il divano e, con un unico movimento, le aprii la gola!

Lei sgranò gli occhi, un misto di terrore e confusione sul viso.

Cercò di parlare, aprendo e chiudendo la bocca senza emettere suono. Cercò di alzarsi, una mano che copriva lo squarcio sul collo attraverso cui pompava il sangue, e con l'altra cercava di spingere contro il pavimento per sollevarsi, ma fu tutto inutile.

Lo spruzzo arterioso di sangue schizzò sulle pietre intorno al caminetto, prima di affievolirsi e diventare uno schizzo sporadico dalla ferita aperta. Si accasciò, mentre le ultime forze la abbandonavano, poi giacque immobile.

La guardai un attimo ancora, poi tirai via del tutto il piumone. Fui compiaciuto nel notare che si era quasi salvato completamente dal sangue. Non potevo dire lo stesso per il tappeto, che ora era quasi del tutto rosso e non più del bianco originale. Quello era da buttare!

Con la punta del coltello, la aprii dalla gola all'inguine, rivelando gli organi interni, ora a bagno in quel che restava del suo sangue.

Raggiunsi la porta e mi voltai per guardare i miei bambini. Gli occhi luminosi erano pieni di impazienza, mentre mi guardavano leccandosi le labbra.

"Andiamo, mostriciattoli," sorrisi. "È pronto!"

LA CENA È SERVITA!

L'impazienza di Simon cominciò a crescere quando vide il cartello:

Hill House

1 miglio.

Con una mano sul volante della sua MG modificata, rovistò nel vano della portiera cercando lo spray per l'alito. Se ne spremette due spruzzi in bocca, facendo una smorfia al sapore forte. Voleva essere sicuro di essere al meglio, nel caso Serena aprisse la porta di persona... con un bacio di Natale!

Ancora non riusciva a credere alla fortuna di essere stato invitato alla sua festa di Natale. Era indubbiamente la donna più bella che avesse mai incontrato. E lui le piaceva. Doveva piacerle, altrimenti perché invitarlo alla sua festa esclusiva, avendolo incontrato per la prima volta quella sera?

A pensarci bene, era stato per un incontro fortuito agli ascensori al lavoro quella sera, che la sua collega Sarah aveva avuto l'opportunità di chiedergli di accompagnarla nel vicolo accanto all'ufficio, fino alla macchina della cugina. All'inizio, era stato riluttante. Dopo tutto, era la

Vigilia di Natale, e lui non vedeva l'ora di incontrarsi con gli amici al pub prima che si affollasse.

A Simon non era mai piaciuta Sarah - era troppo scialba per un futuro dirigente come lui. Ma aveva un certo ascendente sul Direttore Generale. Da quando era stata portata in cima alla catena alimentare ed era diventata la sua Assistente Personale, Simon si era assicurato di prestarle un po' più di attenzione. Anche se non troppa! Non voleva che lei credesse di piacergli. Però, pensò che non gli avrebbe fatto male fare la parte del cavaliere, a meno che non diventasse un'abitudine.

Simon finse entusiasmo facendo conversazione con lei mentre aspettavano che sua cugina Serena arrivasse. E quando finalmente arrivò, Simon fu quasi steso - in più di un senso. La Mini rossa arrivò stridendo contro il marciapiede, a una velocità tale che Simon dovette saltare sul bordo prima di essere investito. Era pronto a dirne quattro al guidatore... finché Serena non uscì da dietro il volante!

Era bassa, Simon stimò intorno al metro e mezzo, ma era bella da far girare la testa. Aveva i capelli neri e lunghi, tirati indietro. La pelle, pallida come il latte, faceva un contrasto perfetto con le labbra color rubino. Aveva gli occhi di un blu scurissimo, come zaffiri caduti nella neve. Il suo sguardo gli perforava l'anima. Sotto la giacca di pelle che le arrivava alla vita, Simon poteva scorgere una camicetta scollata cremisi, che rivelava abbastanza da essere sexy senza essere volgare. Sotto la camicia, portava dei jeans attillati, infilati in stivali neri al ginocchio.

Simon scrutò Serena da cima a fondo. Prima che potesse impedirselo, sussultò. Quando riportò gli occhi sul suo viso, lei sorrideva. Simon si sentì avvampare; odiava quando succedeva, ma era troppo tardi. Sperò che alla luce fioca del lampione Serena non se ne accorgesse.

Sarah, accanto a lui, invece, se ne accorse.

"Simon, vorrei presentarti mia cugina, Serena".

Prima che Simon potesse ricomporsi, Serena fece un passo avanti, la mano protesa.

. . .

"Piacere di conoscerti, Simon. Mi dispiace molto", indicò l'auto alle sue spalle. "Un giorno o l'altro finirò in qualche guaio per come guido".

Simon le prese la mano pallida e morbida nella sua. Era fredda nell'aria gelida della notte. Guardò le unghie smaltate di rosso mentre si portava la mano verso il viso.

"Incantato", disse, facendo del proprio meglio per sembrare sofisticato. Lasciò che per un attimo le labbra gli indugiassero sulla pelle perfetta di Serena.

"Oh", sospirò Serena, guardando la cugina. "Non mi avevi detto di conoscere un vero gentiluomo".

"Io e Simon lavoriamo insieme", replicò Sarah. "È destinato a grandi cose, o almeno così mi fanno credere".

Serena guardò Simon con approvazione. "Be', di certo così pare", si voltò di nuovo verso la cugina. "Perché non l'hai invitato alla mia festa di Natale? Sai che ho bisogno di un accompagnatore".

Serena si voltò di nuovo verso Simon. Avvicinandosi, gli spolverò via dalla spalla dei capelli inesistenti. Gli occhi di Simon seguirono la sua mano. "E dei veri gentiluomini sono difficili da trovare".

Quando Simon si voltò, Serena gli era così vicina che poteva quasi sentire i loro nasi toccarsi. Dovette combattere l'urgenza irresistibile di baciarla. Era così vicina che il movimento si sarebbe notato appena, e il pensiero di cosa ci fosse dietro quelle labbra color rubino lo stava facendo impazzire.

Ma con Sarah così vicina, sentiva di dover resistere.

La sua mente andò su di giri.

Era una trappola?

Se avesse abboccato e avesse provato a baciarla, Serena lo avrebbe allontanato?

Immaginò le due ragazze a ridere di lui per aver pensato, anche solo per un attimo, che una bellezza rara come Serena avrebbe lasciato che un sudicio deliquentello come lui baciasse quei sentieri per il paradiso, sensuali, imbronciati e color rubino.

Sarah aveva organizzato questa piccola farsa con la cugina come vendetta per qualche offesa passata commessa da Simon?

Ci pensò, ma non riuscì a immaginare un tale insulto. Ma forse, all'epoca, non se ne era accorto. Dopo tutto, prima che Sarah diventasse l'assistente personale del direttore generale, l'aveva a mala pena considerata, quando si incrociavano in corridoio.

Quell'attimo, per Simon, sembrò durare una vita di agonia.

Erano così vicini, ma si costrinse a non avvicinarsi.

Se lo avesse fatto Serena, sarebbe stato diverso... ma non lo fece.

Dopo qualche altro secondo, Serena fece un passo indietro.

Non era certo, ma Simon sentì di aver scorto un barlume di delusione sul suo viso.

Il momento era passato, per sempre.

Dannazione! Dannazione! Dannazione!

Serena sorrise. "Verrai, vero?"

"Oh, sì", balbettò Simon. "Mi farebbe piacere. Dimmi solo dove e quando".

Era consapevole di quanto suonasse pateticamente entusiasta, ma in quel momento non gli importava. Trasse conforto dal fatto che avrebbe avuto molto tempo per ricomporsi nel tragitto verso casa di Serena.

Sarah prese carta e penna dalla borsa. Appoggiata al tettuccio della macchina, iniziò a scribacchiare.

Passò il foglio a Simon.

"Non puoi sbagliare, dritto per la Old Forge Road fuori città, poi sempre dritto per tre miglia. All'incrocio, gira a sinistra, poi segui le indicazioni per Hill House".

Sarah aprì lo sportello del passeggero. Entrando in auto, disse "Ho scritto il mio numero di cellulare sul retro, nel caso ti perda".

Simon controllò i dettagli sul foglio che Sarah gli aveva dato.

"Non vedo l'ora", disse Serena, dando a Simon un'altra occhiata. "Non metterci troppo, il divertimento inizia verso le nove". Piegò appena la testa di lato, i lunghi capelli scuri che le scendevano sulla spalla e sul collo. "E avrò bisogno del mio accompagnatore quando farò il mio ingresso".

Serena si voltò di nuovo verso l'auto.

Simon schizzò in avanti, rifiutandosi di perdere l'occasione. Mise la mano su quella di Serena sulla maniglia dello sportello.

"Permettimi".

Serena gli sfiorò la guancia con le labbra.

"Un vero gentiluomo", sospirò. "Sarai un'aggiunta perfetta alla mia piccola riunione".

Mentre l'auto si allontanava, Simon sentì una pugnalata al petto, che non si affievolì.

Corse a casa. Fece una doccia, si cambiò, indossando il suo completo migliore, mise la colonia più costosa - quella che conservava per quando aveva la certezza di concludere. Si controllò almeno mezza dozzina di volte allo specchio prima di andarsene.

Le indicazioni di Sarah erano piuttosto semplici.

Simon controllò l'ora sull'orologio dell'auto; erano le 20.45.

Era presto per i suoi standard sulle feste, ma l'insistenza di Serena che lui fosse lì, presente "COME SUO ACCOMPAGNATORE" significava che non poteva permettersi di essere in ritardo nemmeno di un secondo.

Nonostante Simon avesse vissuto in città per la maggior parte della sua vita adulta, non si era mai avventurato per quella strada. Aveva sempre supposto che quella svolta portasse solo ad un altro bosco. E, dato che quelle erano le condizioni della strada sotto i suoi pneumatici, era certo di aver svoltato nel posto sbagliato. Decise di fermarsi e controllare le indicazioni di Sarah appena avesse trovato una radura.

L'auto sobbalzò sul terreno irregolare e, senza l'aiuto dell'illuminazione, Simon poteva misurare i propri progressi solo nella luce dei fari.

Poi la vegetazione intorno a lui si diradò e, in lontananza, riuscì a vedere le luci dalla casa.

Simon si fermò e guardò oltre il parabrezza, il motore al minimo.

Suppose che fosse il posto giusto, date le istruzioni.

Simon continuò a guidare, cauto.

Solo quando la proprietà fu completamente esposta poté notarne l'enormità, oltre che l'isolamento.

La casa sembrava più una villa con castello, che strizzava l'occhio a Stoker e Poe.

La porta d'ingresso era fatta completamente di quercia, e a Simon dava l'impressione che ci volesse più di una persona per spostarla. Le alte mura di pietra si allungava verso il cielo, e due alte torri, una ad ogni lato della struttura, sbucavano dal tetto di ardesia.

Con il vento che soffiava alle sue spalle attraverso il bosco, e una falce di luna sopra di lui, Simon sentì l'immediato desiderio di tornarsene dritto a casa.

Ma poi ricordò perché era lì. E cosa... o meglio chi... lo aspettava dietro quell'impressionante arco di legno. Per non parlare del paradiso che, ne era certo, sarebbe stato presto suo.

Le altre auto sul viale di ghiaia erano tutte Rolls Royce, Jaguar o auto sportive di vario tipo, con qualche Limousine sparsa.

Simon iniziò a sentirsi un po' fuori luogo, mentre accostava accanto a una di loro. Iniziò a chiedersi cosa Serena (o per lo meno i suoi genitori, dato che quella doveva essere una casa di famiglia), facessero per vivere.

Si sentì un po' a disagio, rendendosi conto di essere venuto a mani vuote.

Guardò l'orologio. Era troppo tardi per tornare in città.

Cavolo!

Un regalo ben scelto avrebbe potuto essere tutto quello che gli serviva per portare la bilancia a suo favore. Ma poi dedusse che, a giudicare dal comportamento di Serena, lei aveva già deciso che sarebbe stata sua... anche se solo per stanotte.

Simon trovò la corda del campanello, e la tirò. In pochi secondi, l'enorme porta di quercia venne tirata verso l'interno, e Simon si trovò davanti l'uomo più grosso che avesse mai visto.

La figura imponente guardò Simon per un attimo, poi si fece parte facendogli cenno di entrare.

Prima che Simon potesse dire perché si trovava lì, arrivò Sarah.

"Grazie, Blane", disse al portiere. "Ci penso io".

Fece un cenno a Simon.

"Seguimi".

Simon seguì Sarah in una grande sala baronale. Fu immediatamente sbalordito dalla maestosità del posto. Il pavimento, come la porta, era di quercia, intarsiato in quello che sembrava un decoro di mattoni.

Il tetto formava una cupola rettangolare, che a Simon ricordava il fondo di una barca, con le travi di legno che si incrociavano sul soffitto.

Le pareti erano ricoperte di arazzi e enormi dipinti ad olio. Erano per lo più paesaggi, con qualche ritratto di - Simon ipotizzò - parenti, insieme all'occasionale animaletto da compagnia.

L'intera stanza era decorata con gusto - anche se scarsamente, ad opinione di Simon - in verde, rosso e oro, con un enorme albero che dominava un angolo.

"Wow", fu tutto quello che riuscì a dire.

Sarah sorrise. "Ti toglie il fiato, la prima volta che vedi".

Simon si voltò verso di lei. "A chi appartiene tutto questo? Non dirmi a tua cugina".

"Be'", replicò Sarah, "per lo più alla famiglia, ma molto andrà a Serena, prima o poi. È l'ultima della sua dinastia, per così dire".

Simon si voltò verso di lei. "E tu?"

Sarah rise rumorosamente, facendo girare qualche testa verso di loro.

Si mise una mano sulla bocca per l'imbarazzo. "Temo di essere solo una parente povera. Il mio ramo dell'albero genealogico cresce in una parte lontana della foresta".

Prese Simon per mano.

"Andiamo", lo persuase, "è tempo che tu conosca qualche parente".

Sarah condusse Simon per la stanza, fermandosi accanto a vari individui o gruppi e presentandolo come il "nuovo bello di Serena".

Sembravano tutti felici di conoscerlo, e molti gli rivolsero sguardi di ammirazione - qualcuno fino a farlo sentire a disagio.

Simon si accorse che tutti alla festa sembravano indossare costumi d'epoca. Anche se non esageratamente vistosi, sembravano essere tutti vestiti come se arrivassero dal diciassettesimo secolo.

Notò che molti degli abiti dovevano essere stati presi in affitto con scarso preavviso, perché erano molto spiegazzati e, in alcuni casi, coperti di polvere e persino fango.

Simon si sentì fuori luogo con il suo completo, poi si accorse che nemmeno Sarah aveva ceduto all'abbigliamento richiesto. Questo lo consolava.

Simon notò, all'altro capo della stanza, un drappo rosso di velluto che copriva quello che, dalla forma, sembrava un cavalletto con un altro grande dipinto sopra. Una spessa corda dorata era collegata alla sommità del drappo, e si attorcigliava ad una puleggia sospesa ad una delle travi.

"Cos'è quello?" chiese Simon, indicandolo.

"Oh, è il regalo di Natale di Serena per la famiglia", rispose Sarah.

"Un altro quadro?"

"Possibile, non si sa mai con mia cugina. L'anno scorso ha commissionato un carillon di mogano con intagliati dei segugi a grandezza naturale, che inseguivano una volpe ornamentale. È molto creativa".

Sarah gli toccò il gomito. "Vieni a prendere da bere. Hai bisogno di rimetterti in forze, prima di assistere mia cugina con il suo ingresso trionfale".

Sarah lo condusse al tavolo del rinfresco.

"Torno fra un minuto, serviti pure".

Davanti a lui c'erano vassoi di carne fredda, mini-montagne di frutta glassata, grissini e panini vari, ciotole di arance e uva, ogni varietà di formaggio, e varie zuppiere d'argento, che contenevano quello che Simon suppose fosse punch.

Anche se ora era davvero affamato, Simon si accorse che il cibo non era ancora stato toccato. Si chiese se forse era appena stato messo sul tavolo, o forse era una tradizione di famiglia non mangiare finché la padrona di casa non aveva fatto il suo ingresso.

Simon decise di agire con cautela. Tutti sembravano essersi serviti da bere, così li imitò.

Il punch era rosso scuro. Gli sembrava odorasse di erbe, con un accenno di chiodi di garofano.

Si riempì per metà una delle coppe d'argento messe intorno alle zuppiere, e ne prese un sorso.

Riuscì a malapena a non vomitare. Non aveva mai assaggiato niente di simile. Aveva un sapore di latta, quasi metallico, e anche se sentiva un accenno di frutta e quello che ipotizzò potesse essere vino, non era forte abbastanza da mascherare il saporaccio del liquido.

Simon si guardò intorno per assicurarsi che nessuno avesse notato la sua reazione. L'ultima cosa che voleva fare era offendere.

Tutti gli altri sembravano godersi i loro bicchieri. Simon pensò che fosse una specialità di famiglia a cui serviva tempo per abituare il palato.

Quando Sarah riapparve, appoggiò con noncuranza il bicchiere e le andò incontro.

"Vieni", sorrise. "Sua grazia ti attende".

Lo prese per un braccio e lo condusse ai piedi della grandiosa scalinata nel corridoio.

Le scale salivano e curvavano a sinistra, impedendo a Simon di vedere cosa ci fosse di sopra.

Sarah lo lasciò ai piedi delle scale.

"Vai di sopra", disse. "Serena ti aspetta in cima".

Simon tenne una mano sulla balaustra decorata mentre saliva i gradini. Quando si avvicinò alla curva, vide Serena.

Si fermò di colpo.

Serena gli fece cenno dal primo gradino.

Nonostante il pianerottolo fosse scarsamente illuminato solo da qualche lampada sul muro, e troppo lontane l'una dall'altra, secondo lui, per essere utili, poteva comunque accorgersi che, sotto la vestaglia di raso dorata, Serena era nuda.

Risvegliato dalla sua trance, Simon salì gli ultimi gradini.

Serena lo prese per la cravatta e lo attirò a sé.

Si baciarono appassionatamente.

Aveva le labbra fredde, ma Simon si rese presto conto che l'intero piano era gelido.

Senza parlare, Serena lo condusse in una stanza nel corridoio. Era persino più buia del pianerottolo, l'unica luce veniva dalla luna e filtrava dalle tende pesanti. Fra le ombre, Simon poté vedere che la stanza era poco ammobiliata, ma gli occhi gli si accesero quando vide il grande letto a baldacchino che ne dominava il centro.

Rabbrividì. La stanza era gelida, ma non gli interessava. Ancora non credeva alle attuali circostanze.

Serena aprì la vestaglia, e se la fece scivolare giù dalle spalle e sul pavimento.

Rimase ferma per un attimo, il suo corpo nudo immerso nella poca luce.

Il suo improvviso spogliarsi prese Simon di sorpresa. Inspirò a fondo. Anche nella poca luce poteva apprezzare la sua linea perfetta.

Serena lo guardò. "Ti piace?"

Simon annuì. "Oh sì, mi piace!"

Serena si arrotolò una ciocca di capelli su un dito, guardandolo.

Alla fine, disse. "Denudati per me".

Simon non se l'era mai sentito chiedere in quei termini, ma capì il senso.

Iniziò a spogliarsi con impazienza, gettando ogni pezzo con un noncuranza come se fossero stracci e non costassero più dello stipendio di un mese.

Infine, rimase nudo davanti a lei.

Nell'oscurità, poteva vedere a malapena gli occhi blu di Serena. Sembrava che approvassero.

Si avvicinò.

Simon chiuse gli occhi.

All'improvviso, sentì le sue mani fredde sulla pelle, e involontariamente si agitò.

"Va tutto bene?" bisbigliò lei.

"Fa un po' freddino", rispose Simon, guardando l'aria che gli usciva dalla bocca condensarsi in una nuvoletta bianca.

"Sì, mi dispiace", disse Serena. "Riscaldare questi vecchi posti è un incubo".

Gli passò le mani sul torso nudo. "Ma sono certa che possiamo trovare un modo per tenerci caldi... dopo".

"Dopo?", chiese Simon, non riuscendo a trattenere il disappunto.

"Mmh, prima ho bisogno che mi aiuti col mio vestito". Indicò una sedia dietro di lei, dove Simon intravide della stoffa appoggiata su uno dei braccioli.

"E poi", continuò lei. "Sono riuscita a mettere da parte qualcosina per te".

Serena raggiunse il letto e indicò una camicia e un paio di calzoni, che Simon non aveva notato prima.

Chinandosi, Serena prese un lungo paio di stivali. "Questi saranno molto sexy, su di te", disse, facendoli ondeggiare dai lacci.

Simon si acciglò. "Non pensavo fosse una festa in costume".

"Solo un po' di divertimento... per me... per favore?"

Simon sorrise. Sperò che ne sarebbe valsa la pena. Immaginò di sì, vista l'intimità con cui Serena lo aveva trattato.

"Si può avere un po' più di luce?" chiese, guardandosi intorno alla ricerca di qualcosa che somigliasse a un interruttore.

Serena rise.

"No, è molto più divertente così... aiuta a far crescere l'attesa... e sai quello che si dice dell'attesa?"

Si cambiarono entrambi.

Simon aiutò Serena con i lacci sulla parte posteriore del vestito. Era un bell'abito di lino, con lustrini e rifiniture di pizzo, blu scuro, che, secondo Simon, si sarebbe abbinato perfettamente ai suoi occhi. Il suo look veniva completato da un paio di scarpe blu scuro di velluto, con tanto di cinghie e fiocchi.

Serena si era alzata i capelli, mostrando il collo bianco, lungo e sottile.

Simon pensò che fosse mozzafiato.

Lui aveva indossato un paio di pantaloni di pelle, allacciati in vita con lacci incrociati.

La camicia che Serena gli aveva dato aveva le maniche gonfie e lo scollo profondo.

Il suo look era completato da lunghi stivali marroni di pelle.

Serena lo condusse di nuovo sul pianerottolo in penombra.

Iniziarono a scendere le scale fianco a fianco.

Serena intrecciò il braccio al suo.

Quando ebbero raggiunto la curva, Simon poté vedere che gli altri invitati si erano schierati ai due lati dell'atrio.

Appena furono visibili, tutti iniziarono ad applaudire, come ad annunciare il loro arrivo.

A Simon sembrava tutto un po' formale, per non dire strano. Ma decise di lasciar correre. Di certo non voleva fare nulla che potesse turbare Serena, o rovinare le sue chances.

Scesero lentamente, facendo una pausa ad ogni gradino, in modo che il pubblico potesse apprezzare a pieno la loro maestà.

Mentre camminavano lungo il corridoio di corpi, gli applausi continuarono. Qualche mano batté sulle spalle di Simon mentre passava, come a riconoscere il suo nuovo status di fidanzato di Serena.

Qualcuna delle signore tentò una riverenza mentre passavano. Qualcuno degli uomini si inchinò.

Serena sembrava non avere problemi, come se se lo aspettasse.

Simon, per parte sua, fece del suo meglio per non ridere.

Finalmente, arrivarono di nuovo alla sala.

Gli ultimi partecipanti continuavano la fila, che si allungava fino a metà sala.

Mentre Simon e Serena proseguivano, quelli che avevano già superato si raccolsero dietro di loro e li seguirono, continuando ad applaudire.

Si fecero strada fino al cavalletto con il drappo di velluto, dove si trovava Sarah, che applaudiva a sua volta.

Simon era confuso dal fatto che lei non si fosse cambiata, e dedusse che, per qualche ragione, doveva essersi rifiutata di far parte del gioco.

Mentre la raggiungevano, Serena liberò il braccio da Simon e le due donne si abbracciarono.

L'applauso crebbe immediatamente, questa volta accompagnato da acclamazioni e grida.

Simon si accodò, per non sembrare fuori posto.

Dopo un attimo, Serena di voltò verso il suo pubblico.

Il rumore scemò.

Simon si fece da parte, per non bloccare la visuale a nessuno.

"Miei cari parenti", cominciò Serena. L'acustica faceva sembrare la sua voce così forte che a Simon sembrò riempire la stanza.

Fece un altro passo indietro. Ebbe improvvisamente paura che, per gli altri, potesse sembrare che cercasse di crogiolarsi alla luce di Serena.

"Benvenuti alla mia festa natalizia"

Ci furono altri applausi e acclamazioni.

Quando diminuirono, continuò. "Come sapete, a queste piccole riunioni mi piace darvi qualcosa di speciale. Qualcosa che so apprezzerete".

Ci furono altri applausi.

"Da troppo tempo, ora, vi siete dovuti accontentare delle misere offerte di rifiuti di una società che vi allontana, che oltraggia la vostra presenza".

Dei mormorii echeggiarono nella folla.

"Siamo vittimi di favole e folklore, rianimati dalla tecnologia moderna per il divertimento delle masse negligenti".

Le esclamazioni crebbero.

"Quando tutto quello che chiediamo è di vivere in pace, e che il nostro modo di vivere sia rispettato".

Qualcuno esultò con vigore.

"Ci deve essere permesso di sopravvivere..."

Urrà!

"Di vivere..."

Urrà!

"Di amare..."

Urrà!

"Di riprodurci..."

Urrà e risate!

"E...", si voltò verso Simon. "... di nutrirci".

Urrà e applausi!

Simon iniziò ad applaudire. Gli sembrava dovesse, anche se non era sicuro di a cosa si riferisse Serena, ma non voleva sembrare stupido.

Pensò che la sua famiglia - per qualche ragione - fosse stata vittima in passato di qualche sgarro. Forse da quella città, o forse da qualsiasi luogo fossero arrivati. In ogni modo, voleva che l'atmosfera si mantenesse leggera, ed essere dalla parte di Serena, in modo da potersi approfittare del suo umore più tardi.

Serena andò verso di lui. Lo baciò, e lo condusse al supporto coperto dal drappo.

"E ora", annunciò. "Il mio ultimo e, finora, credo che sarete d'accordo, più gustoso compagno..."

Risa educate!

"...mi aiuterà a svelare il vostro regalo di Natale".

Serena fece cenno a Simon di afferrare la corda dorata sospesa sul drappo.

Gli bisbigliò all'orecchio. "È piuttosto pesante, quindi al mio segnale tira forte, finché la mia sorpresa non sarà svelata".

Simon strinse forte la corda con entrambe le mani.

"A voi, mia adorata famiglia", fece un passo indietro. "Buon Natale".

Al cenno di Serena, Simon tirò la corda.

Serena non stava scherzando, quando aveva detto che era pesante, e ci volle tutta la sua forza per scoprire il premio.

Simon sentì il pubblico ansimare quando videro la loro sorpresa. Lui stesso non riusciva a vederla, concentrato com'era ad assicurarsi che la corda non gli scivolasse dalle mani.

Una volta che il drappo fu abbastanza in alto, legò la corda a un pilastro e fece un passo indietro per ammirare quello che vedevano gli altri.

Invece di un quadro, come si aspettava, il regalo era un grosso specchio.

Era molto decorato, con spirali d'oro intagliate lungo la cornice, e quelli che sembravano gioielli di diversi colori.

Uno strano regalo, pensò, ma poi suppose che era adatto all'ambiente, e dai mormorii di approvazione fatti dalla famiglia alle sue spalle, pensò fosse stato apprezzato.

Guardò Serena, che gli stava sorridendo con quello che sembrava un accenno di malizia negli occhi.

Le sorrise e guardò di nuovo lo specchio.

Fu allora che se ne accorse.

C'era qualcosa di strano.

All'inizio non riusciva a dire cosa, ma c'era sicuramente qualcosa di strano in quello specchio.

Guardò più attentamente il proprio riflesso.

Poi capì... il suo era l'unico riflesso che vedeva!

Simon si voltò verso di lei.

Dietro di lui, tutti si erano avvicinati, come per ispezionare il regalo, e tuttavia sembravano guardare più lui che lo specchio.

Si voltò in fretta.

Il suo continuava ad essere l'unico riflesso che riusciva a vedere.

Si voltò verso Serena. Gli stava ancora sorridendo, ma ora, attraverso le labbra color rubino, Simon era certo di poter vedere denti bianchi e appuntiti.

Confuso, si voltò di nuovo verso il gruppo alle sue spalle.

Ora tutti mostravano lo stesso tratto di Serena.

Ognuno di loro aveva bianchi incisivi appuntiti.

Alcuni sorridevano apertamente, come se fossero fieri delle loro protuberanze.

Altri si leccavano le labbra.

Tutti gli occhi erano su Simon.

E, nei loro sguardi, vide brama!

Desiderio!

Fame!!!

Iniziarono a muoversi lentamente verso Simon, la distanza tra loro e lui diminuiva ogni secondo.

Simon andò in panico. All'improvviso, sembravano ovunque, lo circondavano, gli impedivano la fuga.

Non aveva dove andare!

Si voltò verso Serena. Ora aveva la bocca completamente aperta, e le zanne bianche erano in piena vista.

Con la coda dell'occhio, vide Sarah.

Era vestita come prima, non in costume come tutti gli altri, lui incluso.

Sorrideva, ma, nel suo caso, senza zanne.

La chiamò, disperato.

"Sarah!!!" urlò.

Sarah si avvicinò, come se non avesse notato la folla.

Rise. "Oh, Simon, mi dispiace, ma devi capire - devono nutrirsi per vivere".

Simon aprì e chiuse la bocca incredulo, la mente che correva, cercando disperatamente qualcosa da dire che potesse mitigare la situazione... ma non trovava parole!

Si voltò di nuovo. Il suo continuava ad essere l'unico riflesso che riusciva a vedere nello specchio. Poi, lentamente, vide l'immagine di Sarah.

Si voltò. "Ma tu..." riuscì a dire. "E tu?"

Sarah rise. "Oh, io sono perfettamente al sicuro. Te l'ho detto, vengo da un ramo lontano dalla famiglia. Hanno bisogno di me per le cose di cui, di giorno, non possono occuparsi".

Si fece strada fra la folla e lo raggiunse.

"Vedi, hanno bisogno di me", gli accarezzò piano il viso, baciandogli la guancia. "E poi... sono parte della famiglia". Gli passò una mano fra i capelli, accarezzandoglieli. "Hanno bisogno anche di te..." mormorò, la bocca così vicina che poteva sentire il suo respiro nell'orecchio. "...ma per un altro motivo".

Simon sentì una mano forte afferrargli la spalla. Si voltò e vide il portiere che lo aveva fatto entrare.

Prima che Simon potesse rispondere, l'uomo lo prese con l'altra mano per i calzoni, e lo sollevò, portandolo fino al tavolo.

Prima che l'omone potesse raggiungere la sua destinazione, qualcuno corse al tavolo, gettando tutto il cibo sul pavimento. Piatti si ruppero, bicchieri si infransero, carne fredda, panini e frutta sparsi sulla quercia lucida.

Simon fu gettato con così tanta forza sul tavolo, che gli mancò il fiato.

Buona parte del cibo fu schiacciato dalla folla, impaziente di raggiungere la preda impotente.

All'improvviso, mani arrivarono da ogni direzione sul corpo di Simon, tenendolo fermo.

Non poteva muoversi!

Non riusciva a respirare!

Simon guardò le mascelle affamate e aperte che sbavano, facendo colare gocce di saliva su di lui.

Gli apparve all'improvviso il volto di Serena.

Gli sorrise, le zanne sparite, sostituite da denti perfetti.

Era così bella.

Gli fece l'occhiolino, poi si spostò e non la vide più.

Come un sol uomo, la folla si avventò su di lui!

UN PIATTO SPECIALE

Janice sospirò per la stanchezza, svoltando nella stradina di campagna piena di curve che l'avrebbe condotta all'ultima consegna della giornata.

Era soltanto colpa sua, se era ancora in strada a quell'ora

Quando era partita quella mattina alle 7, si era ripromessa una breve corsa prima di tornare a casa a farsi un bagno caldo, e poi andare da sua zia Vanessa per la festa della Vigilia di Natale.

Le Vigilie di sua zia erano leggendarie, in famiglia, e Janice ricordava ancora quando, da bambina, ce la portavano i suoi genitori. Ai bambini veniva concesso di restare svegli fino a tardi, ballare e mangiare fino a scoppiare. Poi, uno per uno, sarebbero crollati per la stanchezza prima di essere portati nella stanza degli ospiti di Vanessa, convertita in dormitorio con letti ammassati l'uno contro l'altro, per permettere ai bambini di dormire insieme.

Ora, da adulta, Janice non aspettava altro che il sontuoso banchetto, con copiose quantità di alcol, ballare e festeggiare fino al mattino con i cugini che non vedeva da un sacco di tempo.

Per lei, era il modo perfetto di vedere il Natale e, come la maggior parte della famiglia, era già impaziente dagli inizi del mese.

Ma il suo piano di finire presto non sembrava volersi avverare, soprattutto non alla Vigilia di Natale.

Ad ogni consegna che faceva, era accolta da un'offerta o di un bicchiere di sherry o una bella tazza di tè. E anche se Janice doveva rifiutare l'alcol visto che doveva guidare, trovava sempre più difficile negare ai suoi vecchietti il piacere della sua compagnia nel tempo che ci voleva a metter su il bricco.

Anche se aveva rifiutato le numerose offerte di dolcetti e tortine, si sentiva sempre troppo in colpa a mandar giù il tè e scappare. Anche usando la scusa che aveva molte altre consegne da fare e che c'erano persone che dipendevano da lei, alcuni clienti avrebbero passato le feste da soli e probabilmente lei sarebbe stata l'ultima persona che avrebbero visto in quel periodo.

Quello generava un senso di colpa che Janice non riusciva a scrollarsi di dosso.

Con ogni visita che diventava più lunga della precedente, Janice non ci mise molto ad essere in ritardo sulla tabella di marcia.

La sua unica consolazione, ora, era che almeno la sua ultima consegna era ad una coppia di fratello e sorella, per cui almeno avrebbero avuto l'un l'altra a farsi compagnia e lei non doveva sentirsi in colpa nel rifiutare la loro ospitalità, che l'attendeva indubbiamente al suo arrivo.

Janice rabbrividì per il freddo. Il riscaldamento nello stupido furgone era di nuovo guasto, e per la sua solita fortuna si era rotto del tutto a metà giro.

Tolse una mano dal volante per alzare completamente la cerniera del giubbotto, per cercare di trattenere un po' di calore.

Nei giorni normali, consegnava pasti per il Comune, e aveva clienti regolari, ma almeno in quel caso si teneva conto del tempo che avrebbe passato con ogni cliente.

Non si trattava solo di consegnare il cibo; lo si doveva anche riscaldare e assicurarsi che fossero in grado di mangiare da soli e almeno offrirsi di preparare un tè.

Certe volte restava anche a lavare i piatti.

Ma questo incarico non era così accomodante.

Consegnare un pacco viveri natalizio poteva essere un compito ingrato, quando venivano ammassati così tanti ordini come aveva fatto quel supermercato.

Non era fisicamente possibile consegnarli tutti prima che facesse buio, indipendentemente da quanto presto si partisse.

O almeno non per lei!

Ma doveva ammettere che parte del problema era dato dalla sua personalità, e dal fatto che le sembrava maleducato scaricare il pacco e andarsene.

Gli altri autisti ridevano di lei e la chiamavano 'posapiano', visto quanto ci metteva a fare il giro.

A loro andava bene. Molti non erano persone affabili, per cui i clienti erano riluttanti a invitarli in casa.

Janice aveva iniziato a credere che lo facessero di proposito, per finire prima.

Janice uscì dalla strada principale, lasciandosi alle spalle la sicurezza dei lampioni.

La sua ultima consegna era un po' distante dal sentiero battuto, e la strada che portava alla vecchia fattoria era costellata di rami e fossi, che rendevano ancora più precario percorrerla.

Janice rallentò quando il furgone sbandò sul sentiero sterrato. C'era stato un pesante acquazzone, nel pomeriggio, e l'ultima cosa di cui aveva bisogno era di restare bloccata in mezzo al nulla con le ruote nel fango.

O peggio, bucare una gomma. Sapeva che probabilmente la ruota di scorta del furgone non era nemmeno utilizzabile legalmente, e poi avrebbe preferito evitare di dover armeggiare col crick lì fuori al freddo e al buio.

Meglio prevenire che curare.

Janice scalò la marcia. Tenne il piede sul freno per ogni eventualità, ma sperava di non doverlo usare, per paura di perdere la tenuta sul sentiero.

Finalmente, trovò la strada per la radura, e riuscì a vedere il profilo della fattoria.

Thelma Sykes e suo fratello Wilfred vivevano lì da che aveva memoria.

Li conosceva da quando era bambina. I suoi genitori avevano spesso portato lei e il fratello alla fattoria a comprare frutta, verdura e legna.

Janice aveva sempre trovato i fratelli un po' strani!

Non poteva indicare niente di specifico, più una combinazione di piccole stranezze che la facevano sentire a disagio.

Per cominciare, ricordava che indossavano sempre manopole di lana, anche in piena estate. E quando parlavano avevano lo stesso difetto di pronuncia, che faceva sì che alla fine di ogni frase l'ultima parola - qualunque fosse - finiva sempre con un sibilo strano.

E poi c'era il modo in cui camminavano. A Janice sembrava che entrambi sarebbero stati più felici se avessero potuto muoversi a quattro zampe. E non era solo perché avevano la schiena curva; c'era dell'altro. Era quasi come se stessero costantemente cercando di non cadere, come se qualcosa li spingesse da dietro.

Sfortunatamente per entrambi, ogni volta che si chinavano, le loro schiene si curvavano talmente che a Janice sembrava portassero un sacco sotto i vestiti.

Quando Janice lo aveva fatto notare ai suoi genitori, era stata severamente rimproverata per essersi burlata di qualcuno meno fortunato, per cui aveva imparato ad accettarli per com'erano.

Detto ciò, fu felice quando fu grande abbastanza da non dover più andare ogni settimana con i suoi genitori a fare acquisti. Ma, quando fu abbastanza grande da poter guidare, le veniva occasionalmente chiesto di andare alla vecchia fattoria a prendere le cose che loro avevano chiesto.

Janice si era dovuta spesso mordere la lingua e sopportare il fatto che la vecchia coppia la faceva uscire di testa.

Janice accostò davanti alla porta principale.

Sembrava che le luci dentro casa venissero da lanterne o candele e non da lampadine, e si chiese se non fossero nel mezzo di un black-out.

Sperò sinceramente di no, perché vedere i due vecchi senza elettricità l'avrebbe fatta sentire in colpa e le avrebbe rovinato ogni possibilità di godersi il Natale.

Janice saltò giù dal furgone e si spostò sul retro.

Gli stivali le sprofondavano nel fango, e dovette sforzarsi di liberare i piedi ad ogni passo.

Aprì il retro del furgone e tirò fuori la prima cassa.

Diversamente dalle altre consegne di quel giorno, che comprendevano per lo più prelibatezze natalizie, questa era piena solo di carne cruda. Lo stesso valeva per la seconda cassa.

Janice sapeva che i due vecchi avevano degli animali, e le sembrò strano che ordinassero così tanta carne, soprattutto perché erano solo loro due, e non sembrava avessero quel grande appetito.

Poi pensò che, forse, avrebbero avuto dei parenti in visita per le feste, e il pensiero la fece sorridere.

Almeno non sarebbero stati da soli.

Janice sollevò la prima cassa e si avviò alla porta.

Prima che la raggiungesse, questa si aprì e Wilfred la salutò con un sorriso allegro.

"Ciao, giovane Janice, ci chiedevamo se avresti fatto tu la consegna, quest'anno", disse, raggiante. "Tutta sola?"

"Temo di sì", sbuffò Janice, tra un respiro e l'altro.

"Lascia che ti aiuti", sorrise Wilf, allungando le braccia per prendere la cassa.

Janice notò le manopole di lana, come sempre, e sorrise fra sé.

"Grande", disse, allegramente. "Vado a prendere l'altra".

Lasciando Wilf a portar dentro la sua cassa, Janice tornò al furgone e scaricò l'ultima consegna.

Il tragitto fino a casa le avrebbe portato via circa mezz'ora, e poteva già pregustare il benvenuto che le avrebbe dato il bagno caldo mentre le scioglieva i muscoli stanchi.

Tenendo la cassa con entrambe le mani, Janice chiuse il furgone con i gomiti.

Si voltò per tornare alla fattoria.

In lontananza, poteva vedere la luna che compariva nel cielo.

L'unica cosa che le piaceva dello stare fuori in una notte come quella era l'immensità del cielo, e la miriade di stelle che sembravano così chiare e luminose, soprattutto in una notte così fredda.

Sospirando soddisfatta, Janice varcò la porta d'ingresso.

Wilf aveva messo la cassa sul tavolo della cucina, e Janice fece lo stesso.

Dall'altro lato dell'open-space che comprendeva cucina e salotto, Thelma Sykes stava attentamente sistemando dei ciocchi nel camino quando Janice entrò.

La vecchia prese uno degli attizzatoi e pungolò la grata, facendo prendere fuoco ai nuovi ciocchi. Le fiamme gialle e blu invasero il focolare, e Janice poteva sentire il calore fin dall'altro lato della stanza.

"Guarda chi c'è!" annunciò Wilf.

Thelma distolse lo sguardo dal fuoco e si illuminò nel vedere Janice.

"Oh ciao, piccola Janice", disse la vecchietta, attraversando la stanza verso la ragazza. "Io e Wilf ci stavamo chiedendo se avresti fatto tu la consegna, quest'anno". Guardò il fratello, annuendo come se fosse compiaciuta dell'aver indovinato.

Janice notò le manopole della donna, e cercò di nascondere il sorriso.

Thelma la superò, dandole una pacca sul braccio. "Oh, vedo che hai portato le nostre prelibatezze natalizie, che bello! Ci piace avere qualcosa di speciale in questo periodo dell'anno, vero Wilf?"

Il vecchio sorrise e annuì.

"Avrete ospiti per Natale?", chiese Janice, per educazione, non volendo indicare che, se così non fosse stato, allora aveva appena consegnato un enorme quantitativo di carne cruda a due vecchi zitelli.

I vecchi risero.

"No, niente del genere", ghignò Thelma. "Come ho detto, solo una piccola prelibatezza natalizia".

Janice annuì, non volendo sembrare scortese facendo altre domande.

Il fuoco scoppiettava nel camino mentre le fiamme consumavano i ciocchi.

Janice iniziava a sentirsi stanca in quell'ambiente accogliente, e poteva già vedersi spaparanzata su una delle vecchie poltrone davanti al fuoco, ad addormentarsi.

Scacciò l'immagine dalla mente.

Doveva ancora andare a casa, e poi alla festa.

Il sonno era lontano.

Janice si sfregò le mani. "Be', lasciate che vi auguri buon Natale e felice anno nuovo, se non ci vediamo prima".

I vecchi si guardarono con ansia.

"Non vorresti una tazza di tè, prima di andare?", chiese Thelma, suonando più disperata del dovuto, secondo Janice.

"Oh, è molto gentile", rispose, "ma devo andare, ci riuniamo da mia zia per la Vigilia".

Janice si avviò alla porta, ma Wilf le bloccò la strada.

Lo guardò, e lui sorrise, rassicurante.

"Mi chiedo", disse il vecchio, la voce che iniziava ad impastarsi in quello strano e familiare difetto di pronuncia. "Non vorremmo approfittar-cene, ma la schiena mi dà molto fastidio, ultimamente, mi aiuteresti a portare giù in cantina questa carne, così possiamo metterla nel freezer prima che inizi a scongelarsi?"

Janice guardò Thelma.

La vecchia le era un po' troppo vicina, anche se non l'aveva notata avvicinarsi.

Janice sorrise, anche se si sentiva in trappola.

"Nessun problema", disse, cercando disperatamente di non mostrare quanto si sentisse a disagio ad averli così vicini.

Wilf le batté una mano sulla spalla, facendola sobbalzare. "Fantastico", disse, raggiante. "Siamo così felici che sia stata tu a fare la consegna, sapevamo che non ci avresti delusi".

I vecchi si fecero da parte per permetterle di prendere le casse.

Janice raggiunse il tavolo e prese la prima.

Sentì un'improvvisa e incontrollabile necessità di scappare nel furgone prima che loro se ne accorgessero.

Ma si disse che era ridicola.

Che ragione avrebbe dato, poi, per un tale comportamento?

Lasciare due vicini anziani a scendere le scale della cantina con due grosse casse di carne cruda.

E se uno dei due fosse inciampato e caduto?

Come si sarebbe sentita, poi?

Essendo così vecchi e fragili, si sarebbero indubbiamente rotti qualcosa, o peggio!

Janice prese la cassa e sorrise. "Da che parte è la cantina?" chiese.

Wilf apriva la strada, seguito da Janice. Thelma chiudeva la fila. Per Janice, era ancora troppo vicina, ma decise di far finta di niente e che era solo il suo modo di fare.

Attraversarono il salotto e superarono la scalinata di legno che portava al piano superiore.

Dietro le scale c'era una porta ad arco, che Janice poteva vedere appena alla luce fioca.

Wilf allungò una mano sulla mensola sopra la porta, cercando la chiave.

Quando riuscì a metterla nella serratura, grugnì e borbottò cercando di farla girare.

Janice, appesantita dal carico, desiderò avessero aperto la porta prima che prendesse la cassa.

Stava per suggerire a Wilf che sarebbe stato più facile se si fosse tolto le manopole, ma prima che potesse parlare Thelma la superò e scostò il fratello.

La donna combatté con la chiave, mentre Wilf offriva suggerimenti non richiesti.

"Agitala da un lato all'altro, certe volte funziona... Spingila fino in fondo prima di girarla... Toglila e soffiaci sopra, poi riprova..."

Thelma, per conto suo, riuscì a non parlare, anche se la frustrazione era visibile.

Finalmente, con grande sforzo, Thelma riuscì a far scattare la serratura.

La vecchia si allontanò trionfante e guardò raggiante Janice.

Fece qualche respiro profondo, prima di dire, "Non ci scendiamo spesso, per questo quella stupida serratura si incaglia".

Janice si accorse che il difetto di pronuncia si stava ripresentando anche quando parlava lei.

"Dovreste oliarla quando è aperta", suggerì Janice. "Potrebbe essere utile per la prossima volta".

"Buona idea", offrì Will. "Magari lo farò". Si sporse nel buio oltre la porta e fece scattare un interruttore.

Janice poteva vedere che la cantina era illuminata, ma, sfortunatamente, la luce non arrivava fino alle scale, che restavano al buio.

"Andiamo", disse Wilf, gioviale. "Ti farò strada; queste scale possono essere un po' pericolanti".

Senza attendere risposta, il vecchio iniziò a scendere.

Janice lo seguì come meglio poteva, cercando di sbirciare oltre la cassa per vedere dove metteva i piedi.

Le suole degli stivali erano ancora scivolose per il fango. Anche se le aveva pulite sullo zerbino, aveva difficoltà a tenere la presa sui vecchi gradini di legno.

Finalmente, raggiunse il fondo.

La cantina sembrava vuota, salvo un grosso freezer in un angolo.

Wilf lo raggiunse e sollevò il coperchio.

Quando arrivò Janice, scaricò la carne dalla cassa e la mise a casaccio nel congelatore.

Janice non aveva notato se ci fosse già qualcosa dentro prima che Wilf ci mettesse la carne, ma quando ebbe finito vide che non era pieno nemmeno per metà.

"C'è un sacco di spazio per il prossimo carico", disse, scherzando.

Wilf sorrise.

Alla luce fioca della lampadina solitaria, a Janice parve per un attimo che gli occhi di Wilf non fossero più umani, ma globi rossi sporgenti.

Janice fece un passo indietro e quasi inciampò nei propri piedi. Riuscì a mantenere l'equilibrio.

Quando lo guardò di nuovo, gli occhi di Wilf sembravano normali.

Janice decise che forse era solo stanca per essere stata alla guida tutto il giorno.

Rise nervosamente. "Ops, c'è mancato poco".

Il sorriso di Wilf sembrava esserglisi incollato in faccia.

Janice non ne poteva essere sicura, ma sembrava che Wilf la guardasse voglioso, affamato. Per un attimo avrebbe potuto giurare che lo aveva visto leccarsi le labbra, come se aspettasse un bocconcino tenero.

Senza voler dare l'impressione di studiarlo, Janice gli diede le spalle e tornò alle scale.

Thelma l'aspettava in cima.

"Sarebbe un problema portare giù anche l'altra, tesoro?", chiese.

"Nessun problema", rispose Janice, nervosa.

Thelma lasciò che tornasse in cucina a prendere la seconda cassa.

Janice dovette di nuovo combattere l'impulso di scappare.

Con Wilf in cantina e Thelma dall'altro lato della stanza, sarebbe stato impossibile che la bloccassero.

Ma sapeva di non poterlo fare, anche se il suo istinto le suggeriva di darsela a gambe.

Stava solo lasciando che la sua immaginazione andasse a briglia sciolta.

Non c'era niente da temere da una coppia di vecchiacci come Thelma e Wilf, per l'amor del cielo!

Janice lasciò la cassa vuota vicino alla porta e prese quella piena dal tavolo.

Facendo un respiro profondo, raggiunse la porta della cantina, dove Thelma la aspettava paziente.

"Oh, grazie, cara, lo apprezziamo molto", ghignò Thelma, tenendole la porta aperta. "Non vediamo l'ora di gustarci queste prelibatezze natalizie, io e Wilf. Non è sempre possibile, di questi tempi, con questi prezzi".

Janice si limitò a sorridere, superando la vecchina, e iniziò a scendere.

Nella sua testa, vedeva Wilf aspettarla in cantina.

Lo stesso sguardo bramoso e quegli occhi rossi che era certa di aver visto.

Janice allontanò il pensiero mentre raggiungeva gli ultimi scalini.

Con sua sorpresa, sentì Thelma scendere dietro di lei.

Pensò fosse strano che la vecchia scendesse di sotto solo per vedere Janice scaricare la carne.

Tuttavia, suppose che fosse la sua cantina, e forse avesse deciso di scendere a scegliersi la cena di Natale.

Janice pensò che avrebbe avuto più senso se Thelma avesse preso la sua decisione di sopra, prima di scendere, ma poi rifletté che Thelma forse era diventata smemorata con l'età e non volesse attirare attenzione sulla cosa.

Quando arrivò in fondo alle scale, si voltò e vide Thelma.

"Ha bisogno di aiuto?" chiese Janice, educatamente.

Thelma rise. "No, grazie, cara. Sono a posto".

Dall'altro lato della cantina, anche Wilf iniziò a ridere.

"Hai sentito Thelma, la piccola Janice ha paura che tu possa cadere".

Si misero a ridere più forte.

Janice, che non capiva la battuta, continuò a camminare verso il congelatore e Wilf.

Quando vide Wilf, Janice era sicura di poter vedere di nuovo quella strana espressione sul suo viso.

Scelse di ignorarlo, raggiunse il freezer e iniziò a scaricare la carne da sola.

Impegnata nel suo compito, non si accorse che Wilf aveva raggiunto la sorella.

I due vecchi ridevano ancora, anche se non di cuore come prima.

Janice finì di scaricare la carne e chiuse il freezer.

Pensò di chiedere a Thelma se avesse bisogno di aiuto a scegliere un pezzo per l'indomani, poi ci ripensò.

All'improvviso, Janice voleva essere il più lontano possibile dalla fattoria e dai vecchi.

Voltandosi verso di loro, Janice si accorse che Thelma stava aiutando il fratello a togliersi la camicia.

Per un attimo, Janice rimase immobile, stordita dalla scena.

Il maglione di Wilf era poggiato sulla ringhiera e Thelma gli stava tirando la camicia dalle spalle, senza slacciare i bottoni.

Quando la tolse, Wilf si chinò e cadde bocconi.

La reazione immediata di Janice fu di aiutare il vecchio, temendo si fosse fatto male.

Ma prima che potesse fare un passo avanti vide la grossa protuberanza sulla sua schiena.

Sospettava da tempo che i due avessero la gobba, ma ora, dal vivo, sembrava enorme.

Janice non poté fare a meno di fissarla, mentre si gonfiava e pulsava.

All'improvviso, il sacco che tratteneva la carne in eccesso esplose.

Janice urlò.

Fece cadere la cassa e si portò le mani al viso, arretrando.

L'eruzione sulla schiena di Wilf prese la forma di quattro arti spinosi, coperti di pelo.

Mentre si dispiegavano, si poggiavano sul pavimento, due per lato.

Per un attimo, l'urlo di Janice le rimase in gola.

La cosa che era stata Wilf ora la guardava bramoso, con quegli stessi occhi rossi che aveva visto prima; l'unica differenza era che ora non erano più di un uomo ma di un enorme ragno!

Janice sentì una risata gorgogliante provenire da dietro quello che era stato Wilf.

Alzò lo sguardo in tempo per vedere la gobba di Thelma esplodere a sua volta, rivelando le sue quattro gambe spinose che, come quelle del fratello, si dispiegarono fino al pavimento, dandole lo stesso aspetto ripugnante.

Dietro gli occhi rossi lampeggianti e i sibili che provenivano dalle creature, Janice intravedeva ancora i tratti dei due vecchi, che le si stavano avvicinando.

Janice arretrò per istinto, ma riuscì a fare solo qualche passo, prima che la strada le venisse bloccata dal freezer.

Quasi ipnotizzata, al punto di non poter distogliere lo sguardo dai due mostri, Janice si costrinse a voltarsi, cercando freneticamente un'altra via di uscita.

Ma si accorse presto che era inutile.

Si voltò mentre i ragni si facevano più vicini.

Sembravano essere diventati più grandi, mentre le otto gambe pelose li portavano più vicini alla preda.

Non c'era modo, per Janice, di scavalcarli o di girare loro intorno, non senza che la acciuffassero.

Janice si sbloccò.

La sua mente si ribellava alla scena davanti a lei.

La sua mente razionale le diceva che non poteva star accadendo.

Attraverso i sibili che uscivano dagli orifizi delle creature, Janice poteva quasi sentirli parlare.

"Ci piace avere una bella prelibatezza per Natale, vero Wilf?"

"Sì, Thelma".

LE VECCHIE ABITUDINI SONO DURE A MORIRE

E sther Jones avvolse il corpicino morto della sua bambina Charlotte in degli stracci ricavati da un vecchio lenzuolo, e la mise in un cesto accanto alla porta, in attesa della visita di uno dei Cercatori, che confermasse la morte e desse disposizioni perché il cadavere venisse rimosso per essere sepolto.

Suo marito Noah aveva già informato la chiesa locale della loro tragica perdita, e, anche se la campana aveva suonato quasi continuamente, i Cercatori conoscevano il loro indirizzo.

Un bicchiere della birra forte di Noah e un paio di monete in mano, generalmente bastavano a convincere i Cercatori a dire che la morte fosse dovuta a cause naturali e non alla peste.

Altrimenti la casa sarebbe stata chiusa per quaranta giorni e quaranta notti con loro dentro, e una guardia fuori ad assicurarsi che non uscissero.

Come se non fosse stato abbastanza, nessuno avrebbe potuto far loro consegne, e non c'era modo di sopravvivere per quaranta giorni senza provviste.

Il buon Signore poteva esserci riuscito del Getsemani, ma loro non erano divinità come lui, ed Esther era sicura che non ce l'avrebbero fatta.

Si parlava di una rivolta a St. Giles, dove un gruppo di persone aveva attaccato la guardia fuori una casa colpita dalla piaga e aveva fatto irruzione per liberare i residenti prima che morissero di fame. Ma i rivoltosi erano stati presi e puniti severamente, e quelli che erano stati liberati erano stati rinchiusi per altri quaranta giorni oltre a quelli che avevano già scontato.

Naturalmente, erano morti di fame e sete molto prima di essere liberati.

Comunque, parte di Esther voleva segnalare la morte di Charlotte come dovuta alla peste, solo per vedere lo sguardo di puro terrore sul viso di Noah quando avrebbe scoperto che sarebbe stato bloccato senza la sua preziosa birra, probabilmente fino alla morte.

Dopo tutto, che ragione aveva di vivere, ora che tutti i suoi bambini erano morti?

Charlotte era stata l'ultima dei tre ad essere colpita dalla peste.

Noah Junior era stato il primo, a settembre. Poi suo fratello Gideon, a novembre, e oggi, alla Vigilia di Natale, Dio aveva deciso di accogliere alla Sua gloria la loro ultima figlia.

La madre di Esther diceva sempre che Dio non dava mai più dolore di quanto si fosse in grado di affrontare, e lei le aveva sempre creduto.

Fino ad oggi!

Non c'era nessuna ragione per cui avrebbero dovuto perdere la piccola Charlotte, o chiunque altro dei loro figli, se solo Noah avesse accettato di lasciare Londra per andare in campagna dalla sorella di Esther, quando glielo aveva chiesto.

Era stato all'inizio dell'estate, quando avevano iniziato a circolare le voci sulla peste.

Anche il Re aveva portato la famiglia fuori città, e se quella non era una prova sufficiente a una persona ragionevole per capire che qualcosa non andava, Esther non sapeva che dire.

C'erano stati dei casi isolati fin dall'inverno precedente, e la saggezza locale sosteneva che la malattia fosse stata indubbiamente portata dalle navi dei mercanti stranieri che usavano ogni tipo di lavorante per trasportare le merci.

Tutto era sembrato placarsi quando il Tamigi si era ghiacciato e le navi non potevano passare, il che dimostrò che la peste veniva da fuori.

Ma nessuno al comando volle ascoltare.

Veniva detto che Londra viveva di commercio, e che fermare le navi avrebbe comportato la chiusura della città.

Tutto quello che importava ai ricchi mercanti erano i soldi.

Poi, avevano cominciato a bloccare le porte della città, fermando tutti quelli che volevano andarsene se non mostravano un documento firmato dall'ufficio del sindaco, che confermava che non fossero malati.

Esther sapeva che non potevano permettersi di pagarne uno per tutta la famiglia, ma, dato che era l'unico modo ed era convinta, almeno all'epoca, che Noah avrebbe capito che era necessario lasciare la città, Esther cercò un membro dello staff del sindaco noto per essere in grado di mettere le mani su documenti ufficiali al giusto prezzo.

Non avendo soldi da offrire, lui accettò di procurarle il certificato se glielo succhiava, una volta per ogni membro della famiglia.

In tutta onestà, Esther non trovò la cosa più disgustosa di quando lo pretendeva Noah, e, almeno, in questo caso, ci guadagnava qualcosa, non solo una richiesta di altra birra.

Ma Noah continuava a rifiutarsi di andar via, persino dopo che lei ebbe il certificato, anche se lui non chiese mai come lo avesse ottenuto.

Esther non ne poteva più.

Chiunque con un minimo di cervello sapeva che stava per succedere qualcosa di biblico, dopo che tutti erano stati testimoni di quella forte luce nel cielo l'inverno prima.

Era sicuramente un portento maligno, e quella malattia ne era la prova.

Esther poteva sentire il sangue che le ribolliva, mentre cresceva la rabbia per l'ostinata stupidità del marito.

La sua unica scusa per il non voler lasciare Londra era che avrebbe perso il lavoro di Rastrellatore e non sarebbe riuscito a trovare un impiego rispettabile in campagna.

Come se trasportare letame e brodaglie fuori dalle mura della città fosse un impiego rispettabile!

Noah faceva a malapena una giornata piena, saltando la maggior parte dei pomeriggi per spendere la paga in birreria, lasciando ad Esther pochi spicci per campare la famiglia.

Non che ci fosse più una famiglia, ormai.

Una parte di Esther sospettava che Noah avesse lasciato che i bambini si ammalassero, in modo che lei non se la prendesse più con lui perché non le lasciava abbastanza soldi per comprare da mangiare. Nella sua testa - per com'era fatto - meno bocche da sfamare volevano dire più soldi per la birra.

Esther si odiò per quel pensiero così malvagio, ma non riusciva a togliersi l'idea dalla testa.

Proprio in quel momento, bussarono alla porta.

Esther poteva sentire le lacrime scorrerle sulle guance, mentre guardava il fagottino nella cesta.

Aprì la porta e, come si aspettava, un Cercatore la attendeva fuori, il bastone bianco in mano e un sorriso saccente in viso, già pregustava i soldi e la birra che stava per ricevere se avesse mentito in Parrocchia sulle cause della morte di Charlotte.

La situazione aveva trasformato tutti in approfittatori, per quanto ne sapesse Esther.

Esther annuì in silenzio, e si voltò per prendere un bicchiere di birra alla donna.

Quando tornò, glielo porse e le mise in mano due monete.

Quando la Cercatrice ebbe bevuto, Esther prese la bambina dalla cesta e se la strinse al petto per l'ultima volta.

Cantò piano qualche verso di una ninnananna che aveva sempre fatto addormentare i suoi figli quando erano inquieti, e, quando ebbe finito, porse il corpo di sua figlia alla Cercatrice. Anche se la donna era pronta a mentire e registrare la morte come naturale, il corpicino di Charlotte avrebbe fatto la stessa fine di quello delle altre vittime della peste.

La Cercatrice restituì il bicchiere vuoto e prese Charlotte fra le braccia, quasi come se volesse far capire ad Esther che sua figlia avrebbe ricevuto un po' di tenerezza nonostante la sua condizione.

Ad Esther si spezzò il cuore a pensare alla sua piccola gettata senza tante cerimonie in una delle fosse comuni volute dalle autorità per far fronte all'enorme numero di cadaveri.

Ma che altro avrebbe potuto fare?

Non poteva seppellirla da sola, perché nessuno avrebbe voluto farlo, una volta viste le sue condizioni.

Esther rimase sulla soglia a piangere il dolore che solo una madre può sentire, mentre la Cercatrice portava Charlotte ad uno dei carretti in strada e la metteva sopra le altre vittime.

Esther rimase a guardare mentre il carretto che andava avanti a raccogliere i corpi abbandonati e impilati per strada.

L'aria odorava di fumo e cenere per via dei falò accesi lungo la via.

Rimase a guardare finché non perse di vista il carretto, poi rientrò in casa.

Dentro casa l'aria e fredda e umida. Esther si accorse di aver lasciato che il fuoco quasi si spegnesse, quindi aggiunse legna e guardò le fiamme mangiare i nuovi ciocchi.

Si accasciò a tavola e pianse senza controllo.

Esther sapeva che suo marito sarebbe tornato presto, pretendendo la cena e una birra. Aveva comprato qualcosa in più, soprattutto perché era Natale, e perché voleva che Noah restasse a casa l'indomani, così loro tre avrebbero potuto festeggiare insieme.

Ma ora era inutile!

Esther decise che a lei un bicchiere serviva più che a suo marito, quindi aprì una botte e si versò da bere.

Buttò giù il primo bicchiere in un colpo, e lo riempì di nuovo subito.

Ad Esther la birra non piaceva nemmeno tanto, ma sicuramente aiutava a placare il dolore della sua tragica perdita, continuò a bere finché non svenne con la testa sul tavolo.

La prima cosa che sentì fu uno schiaffo.

Il colpo fu così forte che quasi svenne di nuovo.

Riprendendosi abbastanza da voltare la testa, vide Noah in piedi alle sue spalle, i pugni piantati ai lati del suo enorme girovita e sul viso un'espressione di pura rabbia e cattiveria.

"Dove diamine è la mia cena, donna?" urlò, alzando di nuovo una mano, pronto a colpirla ancora.

Ester si coprì la testa meglio che poté quando arrivò il secondo schiaffo.

"E hai fatto spegnere il dannato fuoco", gridò Noah, "sai che le autorità hanno detto che dobbiamo tenerlo acceso, o entrerà la peste".

"La peste è già arrivata, stupido", ritorse Esther, cercando ancora di proteggersi, perché sapeva che, una volta che Noah aveva iniziato a usare i pugni, non si sarebbe fermato finché non fosse stato troppo stanco per continuare. "Hanno portato via la nostra Charlotte oggi pomeriggio, e dov'eri quando è successo? In birreria ad ubriacarti!"

Noah si accigliò.

Persino da ubriaco non riusciva a credere che sua moglie avrebbe osato parlargli in quel modo.

"Be', meglio così", ritorse, rabbioso. "Ora forse posso farmi una dormita decente senza tutti quei pianti e quelle strilla a tenermi sveglio".

Esther diede uno schiaffo al marito per la prima volta in tutta la loro vita da sposati.

Non aveva mai visto Noah così scioccato e sorpreso.

Senza parlare, Noah iniziò immediatamente a colpire la moglie indifesa. O non sentiva le sue proteste, o non gli importava.

Esther non cercò di spostarsi dal tavolo. Accettò, invece, le botte, come aveva sempre fatto in passato.

Noah aveva sempre avuto il cervello lento e i pugni veloci. Anche quando era incinta di ognuno dei tre figli l'aveva punita così ogni volta che riteneva necessario.

Nella sua testa, le mogli dovevano cucinare, pulire, sottomettersi ai loro doveri ogni volta che il marito voleva, e incassare le botte quando lui riteneva fossero necessarie, indipendentemente dalle circostanze.

Fino ad ora, Esther era stata preparata a sopportare la stupidità del marito, perché grazie a lui aveva tre meravigliosi bambini.

Ma l'improvvisa realizzazione che la sua ragione di vita le era stata strappata la portò i rivalutare la sua posizione.

All'improvviso, dentro di lei crebbe una furia mai sentita prima.

Una furia nata da rabbia, frustrazione ed odio!

Attese una pausa fra i colpi, mentre Noah cercava di riprendere fiato, e balzò dal tavolo, afferrando l'attizzatoio dal focolare. Sollevandolo sopra la testa, lo calò sul cranio stupito del marito, più e più volte, finché lui non cadde ai suoi piedi, morto.

Le ci volle un po' perché si rendesse conto di quello che aveva fatto.

E poi cominciò a ridere.

Ricadde sulla sedia, con la testa fra le mani, finché non smise di ridere.

Si chiese se avesse completamente perso la testa.

Le autorità l'avrebbero portata in manicomio?

Aveva sentito che stavano allargando l'ospedale per avere più posto, per cui, forse, sarebbe stata una delle prime ad esservi portata.

No!

Non avrebbe fatto quella fine!

Una volta che si fu calmata, Esther immaginò che la sua crisi isterica fosse una reazione naturale allo stato in cui l'aveva ridotta il marito, e ora che si era finalmente liberata di lui si sarebbe rifatta una vita.

Esther sapeva che non avrebbe mai potuto riavere i suoi figli, ma, almeno, ora che Noah era morto, aveva la possibilità di ricominciare con un altro uomo, avere altri figli a cui dare amore e affetto.

Era ancora relativamente giovane, e non era brutta, nonostante tutte le botte prese da Noah.

Quella sarebbe stata sicuramente l'ultima Vigilia di Natale passata a rannicchiarsi in un angolo, mentre suo marito sfogava su di lei rabbia e frustrazione.

Esther guardò il corpo senza vita del marito.

Aveva la testa spappolata. Con cautela, sollevò la gonna e posò piano la suola dello stivale su quello che restava della testa di Noah.

Mentre premeva, dagli orifizi aperti uscirono altro sangue e materia, così tolse il piede e lo pulì sulla giacca di suo marito, prima di riappoggiarlo sul pavimento.

Soddisfatta dal suo ultimo atto di sfida, Esther si riempì di nuovo il bicchiere e lo sollevò in un finto brindisi al marito morto, prima di scolarselo in un sorso.

Si pulì la bocca con il dorso della mano e iniziò ad elaborare un piano per sbarazzarsi del cadavere.

Pensò di farlo a pezzi e gettarli nel camino. Ma si rese subito conto che l'odore della carne bruciata avrebbe destato sospetti e avrebbe fatto arrivare le autorità.

In quel momento, sentì una voce urlare da fuori.

"Portate fuori i vostri morti!"

Era il conducente di un carretto funebre che chiamava quelli che avevano perso qualcuno, perché portassero fuori i cadaveri.

Era un'opportunità troppo ghiotta, per lasciarsela scappare.

Per prima cosa, Esther svuotò le tasche del marito, prendendo tutti i soldi che non aveva speso in birreria. Mise le monete sul tavolo e poi iniziò ad avvolgere il cadavere i vecchi sacchi e lenzuola strappate, assicurandosi che la testa - o quel che ne restava - fosse coperta più volte, per non destare sospetti su come fosse morto.

Esther trovò della corda, che usò per legare stretto il corpo del marito coperto dal sudario, perché trasportarlo fosse più facile.

Una volta soddisfatta del risultato, lo prese per gli stivali e lo trascinò. Nel tragitto verso la porta, inciampò e cadde più volte, dato che sembrava che Noah non volesse lascarla in pace nemmeno da morto.

Alla fine, Esther riuscì a trascinare il cadavere a pochi passi dalla porta.

Lasciandolo lì, corse in cucina e prese tre monete dal tavolo. Riempì un altro bicchiere di birra e lo portò all'ingresso.

Con cautela, aprì la porta e sbirciò.

La Cercatrice a cui aveva dato il corpo di Charlotte non si vedeva. Esther ipotizzò che fosse andata via o avesse concluso i suoi affari per quella notte.

Si sporse di più e guardò in strada.

Alla luce dei falò, poteva vedere ombre di persone che andavano avanti e indietro in lontananza, ma non c'era nessuno nelle vicinanze a cui chiedere aiuto.

Mentre considerava l'opzione di rimandare, vide un carretto svoltare e dirigersi verso di lei.

Esther cercò di vedere, al buio, se c'era un Cercatore, ma non ne vide.

Non che importasse. Aveva sentito dire che fosse più facile corrompere i conducenti dei carretti che i Cercatori. Dopo tutto, chi avrebbe notato un corpo in più, quando le pile erano già così alte?

Esther aspettò finché non fu abbastanza vicino, poi uscì in strada col bicchiere di birra, e aspettò che si fermasse.

Quando fu a poche case di distanza, Esther lo raggiunse e gli diede il bicchiere.

Con un grosso sorriso, disse: "Buon Natale", porgendogli il bicchiere.

Il guidatore prese l'offerta con gratitudine, e la ringraziò prima di bere.

Mentre lui le ridava il bicchiere, Esther controllò di nuovo che nessuno potesse sentire mentre gli dava le monete prese dalle tasche di Noah.

L'uomo le guardò perplesso.

Sapeva che qualcuno povero come Esther non poteva permettersi di fare un'offerta tanto generosa ad un estraneo.

La guardò, sempre più perplesso.

Esther gli si avvicinò. "Mio marito è morto, l'ho preparato, pensi di poterlo mettere sul carro con gli altri?"

Il guidatore la guardò scioccato.

Aprì la bocca per protestare, ma si fermò e guardò le monete che aveva sul palmo.

Esther decise che poteva approfittare di quell'esitazione.

"Ce n'è un'altra, se mi aiuti", offrì.

Il guidatore si guardò intorno per assicurarsi che non ci fosse nessuno, prima di voltarsi verso di lei e annuire.

Si mise i soldi in tasca prima di seguire Esther dentro casa.

Una volta dentro, Esther andò dritta in cucina per posare il bicchiere e prendere un'altra moneta.

Per quando tornò nell'atrio, il guidatore si era caricato il corpo di Noah in spalla e aspettava pazientemente il resto della sua mazzetta.

Esther gli porse l'ultima moneta e gli sorrise, come se il loro scambio fosse stato perfettamente normale e innocente.

In tutta onestà, sospettava, da quel che aveva sentito da alcune donne del posto, che a Londra stava succedendo di peggio, quindi pensò che quella non fosse la prima volta, per quel guidatore.

L'uomo si tolse il cappello e augurò ad Esther un buon Natale, prima di uscire dalla porta col suo carico.

Esther lo guardò gettare il cadavere di suo marito sul carretto prima di continuare per sua strada, invitando gli altri a portar fuori i loro morti.

Una volta chiusa la porta, Esther vi si appoggiò, invasa dal sollievo.

Le sue emozioni erano ancora un misto di sollievo per la perdita di suo marito e profondo dolore per quella di sua figlia. Ma ragionò con se stessa che, ora che Noah non c'era più, avrebbe potuto piangere in pace i suoi tre bambini, senza dover sentire le lamentele continue del marito sul suo avere più tempo per occuparsi di lui.

Esther andò in camera da letto e andò subito all'armadio, dove aveva messo il completino invernale che aveva cucito per Charlotte come regalo di Natale.

Lo portò in cucina e sedette davanti al fuoco col vestitino stretto al petto.

Iniziò a piangere e singhiozzare mentre ricordava il momento della morte della bambina.

La sua unica consolazione era che Charlotte ora era in paradiso con i suoi fratelli, e che sua madre si sarebbe presa cura di loro fino al momento in cui si sarebbero rivisti.

Non aveva dubbi su dove Noah sarebbe andato, e l'idea la fece sorridere.

Esther si asciugò gli occhi e mise con tenerezza il vestitino su una sedia.

Sapeva che sarebbe stato meglio rimetterlo nell'armadio, perché ogni volta che lo vedeva le mancava il fiato. Ma averlo lì la faceva sentire più vicina a Charlotte.

Esther andò alla dispensa e guardò il cibo che aveva comprato per i giorni successivi. Almeno, non sarebbe morta di fame per un po', con Noah morto. Suo marito poteva mangiare per tre e avere ancora fame.

Si ingozzò di pasticcio di carne, pane fresco imburrato, torta, tutto innaffiato da altra birra.

Alla fine, si accasciò davanti al fuoco.

Considerò l'idea di andare a letto, ma decise che avrebbe potuto fare quello che voleva, e il salotto era la stanza più calda della casa per via del fuoco.

Mise altra legna e si accoccolò, pronta a una bella nottata di sonno.

Prima di addormentarsi, era certa di sentire le campane. Ma invece della melodia monotona che annunciava altre morti, questa volta sembravano allegre, senza dubbio per celebrare la festa.

Esther sognò di avere tutti e tre i suoi preziosi bambini con lei. Insieme, erano intorno al fuoco, Charlotte addormentata fra le sue braccia, mentre Noah Junior e Gideon, entrambi sazi di torta, giocavano con l'unico regalo che gli era stato concesso di aprire alla Vigilia.

Quando la porta si aprì, i due bambini corsero in corridoio a mostrare i regali al padre. Esther si voltò in tempo per vedere il marito prendere in braccio i bambini e dar loro un grosso abbraccio, prima di esaminare i giocattoli, fingendo di non averli mai visti prima, anche se li aveva comprati lui.

Baldwin Clark entrò in salotto con un figlio per braccio, tutti e tre felici come non mai.

Esther era fiera del marito. Sapeva, nel momento in cui l'aveva visto la prima volta, che era l'uomo per lei, e non aveva mai rimpianto la sua scelta.

Era il marito e padre più gentile, premuroso e affettuoso, ed Esther avrebbe dato la vita per lui.

Una volta che si fu liberato dei due bambini, Baldwin guardò con amore la figlia più piccola, e si chinò per baciarle la testa, stando attento a non svegliarla.

Esther si voltò verso il marito, perché la baciasse, chiudendo gli occhi.

Ma, invece della dolce carezza che si aspettava, ricevette un calcio nelle costole!

Si svegliò, sorpresa e intontita.

Le ci volle un po' per rendersi conto che stava sognando, e in quel momento Noah alzò di nuovo la gamba e le assestò un altro colpo ben piazzato alla cassa toracica.

Esther era troppo scioccata per reagire.

Mentre la sua mente tornava al presente e ricordava gli avvenimenti della serata, non riusciva a credere che il marito fosse in piedi davanti a lei, pronto a darle un altro calcio.

Il colpo successivo le fece tossire sangue. Riconobbe subito il sapore ramato in bocca, dato che non era la prima volta che una cosa del genere succedeva per mano di Noah.

Esther fissò la figura grottesca che incombeva su di lei.

Era davvero suo marito?

E se sì, come faceva ad essere lì?

Quando il guidatore aveva portato il cadavere di Noah al carretto, non c'erano dubbi che fosse morto. Quando Esther aveva finito di colpirlo con l'attizzatoio, la sua testa era ridotta in poltiglia, e non c'era modo che fosse potuto sopravvivere.

Ma era lì!

In piedi, a picchiarla come ogni sera, come lei aveva imparato ad aspettarsi.

Nella luce fioca del focolare, Esther strizzò gli occhi e cercò di guardarlo in viso. Fu in quel momento che si rese conto che aveva ancora la testa avvolta nelle bende.

I vestiti erano indubbiamente quelli di Noah, fino agli stivali consunti. In più, la stazza e la figura erano sicuramente quelle del marito.

Mentre Esther cercava in vano di trovare una spiegazione razionale a quello che stava succedendo, la figura alzò una mano e si strappò le bende dalla testa, svelando i resti in poltiglia del cranio di suo marito, che ancora trasudavano quel che restava della materia cerebrale dalle varie spaccature che lei vi aveva fatto con l'attizzatoio.

Esther non aveva dubbi che quella mostruosità fosse suo marito.

Suo marito morto!

Tornato dalla fossa per picchiarla un'altra volta!

Le era chiaro, ora, che suo marito non avrebbe permesso a qualcosa di così sciocco come la morte di impedirgli di manifestare le sue tendenze naturali.

Anche se significava uscire dalla fossa comune.

Esther immaginò Noah che scalava i cadaveri delle altre vittime, con in testa solo il pensiero di picchiarla ancora prima di soccombere.

Ancora strozzandosi col proprio sangue, Esther alzò le mani per proteggersi la faccia mentre Noah prendeva l'attizzatoio che lei aveva usato su di lui, e lo sollevava.

Le implorazioni di Esther risuonarono in orecchie morte e sorde, mentre Noah calava l'arma sul cranio della moglie, spaccandolo al primo colpo.

L'ULTIMO TRENO PER LONDRA

Stuart ne aveva avuto abbastanza!

Questa non era la sua idea di un modo divertente di passare la Vigilia di Natale!

E, in più, lo aspettavano un lungo viaggio e una lite con la sua fidanzata... Fantastico!

La conferenza, ad essere sinceri, non era stata la solita noiosa agonia. Le presentazioni erano state per lo più brevi, e qualcuna persino utile.

Ma la parte migliore della giornata era stata incontrare la deliziosa Jennifer e le sue socie Melissa e Karen. Tre creature incantevoli che, non solo sembravano essere onestamente interessate al suo lavoro, ma che avevano dimostrato apertamente che non erano avverse a un po' di divertimento ed esperimenti dopo-lavoro!

Alla fine della conferenza, Stuart era stato invitato al loro hotel per bere e sgranocchiare qualcosa e - credeva - la possibilità di una cosa a quattro.

Si era inventato una rapida scusa da dire a Stephanie sul perché non sarebbe tornato a casa in tempo per la festa di Natale dei suoi genitori -

dove sarebbero stati tutti!

Sapeva che sarebbe stata furiosa. Dopo tutto, aveva appena passato due giorni ad una conferenza, seguita immediatamente da quest'altra, per cui mancava da casa da tre giorni.

La rabbia di Steph, dall'altro capo del telefono, era usuale e se l'aspettava, ma in quel momento a Stuart non importava. La notte gli appariva molto più piacevole di qualsiasi cosa i suoi suoceri avessero nel menu.

Stuart diede la colpa al pessimo segnale chiudendo la chiamata. Quasi immediatamente, il nome di Steph lampeggiò sullo schermo, e lui rifiutò la chiamata... e quella dopo... e quella dopo!

Finché non smise di chiamare.

Le tre donne lo attendevano nel foyer del centro conferenze.

Mentre si avvicinava loro, Stuart fu affiancato da Ralph Richardson, un noioso buffone delle Midlands, che aveva avuto la sfortuna di incontrare in diverse riunioni precedenti.

"Ciao, Stu, vecchio mio", esclamò Ralph, nel suo peggior accento ricercato, dandogli una pacca sulla spalla. "Hai tempo per un bicchiere per festeggiare?"

Stuart cercò di non sembrare infastidito.

Riuscì anche a fingere un sorriso. "Scusa, Ralph... Ehm, ho delle cose da sbrigare prima di andarmene".

Prima che potesse impedirselo, Stuart azzardò un'occhiata verso le tre donne. A Ralph non sfuggì il gesto, e seguì il suo sguardo.

"Vedo, vecchio volpone".

"Ralph, non è come credi... è solo per lavoro".

"Certo", sorrise il collega, dandogli di gomito in modo troppo ovvio.

"RALPH!"

Ralph alzò la mano in segno di resa. "Ok, ok. So quando non sono desiderato. Ci vediamo l'anno prossimo... stallone".

Stuart si sentì avvampare; sperò che le ragazze non vedessero la sua reazione.

Aspettò che Ralph se ne andasse, rifiutandosi di reagire ai pollici in su che gli rivolse uscendo dalla porta a vetri dietro le donne.

Quando Ralph fu sparito, Stuart raggiunse il trio.

"Be'..." disse, sperando la sua faccia fosse tornata del colore normale. "Andiamo?"

"Chi era quello?" chiese Melissa, guardando da sopra la spalla.

"Oh, solo un collega", rispose Stuart, spiccio.

"Avresti dovuto chiedergli di unirsi a noi", disse Jennifer. "Sarebbe stato divertente".

Stuart storse il naso. Il solo pensiero di una situazione del genere gli fece rivoltare lo stomaco. Iniziò a chiedersi con che tipo di donne stava - o sperava di stare - per passare la notte.

Guardò Jennifer. "Sul serio?"

Tutte e tre risero della sua espressione.

"Andiamo", disse Karen, prendendolo a braccetto. "Ti prende in giro".

L'hotel in cui alloggiavano le donne era elegante e raffinato. Gli ricordò quello in cui i genitori di Steph avevano insistito per alloggiare la sera della loro festa di anniversario. Non gli sarebbe importato molto, se solo non si fossero aspettati che lui pagasse per tutti.

Quello, più il costo della festa - di nuovo, organizzata per lo più dalla madre - gli aveva svuotato la carta di credito. Un punto doloroso, che lo aveva portato a passare la maggior parte della settimana seguente nella camera degli ospiti, dopo che lui e Stephanie avevano litigato per quello.

Stuart ragionò che la compagnia per cui lavorava Jennifer sapeva prendersi cura del suo staff.

Le tre donne alloggiavano in una suite. La sala comune era più grande dell'appartamento di Stuart, e vi erano collegate tre camere da letto, la più grande delle quali - quella di Jennifer - gli fu mostrata come parte del tour guidato.

La stanza aveva un enorme letto rotondo, e tappeti di pelliccia che occupavano quasi tutto il pavimento.

Stuart si chiese quando si sarebbe presentato il momento migliore per provarci con una di loro. Aveva fantasticato che gli sarebbero saltate addosso nel momento in cui si chiudeva la porta, ma quel momento era passato e sentiva il bisogno di creare l'atmosfera.

Ordinò champagne al servizio in camera nel suo miglior accento alla James Bond. Decise che tre bottiglie sarebbero bastate a far cominciare la serata. Quando il cameriere gli portò il contro, Stuart gli passò con noncuranza la carta di credito, evitando di proposito di guardare lo schermo inserendo il PIN.

Lo fece per due motivi:

Uno, pensava che le ragazze sarebbero rimaste impressionate dal fatto che non gli sembrava importare del prezzo.

E due, non voleva che il totale - che ipotizzava non fosse basso, tenendo conto del posto - gli pesasse in testa durante la serata. Voleva concentrarsi totalmente sulla splendida carne femminile che gli si presentava.

Mentre la serata andava avanti, Stuart si rese conto che le cose non sarebbero andate secondo i suoi piani.

Per prima cosa, Karen e Melissa sembravano più interessate l'una all'altra che a lui.

Vero, dopo aver abbassato le luci e messo un po' di musica, avevano ballato con lui a turno. E tutte e tre, specialmente Jennifer, avevano reso l'esperienza quanto più provocativa ed erotica possibile senza strappargli i vestiti di dosso e approfittarsi di lui.

Ma ogni dose gliene faceva volere di più. E la mancanza di conclusione lo lasciava frustrato e insoddisfatto.

Con il progredire della serata, le ragazze ordinarono degli stuzzichini.

Poi lui ordinò (e pagò) altro champagne... di nuovo senza guardare il conto!

Le ragazze bevevano e toccavano di più. L'unico problema era che si toccavano di più fra loro e non toccavano lui.

Per le II, Melissa e Karen erano virtualmente in mutande, ruzzando fra loro sulle note di *Albatross* dei Fleetwood Mac, ignare del fatto che, da fuori, tutti avrebbero potuto vederle.

Jennifer, che aveva bevuto quanto loro, era più controllata - che sfortuna, pensò Stuart.

Anche se si era tolta da tempo le scarpe e aveva sbottonato la camicetta abbastanza da mostrare qualcosa a Stuart, prima di sfilarla dalla gonna, continuava a sedersi lontana da lui quando si metteva sul divano.

Stuart decise che era arrivato il momento.

Il fatto che nessuna delle tre avesse fatto il minimo sforzo di rispondere alle sue avances, anche se aveva smesso di essere discreto da tempo, ed era addirittura diventato ovvio, gli fece pensare che o aveva interpretato male la situazione o che le ragazze volessero prenderlo in giro.

In ogni caso, non era felice.

Decise di provarci un'ultima volta prima di gettare la spugna.

Scivolando lungo il divano, mise un braccio intorno alle spalle di Jennifer, avvicinando la bocca alla sua.

"E il mio regalo di Natale?"

Jennifer sorrise. "Chiudi gli occhi", soffiò.

Lui obbedì. Poi sentì le labbra morbide di lei contro la fronte.

"Facciamo progressi", bisbigliò. Ma, mentre cercava di spostare la testa perché le loro labbra si incontrassero, Jennifer si allontanò.

Stuart si guardò intorno. Melissa e Karen erano ancora abbracciate. Lo guardavano, sorridendo.

"Hai preso un granchio, caro", rise Karen.

Lei e Melissa allungarono le braccia verso Jennifer, che si spostò dal divano verso di loro, togliendosi la gonna e gettando la camicia sul pavimento, prima di unirsi all'abbraccio di gruppo.

Stuart rimase immobile per un attimo, guardando le tre donne baciarsi e toccarsi all'ombra della scarsa luce delle lampade da tavolo. I loro gemiti soffusi si mischiavano al suono delle loro calze che si sfioravano mentre si muovevano.

Stuart prese un sorso da una bottiglia mezza vuota di Moet e sospirò. In circostanze diverse, la scena sarebbe stata il miglior aperitivo prima di una notte di piacere sfrenato.

Ma in quel momento era stato preso per i fondelli, e lo sapeva!

Mentre iniziava a rimettersi le scarpe e ad afferrare il resto dei suoi vestiti, la scena divenne più intensa.

Si chiese se lo torturassero di proposito.

In ogni caso, ne aveva avuto abbastanza. Prese la borsa e raggiunse la porta.

Non si disturbò nemmeno a dire qualcosa prima di andarsene.

Fuori dall'hotel, cercò un taxi. Aveva iniziato a piovere e, non avendo l'ombrello, Stuart cercò di tenersi sotto la pensilina dell'hotel, finché il taxi non si fermò davanti a lui.

"Alla stazione, per favore", disse, scivolando sul sedile posteriore.

Guardò l'orologio; erano le 11.15.

"Non sa quando c'è l'ultimo treno per Londra, vero?"

L'autista si voltò appena, scrollando le spalle. "Mi dispiace", disse, in quello che sembrava un accento dell'est.

"Ottimo!", pensò Stuart.

Rifletté sulle sue opzioni.

Se non c'erano altri treni, era nei guai. Se almeno fosse riuscito a fare qualcosa con una (o tutte) delle ragazze, sarebbe valsa la pena di perdersi la mattina di Natale con Steph. Ma così, aveva freddo, fame, era bagnato, probabilmente al verde... prese le ricevute dal portafogli.

Lo champagne gli era costato quasi 500 sterline... avrebbe dovuto dare una spiegazione, all'arrivo dell'estratto conto!

Decise che se ne sarebbe preoccupato dopo.

Per ora, voleva sapere che c'era almeno una possibilità di arrivare a casa prima di Santo Stefano.

Uscendo dal taxi, Stuart vide che, anche se la porta era aperte, la stazione era quasi completamente buia.

"Non è un buon segno", si disse.

Pensò di chiedere all'autista di aspettare, ma, prima che potesse parlare, l'auto se ne andò.

"Fantastico, le cose migliorano".

Stuart entrò in stazione, scrollandosi di dosso la pioggia.

Per la sua disperazione, la biglietteria era chiusa, e non c'erano display che lo informassero sugli orari.

Raggiunse l'altro capo del foyer, e guardò i binari vuoti dal vetro sporco.

Gli sembrava che il suo aspetto avesse bisogno di essere migliorato.

Si voltò, e si incamminò verso la strada.

L'area davanti a lui era deserta.

La strada principale si allungava a perdita d'occhio alla sua sinistra, senza segni di vita.

A destra, c'era una curva a circa 400 metri, ma quella era la direzione da cui era arrivato, e sapeva di non aver superato nulla di ospitale a breve distanza.

Si maledisse per non aver preso il biglietto da visita dell'autista.

In quel momento, sentì un lieve boato sotto di lui.

Il tremito crebbe e fu presto accompagnato dal suono di ruote di metallo sui binari.

UN TRENO!

Stuart corse dentro a guardare dal vetro, e vide, attraverso la nebbia, un treno che arrivava in stazione.

Corse alle scale, facendole a tre alla volta.

Quando raggiunse il binario, il treno si era fermato.

Stuart guardò in alto.

Qualcosa gli parve strano!

Il treno!

Sembrava... vecchio.

Poi si accorse che non era nebbia, quella che aveva visto dal vetro di sopra, era vapore!

Era uno di quei vecchi treni a vapore che aveva visto nei film.

Stuart rimase immobile sul binario per un attimo, cercando di capire che stava succedendo.

Era di certo un vecchio treno a vapore, anche se non ne aveva mai visto uno così da vicino.

Pensò che fosse in transito, forse diretto a una fiera di Capodanno.

Ma era lì, ora, e viaggiava - sperò - verso Londra, ed era l'unica cosa che contava. Di certo, in quelle circostanze, gli avrebbero dato un passaggio.

Tuttavia, Stuart si preparò ad una battaglia con uno di quei tipi odiosi e prepotenti, che pensavano solo al lavoro, senza immaginazione e col cervello minuscolo.

Mentre si avvicinava al treno, si aprì una delle porte e una guardia scese sul binario.

Aveva l'uniforme completa, con il cappello a punta e i bottoni di ottone sulla giacca. *Perfettamente adatto allo stile del trasporto*, pensò Stuart. Anche se un po' fuori posto per l'epoca.

La guardia sorrise a Stuart. "È il suo treno, signore?" chiese, gentile.

"Be'...", balbettò Stuart. "Speravo in un passaggio fino a Londra. Vede, ho perso il mio solito treno, e..."

"Va bene, signore", disse la guardia, senza dargli il tempo di finire. "Sono solo due fermate fino a Londra, arriverà in un baleno".

In quel momento, si aprì una porta sul binario dietro Stuart, che si voltò e vide un'altra guardia, vestita come quella sul treno.

"Buonasera Harry", disse il nuovo arrivato. "In orario come sempre?"

La guardia del treno rise. "Che ti aspettavi"?

La guardia della stazione si avvicinò a Stuart. "Posso vedere il biglietto, signore?"

Prima che Stuart potesse cercare l'abbonamento, la guardia sul treno alzò la mano.

"Va tutto bene, Arthur, è uno dei nostri".

La guardia della stazione si voltò verso Stuart. "Scusi signore", disse. "La prego di salire a bordo, partiranno presto".

Anche se non era certo che il suo abbonamento fosse valido per quel viaggio, Stuart sorrise alla guardia e salì sul treno.

Mentre si faceva strada lungo il corridoio adiacente agli scomparti-menti individuali vuoti, sentì la guardia della stazione dire a voce alta:

"Tutti a bordo del treno veloce delle 11.30 per Londra... Ferma a St. Hedges, Coningham e Londra... Tutti a bordo dell'ultimo treno per Londra!"

Stuart non aveva mai sentito nessuna delle altre due stazioni, prima, ma la cosa più importante era che sarebbe arrivato a Londra. Era arrivato alla conferenza direttamente dopo due giorni a Birmingham, quindi non era sicuro di in quale stazione di Londra sarebbe finito. Ma non gli interessava. Sarebbe comunque stata Londra.

Sentì la guardia chiudere le porte mentre il treno partiva.

Ciuffi di nuvole grigio/bianche passavano davanti al finestrino dello scompartimento di Stuart, mentre il treno rombava attraverso la campagna buia.

Dopo un po', Stuart sentì gli occhi chiudersi mentre i festeggiamenti della serata facevano effetto. Non sentì la porta dello scompartimento aprirsi.

"Va tutto bene?", chiese la guardia, svegliandolo.

Stuart si raddrizzò. "Oh, sì, bene, grazie... tranne..." Stuart sentì lo stomaco brontolare. "Non suppongo serviate cibo sul treno?"

La guardia sorrise. "Temo che abbiamo smesso il servizio a Bracken-ham, signore".

"Oh", rispose Stuart, cercando di mascherare la delusione.

La guardia prese dalla tasca dell'uniforme un orologio con la catenella e ne aprì il coperchio, guardando le lancette con gli occhi socchiusi. "Ma perché non mi segue", continuò, facendomi l'occhiolino. "E vediamo se possiamo chiedere a Mildred di prepararle un sandwich. Starà comunque preparando il tè per i ragazzi".

Stuart si alzò. "È molto gentile", disse. "Non voglio disturbare".

La guardia si stava già allontanando lungo il corridoio.

Stuart lo seguì lungo altre due carrozze prima di raggiungere il vagone ristorante.

Una donna di mezza età in vestaglia cantava fra sé, mentre spazzava il pavimento.

"Ciao Mildy, vecchia mia", urlò allegramente la guardia.

La donna si fermò e si voltò. "Oh, Harry, mi hai spaventata", disse, stringendosi le mani al petto.

La guardia rise. "Il mio amico, qui, si chiedeva se potevi preparargli un sandwich", si girò verso Stuart. "Ha saltato la cena".

La donna mise via la scopa. "Oh, povero ragazzo!", esclamò. "Ora ti siedi, e ti preparo un bel sandwich al prosciutto... ti andrebbe anche qualcosa da bere?"

Stuart sorrise. "Be', se c'è una birra, non dico di no".

La donna e la guardia risero.

"Un uomo che la pensa come me", disse la guardia.

In pochi minuti la donna diede a Stuart due spesse fette di pane, ampiamente imburrate, con un grosso pezzo di prosciutto nel mezzo. Vicino, vi mise un sacchetto di patatine, e un boccale di birra schiumosa.

Stuart sgranò gli occhi. "Oh, grazie, è proprio quello che mi ha prescritto il medico".

La donna rise.

"Non c'è niente per me?" chiese la guardia, deluso.

La donna sospirò. "Saremo a St. Hedges fra un minuto, ti conservo tutto per dopo".

Con questo, la guardia si voltò e tornò indietro sul treno.

Mentre Stuart mangiava, il treno si fermò.

In lontananza, poteva sentire un altro uomo annunciare che il treno si sarebbe fermato a Coningham e a Londra.

Si gustò la birra con un cui annaffiò il sandwich e le patatine.

Poteva sentire Mildred in cucina, da dove aveva preso il suo spuntino, canticchiare. Stuart non riconobbe la canzone, ma all'addetta alle pulizie sembrava piacere.

Il treno ripartì, riprendendo il suo viaggio.

Dopo qualche attimo, la guardia tornò con un altro uomo, che indossava un'uniforme simile, ma senza la giacca, e un altro dietro di lui in tuta da lavoro.

Stuart notò che l'uomo con la tuta era coperto di polvere di carbone, il viso completamente sporco.

"Ehilà, Mildy", chiamò la guardia. "Ci sono i ragazzi".

Mildred uscì sorridente con un vassoio con altre quattro pinte di birra, più un bicchierino di quello che, a Stuart, sembrava gin.

Gli uomini presero una birra.

Stuart, che non voleva sembrare maleducato, aspettò.

Mildred, prendendo il gin, gli disse, "Andiamo, ragazzo, è quasi Natale".

Stuart sorrise e prese l'altra birra.

Fecero toccare i bicchieri e bevvero.

A Stuart furono presentati i due nuovi arrivati, Burt, il conducente, e Roger, il fuochista. Harry, la guardia, spiegò che quando questo treno era in servizio, Burt e Roger si organizzavano in modo da poter prendere il tè - in questo caso, una birra, dato che era un'occasione speciale - e tornare in cabina, con ampio margine di tempo prima della stazione successiva.

Dopo qualche minuto di chiacchiere, Stuart disse, "Non sapevo che questo tipo di treni fosse ancora in servizio".

Gli altri quattro risero. "È un treno speciale per Natale", disse Harry.

"Oh", disse Stuart. "Ha senso. Credo sia fantastico che vi vestiate in modo adatto all'occasione. Che fortuna, per me, essere al posto giusto al momento giusto".

Risero tutti insieme.

"Oh, e a proposito di essere al posto giusto al momento giusto", disse Burt. "Andiamo Roger, portiamoci queste, è meglio se torniamo in cabina".

Il conducente e il fuochista salutarono e tornarono verso la cabina, assicurandosi che quel che restava delle birre rimanesse nei bicchieri.

L'offerta di Stuart di pagarsi il pasto fu declinata da Mildred con un gesto allegro.

Ringraziò lei ed Harry, e tornò al proprio sedile.

Percorrendo le carrozze, Stuart si accorse che diversi altri passeggeri dovevano essere saliti in treno, quando si era fermato.

Guardando in vari scompartimenti, notò che molti - se non tutti - erano vestiti come sessanta-settanta anni prima.

Sorrise tra sé a quanto fosse rinfrancante scoprire questa festicciola fortuita, e si chiese se - dopo che le pallottole avessero smesso di piovere, a casa - avrebbe dovuto suggerire lo stesso viaggio a Steph per l'anno successivo, come alternativa alla tradizionale festa di famiglia dei Collin.

Ipotizzò che doveva esserci modo di trovare su internet le informazioni relative a biglietti ecc.

Il treno passò in una galleria mentre Stuart raggiungeva la sua carrozza. Le lampade del soffitto illuminavano gli interni, dandogli una luce calda.

Nel raggiungere lo scompartimento e aprirne la porta, notò una coppia seduta in fondo.

Lo guardarono.

"Scusate", mormorò Stuart. "Non mi ero accorto che ci fosse qualcuno".

La coppia gli sorrise.

"Non si preoccupi", disse l'uomo. "Non ci vorrà molto. Venga, si accomodi".

Stuart barcollò attraversando la soglia, mentre il treno ondeggiava.

Sprofondò nel sedile, sentendo la birra mescolarsi allo champagne. Era contento di aver mangiato un sandwich, che avrebbe assorbito l'alcol, e desiderò lo facesse presto.

"Whoa, attento, Burt", disse. "Tieni le mani sul volante".

"Oh", disse l'uomo, confuso. "Conosce Burt?"

"Mi è stato appena presentato", disse Stuart, cercando di non biascicare e far notare la sua condizione. "Abbiamo condiviso un brindisi natalizio prima che tornasse in cabina".

La coppia rise.

"Tipico di Burt", disse la ragazza. Era giovane, Stuart le diede vent'anni. Aveva un viso carino, al naturale, non impastato di trucco.

L'uomo sembrava più vecchio, intorno ai quaranta. Ma, stando a come erano seduti, e dal fatto che si tenessero per mano, Stuart non dubitava fossero una coppia.

Si sporse verso di loro. "Scusate se ve lo chiedo, sapete quanto è frequente questo treno? Pensavo di portarci la mia signora la prossima volta".

La coppia sorrise. "Questa era la corsa delle dieci", rispose la ragazza. "Poi, durante la guerra, modificarono gli orari a causa dei bombardamenti, per cui era un po' imprevedibile".

"Capisco", disse Stuart, che non voleva sembrare maleducato. Non poté fare a meno di chiedersi perché la ragazza gli stesse facendo una lezione di storia, quando lui voleva sapere solo come e dove prendere i biglietti.

"Poi", si inserì l'uomo. "Nel 1944 la maggior parte dei treni della Vigilia di Natale sono stati cancellati, perché il vecchio Adolf ha fatto cadere così tante bombe che era diventato pericoloso far partire le corse".

L'uomo strinse la mano della ragazza prima di proseguire.

"Ma poi, verso le otto, le cose rallentarono e l'aria si schiarì. Le sentinelle dissero che il cielo era libero, e c'erano così tante persone che avevano perso il treno che la stazione era affollata di gente che voleva tornare a casa per Natale.

"La compagnia decise di far ripartire i treni, abbastanza da far tornare tutti a casa dai propri cari per la mattina di Natale. Questo è stato l'ultimo a partire, visto che era l'unico a fermarsi a St. Hedges e Coningham prima di arrivare a Londra".

Stuart cercò di concentrarsi su quello che l'uomo diceva, ma sentiva la fatica che stava per vincere la battaglia.

"Be'", continuò l'uomo. "Quello che nessuno sapeva era che il vecchio ponte di ferro tra St. Hedges e Coningham era stato colpito, e una parte era rimasta sospesa in aria. Il binario era stato fatto a pezzi, e le rotaie erano rimaste sospese sulla cava, a più di cento metri d'altezza. Il treno proseguì sul punte finché non perse la presa. Poi cadde giù dal binario, finendo nel burrone, uccidendo ogni uomo, donna e bambino a bordo".

Stuart si mosse e si sforzò di tirarsi su a sedere.

"Ma di certo", chiese. "Il conducente deve aver visto che il ponte era stato distrutto, prima di raggiungerlo?"

"Sì", rispose la ragazza. "Tranne che, quella notte, dato che era la Vigilia di Natale, ed era tardi, il conducente e il fuochista avevano lasciato la cabina per andarsi a prendere un bicchiere, come sempre, avendo abbastanza tempo per ritornare prima di raggiungere il ponte. Ma quella notte entrambi credevano che l'altro avesse le chiavi della cabina e, quando tornarono, erano rimasti chiusi fuori!"

"È terribile", disse Stuart, cercando di concentrarsi.

"Sì", rispose l'uomo. "Ma non è colpa di Burt o Roger. Dopo tutto, come dice Evi, di solto riuscivano ad andarsi a bere un bicchiere fra una stazione e l'altra senza incidenti".

Stuart si raddrizzò.

"Burt e Roger!" balbettò. "Ma il nostro conducente si chiama Burt, e il fuochista è..."

"Esatto", sorrise la ragazza. "Non ci vorrà molto".

Stuart si lanciò dal sedile, gettandosi sulla porta dello scompartimento.

Gli si piegarono le gambe mentre cercava di raggiungere il motore.

Vide Harry venire verso di lui.

La vecchia guardia alzò le mani.

"Non c'è motivo di preoccuparsi, signore", disse, rassicurante. "Non ci vorrà molto".

Stuart lo gettò da parte, e si lanciò nell'ultima carrozza.

Alla fine del corridoio, poteva vedere conducente e fuochista, seduti fuori dalla cabina, a bere la loro birra.

Quando lo videro, alzarono i bicchieri verso di lui.

"Salute", dissero, mentre Stuart sentiva il rumore di metallo che scricchiolava e il treno andava violentemente di lato, prima di sprofondare verso il cemento.

LA PORTA DELLA CANTINA

La MG di Carol Grundy corse lungo la curva a gomito, i pneumatici strillarono, protestando per la velocità con cui la conducente aveva deciso di svoltare.

Lei sogghignò. Adorava le strade aperte, soprattutto quelle senza telecamere.

Il sole del tardo pomeriggio aveva iniziato a calare. Guardò l'orologio sul cruscotto; erano quasi le 3.05.

Era in ritardo!

Si era accordata con l'agente immobiliare per vedersi alle tre, visto che era la Vigilia di Natale e, dopo tutto, capiva che l'uomo volesse concludere presto la giornata di lavoro.

Immaginò di essere ancora a qualche miglio dalla casa del suo prozio... o casa sua, adesso!

Ancora non riusciva a credere alla fortuna che aveva avuto. Un parente di cui conosceva a malapena l'esistenza le aveva lasciato la casa, una struttura di forma irregolare in Cornovaglia, affacciata sul mare.

Fino a quel momento, l'unica cosa di valore che avesse posseduto era la sua auto, ed era sua solo finché continuava a pagarla.

Carol non si faceva illusioni. Sapeva, dal testamento, che la casa aveva bisogno di grosse riparazioni. Questo spiegava la bassa stima ricevuta. Per cui, pensò che non ci fossero molte possibilità che se la sarebbe tenuta.

Il pensiero che fosse sua, anche se per un periodo relativamente breve, fino alla vendita, era ancora entusiasmante, per una giovane artista che era cresciuta in una casa popolare.

La sua decisione di visionare la proprietà alla Vigilia di Natale era stata dovuta a una combinazione di circostanze. Una volta ricevuta la notizia che la proprietà era di fatto sua, era sicuramente esaltata all'idea di vederla. Ma aveva inizialmente deciso di aspettare dopo Natale. Ma poi tutti i suoi piani per le feste erano saltati.

Per prima cosa, sua madre l'aveva informata che il suo nuovo ragazzo la portava in Italia fino a dopo Capodanno. Suo padre, che stava lavorando a Dubai, non poteva rientrare come aveva promesso. E, alla fine, aveva scoperto che il suo ragazzo - ora ex - aveva una relazione con una delle sue colleghe. Così, improvvisamente, il pensiero di passare qualche giorno da sola, vicino al mare, suonava piuttosto invitante.

Guardò le istruzioni dell'agente immobiliare.

Percorrere la città verso ovest. Seguire la strada principale, fino a vedere le indicazioni per la panoramica. Guidare per circa 3km, fino ad arrivare a un piccolo cimitero. Svoltare a sinistra, e la proprietà è lì davanti.

Prese il cellulare dalla borsa. Tenendo un occhio sulla strada, premette i tasti fino a trovare il numero dell'agente immobiliare.

Premendo il tasto di chiamata, mise il telefono nell'incavo tra collo e spalla, in modo da tenere entrambe le mani sul volante. In un certo modo, si sentiva meno in colpa ad usare il telefono, non essendo a Londra. Si chiese se fosse per gli spazi aperti, o la mancanza di deterrenti visibili.

La chiamata andò direttamente alla segreteria.

Carol sospirò. "Ciao, sono Carol Grundy. Abbiamo appuntamento a Grange House alle tre. Faccio un po' tardi, ma..." perse la linea.

Cavolo!

Pensò che il segnale del cellulare non fosse una priorità per suo zio, supponendo che molto probabilmente avesse una linea fissa.

La brezza marina salì dagli scogli, e le entrò in auto. Carol rabbrividì mentre le penetrava attraverso la camicia di flanella, l'unico capo d'abbigliamento che la proteggeva dagli elementi.

Pensò di accostare per prendere un maglione dal bagagliaio, quando, davanti a lei, vide all'improvviso la prima lapide del cimitero.

Carol rallentò, e azionò la freccia. Non che ci fosse un'anima in strada ad apprezzare il gesto.

Quando vide la proprietà, Carol si sentì sussultare involontariamente. Era molto più grande di quanto immaginava.

Portò l'auto in quello che, presumibilmente, doveva essere il vialetto, rallentando perché nessun sassolino le rovinasse la vernice.

Uscì dall'auto e ispezionò i suoi nuovi possedimenti. Le pareti erano formate da pietre irregolari di varie forme e dimensioni, bruciate dal sole e sferzate dall'aria di mare.

Il tetto era di ardesia nera, e si fondeva al cielo nuvoloso che arrivava dal lato nord della proprietà.

Carol si guardò intorno. Non c'era segno di altri veicoli, per cui ipotizzò che anche l'agente immobiliare fosse in ritardo. Sperò che non fosse arrivato prima e se ne fosse andato non vedendola arrivare.

Rovistando nella borsa, si accorse che aveva lasciato i dati dell'agente nell'appartamento a Londra.

Fantastico!, pensò. Ora, se non fosse riuscita a rintracciarlo al telefono, sarebbe dovuta tornare in città e sperare di trovare l'ufficio.

Nel frattempo, c'era la possibilità che avesse già chiuso, visto che quello era il suo ultimo appuntamento.

Carol guardò di nuovo la panoramica. Non si vedevano altri veicoli. Guardò il mare. Il sole stava svanendo all'orizzonte, e poteva sentire tutta l'eccitazione e le aspettative dell'avventura che sparivano con la stessa rapidità.

Decise che aveva due opzioni: o trovava un B&B fino a dopo le feste, o tornava a Londra. Nessuna delle due la attirava troppo.

Un brivido improvviso la portò a cercare un maglione nella valigia.

All'improvviso, sentì un motore in lontananza. Alla luce morente, riusciva a vedere a malapena i fari.

Oh, ti prego, fa che sia lui!

Mentre la Mercedes si avvicinava, Carol si convinse che, se fosse stato lui, sarebbe stato troppo bello per essere vero. Trattenne il respiro senza rendersene conto, rilasciandolo solo quando la freccia segnalò la sua intenzione di entrare nel vialetto.

L'agente immobiliare era un individuo basso, dal viso cupo, che Carol stimò avere intorno ai cinquantacinque anni. Dopo essersi presentato, le fece strada nella sua nuova proprietà.

L'agente ammise che non gli era familiare, visto che era stato uno dei suoi colleghi ad occuparsi della visura per il testamento. Per cui, non poteva rispondere alla maggior parte delle domande di Carol.

La proprietà sembrava addirittura essere più grande dentro che fuori. Anche se non era un'esperta, Carol poteva capire perché la visura aveva portato ad un prezzo molto più basso del valore di mercato.

Carol stimò che almeno due terzi del soffitto erano o umidi, o marci, o una combinazione delle due cose.

Un lieve odore muschiato permeava l'aria in vari gradi, a seconda della zona della proprietà in cui ci si trovava.

Venne fuori che lo zio di Carol aveva destinato una parte della proprietà alla propria residenza, e lì c'erano elettricità ed acqua corrente. C'erano intere zone che non avevano nessuna illuminazione, e senza una torcia - che fortunatamente l'agente si era portato - Carol ipotizzò sarebbe stato un suicidio visitarle.

La sezione ammobiliata aveva una cucina completa, bagno e zona pranzo. In più, c'era un salotto, completo di caminetto, che Carol vide come una benedizione, dato che il riscaldamento centrale - quello che ce n'era - sembrava essere stato installato come esperimento inaugurale.

Carol immaginò che - ignorando lo stato decrepito della maggior parte della proprietà - in una notte fredda, con il fuoco acceso, vino e musica a farle compagnia, con in aggiunta il suono delle onde che si infrange-vano in lontananza sugli scogli, si poteva immaginare piuttosto a suo agio, lì.

Inoltre, c'erano molte grandi camere con molta luce, una delle quali sarebbe stata uno studio perfetto. Parte di lei rimpianse il fatto di dover inevitabilmente vendere, prima o poi.

Dall'altro lato della cucina trovarono una grossa porta ad arco, che sembrava essere stata rinforzata in ferro. Era chiusa, e non sembrava esserci modo di aprirla senza una chiave. L'agente provo tutte le chiavi che aveva nel mazzo che gli era stato dato, ma nessuna sembrava essere abbastanza grande per la serratura.

Iniziò a spingere e tirare la porta, e Carol lo vide diventare sempre più frustrato.

Personalmente, non le importava più di tanto al momento, gli disse di non preoccuparsi.

Per le quattro, il tour era finito, e l'agente era incline ad andarsene.

Quando Carol lo informò che intendeva passare le vacanze di Natale lì, sembrò scioccato.

"È un po' isolato, qui, lontano dalla città. Ne è sicura?"

"Oh sì", rispose Carol. "Dopo essere stata chiusa in piccolo appartamento di Londra per così tanto tempo, voglio godermi la libertà".

"Be', se ne è certa... è una sua decisione, ovviamente". L'uomo le porse le chiavi. "Oh, prima che me ne dimentico..." l'agente tornò all'auto e, dal sedile del passeggero, prese una busta di carta marrone, indirizzata a Carol.

"Cos'è?" chiese lei, sorpresa.

"È stata lasciata per lei da suo zio. L'ha lasciata ad uno dei miei colleghi, con precise istruzioni di darla all'erede prima che si trasferisse. Il mio collega l'avrebbe spedita, ma pensava fosse importante, e non voleva rischiare che andasse persa, soprattutto dato che si aspettava di vederla all'anno nuovo".

Carol prese la busta. Era più pensate di quanto immaginava, e riusciva appena a tenerla in mano per quanto era gonfia. La soppesò con entrambe le mani. "Mmh, mi chiedo cosa sia", disse, retorica.

"Non riesco a immaginare", rispose l'agente, guardandola, carico di aspettativa.

Carol suppose che volesse vedere cosa c'era dentro. Ignorando l'intrusione, si mise il pacchetto sotto il braccio, e gli porse l'altra mano.

"Be', grazie di nuovo di tutto", disse, sorridente. "E buon Natale a lei e famiglia".

"Anche a lei", rispose lui, ancora adocchiando la busta. Quando si rese conto che Carol non aveva intenzione di aprirla davanti a lui, le strinse la mano e se ne andò.

Una volta sola, Carol portò dentro il suo bottino. Aprì la busta e ne poggiò il contenuto sul tavolo della cucina.

C'erano: due grosse chiavi di ottone; una lettera, indirizzata a Carol, e un libricino rilegato in pelle, con i bordi consumati e quel che restava di una decorazione a foglia d'oro.

Carol sfogliò le pagine del libro, occhieggiando le parole senza leggerle. Lo mise giù e prese la lettera. Stava per aprirla quando si rese conto di che ora fosse. Erano quasi le quattro e mezzo, e doveva ancora comprare delle cose prima che chiudessero i negozi. Rimise tutto il pacchetto insieme, e mise tutto in un cassetto.

Prendendo la borsa, si chiuse la porta di casa alle spalle e tornò all'auto.

Avendo trovato un supermercato locale ancora aperto, Carol si concesse qualche leccornia natalizia che le durasse nei prossimi giorni. Decise che sarebbe stato prudente comprare molte cibarie che non avessero bisogno di cottura, nel caso che i fornelli non funzionassero.

Una volta tornata a casa, scoprì con piacere che la cucina funzionava sul serio, per cui decise di prepararsi qualcosa di caldo.

Cercò di mandare un messaggio a sua madre, per farle sapere che era arrivata sana e salva, ma non aveva abbastanza segnale.

Avrei dovuto farlo in città!

Decise che il messaggio avrebbe potuto aspettare l'indomani. Conoscendola, era probabilmente troppo presa da "Malcolm" per notare che sua figlia non l'aveva chiamata, comunque.

Mentre il suo pasto cuoceva, Carol prese alcuni ciocchi di legno da una vecchia baracca dietro la proprietà. Suppose che una volta fosse una stalla, in cui si trovavano il cavallo e la carrozza del proprietario. C'era ancora della paglia per terra, e l'inconfondibile odore di foraggio le aveva assalito le narici quando l'agente gliel'aveva mostrata. C'era, comunque, un'ampia provvista di ciocchi in un angolo, più che abbastanza per il suo soggiorno - anche se fosse rimasta fino a Capodanno.

Per le sette e mezzo, Carol aveva cenato, si era goduta buona parte di una bottiglia di vino, e si era accoccolata su una poltrona comoda davanti al fuoco ad ascoltare musica classica con l'Ipod.

Fuori, si stava preparando una tempesta, e poteva sentire i primi scrosci di pioggia contro i fianchi dell'edificio.

Se ascoltava con attenzione, Carol poteva ancora distinguere le onde contro gli scogli. E l'armonia del mare, la pioggia, la musica, il crepitio del fuoco, si fusero insieme per farle evocare la perfetta atmosfera natalizia.

Proprio mentre iniziava ad appisolarsi, ricordò il pacchetto.

Per quanto non volesse disturbare le proprie fantasticherie, era più che curiosa di scoprire il contenuto della lettera di suo zio.

Immaginò che raccontasse di qualche tesoro di famiglia, sepolto da qualche parte e nascosto agli avvocati.

Eccitata, prese il pacchetto dal cassetto e si portò il contenuto alla poltrona.

Armeggiò con le chiavi di ottone per un po', prima di metterle da parte e riportare l'attenzione al libro e alla lettera. Mentre stava per aprire la lettera, ricordò la porta ad arco in cucina. Ispirata, si alzò e la raggiunse.

La porta sembrava incredibilmente solida, e Carol dedusse fosse una caratteristica originale della proprietà. Si trovava in un'alcova, sopra tre gradini di cemento. Provò una delle chiavi, ma non entrava nella serratura.

Provò la seconda; entrava, ma non girava.

Carol ci mise tutta la sua forza, ma non si muoveva. Smise di provare, esausta. Poi, ebbe un'idea. Le chiavi che le aveva dato l'agente immobiliare erano su un anello di ferro, che pensò potesse facilmente funzionare da manico.

Prese le chiavi di casa dal tavolo dove le aveva lasciate, dopo aver chiuso la porta una volta tornata dalla stalla. Il gancio sull'anello era vecchio e arrugginito, per cui Carol usò un coltello da cucina per aprirlo.

Decise di metterci tutte e due le chiavi, per tenerle tutte insieme.

Una volta che le ebbe assicurate, tornò in cucina e riprovò ad aprire la porta.

Con l'anello che faceva da leva, Carol sentì la chiave muoversi a fatica nella serratura.

Finalmente, si aprì.

La porta era estremamente pesante. Carol strinse forte la maniglia e, puntando i talloni sui gradini, tirò più forte che poté. I cardini a vista erano vecchi e arrugginiti, e, quando la porta finalmente iniziò a muoversi, scricchiolarono di protesta.

Una volta che l'apertura fu abbastanza larga, Carol vi ci si infilò.

Lo spazio davanti a lei era buio pesto. Rimase lì per un po', cercando di far abituare gli occhi all'oscurità. Ma non cambiò niente. Per quanto ne poteva sapere, poteva anche essere sospesa nello spazio. Solo la sensazione del pavimento sotto i piedi la faceva sentire ancora connessa alla terra.

Piano, mosse un piene in avanti, cercando di capire fino a dove arrivasse il pavimento. Andò più avanti che poté, continuando a sentire il pavimento sotto di sé.

Allungò una mano lungo il muro, per trovare un interruttore o una cordicella, ma sentiva solo la pietra grezza contro le dita.

All'improvviso, il panico si impossessò di lei!

Immaginò la porta che sbatteva alle sue spalle, lasciandola chiusa nell'abisso freddo e umido, dove nessuno avrebbe potuto sentirla urlare e nessuno sarebbe venuto a cercarla prima di capodanno... forse!

Allungò una mano verso la porta e prese la chiave. Nel momento in cui sentì il metallo freddo dell'anello contro la mano, si sentì confortata. Almeno, se ora la porta si fosse chiusa, non sarebbe rimasta chiusa dentro.

Anche se non aveva intenzione di andare troppo lontano dalla porta, la sua naturale curiosità le faceva sentire il bisogno di sapere di più prima di arrendersi.

Carol rovistò nei cassetti della cucina in cerca di una torcia, ma non ne trovò. Quella che l'agente immobiliare aveva usato era sua e, ovviamente, se l'era portata via.

Se solo ne avesse comprata una in città.

Si fece strada fino al camino e prese l'accendino che aveva comprato per accendere il fuoco. Tornò alla porta e, assicurandosi prima di avere le chiavi in mano, accese l'accendino e la attraversò, verso l'oscurità.

La luce della fiammella illuminava solo una piccola area di oscurità.

Carol avanzò con cautela, assicurandosi che il pavimento fosse solido prima di poggiarci il peso su.

Dopo qualche passo cauto, rimase ferma al buio, cercando di concentrarsi su qualcosa che le desse un'idea di dove si trovasse.

Ma non c'era niente.

Portò con attenzione in avanti la mano libera, e la ritirò subito quando toccò qualcosa di bagnato e scivoloso!

Carol rimase ferma per un po', cercando di ricomporsi. Allungò di nuovo la mano, nella stessa direzione. Questa volta, toccando l'oggetto freddo e bagnato, mosse la mano, finché non si assicurò che non fosse altro che una scala o una ringhiera che era stata lasciata a marcire nell'umidità.

Stava per arrendersi quando qualcosa le passò su un piede!

Carol urlò, e si voltò di scatto. Il piede scivolò e, non riuscendo a mantenere la presa sul pavimento, volò a mezz'aria. Era sicura che sarebbe caduta. Nel panico, cercò di afferrare qualcosa per restare in piedi e, nel farlo, perse di mano anello e accendino.

Mentre il ginocchio batteva con forza contro il pavimento di metallo, sentì il suono di qualcosa che tintinnava finendo sul pavimento.

Avanzò a fatica verso la porta aperta, e riuscì a raggiungerla camminando carponi, spingendosi sui gradini e poi sul pavimento della cucina.

Nella luce confortante e nel relativo calore della casa, rimase lì per un attimo, col fiato corto. Era rimasta senza fiato quando era caduta. E ora le faceva male il ginocchio.

Una volta che si fu ripresa, si sedette. La musica si era fermata, e il suono dominante ora era la pioggia.

Attraverso l'apertura della porta riusciva a scorgere qualcosa di metallico.

Si chiese se, per un caso fortuito, le chiavi fossero finite sulla piattaforma su cui si trovava, invece di precipitare oltre il bordo.

Carol si sporse, finché non mise le mani sull'oggetto.

Era l'accendino!

Il cuore le sprofondò. Le sue opzioni non erano buone. Poteva scendere a tentoni in cantina e cercare le chiavi alla luce flebile dell'accendino. O poteva aspettare mattina, e sperare che ci fosse una finestra lì sotto da cui entrava della luce.

Cercò di calmarsi.

Si appoggiò al muro, considerando le opzioni. Vero, era chiusa in casa sua, ma non aveva comunque intenzione di uscire di nuovo per quella sera.

E comunque, avrebbe preferito averne la possibilità!

E se la casa fosse andata a fuoco?

Be', decise, se fosse successo, poteva sempre rompere una finestra: anche una del piano superiore le avrebbe permesso di raggiungere la salvezza.

Considerò l'idea di scendere di sotto, al buio. Solo lei, l'accendino, e qualsiasi cosa le fosse passata sul piede. Fece una smorfia, *forse no!*

In quel momento, pensò di sentire un rumore che veniva dall'oscurità.

Ascoltò con attenzione. Da dove si trovava, sembrava metallo che strusciava contro la pietra!

Nella sua mente, riusciva a vedere corpi pelosi che uscivano dalle ombre per indagare su cosa era caduto dall'alto. Uno di loro - perché le possibilità che ce ne fosse solo uno, pensò, erano pochissime - aveva indubbiamente afferrato le chiavi e stava cercando di trascinarle al sicuro nella sua tana. Carol rabbrividì al pensiero.

C'erano sicuramente dei topi, lì sotto, e questo bastò a convincerla che una spedizione per recuperare le chiavi poteva aspettare il mattino.

Si alzò. Il ginocchio le doleva. Lo sfregò diverse volte.

Era molto sensibile. *Domani mattina ci sarà un bel livido!*

Guardò la porta aperta, sapendo che c'era almeno un roditore abbastanza coraggioso da avventurarsi verso l'uscita. Decise che la porta doveva essere bloccata, visto che la chiave non era un'opzione al momento. Perquisendo il retrocucina, trovò un pesante secchio di ferro. Chiuse la porta, poi ci mise il secchio davanti.

Per fortuna, il primo gradino era abbastanza profondo, e il secchio ci entrava senza rischio di spostarsi.

A meno che qualcosa di grosso non spinga la porta dall'altro lato!

Scacciò l'immagine dalla mente.

Zoppicando, tornò in salotto.

Mise altra legna al fuoco, e si scolò il resto del vino.

Cercò degli antidolorifici in borsa, senza trovarne. Decise che la natura le avrebbe fornito un ripiego. Prese una seconda bottiglia di vino dalla cucina e si verso un bel bicchiere, tornando sulla poltrona davanti al fuoco.

Bevendo un gran sorso, assaporò il liquido che la scaldò scendendole in gola. Prese la lettera di suo zio.

Aprendola, iniziò a leggere:

Al mio erede

Presumo che, a meno che le circostanze non siano cambiate nel tempo intercorso tra la stesura di questa lettera e la mia morte, che sarà Carol, la figlia del mio fratellastro Michael, che riceverà questa lettera, e la mia casa.

Se così è, ne sono felice.

Probabilmente, non ti ricordi di me, eri così piccola quando ci siamo visti l'ultima volta, ma io mi ricordo di te.

Persino da ragazzina, hai lasciato il segno, su di me, e spero che il tempo non abbia alterato la tua mente curiosa, la tua capacità di capire o la tua voglia di vivere.

Come sai, non sono stato in contatto con nessuno della famiglia per molti, molti anni.

È stata una mia scelta, e credo sia stata quella migliore.

Devi decidere ora se vale la pena custodire il mio segreto (della nostra famiglia), or rivelarlo al mondo - la scelta è solo tua.

In ogni caso, ho abbandonato questo mondo, per cui la tua decisione non avrà effetti su di me.

Ti chiedo solo di vedere la tua situazione inizialmente come un problema astratto, prima di decidere.

Quando sono stato messo nella posizione in cui ti trovi tu ora, da mio padre, volevo scappare urlando.

Ma, col tempo, riflettendo, ho deciso che alcune cose succedono per una ragione, e questo è sicuramente stato uno dei casi.

Una volta che avrai letto il libro, capirai perché ho insistito perché il mio avvocato ti mandasse tutto prima che tu entrassi nella tua nuova casa.

Leggilo con attenzione. Esercita la tua mente aperta, prima di decidere.

Resta forte. Ti prego di credermi quando dico che ogni approvvigionamento che sono stato costretto a fare, ogni volta possibile, è stato fatto con pietà e compassione.

Con tutto il mio amore.

Il tuo caro zio, Harry.

Carol fissò la pagina. La rilesse una seconda volta, gli occhi che si concentravano sulla parte in cui l'avvocato doveva mandarle la lettera prima che andasse alla casa. Ovviamente non era successo; l'avvocato - secondo l'agente - non si fidava delle poste.

Ma perché suo zio insisteva così tanto perché leggesse prima il libro?

Prese il libro e se lo rivoltò fra le mani.

Fuori, si sentì il primo tuono, mentre la pioggia diventava più intensa.

Si chiese cosa ci fosse di così speciale in quel libro e quale - cosa più importante - fosse il "segreto di famiglia" cui suo zio aveva alluso nella lettera.

E cosa, esattamente, era stato costretto a "procurare"?

Decise che c'era un solo modo per scoprirlo!

Versandosi un altro bicchiere di vino, si sedette per leggere.

Prima di sistemarsi, sentì un lieve raspare che veniva dalla cucina.

Mise giù il libro, e rimase in ascolto.

Eccolo di nuovo! Scratch!... scratch!... scratch!

Era lieve, ma si sentiva al di sopra del rumore della pioggia.

Decise di non poterlo ignorare. Sapeva cos'era,

Quel dannato topo... o uno dei suoi amici!

All'improvviso, il secchio che aveva messo contro la porta della cantina per tenere a bada i roditori non bastava più.

Carol tornò in cucina. Il rumore si era fermato. Rimase immobile per un attimo, cercando di sentirlo, ma non c'era niente!

Convinta che dovesse essere stato il topo, perlustrò gli armadietti della cucina, trovando un vecchio peso di piombo sotto il lavello.

Non aveva idea di per cosa fosse stato usato originariamente, ma di sicuro sarebbe stato adatto stanotte.

Raggiunse il secchio che aveva messo davanti alla porta.

Nel farlo, sentì di nuovo raspare. Veniva da dietro la porta!

Il secchio non sembrava essersi mosso, per cui si chinò e ci mise sopra il peso. Cercò di spostarlo verso la porta con il piede, ma non si mosse, il peso lo teneva fermo.

Carol immaginò che fosse abbastanza pesante da intrappolare i topi, e sospirando tornò alla sua poltrona.

Fece ripartire la musica, lasciandola a volume basso perché si fondesse alla tempesta.

Poi riprese il libro.

Il contenuto era scritto a mano con una grafia pulita e precisa, come quella che insegnavano a scuola diversi secoli prima. L'inchiostro nero-blu era stato applicato con generosità, con gesti ampi del pennino e non di una penna. C'erano macchie occasionali dove lo scrittore aveva rovesciato l'inchiostro; alcune più sbiadite di altre. Parte dell'inchiostro aveva iniziato a incrostarsi e venire via.

La maggior parte delle pagine erano ingiallite, con i bordi ruvidi e irregolari. Alcune erano strappate, e mostravano i segni di essere state riattaccate più volte con diversi tipi di adesivo.

La rilegatura era logora in alcuni punti, e teneva a malapena insieme le pagine. Carol dovette fare attenzione quando le sfogliava a non farle venire via.

Sulla prima pagina c'era una citazione dalla Bibbia.

"Non giudicare e non sarai giudicato:

Non condannare e non sarai condannato.

Perdona, e sarai perdonato".

~ Luca 6:37

La pagina seguente conteneva solo quattro parole:

Segue la mia confessione!

Carol voltò la pagina e iniziò a leggere:

. . .

È con cuore grave che scrivo quanto segue in questo diario.

Perché ora so che, nonostante le mie prime intenzioni fossero buone, e divine, Dio non aveva nulla a che fare col sentiero che mi sono permesso di seguire.

La mia storia inizia il 24 Dicembre, anno del Signore 1660.

Stavo tornando dalla messa notturna in cui si celebra la Nascita di Nostro Signore, quando ho visto la creatura.

Non riesco nemmeno a immaginare da dove sia arrivata.

Mentre avanzavo nell'oscurità, lontano dal villaggio e su per la collina verso casa mia, l'ho vista rovistare fra le tombe nel piccolo cimitero, affacciato sugli scogli.

All'inizio pensavo fosse un cane, forse di proprietà di uno dei pescatori.

Ma, avvicinandomi, mi resi presto conto che non era un cane che avessi mai visto prima.

Per via del rumore della tempesta che stava crescendo da ore, la creatura non mi sentì avvicinarmi.

Quando si accorse di essere quasi stata raggiunta, sobbalzò, sorpresa, e mi fissò.

Sembrava affamata e provata dalla tempesta.

Le sue membra erano sottili e macilente. Il corpo nudo era coperto da ciuffi di pelo.

Il volto era una maschera macabra di terrore, con la bocca larga e un naso che sporgeva a malapena.

Ma immaginai di vedere qualcosa nei suoi occhi... qualcosa di simile alla solitudine, al desiderio.

Forse persino paura!

Ma quanto potevo sbagliarmi!

Avendone pietà, la convinsi ad entrare, portandola via dalla tempesta.

Rimase a tremare in salotto, i peli sul torso lucidi di pioggia.

Anche se la sua posa naturale era quella di restare accucciata con le gambe appena piegate, stimai che, se avesse dovuto ergersi in tutta la sua altezza, mi sarebbe a malapena arrivata alla vita.

Gli misi una coperta sulle spalle e la guidai gentilmente verso la cucina, dove gli preparai della zuppa calda.

Gliela misi davanti, insieme a del pane e della carne avanzata.

Ma si rifiutò di mangiare.

Le offrii formaggio e frutta, anche del vino, ma li annusò appena prima di rifiutarli.

Mi resi presto conto che la creatura che avevo davanti fosse stupida. Quindi cercai di comunicare usando le mani, i gesti, come si fa con i muti.

Ma non diede segno di capire.

Seppi dall'inizio di doverla nascondere dal resto del villaggio.

Anche se erano persone timorate di Dio, mi resi conto che non avrebbero capito la natura della creatura che avevo in casa.

Se per questo, nemmeno io la capivo!

Era per questo che pensavo Dio l'avesse mandata a me. Per proteggerla!

La naturale umiltà di cui mi ero sempre vantato mi aveva ovviamente abbandonato.

Perché per quale motivo il buon Signore mi avrebbe affidato un tale compito?

Avrei dovuto rendermi conto di non essere degno di un tale compito.

Ma l'orgoglio si era impossessato di me e mi aveva reso arrogante.

Per cui, invece, Dio aveva permesso che quella cosa entrasse nel mio mondo e lo mettesse sottosopra.

All'inizio, era facile nascondere la creatura.

Dormiva per buona parte della giornata, e vagava per la casa di notte, curiosando in ogni pertugio, annusando, come se cercasse qualcosa che avesse perduto.

Io dormivo beatamente. Non avevo paura che potesse farmi del male durante la notte. Ma per sicurezza mi assicuravo sempre che la casa fosse protetta, prima di ritirarmi.

Vivemmo così per i primi mesi.

Poi, giunse la notte in cui scoprii che si era liberata dalla sua prigionia!

Fui svegliato dal suono della porta sul retro che sbatteva contro lo stipite nel vento.

Mi avventurai fuori, e scoprii la creatura nel cimitero, accucciata su una tomba appena scavata. Al buio, riuscivo ancora a distinguere la forma del cumulo di terra. Dalla posizione della lapide, sapevo che si trattava del luogo dove riposava Janice Cooper, la figlia del nostro capomastro, morta di febbre cerebrale all'inizio del mese.

Senza vedermi, la creatura saltò nella tomba della povera ragazza. Per un attimo, rimasi gelato sul posto. Potevo sentire il rumore attutito degli artigli e quello del fiato corto della bestia, dovuto allo sforzo. Poi seguì il rumore forte di legno infranto, che mi risvegliò dal mio stupore e mi portò ad agire.

Mentre mi avvicinavo alla tomba, vidi il Mostro all'interno, che mangiava i resti della povera, piccola defunta!

Fui sopraffatto dall'orrore della scena davanti ai miei occhi!

La creatura si fermò e mi guardò. I suoi occhi erano fessure infuriate. Aveva ancora ciò che restava di uno degli arti della povera ragazza nella mano piena di artigli. C'erano resti di carne strappata che gli pendevano dalle mascelle.

Dalle profondità della gola gli salì un ringhio, mentre mi guardava, sospettoso.

Anche se mi disgustava, mi ritrovai incapace di agire come avrei dovuto.

I miei doveri cristiani mi dicevano di andare subito in città in cerca di aiuto.

Ma che ne sarebbe stato di me?

Ero stato io a far entrare quella cosa malvagia nella nostra comunità. Gli avevo dato cibo e riparo, quando avrei dovuto allertare le autorità.

Che parte di colpa avrei dovuto prendermi ora, per l'atto blasfemo che stava commettendo davanti a me?

Per la mia eterna vergogna, decisi di coprire il suo atto nefasto!

Mi illusi che lo stavo facendo solo per proteggere la Bestia che, altrimenti, sarebbe stata fatta a pezzi.

Ma, nel profondo, sapevo che lo facevo solo per proteggere me stesso. In quel momento, la posizione che avevo coltivato in città valeva, per me, più della mia coscienza.

Fino a quando non mi ero ritirato, molti anni prima, ero stato il Preside della scuola locale. Ero stato responsabile dell'educazione di molti dei giovani in città.

E mi portavano ancora lo stesso rispetto di quando erano studenti, quando mi salutavano in strada.

Era un rispetto che non volevo perdere!

Per cui agii di conseguenza, per salvare il mio posto in società.

Togliendoli il suo pasto abominevole dalle mani, riuscii a trascinare di nuovo la creatura in casa.

Questa volta la portai in una stanza chiusa nella parte orientale della casa, con due serrature sulla porta e una piccola fessura nella roccia come finestra.

Prima di tornare al cimitero per portare a termine il mio orrendo compito, mi feci un bicchiere per farmi coraggio.

Sapevo, mentre tornavo alla tomba, che la mia risoluzione doveva restare forte.

Mentre stavo sulla tomba dissi una preghiera, chiedendo alla ragazza morta di perdonare la mia parte scellerata in quell'azione.

Poi riempii la tomba, e risistemai tutto.

Mentre stavo ai piedi della scogliera a guardare il mare, contemplai l'idea di gettare il mio inutile corpo sulle rocce.

Sapevo che un tale atto avrebbe messo la mia anima mortale in pericolo. Ma in quel momento avevo uno scopo molto più terrestre per voler restare vivo.

Perché sapevo che, una volta che fossi morto, la creatura sarebbe stata presto scoperta. E la parte che avevo avuto nella sua esistenza sarebbe stata nota a tutti.

Tornai in casa.

Sedetti al tavolo della cucina, ad ascoltare i lamenti pietosi del mio prigioniero, dal piano di sopra.

Poi bevvi fino a perdere coscienza.

Da quella notte, tenni la creatura confinata in quella stanza.

Gli portavo acqua e cibo, ma li lasciava sempre intonsi.

Quando urlava, il suono rimbombava contro le mura della sua cella. Prima o poi le grida scemavano, e venivano sostituite da piagnucolii, finché il rumore non si fermava del tutto.

Poi, una notte, fuggì dalla sua cella!

Avevo iniziato a bere molto ogni notte, per via della mia situazione. Quindi ero vergognosamente inconsapevole della sua libertà, finché non mi svegliai presto la mattina dopo e la trovai a cercare disperatamente di arrampicarsi ed entrare dalla finestrella da cui era riuscita in qualche modo a uscire.

La feci rapidamente entrare dalla porta sul retro.

Non sapevo quanto tempo fosse stata fuori. Ma, a giudicare dal suo aspetto, non era stata a lungo esposta all'aria fredda della notte.

La creatura, che fino a poco prima era sottomessa, appariva rinvigorita, persino estatica.

Aveva gli occhi luminosi, lo sguardo acuto. La pelle sembrava quasi essersi imporporata.

Saltellò nel salotto, come un bambino che gioca.

La mia preoccupazione immediata fu quella di quali segni rivelatori avesse potuto aver lasciato fuori.

Una volta che l'ebbi chiuso dentro, uscii nel cimitero.

Con mio stupore e sorpresa, non c'erano segni di tombe devastate.

Controllai l'area con grande sollievo, e vidi la signora Chambers salire su per la collina verso la mia porta.

Corsi a bloccarle la strada.

Era stata una dei miei visitatori abituali da quando mia moglie era morta, molti anni prima. Mi aveva spesso fatto delle commissioni, anche se, di solito, non su mio invito.

Era senza questione una pettegola, incline a mettere il naso dove non era desiderata. Ma credevo, da cristiano, che avesse un buon cuore.

Rimanemmo nel vialetto, mentre lei mi raccontava con entusiasmo la sorte di una certa Annie Bartholomew. Era una zitella di mezza età che viveva in città e che conoscevo appena.

Secondo la loquace signora Chambers, la povera donna era stata trovata stamattina, morta nel suo cottage. Il suo fragile corpo fatto a pezzi, con i resti mezzi mangiati, come se fosse stata attaccata da un animale feroce.

Mentre parlava, seppi fin troppo bene chi, o cosa, aveva commesso quella atrocità!

Una volta che ebbe raccontato la sua storia, scappò via. Senza dubbio impaziente di essere la prima ad informare qualche altro sciocco membro della comunità.

Tornai a casa, sprofondai in poltrona, la testa fra le mani, incapace di immaginare cosa fare.

Ad un certo punto immaginai anche di ucciderla.

Commettere il peggior peccato, e seppellire i resti col favore delle tenebre.

Mi ritrovai davanti al cassetto aperto delle posate, il mio coltello più affilato che mi chiamava.

Ma non potevo convincermi a commettere un atto del genere.

Sapevo di non averne il coraggio.

Non in quel momento, almeno!

Non potevo immaginare cosa mi riservasse il futuro!

Incapace di capire come la creatura avesse fatto a passare nella piccola fessura nel muro della sua cella, decisi di spostarla in un'altra parte della casa, dove potevo assicurarmi che restasse confinata.

Il mio senso di colpa alla profanazione del cadavere della piccola Cooper era una cosa. Ma il pensiero di quello che aveva fatto alla povera vecchia signora Bartholomew era più di quanto potessi sopportare.

Lo portai in cantina.

Mi seguì senza protestare.

Mentre la portavo nella sua nuova residenza, se ne andò in un angolo, e si mise a dormire.

Non avevo idea di cosa avrei fatto.

Ci pensai molto. Pregai per avere consiglio. Ma quando la ragione mi abbandonava, bevevo, molto.

Controllavo la creatura ogni giorno.

Alla luce fioca della mia candela, potevo vederla attraverso le sbarre chiuse che la circondavano.

Per lo più dormiva.

Ogni tanto potevo sentila camminare nella stanza. E, alle volte, potevo sentirla scuotere la porta, come se cercasse di scappare.

Ma, alla fine, si calmava.

Poi, una notte, dopo molte settimane da quando l'avevo rinchiusa, fui svegliato dal mio sonno ubriaco da uno schianto.

Battei le palpebre e accesi una candela.

Il rumore veniva dal piano di sotto.

Sapevo già, prima ancora di scendere, da dove venisse.

Raggiunsi la porta della cantina.

La bestia aveva il viso premuto contro le sbarre. Un suono basso e lamentoso le usciva dalle labbra, mentre scuoteva la porta.

Questa resse ma, mentre guardavo la creatura e cercavo di ragionarci, i suoi movimenti divennero più violenti.

I miei tentativi di ragionarci ebbero poca risposta.

Pensai anche di entrare in cantina e di punirla, per cercare di sottometterla. Ma c'era un deciso sguardo di sfida, nei suoi occhi, che mi disse che avrebbe vinto lei.

Alla fine, tornai in camera mia.

Misi la testa sotto il cuscino, cercando di soffocare il terribile baccano che veniva dal piano inferiore, e pregai.

Gli ululati e le urla crebbero di volume.

Alla fine, non ne potei più!

Mi ricordai che, anche se la mia proprietà era molto lontana dalla città, c'era ancora la possibilità che un abitante di passaggio potesse sentire la Bestia, e farne parola ad altri.

Non ci sarebbe voluto molto, prima che una processione di cittadini, armati di torce, fosse venuta a bussare alla mia porta, pretendendo una spiegazione.

Come avrei spiegato quel fracasso?

Non ci sarebbe voluto loro molto prima di capire che il mostro che avevo nascosto nella mia cantina era stato responsabile dell'assassino della signorina Bartholomew.

Presi una mazza pesante dal salotto.

Non avevo idea di quali fossero le mie intenzioni, mentre scendevo in cantina.

Sperai forse che la vista della mazza potesse incoraggiare la bestia a calmarsi.

Ma non fu così!

Quando arrivai in fondo alle scale, vidi la creatura gettarsi contro la porta della cantina. Sembrava che non si rendesse conto del dolore che l'azione avrebbe provocato.

Quando mi vide, si fermò.

Mi guardò, gli occhi fissi su di me. Il suo piccolo petto si alzava ed abbassava per lo sforzo e l'agitazione.

Poi, gettò indietro la testa, e gettò un urlo da far gelare il sangue, più forte di qualsiasi altro. O, forse, ipotizzai, era più forte perché non era attutito dal pavimento fra noi.

Sembrò urlare per un'eternità.

Mi sentii impotente.

Sapevo cosa voleva.

Di cosa avesse bisogno.

Cosa desiderava!

Ma come potevo scientemente essere parte di un atto così diabolico?

Mi sentivo in trappola.

Preso in un dilemma in cui non c'era scelta!

Potevo lasciare la creatura a urlare la sua fame, finché non avesse allertato al città... o potevo lasciare che fuggisse, e compisse stragi, mutilazioni e omicidi!

Ero stanco. Molto stanco!

Con cuore grave, aprii la porta e lo guardai superarmi e salire le scale.

Per quando arrivai di sopra, non c'era più.

La porta d'ingresso era spalancata. Prima di chiuderla, guardai fuori, nella notte, e mi chiesi quale povera anima indifesa stessi lasciando alla mercé di quella bestia.

Tornò qualche ora più tardi. Sazia!

Di proposito non avevo sbarrato la porta, per permettergli di entrare.

Ero ancora sulla sedia davanti al fuoco. Non mi ero spostato da quando era uscito.

Di nuovo, dimostrò giubilo, e io capii che si era nutrito.

Dopo un po', tornò da solo verso la sua abitazione sotterranea, senza che dovessi condurvelo. E si addormentò.

Più tardi, scoprii, mentre ero fuori a fare provviste in città, che questa volta era stato il fabbro a soccombere alle necessità della mia creatura.

L'intera popolazione apparve presa dal panico.

Mentre la signorina Bartholomew era una signora vecchia e fragile, incapace di proteggersi, il signor Beam e un omone forte, nel pieno della vita. Avendo provato il suo valore in passato in molte risse da taverna, era più che capace di difendersi.

E tuttavia, sembrava essere stato fatto a pezzi.

Stando ai diversi rapporti che avevo sentito, entrambe le braccia e le gambe erano state trappate dalle giunture. Lo stomaco era stato aperto, e parte delle interiora asportate... o, come sapevo fin troppo bene, mangiate!

I capi della contea organizzarono una riunione, per discutere che provvedimenti prendere. Fu solo la mia fortuna che volle che chi di dovere non volesse che si sapesse in giro dei nostri problemi. Per cui, non venne chiesta assistenza esterna.

C'erano voci che una grossa ricompensa sarebbe stata pagata a chiunque catturasse il colpevole. Questo incoraggiò la formazione di bande di volontari tra gli uomini più giovani e abili, che pattugliavano la città dal tramonto all'alba, nel caso l'assassino dovesse di nuovo farsi vivo.

Fu suggerito che il colpevole fosse scappato da un manicomio. E anche se la più vicina di queste istituzioni era a cento miglia da qui, la gente della città era così poco incline a considerare l'ipotesi che la canaglia fosse uno del posto, che accettarono subito l'idea.

Alcuni mercanti di mia conoscenza mi offrirono alloggio temporaneo. Dato che casa mia era così isolata, temevano che fossi una preda facile.

Declinai, grato. Assicurandogli che tenevo tutte le pistole cariche, e porte e finestre chiuse e sbarrate.

E nel frattempo, la bestia responsabile era al sicuro, sotto il mio tetto.

La volta successiva in cui dovetti liberarla, prese la vita di due vecchie sorelle, che vivevano in un cottage in affitto ai confini del villaggio.

La volta dopo, fu un ubriaco che dormiva sulla porta di una taverna.

Alla fine, ipotizzai che non ci sarebbe voluto molto, prima che la creatura attaccasse qualcuno che mi era vicino.

Anche se non avevo famiglia nelle vicinanze, c'erano ancora molti conoscenti per i quali provavo affetto.

Fu allora che elaborai un piano, che, anche se pensarci mi faceva sentir male, sembrava l'unica opzione sensata rimasta.

Decisi che avrei procurato vittime alla bestia io stesso. In quel modo, mi illusi, potevo decidere di proteggere i più virtuosi e innocenti nel villaggio.

Sapevo, nel momento esatto in cui prendevo quella decisione, che la mia anima sarebbe stata in pericolo. Ma non riuscivo a pensare a nessun'altra alternativa.

Col tempo, iniziai ad essere in grado di dire quando la creatura stava per cambiare. Mi dava circa una settimana per trovare il suo prossimo orribile pasto.

L'intervallo era di circa dai quattro ai sei mesi, il che mi dava molto tempo per cercare una vittima in anticipo, senza destare sospetti.

Comprai una carrozza, che mi permetteva di andare a caccia più lontano per trovare una preda.

Inoltre, mi assicurava che gli intervalli tra le sparizioni nel villaggio erano ad una buona distanza, il che significava che venivano attirati meno sospetti sugli eventi.

Divenni molto bravo a scegliere le mie... le sue vittime!

Gli ubriaconi erano una preda facile. Andavo fuori città, e sceglievo qualcuno che avevo già visto consumare più che abbastanza da impedirgli di stare in piedi senza aiuto. Una volta che avevano visto quanto vino e whiskey avevo in carrozza, erano fin troppo felici di venire con me.

Una volta tornato a casa, avrei trascinato lo sventurato comatoso giù dalla carrozza, e l'avrei fatto scivolare dalla botola che portava alla catacomba sotto la casa.

Qualcuno moriva nella caduta.

Quelli che non morivano subito, restavo accartocciati sul pavimento, senza riuscire a muoversi per via dell'impatto con il cemento. Lì, avrebbero atteso il loro destino!

Poi avrei liberato la bestia, e avrei cercato di affogare le grida nel vino.

Anche le signore della notte erano prede facili.

Come incentivo, offrivo loro più soldi di quanti ne avrebbero generalmente guadagnato in una settimana per venire a casa con me.

Una volta in carrozza, di nuovo avrei usato l'alcol, fino a farle svenire.

Con mia vergogna, mi ritrovavo, ogni tanto, ad usare le donne prima di consegnarle al loro destino. Il piacere era di breve durata, e serviva solo a far crescere il senso di colpa.

Ma ero debole!

Per un periodo, ci fu un periodo di calma nel mio dover approvvigionare vittime.

Arrivò la stregoneria al villaggio. O, più correttamente, la Caccia alle streghe, con la sua banda di seguaci. Nel corso dell'anno seguente, diverse fanciulle del nostro villaggio, e di quelli vicini, furono messe a processo.

Tutte, con o senza prove, furono trovate colpevoli di associarsi a Lucifero, e furono conseguentemente giustiziate.

Quelle che venivano bruciate non mi erano utili. Ma quelle che incontravano il loro Creatore attraverso la corda erano lasciate a disposizione.

Il fatto che rimuovessi i cadaveri non faceva che aumentare i sospetti del Cacciatore di Streghe, che sosteneva che Satana avesse portato via i corpi perché si unissero a lui all'Inferno.

I loro giovani corpi innocenti saziarono per un po' la bestia.

Anche se iniziavo a pensare, stando alla reazione della creatura, che preferiva un pasto più "fresco", continuava a mangiare quello che gli mettevo davanti.

Non dovevo nemmeno ripulire molto, una volta che la creatura aveva finito.

Nel giro di qualche giorno, avrebbe rosicchiato carne e ossa. Leccava persino il pavimento, per ripulirlo dal sangue, lasciando virtualmente nessuna traccia del suo macabro pasto.

Poi, una volta sazio, andava in letargo. Certe volte per settimane, prima che riprendesse a muoversi.

La mia nuova vita da assassino peggiorava l'orrore iniziale che avevo provato, quando mi ero reso conto che il mostro che avevo in casa aveva bisogno di carne umana per sopravvivere.

Ma, ora, mi ero spinto troppo oltre per fermarmi!

La mia anima era dannata, e non c'era rimorso che avrebbe potuto alterare questo triste fatto!

Perché Dio mi aveva portato a questo?

Mi feci questa domanda più volte, ma non trovavo risposta che mi desse conforto.

In tutta verità, sapevo che ogni decisione che avevo preso era stata solo mia. E, per questo, ne avrei portato la colpa, solo.

Nelle notti in cui prendevo coraggio dal bere, pensavo di entrare nella tana della creatura e spappolargli il cervello mentre dormiva.

Ma poi, le cose sarebbero andate meglio, per me?

Vero, avrebbe messo fine ai miei viaggi notturni, e alle morti. Ma sapevo che non avrebbe annullato le vittime precedenti, per le quali dovevo prendermi le mie colpe.

E distruggendo la creatura, non stavo forse tradendo la fiducia che Dio aveva riposto in me, perché la proteggessi?

Perché parte di me ancora si aggrappava all'idea che ci fosse una ragione divina perché la bestia avesse trovato la mia porta, e non quella di un altro.

Col passare del tempo, mi rassegnai al fatto che potessi essere afflitto da qualche forma ereditaria di infermità mentale.

Mio padre era stato un anziano della contea, ed era stato maledetto da un carattere violento; nato dal Diavolo, come diceva mia madre.

Spesso s'infuriava per nessuna ragione, prendendosela con mia madre, mio fratello e me, senza avvertimenti.

Fu durante uno di questi attacchi di rabbia che il suo cuore cedette.

Mia madre spirò poco tempo dopo, e io avevo sempre creduto fosse stato il risultato di un cuore infranto. Perché, anche se era spesso stata la destinataria della rabbia di mio padre, lo aveva amato molto.

Negli anni, devo confessare che ho spesso avuto bisogno di trattenermi, quando sentivo la rabbia crescere, prima di sfogarla sui miei figli.

Anche se ho spesso avuto causa di amministrare punizioni, ho cercato di assicurarmi che fossero sempre giustificate, e non il risultato di rabbia immotivata.

Ora, sempre di più, sentivo che forse c'era qualcosa di inerente in mio padre, che forse era passato a me.

Perché altrimenti avrei cercato di giustificare la mia condizione attuale, se non perché ero, almeno in parte, pazzo?

Dopo un po', non mi concessi di pensarci. Io, semplicemente, lo accettavo!

Gli anni passarono, lentamente. Mentre io invecchiavo e diventavo sempre più infermo, per la creatura il tempo non sembrava passare. Anzi, sembrava diventare più forte e agile con ogni pasto.

Infine, divenni troppo debole per continuare ad aderire alle richieste gastronomiche della creatura.

Alla mia ultima uscita, fui quasi sopraffatto da una squaldrina in carne che mi ero procurato in un villaggio a circa venti miglia dal mio.

Mi ero assicurato che fosse ubriaca, prima di partire.

Ma, mentre raggiungevamo il cortile, iniziò a svegliarsi. Fermai la carrozza e corsi alla botola per aprirla.

Tornato alla carrozza, cercai di versare altro whiskey in gola alla prostituta, ma iniziò a soffocare e mi gettò da parte. Caddi all'indietro, e battei la testa con forza contro i gradini della carrozza, finendo contro il pavimento di pietra del cortile.

Intontito, cercai di alzarmi, ma prima che potessi farlo, la puttana mi mise uno stivale sul petto, e mi salì sopra, usando il proprio peso per tenermi fermo.

Potevo sentire il petto schiacciato dal suo peso, mentre mi guardava, sputando veleno, usando oscenità che non avevo mai sentito uscire dalle labbra di una donna.

Anche se non poteva immaginare quali fossero i miei scopi nell'averla portata qui, indubbiamente immaginò che le mie intenzioni fossero tutt'altro che buone, almeno riguardo la sua sicurezza.

Avevo già ripreso i soldi che le avevo dato perché venisse con me mentre dormiva nella carrozza. E potevo vedere che si metteva una mano nella scollatura, rendendosi conto di essere stata derubata.

Pensai che la mia ora fosse arrivata. Mi era impossibile respirare. Ad ogni respiro, il peso della donna mi rendeva difficile farne un altro.

Mi sentivo sul punto di svenire, quando finalmente si alzò.

Mentre ero lì steso a riempirmi i polmoni, la donna si inginocchiò accanto a me, frugandomi nel panciotto, alla ricerca dei soldi. Il dolore al petto per la mancanza di ossigeno era stato esacerbato dal penso dei tacchi, che mi avevano scavato nella carne.

Recuperò i soldi, più tutto quello che avevo con me.

Anche se ero ancora orizzontale, cominciai a riprendermi, ma non reagii mentre lei continuava a urlare insulti.

Si mise tutti i soldi nelle pieghe del vestito, fra i grossi seni. La sua attenzione era rivolta altrove, non era resa conto, al buio, di dare le spalle alla botola.

Prima che potesse reagire, le diedi un calcio alle ginocchia, poi mi sporsi, afferrandole le caviglie e tirandole violentemente verso di me.

La puttana cadde all'indietro e scivolò nel buco verso la cantina. Cadde con un tonfo. Dai gemiti che salivano dall'oscurità, seppi che era ancora viva.

Corsi in casa, e liberai la Bestia, affinché finisse.

Stavo pagando il prezzo di quella lotta. Ero esausto, e sprofondai in poltrona senza nemmeno togliermi il soprabito. Potevo sentire le urla della donna mentre mi abbandonavo al sonno.

Dormii fino al tardo pomeriggio.

Quando mi svegliai, il dolore al petto non era passato. Mi era ancora difficile respirare, anche se, ovviamente, non come quando avevo la puttana seduta addosso.

Dopo diversi giorni, il dolore passò. I lividi che i suoi stivali mi avevano lasciato ci misero molte più settimane, a sparire completamente. Ma dopo quell'incidente non ripresi mai più completamente le forze.

Ragionai che, forse, la prossima volta sarebbe di fatto stata l'ultima. E se la prossima vittima avesse avuto la meglio su di me, almeno i miei problemi sarebbero finiti.

Ma quello avrebbe ancora portato alla rivelazione, alla vergogna e all'umiliazione. E, dovevo confessare, che quella era ancora la cosa che temevo di più.

Dei miei due figli, era sempre stata mia figlia Charlotte quella più determinata. Anche se mio figlio James era un ottimo membro della sua comunità, sua sorella aveva sempre avuto una forza di spirito che non avevo visto in nessun'altro di mia conoscenza.

Inoltre, James aveva una famiglia, mentre la mia Charlotte era sposata col suo lavoro di beneficenza, ed era rimasta zitella.

Per cui, scelsi lei.

Arrivò nell'arco di una settimana. Quando la feci sedere e le raccontai la mia storia, ascoltò con attenzione. La sua comprensione senza giudizi fu più clemente di quanto potessi sperare.

Quando la portai in cantina per farle vedere la Bestia, guardò la sua piccola forma addormentata quasi con occhi materni.

Anche il modo di procurarle "nutrimento" non la allarmò. Invece, considerò la situazione come un problema abietto, e decise di affrontarlo di conseguenza.

Non potrò mai perdonarmi per aver coinvolto mia figlia in quello che dovrebbe essere considerato omicidio. Ma il suo amore per suo padre supera il suo disgu-

sto. È determinata a continuare a preservare il mio buon nome tenendo la creatura un segreto.

Devo finire, ora. So che la mia fine è vicina. Cosa mi attende dall'altra parte, non ne ho idea. Come giustificherò le mie azioni a Nostro Signore... anche quello non lo so.

È passato quasi un anno da quando è arrivata Charlotte.

In questo periodo, è riuscita a uccidere due volte per la Bestia, senza incidenti. Sono ancora stupito che la mia Charlotte, che è la più tranquilla e gentile delle donne, sia riuscita a prendere la mia situazione così facilmente sulle spalle.

Mi ha informato che, attraverso il suo lavoro di beneficenza, ha visto quanta sofferenza sia causata dal comportamento di individui egoisti e malvagi. E sostiene che Dio non obietterà se lei porta alla Sua Gloria quelle persone, prima del tempo.

Quindi, ha deciso di procurarsi solo individui di quella schiatta.

Ogni timore che posso aver avuto di lei ora è passato.

Sono sicuro che mia figlia continuerà a proteggere la bestia finché non morirà - sempre se può morire! Nei miei momenti meno sani di mente, ho iniziato a credere sempre di più che non sia umana! Non è mai nata, e non potrà morire!

Intendo nascondere questo diario, da qualche parte in casa.

Non dirò a Charlotte dove.

Negli anni futuri, molto dopo che diverse generazioni saranno passate, penso che sia opportuno che la verità venga rivelata.

Chiunque tu sia che stai leggendo questo, tutto quello che ti chiedo è di guardare con gentilezza e comprensione alle mie azioni, e a quelle dei miei discendenti.

Perché non sono nato malvagio.

Ma il male mi ha trovato, non di meno!

Possa Dio avere pietà della mia anima.

. . .

Firmato il giorno 30 aprile,

Anno del Signore 1688.

Jeremiah Thorpe

Carol chiuse il libro.

Mentre leggeva, non era riuscita a concentrarsi su altro. Anche se aveva preso il bicchiere e l'aveva riempito più di una volta, non era consapevole di quanto avesse bevuto!

La seconda bottiglia era quasi vuota!

La musica era finita di nuovo, e il fuoco si era consumato fino a delle braci morenti.

La tempesta non si era placata, e molte porte e finestre tremavano per il vento.

Carol rimase seduta, cercando di assorbire tutto.

Il diario era troppo assurdo perché ci si potesse credere. Però perché suo zio gliel'aveva lasciato, con una lettera in cui insisteva che lo leggesse prima di occupare la casa?

Prima di occupare la casa!

La sua mente iniziò a galoppare.

Attraverso l'alcol, i suoi pensieri schizzavano avanti e indietro tra quello che era plausibile e quello che era fantasioso.

Doveva davvero credere che suo zio, per non parlare di diversi antenati, avevano dato la caccia e ucciso centinaia - forse migliaia – di vittime innocenti nel corso degli anni, nel tentativo di tenere in vita un mostro orrendo e cannibale, che viveva in cantina?

Nella sua cantina!

Carol si alzò a sedere. Il movimento improvviso le fece girare la testa. Cercò di mettere a fuoco la stanza, che iniziò a girare. Si portò le mani alla testa, poi ricadde sulla sedia.

Si chinò in avanti, più lentamente questa volta.

Cercò di ragionare su cosa fare.

Era davvero l'ultima di una discendenza di assassini che, negli anni, avevano fatto più vittime della famiglia Manson?

Impossibile!

O no?

Le serviva tempo per pensare. Tempo per assorbire tutto e prendere una decisione; che fare?

Era per questo che suo zio aveva insistito perché leggesse il diario prima di arrivare alla proprietà?

Se fosse stato così, aveva senso.

Ma era troppo tardi!

Era già qui, in casa, da sola, completamente tagliata fuori dalla civiltà...

E con un mostro in cantina!

Per quanto ci provasse, Carol non riusciva a comprendere la situazione.

Ricordò, dopo essere caduta sul pianerottolo della cantina, il suono che aveva sentito: *Metallo che strusciava contro la pietra!*

Aveva pensato fossero ratti che trascinavano le chiavi sul pavimento.

Ma se fosse stata la bestia, che afferrava le chiavi attraverso le sbarre della prigione?

Le chiavi che l'avrebbero liberata!!!

Decise che la cosa migliore da fare fosse andarsene, uscire!

Ma come?

La porta era chiusa a chiave, non sapeva nemmeno se ci fosse una porta posteriore. Le chiavi erano sul pavimento della cantina, insieme a... *chissà cosa!*

Poteva provare una finestra. Ma, anche se ci fosse riuscita, una volta fuori dove poteva andare? Aveva bevuto troppo per guidare.

La città! Sarebbe andata a piedi in città.

Di mattina presto, a Natale?

Non le importava. Avrebbe trovato un hotel, o un ostello. Avrebbe preferito dormire in spiaggia, piuttosto che passare un altro minuto in quella casa.

Decisa, Carol si alzò lentamente e cercò di restare in piedi.

Incespicò per un attimo, poi fece qualche passo prima di inciampare nella gamba del tavolo e cadere davanti al camino, sbattendo la testa su uno spigolo.

Si mise a piangere. Sapeva di non avere speranza. Era in trappola. Non riusciva nemmeno a concentrarsi, figuriamoci camminare fino alla città.

Si sentì perdere conoscenza. Cercò di resistere, ma inutilmente.

Quando aprì gli occhi, era ancora buio.

La pioggia batteva ancora contro la casa, e il fuoco si era spento.

Carol alzò la testa; le pulsava. Ricordando la caduta, si mise una mano sulla fronte e sentì il bernoccolo. *Fantastico, un altro livido!*

Con cautela, riuscì ad alzarsi. Gli effetti dei suoi eccessi stavano passando. E con essi la paranoia che le era venuta dopo aver letto il diario del suo antenato iniziava a sparire.

Si trascinò fino alla cucina, per vedere se il frigorifero di suo zio avesse anche un congelatore, dove poteva trovare del ghiaccio per la testa.

Carol andò direttamente al frigorifero, a testa bassa, senza guardare da nessuna parte.

Il frigo aveva un piccolo cassetto freezer e, per fortuna, era pieno di cubetti di ghiaccio.

Carol ne tolse alcuni da uno stampo, mettendoli in uno strofinaccio, e se lo premette contro la testa.

Il freddo le portò sollievo immediato, e tenne lo strofinaccio sulla fronte per un po'.

Quando alzò gli occhi, anche il cuore le si ghiacciò.

La porta della cantina era spalancata!

Il secchio che aveva messo per bloccarla era ai piedi delle scale, il peso di piombo a qualche metro di distanza.

Qualcosa aveva sicuramente aperto la porta mentre lei era svenuta, e non poteva sentire il rumore del secchio che cadeva!

Carol fece inavvertitamente cadere lo strofinaccio, ignorando il rumore dei cubetti di ghiaccio che scivolavano dal piano di lavoro fino al pavimento.

Trattenne il fiato mentre si voltava.

Il viso malizioso della bestia la guardava da dove si trovava, seduto a gambe incrociate sul tavolo della cucina!

IL PRIORATO DEL SANGUE

Thomas Johnson tirava le briglie del cavallo, cercando disperatamente di incoraggiare l'animale ad avanzare, ma la bestiaccia resisteva, nitrendo scontenta mentre Thomas lottava con tutte le sue forze.

"Andiamo, vecchia mia", urlò fra i denti, "solo un altro po' e possiamo fermarci".

La pioggia continuava a cadere con forza, come faceva da ore.

Thomas era bagnato fino all'osso, e i capelli biondi e mossi gli si incollavano alla faccia come se vi fossero stati dipinti.

Nel carro, Thomas poteva sentire Sarah urlare di nuovo.

Era ovvio che il bambino non avrebbe aspettato che arrivassero a destinazione. Avrebbe dovuto trovare un posto dove fermarsi almeno per la notte, e preferibilmente una locanda o una taverna dove la moglie dell'oste fosse pratica del far nascere bambini.

Thomas si stava mangiando le mani per aver insistito sul partire quella mattina per andare dai genitori di Sarah.

Ma col fatto che era la Vigilia di Natale, e che il bambino doveva nascere da lì a due giorni, Thomas sentiva che sarebbe stata la loro ultima occasione per mettersi in viaggio prima che il bambino fosse nato, e, anche se non lo avrebbe mai ammesso con Sarah, non pensava che lei ce l'avrebbe fatta da sola con il loro primogenito, soprattutto per il primo paio di settimane.

Sarah era cara a Thomas quanto ogni moglie lo sarebbe stata, ma la conosceva abbastanza da aver scoperto le sue debolezze, una delle quali era di certo non saper resistere sotto pressione.

Ovviamente, era preparato a dare una mano al meglio delle sue possibilità. Ma non aveva esperienza con i bambini e, essendo un uomo, sapeva di non avere le abilità necessarie, se qualcosa fosse andato storto.

In più, doveva lavorare per provvedere ad entrambi, il che lo avrebbe portato a lasciare Sarah da sola tutto il giorno, e lei stessa aveva ammesso - anche se con riluttanza - di volere compagnia, e di non essere pronta ad essere lasciata sola con il bambino i primi giorni.

Con uno strattone gigantesco, Thomas riuscì finalmente a far avanzare il cavallo abbastanza da disincagliare le ruote del carro dal fango.

Lo scossone fece urlare di nuovo Sarah, per cui Thomas sistemò il cavallo e tirò le cortine che circondavano il carro per darle un'occhiata.

"Tieni duro, Sarah, non ci vorrà molto!", le promise.

Sarah aveva il volto sudato. I capelli biondi, di solito ordinatamente tirati indietro sotto un foulard, ora le ricadevano sul viso in ciocche bagnate.

"Non so quanto posso resistere, Thomas", quasi strillò, fra i denti stretti. "Il bambino non vuole aspettare, vuole uscire ora!"

Thomas si asciugò la bocca con la manica.

Si guardò intorno disperato in cerca di un posto dove sistemarsi per la notte.

Se Dio voleva che facesse nascere il bambino lui stesso, allora sarebbe stato così, ma avevano bisogno di un posto sicuro dove fermare il carro. Il terreno intorno a loro era troppo bagnato e dissestato, e Thomas temeva che, cercando di tenere il carro sul sentiero, avrebbe potuto ribaltarsi e schiantarsi mentre la moglie partoriva.

Guardò di nuovo sua moglie.

"Non possiamo fermarci qui, dobbiamo continuare, solo un pochino".

Sarah guardò il marito, dolorante.

Inspirava a pieni polmoni ed espirava velocemente, ripetendo il ciclo in continuazione.

Thomas immaginava, dall'espressione di rabbia e frustrazione sul suo viso, che lei lo incolpava totalmente della loro situazione attuale. Non che lo avrebbe mai detto; la sua lealtà al marito era tale da farla essere sempre dalla sua parte.

Ciononostante, il senso di colpa pesava molto sulla coscienza di Thomas, ma si era ritrovato in una posizione impossibile.

In teoria, sarebbero dovuti partire ieri per andare a casa della madre di Sarah, ma il signor Radcliffe era stato irremovibile: Thomas doveva finire di fortificare la sua casa prima di partire, altrimenti non avrebbe avuto più un lavoro dopo Natale.

Sarah lo sapeva, e sapeva anche quanto era difficile per suo marito trovare lavoro, soprattutto d'inverno, per cui sapeva che poteva discutere con il signore solo fino a un certo punto. Non è che fossero in una posizione tale da avere pretese.

Per cui, alla fine, Sarah aveva suggerito che restassero a casa per il parto. C'erano un paio di levatrici al villaggio che avrebbero volentieri dato una mano. Ma Thomas era così sicuro che avrebbero fatto in tempo, che Sarah dovette accettare.

Se avesse smesso di piovere, come Thomas aveva previsto, forse sarebbero già arrivati a destinazione, ma avevano perso parte della giornata quando Ranuncolo, il loro cavallo, aveva perso uno zoccolo, e altro tempo ancora quando una delle ruote del carro era uscita dall'asse.

Lo scossone iniziale sembrava essere stata la causa del travaglio prematuro di Sarah, e ora sembrava che niente avrebbe fermato l'arrivo del bambino.

Thomas sorrise debolmente alla moglie e rimise a posto la cortina.

"Andiamo, Ranuncolo", disse, afferrando le redini e facendo avanzare il cavallo riluttante.

Si era fatto buio presto e, con le nubi cariche di pioggia che coprivano il cielo, c'era pochissima luce che permettesse a Thomas di vedere la strada.

In una notte chiara, come era stata solo pochi giorni prima, con una bella luna e molte stelle, il sentiero nella foresta sarebbe stato molto più facile da percorrere, ma, in quella situazione spiacevole, doveva per forza andare piano e non aveva modo di sapere che ostacoli avrebbe potuto trovare.

Al di sopra dell'incessante rumore della pioggia, Thomas sentì avvicinarsi uomini a cavallo.

Si fermò di colpo e cercò di ascoltare.

Si stavano avvicinando!

Thomas sentì improvvisamente la paura chiudergli lo stomaco.

C'era la possibilità che, chiunque fosse, avrebbe creato problemi a lui e Sarah. La notte era il momento preferito per i ladri di ogni tipo, e, con gli uomini del Re a caccia di spie dell'Imperatrice Maude, non c'erano abbastanza ronde che mantenessero sicure le strade.

Thomas cercò il manico dell'ascia sotto la tunica fradicia. Non sarebbe stato un gran deterrente contro una banda a cavallo, ma forse sarebbe bastato a spaventarli, se fosse riuscito a piazzare qualche colpo fortunato all'inizio dello scontro.

"Ferma, in nome del Re!"

L'ordine perentorio arrivò con forza attraverso la foresta, portando Thomas ad allentare la presa sull'ascia a spostare Ranuncolo di lato.

In pochi secondi, Thomas fu circondato da cavalli, ognuno dei quali aveva in sella un Guardiano.

Un uomo in uniforme da Sceriffo si muoveva tra la folla e conduceva il cavallo in un modo che portò Thomas ad arretrare, per paura di essere schiacciato.

Lo Sceriffo si sporse, fissando Thomas con un'espressione di disgusto. "E voi che ci fate fuori dopo il coprifuoco, eh?" chiese, minaccioso.

Thomas ingoiò rumorosamente. "Vi prego, mio Signore, non mi ero reso conto ci fosse un coprifuoco in questa foresta. Sto cercando di portare mia moglie dai suoi genitori, sta per partorire il nostro primo figlio e siamo stati bloccati dalla pioggia".

Lo Sceriffo rifletté sulla storia di Thomas, e poi fece un cenno a uno dei suoi uomini.

Questi scese da cavallo con un balzo.

Thomas vide la grossa spada che gli pendeva dalla cintura, e si fece da parte mentre il Guardiano lo superava e apriva le cortine per guardare nel carro.

Thomas si rivolse di nuovo allo Sceriffo. "Vi prego, mio Signore, non fateci del male, non abbiamo cattive intenzioni", supplicò. "Voglio solo andare in un posto sicuro e asciutto, così mia moglie può partorire".

Avendo visto le condizioni di Sarah nel carro, il Guardiano annuì verso il suo superiore, prima di rimontare in sella.

Lo Sceriffo guardò di nuovo Thomas, ovviamente convinto solo in parte che le sue intenzioni fossero buone. "E dovete sperate di arrivare stanotte?" chiese, corrucciato.

"Il villaggio di Onslow", rispose Thomas, facendo del suo meglio per non far trapelare la sua angoscia. "È nella prossima contea", aggiunse.

"So dove si trova il dannato villaggio!" sputò lo Sceriffo. Il suo commento fece ridere i suoi uomini. "Ma con questo tempo, con solo un cavallo e un carro, sarete fortunato ad arrivarci in tre giorni".

Seguì un altro scoppio di risa.

Thomas cercò di ignorare le risate, e si concentrò sullo Sceriffo.

"Speravamo di trovare una taverna o una locanda nelle vicinanze, dove mia moglie potesse partorire e dove potessimo ripararci finché non smette di piovere", offrì Thomas, rispettoso. "Non sappiamo davvero che altro fare".

Lo Sceriffo si sfregò il mento, pensieroso. "La locanda in città è chiusa, come ogni altro posto, secondo il coprifuoco. Inoltre", aggiunse, "la moglie del locandiere è scappata l'anno scorso e lui non ha ritenuto opportuno sostituirla, per cui lui non vi servirebbe a molto, come levatrice".

Si sentì in lontananza il suono di una campana, che arrivò al di sopra della pioggia e delle risatine degli uomini dello Sceriffo.

Il suono sembrò ispirare uno dei Guardiani ad offrire un suggerimento al suo superiore. "Che ne dite della suore del Priorato? Non rifiuteranno una madre che sta per partorire, soprattutto alla Vigilia".

Lo Sceriffo annuì. "Buona idea, non vi posso lasciare qui, comunque, non starei facendo il mio lavoro", informò Thomas.

Lo Sceriffo e i suoi uomini scortarono Thomas e Sarah al di là delle sentinelle all'ingresso della città.

Il Priorato si trovava su una collina che si affacciava sulla città, e, nel tempo inclemente, Thomas pensò proiettasse un'ombra minacciosa e inquietante su tutto ciò che era a valle.

Più si avvicinavano ai cancelli, meno la struttura sembrava invitante, ma Thomas traeva conforto dal fatto che, almeno, lì avrebbero trovato riparo e ospitalità da parte delle suore.

Quando raggiunsero l'ingresso fortificato, lo Sceriffo si affiancò a Thomas e gli fece cenno di avvicinarsi, come se volesse bisbigliargli qualcosa che non voleva far sentire al resto della compagnia.

Thomas obbedì.

"Devo avvisarvi, sono molto strane", indicò la fortezza con un cenno del capo. "Come molte altre suore, suppongo".

Thomas si accigliò. "Che volete dire, mio Signore?" chiese, la sua prima preoccupazione la sicurezza di sua moglie.

"Sono qui da prima che venisse costruita la città, o così dice la gente", continuò lo Sceriffo, "sono venute in pellegrinaggio dalla Francia, hanno giurato lealtà a Re Stefano, per cui cerchiamo di non metterci in mezzo. Tendono a stare per conto loro, per lo più, alcune di loro sono certo che non parlano nemmeno Inglese, ma non hanno mai dato problemi, per cui le lasciamo stare".

Thomas sospirò di sollievo. "Per cui, credete che si occuperanno di mia moglie?" chiese, speranzoso.

"Sono probabilmente la vostra migliore possibilità, date le circostanze", rispose lo Sceriffo, raddrizzandosi in sella.

Al suo comando, uno dei Guardiani batté sulla porta di legno con l'impugnatura della spada.

Attesero tutti per un attimo, in silenzio.

Sarah era riuscita a mantenere le sue urla basse per l'ultima parte del viaggio, e Thomas sperò che forse fosse un segno che il bambino non fosse ancora pronto a venire al mondo.

Se c'era la possibilità che Sarah potesse resister finché non avessero raggiunto i suoi genitori, sarebbe stata realmente una benedizione per entrambi.

Proprio mentre Thomas si stava chiedendo perché lo Sceriffo non dava ordine di bussare di nuovo, sulla si aprì una piccola feritoia a metà altezza.

"Sì, possiamo aiutarvi?" la voce della suora era affilata, e a Thomas sembrò stesse facendo una richiesta più che una domanda.

"Buona sera, sorella", disse lo Sceriffo, da cavallo, "abbiamo dei viaggiatori stanchi che hanno bisogno delle vostre cure".

Il volto della suora sporgeva appena dalla finestrella aperta, ma riuscì a muovere la testa abbastanza da vedere il carro di Thomas.

La sua espressione rimase di pietra. "Siamo in preghiera, figlio mio", si rivolse allo Sceriffo. "E gli uomini non sono ammessi in convento!"

Thomas seppe subito che l'ultimo commento della suora era diretto a lui.

Decise che, se fosse stato necessario, avrebbe volentieri dormito nel carro, finché Sarah aveva un posto comodo in cui passare la notte e, possibilmente, partorire.

"Sorella, vi prego..." cominciò, ma lo Sceriffo lo interruppe.

"Forse se potessi parlare con la Priora, sorella? La moglie di quest'uomo sta per partorire, e non dovrebbe essere costretta a farlo fuori, in una notte come questa".

La suora sgranò immediatamente gli occhi, cambiando posizione per vedere meglio il carro.

Dopo un attimo, disse: "Aspettate qui, fatemi parlare con la Priora Giselle". Con quello, chiuse la finestrella.

"Thomas!" urlò improvvisamente Sarah da dentro il carro.

Thomas saltò sul carro e si gettò all'interno.

Poteva vedere, dal dolore che aveva sul viso, che sua moglie era in agonia.

Le prese la mano e lei gliela strinse forte.

"Tieni duro, mia cara", bisbigliò, sperando di calmarla con il conforto delle sue parole. "Le suore si stanno organizzando per farci passare lì la notte; una volta dentro, sarai al sicuro. Anche se io devo dormire qui fuori, almeno tu e il bambino sarete al sicuro".

Sarah strinse il marito; lo nocche bianche visibili attraverso la pelle pallida.

Si aggrappò a lui, sollevandosi appena per cercare di alleviare il dolore. Respirava a singhiozzi.

Finalmente, riuscì a rilassarsi e il respiro le tornò normale.

"Tieni duro, cara", cercò di persuaderla Thomas, "finirà presto".

In quel momento, sentì dei rumori.

Thomas baciò la mano di sua moglie e sciolse la stretta, prima di uscire dal carro e tornare a terra con un balzo.

Con sua sorpresa e piacere, la porta del Priorato si stava aprendo.

Pensò che fosse un buon segno. Se le suore avevano intenzione di non farli entrare, di certo non avrebbero aperto la porta.

Thomas attese, con pazienza.

Una volta che la porta fu aperta del tutto, si avvicinò al cavallo dello Sceriffo.

Una suora anziana si incamminò nella pioggia e raggiunse il cavallo dello Sceriffo. Diede delle pacche al muso dell'animale, accarezzandolo con gentilezza.

"È questo l'uomo con la moglie incinta?" chiese allo Sceriffo, indicando Thomas con un cenno della testa.

Parlava in un Inglese perfetto, anche se aveva ancora residui di accento francese.

"Sì, Priora Giselle, so che sarebbero molto grati di ricevere rifugio e aiuto con il parto".

Thomas sperò che lo Sceriffo non stesse implicando che potesse permettersi di pagare la Priora per i suoi servigi. I pochi soldi che aveva con sé dovevano essere un regalo per i genitori di sua moglie.

Non poteva presentarsi a mani vuote!

Anche se, in quelle circostanze, se fosse servito, che scelta avrebbe avuto?

La Priora annuì.

Squadrò Thomas da capo a piedi, e, senza parlare, salì sul carro e controllò Sarah.

Thomas rimase immobile, sbigottito.

Guardò lo Sceriffo, che si strinse nelle spalle.

Dopo un po', la Priora si sedette a cassetta e prese le redini di Ranuncolo.

Fece schioccare le cinghie una volta contro i fianchi del cavallo, e Ranuncolo avanzò obbediente nel chiostro principale.

Lo Sceriffo guardò Thomas.

"Farebbe meglio a seguirla, prima che chiudano la porta!"

Thomas lo ringraziò dell'aiuto e corse dietro al carro.

Una volta nel chiostro, la porta fu chiusa dietro di lui. Thomas si voltò e vide che ci volle la forza di quattro suore, per completare l'opera. Stava per offrire il proprio aiuto, quando la Priora lo chiamò dal carro.

"Voi", ordinò, puntandogli contro l'indice, "andate con sorella Rosalinda e datevi una ripulita, sarete messo a vostro agio".

Mentre abbaiava gli ordini, una giovane novizia si fece avanti e sorrise a Thomas, facendogli cenno di seguirla nella struttura.

Thomas cercò di ringraziare la Priora, che si era già voltata e stava dando istruzioni alle suore che avevano chiuso la porta.

Thomas seguì la giovane suora. Mentre superava la soglia, si voltò a guardare il carro. Fu invaso da una strana sensazione. Per qualche inspiegabile ragione, credeva che non avrebbe più rivisto sua moglie.

Allontanò il pensiero mentre la novizia lo conduceva all'interno.

L'eco di voci femminili che intonavano canti allegri rimbalzava fra gli archi che lo circondavano, e serpeggiava fra le pietre.

Il suono delle loro voci portò a Thomas un immediato conforto, e scacciò dalla mente i brutti pensieri che l'avevano appena attraversata.

La giovane novizia lo condusse lungo una serie di tunnel, finché non arrivarono a quella che sembrava una enorme cucina.

Nel mezzo della stanza, il fuoco scoppiettava sotto una grande padella di metallo, appesa ad una struttura di ferro. L'aroma della carne succulenta assaltò le narici di Thomas e il suo stomaco tuonò in risposta, imbarazzandolo.

Guardò la giovane novizia, che non riuscì a trattenere le risate dietro la mano premuta sulla bocca.

Thomas si scusò per la maleducazione, me nemmeno lui riusciva a non ridere.

La novizia portò Thomas al grande tavolo in mezzo alla stanza, invitandolo a sedersi.

Sul tavolo c'erano diversi boccali e brocche, e la novizia gli verso un abbondante bicchiere di birra che Thomas, dopo averla ringraziata, bevve in un sorso.

Mentre beveva, la suora andò al tegame sul fuoco e, usando un mestolo, riempì una ciotola di stufato caldo, e la portò a Thomas.

La birra lo aveva scaldato, e Thomas aveva già iniziato a sentirsi di nuovo vivo. Guardò la ciotola di stufato, leccandosi le labbra, mentre la novizia si affaccendava prendendogli del pane fresco e uno grosso cucchiaio.

Gli riempì di nuovo il bicchiere e gli fece cenno di mangiare.

Thomas fu investito dal senso di colpa nel guardare il banchetto che aveva davanti.

Si voltò verso la novizia, che era ancora dietro di lui, sorridente.

"E mia moglie Sarah?" chiese. "Mi sento a disagio a godermi questo splendido pasto mentre lei sta male e deve partorire".

La novizia gli mise una mano sulla spalla.

Il gesto, per quanto tenero e affettuoso, sorprese Thomas, che era convinto che le suore non dovessero avere nessun contatto fisico con gli uomini.

"Si stanno prendendo cura di vostra moglie, non preoccupatevi", lo rassicurò la suora. "La Priora Giselle ha fatto nascere molti bambini e sa tutto quello che si deve sapere sulla procedura".

Thomas trovò immediatamente confortanti le parole della suora.

Il suo senso di colpa al pensiero della moglie in preda ai dolori mentre lui mangiava divenne ancora più grande, quando si rese conto di quanto fosse bella la giovane novizia. I suoi tratti erano incredibilmente attraenti, e la sua pelle era quasi trasparente alla luce del fuoco.

A peggiorare le cose, Thomas ebbe la netta impressione che la novizia sapesse che la trovava attraente.

Sentì le guance infiammarsi, e non era per via della birra.

Thomas si voltò di nuovo, fingendo di non essere in imbarazzo. Ma non poteva fare a meno di sentire la novizia ridacchiare fra sé mentre usciva dalla cucina, lasciandolo mangiare in pace.

Prese dello stufato col cucchiaio e ci soffiò sopra prima di metterlo in bocca. Ingoiando, le papille gustative esplosero per la miriade di sapori che lo sopraffecero. Non aveva mai assaggiato niente di così delizioso, incluso lo stufato di coniglio di sua moglie. Non che Thomas avesse intenzione di dirglielo!

Si portò alla bocca una cucchiaiata dopo l'altra, mandandole giù con grossi sorsi di birra.

Finì ripulendo la ciotola con il pane che la novizia gli aveva lasciato.

Dopo essersi scolato il secondo boccale, Thomas ruttò in maniera poderosa. Si guardò rapidamente intorno per assicurarsi di essere solo, e, per fortuna, lo era.

Riluttante di abusare dell'ospitalità dei suoi ospiti, Thomas sbirciò nella brocca da cui la novizia gli aveva riempito il boccale, e vide con piacere che era piena più della metà.

Controllando di nuovo di essere solo, si servì un altro mezzo boccale del glorioso nettare.

Aveva sempre sentito dire che i monaci distillavano la loro birra, che, si diceva, fosse più forte di quella venduta in molte taverne, ma, fino a quel momento, non aveva mai saputo che lo facessero anche le suore.

In ogni caso, era molto grato del fatto che lo facessero.

Thomas si scolò il boccale mentre la novizia tornava in cucina.

"Vi abbiamo preparato una camera, monsieur", lo informò, "se volete seguirmi, vi mostro dov'è".

La novizia gli fece segno di seguirla attraverso la porta da cui era arrivata.

La giovane suora lo condusse lungo un ampio labirinto di corridoi; sembravano così l'uno uguale all'altro che Thomas si chiese come avesse fatto la novizia ad imparare a percorrerli senza sbagliare.

In lontananza poteva ancora sentire il suono di cori e canti, ma più si avvicinavano alla camera, più diventava lontano, finché non si sentiva quasi più.

La novizia gli mostrò la camera quasi disadorna.

Il fuoco era stato acceso e Thomas poteva sentirne il calore entrando nella stanza.

C'era una vasca di stagno davanti al camino, una sedia e un letto dal lato opposto della stanza.

"Non eravamo sicure di quanto foste stanco", lo informò la novizia, "ma se vuole fare un bagno prima di riposare posso fare in modo che venga portata dell'acqua calda".

Thomas rifletté sull'offerta.

In verità, sapeva che probabilmente gli sarebbe servito un bel bagno caldo per togliersi di dosso il freddo dovuto ai vestiti bagnati.

Ma lo stufato e la birra gli avevano fatto venire sonno, e decise che avrebbe reso giustizia alla vasca al mattino.

Si voltò verso la suora. "Se per voi è lo stesso, penso che riposerò prima, ma grazie dell'offerta".

La novizia sorrise. "Non è un problema, potete dormire quanto volete, nessuno vi disturberà".

"Vi prego, ringraziate per me la Priora per la sua gentile ospitalità, e grazie a Voi per esservi presa così cura di me".

Thomas allungò istintivamente la mano per stringere quella della novizia, ma lei tenne entrambe le sue nelle maniche dell'abito.

Thomas la guardò, imbarazzato.

"Non c'è di che", lo rassicurò, sorridente, "e vi prego, non preoccupatevi per vostra moglie e il bambino, saranno in mani capacissime".

Si voltò e raggiunse la porta.

Thomas la guardò mentre se ne andava e poi rivolse l'attenzione al letto accogliente. Poteva vedere il manico di uno scaldaletto che usciva dalle coperte, e fece un appunto mentale di toglierlo prima di mettersi a letto.

Mentre metteva le dita sul manico, la novizia si voltò.

"Buon Natale", gli disse.

Thomas si voltò, "Oh, anche a Voi, sorella", balbettò.

La suora si chiuse la porta alle spalle, lasciando Thomas a spogliarsi in privato.

Una volta certo che la porta fosse chiusa, Thomas si spogliò e mise i vestiti bagnati sullo schienale della sedia, mettendola davanti al fuoco.

Tolse lo scaldaletto e lo portò alla vasca, mettendocelo dentro in modo che non cadesse.

Si mise sotto le coperte.

Il calore lo avvolse e sentì l'umidità uscirgli dalle ossa.

Chiuse gli occhi e si addormentò in pochi secondi.

Thomas si svegliò quando sentì un grido agghiacciante!

Si alzò a sedere e si sfregò gli occhi.

Non sentì altre urla e, per un attimo, si convinse di esserselo sognato.

Il fuoco si era quasi spento, e la stanza era per lo più al buio.

Thomas cercò di concentrarsi il più possibile, cercando negli angoli delle ombre che gli sembrassero fuori posto. Per un attimo, immaginò che qualcuno fosse entrato in camera e si fosse nascosto in un angolo, ma dopo un po' gli occhi si abituarono al buio e si rese conto di essere solo.

Ma l'urlo era stato reale!

Almeno, Thomas era sicuro di non averlo sognato.

Con riluttanza, scalciò le coperte ed espose la propria nudità all'aria fredda. Si fece strada fino alla sedia accanto al focolare defunto e iniziò a tastare i vestiti.

Con sorpresa, si accorse che erano quasi tutti asciutti. Quando si era svegliato, Thomas aveva pensato di aver dormito per poco tempo, ma le condizioni dei suoi vestiti suggerivano altro.

Appena si fu vestito, si avventurò in corridoio.

Aprendo la porta, il suono dei cori echeggiò nel labirinto dei corridoi di pietra, assalendogli le orecchie da ogni direzione.

Thomas cercò di concentrarsi sulla direzione, ma i cori sembravano venire dalle mura stesse.

Si rese presto conto che i canti allegri di festa che aveva sentito mentre andava in camera erano, ora, stati sostituiti da una litania cupa.

Thomas si chiese se, forse, le suore fossero arrivate ad un punto particolarmente monotono delle preghiere di Natale che, per qualche ragione, non dovevano portare sentimenti di gioia e allegria, persino in quel momento dell'anno.

Mentre Thomas percorreva i tunnel del Priorato, rimase in ascolto di qualunque cosa suonasse anche lontanamente simile ad un altro urlo. Il ricordo di quello che lo aveva svegliato gli dava ancora i brividi.

Le aree non illuminate dalle torce erano immerse nell'oscurità totale, dato che non c'erano nemmeno finestre che offrissero luce naturale. Spesso Thomas immaginava che il pavimento fosse un enorme voragine che aspettava solo che lui ci cadesse dentro, per cui, in quegli intervalli, si metteva carponi in modo da saggiare la solidità del suolo prima di camminarci sopra.

Dopo quella che gli sembrò un'eternità, Thomas credette che i cori misteriosi diventassero più forti, il che faceva presumere si stesse avvicinando al punto da cui provenivano.

Per quanto non volesse disturbare le suore in preghiera, Thomas sentì che doveva avvisarle dell'urlo che aveva sentito, nel caso una di loro fosse in pericolo e le altre non la sentissero perché pregavano a voce troppo alta.

Sperò di riuscire ad attirare l'attenzione di una di loro senza disturbare le altre.

Inoltre, ora che ci pensava, voleva sapere se c'erano stati progressi con il travaglio di sua moglie. Per quanto ne sapeva, poteva essere già padre.

Il pensiero che gli facessero vedere suo figlio lo fece sorridere e lo scaldò.

Per puro caso, Thomas si ritrovò nella cucina dove aveva mangiato.

Ora era certo di star andando nella direzione giusta.

Superò la porta e immediatamente il suono dei canti divenne più forte. Gli sembrava venisse da dietro la porta in fondo alla camera in cui si trovava.

Thomas la raggiunse e mise l'orecchio contro il legno.

Il suono veniva dall'altra parte.

Piano, Thomas tentò la maniglia, che sembrò cedere senza intoppi. Una volta che l'ebbe girata fino in fondo, Thomas spinse la porta e iniziò ad aprirla, piano.

Quello che vide lo fece urlare di terrore!

I cori cessarono immediatamente.

Era in quella che sembrava essere una grossa cripta, con banchi di pietra ai lati delle navate e, in fondo, un altare di pietra.

La stanza era illuminata da candele poste in sostegni di metallo lungo il perimetro, e, nella luce fioca, Thomas riusciva appena a distinguere dei larghi drappi rosso scuro appesi alle pareti.

Era troppo buio perché potesse distinguere le forme ricamate sulla stoffa, ma non venivano da nessuna parabola della Bibbia che conosceva.

Ma fu la vista di quello che stava avvenendo sull'altare che aveva fatto urlare Thomas.

La Priora era al centro dell'altare, con una novizia ad ogni fianco. Thomas riconobbe in una di loro quella che gli aveva dato da mangiare e lo aveva accompagnato in camera.

C'era un grande crocifisso ad ogni estremità dell'altare ma, con stupore, Thomas notò che erano entrambi capovolti.

Ogni novizia aveva un grande coltello curvo in mano, e la Priora reggeva quello che sembrava un neonato.

L'altare di pietra era ricoperto di sangue, e la Priora e le novizie indossavano abiti che ne erano macchiati.

La mente di Thomas iniziò a correre.

Sospettò subito che il bambino che la Priora reggeva fosse suo figlio, e che le novizie avessero intenzioni malefiche, visto il modo in cui reggevano le loro armi.

Senza pensare alla propria sicurezza, Thomas corse, facendo da parte le suore che uscivano dai banchi e cercavano di fermarlo.

Quando raggiunse l'altare, la Priora lo guardò, un sorriso crudele e soddisfatto sul volto.

Le due novizie rimasero immobili con i coltelli pronti, anticipando l'avanzata di Thomas.

Thomas era gelato sul posto.

Guardò l'altare macchiato di sangue e poi suo figlio. Pensò che così tanto sangue avrebbe ucciso il bambino, ma poteva vedere le gambe e le braccia che si muovevano.

Gli venne un pensiero improvviso.

Guardò la Priora. "Dov'è la mia Sarah?" sputò le parole più come un ordine che come una domanda.

Le tre suore davanti a lui risero in coro, e Thomas era certo di sentire qualcuno ridacchiare dietro di lui.

Sentì la congregazione che si avvicinava, ma rifiutò di voltarsi e rimase concentrato sul loro capo.

"Vostra moglie ha dato la vita per mettere al mondo questo dono prezioso", annunciò la Priora, indicando il bambino. "E ora, abbiamo un dono da offrire al nostro padrone, un sacrificio sacro per onorare il nostro principe in questo giorno molto speciale".

Thomas cercò di capire i dettagli.

Sua moglie era morta!

L'avevano uccisa, o avevano lasciato che morisse partorendo.

Dalla quantità di sangue sull'altare, Thomas immaginò che le suore avessero portato il sangue di sua moglie in una sorta di contenitore per lavare o innaffiare il luogo profano del sacrificio, e ora che avevano compiuto il loro compito, potevano sacrificare la vita di suo figlio al loro padrone infernale.

Thomas balzò in avanti, nel tentativo di afferrare suo figlio, ma, prima che riuscisse a farlo, diverse mani lo tirarono indietro.

Per quanto fosse forte, Thomas non riusciva a combattere la miriade di corpi che lo trascinavano al pavimento e lo trattenevano contro la pietra fredda.

Thomas si contorse e lottò contro le sue assalitrici, ma le forze lo abbandonarono e si arrese.

Mentre giaceva lì, a boccheggiare per lo sforzo, vide la Priora con ancora il bambino in braccio.

"Credo abbiate capito male, monsieur", lo informò, "il nostro sacrificio non è questo dono prezioso", sollevò l'infante, provocando grida di giubilo. "Questa piccolina vivrà e crescerà per proseguire il nostro lavoro. Vostra moglie ha dato la vita perché lei nascesse, e ora voi dovete dare la vostra come offerta al nostro padrone, per ringraziarlo di aver accettato vostra figlia come una delle sue sorelle di sangue".

Mentre lei si faceva da parte, Thomas riuscì appena a vedere sua figlia mentre due novizie iniziavano a pugnalarlo, con tutta la loro forza, finché, infine, non giacque morto in una pozza del suo stesso sangue.

BABBO MALVAGIO

Sylvia controllò i bambini per assicurarsi che dormissero.

I loro genitori le avevano assicurato che non avrebbero fatto problemi, cosa a cui lei credeva poco, date le esperienze precedenti con i gemelli Kennet. Ma, questa volta, erano stati avvisati che, se si fossero comportati male, Babbo Natale non sarebbe passato.

Sperava che la minaccia funzionasse.

Questa era la quarta volta che Sylvia faceva da babysitter alle due pesti, e, in ognuna delle occasioni precedenti, si era giurata di non tornarci mai più.

Questa volta era stata ostinatamente irremovibile nella sua decisione. Dopo tutto, era la Vigilia di Natale, e aveva già in programma di uscire a bere qualcosa con degli amici in città.

Era stata molto fiera di sé, quando la signora Kennet l'aveva contattata la prima volta per quella sera. Sylvia aveva rifiutato con molta educazione, spiegando che aveva già un impegno, senza menzionare che incubo fosse cercare di tenere in riga i suoi marmocchi viziati.

La signora Kennet aveva sicuramente cercato di farla sentire molto in colpa. Aveva ciarlato per dieci minuti buoni, spiegando quanto fosse importante che lei ed il marito partecipassero alla cena della Vigilia, perché lui stava per ricevere un premio per il suo lavoro senza precedenti nella medicina psichiatrica, e quanto fosse difficile trovare una brava babysitter, e il fatto che non si fidavano di nessuno quanto si fidavano di Sylvia, e bla bla bla.

Ma Sylvia tenne duro. Non avrebbe ceduto, questa volta, e, se solo fosse riuscita a mettere ordine nelle proprie finanze, non avrebbe mai più dovuto avere a che fare con i gemelli Kennet.

Essendo Natale, come sempre Sylvia aveva raggiunto il limite sulla carta di credito, per cui, quando il dottor Kennet la chiamò, offrendole il triplo della sua solita tariffa come incentivo ad accettare il lavoro, si arrese. La sua determinazione aveva ceduto al vile denaro.

L'unica consolazione di Sylvia era che, dato che due dei suoi amici avevano litigato la sera prima, sembrava che la serata che avevano programmato fosse stata ufficialmente annullata. Per cui, se non fosse andata a fare la babysitter, c'era la possibilità che sarebbe rimasta a casa con i genitori e quello stupido di suo fratello minore, a guardare qualsiasi cavolata passassero in televisione.

Almeno, qui era pagata per quel privilegio.

Sylvia chiuse piano la porta della stanza dei bambini, e poi la riaprì appena. Decise che sarebbe stato meglio lasciarla socchiusa, nel caso uno dei due si svegliasse dopo un incubo. Non voleva che corressero per le scale e cadessero, per cui sarebbe stato meglio poterli sentire e rispondere di conseguenza.

Sylvia sollevò lentamente la maniglia per assicurarsi che la serratura non scattasse. Esperienze precedenti le avevano insegnato che anche una cosa semplice come quella avrebbe potuto bastare a svegliarli.

Scese di sotto, in cucina, e aprì lo sportello dell'enorme frigorifero. Guardò quel ben di Dio comprato per l'indomani. I Kennet aspettavano di sicuro un sacco di gente per le feste.

Sylvia esaminò le mensole in cerca di qualcosa da sgranocchiare senza dover aprire qualcosa che la facesse scoprire. La coppia le aveva sempre detto di prendere qualsiasi cosa volesse, ma dubitava che sarebbero stati felici che sgranocchiasse qualcosa che serviva per il pranzo del giorno dopo.

E, onestamente, non aveva nemmeno fame.

Sylvia vide un barattolo aperto di cetriolini nello sportello del frigo, ne tolse il coperchio e prese quello più grosso, tirandolo fuori con le dita.

Tenne il barattolo aperto in mano mentre mangiava, nel caso le venisse voglia di prenderne un altro subito dopo.

Finito il primo, Sylvia decise che sarebbe bastato, per ora, per cui rimise il coperchio sul barattolo e lo rimise a posto. Mentre stava per chiudere il frigo, vide un cartone aperto di panna sulla mensola in alto.

Ora, pensò, un Irish coffee ci starebbe proprio bene, ed era proprio la cosa che serviva a metterla nel giusto spirito.

Mentre il bricco era sul fuoco, Sylvia andò all'armadietto dei liquori, per vedere che whiskey avesse il dottor Kennet.

Ne scelse uno che conosceva e che le piaceva, se ne versò una bella dose in un bicchiere, che poi riportò in cucina in attesa che bollisse l'acqua.

Una volta che il suo drink fu pronto, Sylvia avvolse uno strofinaccio intorno al bicchiere per non scottarsi e andò in salotto.

Si mise a guardare la televisione godendosi la bevanda calda.

Bevendo il caffè col whiskey attraverso la copertura di panna, Sylvia si rilassò nella comodità sontuosa di una poltrona morbida in pelle, mentre l'Irish coffee le scivolava in gola, riscaldandola dall'interno.

Una volta finito il bicchiere, lo mise sul tavolino accanto a lei e chiuse gli occhi, per potersi gustare il sapore che le restava in bocca.

Senza accorgersene, Sylvia si addormentò.

Il suono del telefono di casa che strillava accanto a lei la riportò improvvisamente alla realtà.

Per un attimo, avendo aperto gli occhi in un posto che non le era familiare, Sylvia aveva dimenticato dove fosse. Ma il trillo successivo dell'apparecchio glielo ricordò.

Tolse il volume al televisore e alzò la cornetta.

"Residenza del dottor Kennet", annunciò.

"Allora sei lì", disse una voce familiare dall'altro capo.

"Ciao, Kerry", rispose Sylvia, mezza addormentata, "sì, sono di nuovo qui, anche se la scorsa volta avevo giurato che sarebbe stata l'ultima!"

"Com'è possibile? Come ha fatto il buon dottore a convincerti a cambiare idea?"

"Con i soldi, come se no?"

"Oh", Kerry sembrava delusa, "pensavo che ti avesse offerto una sveltina nel suo studio fuori orario".

"Bleah", rispose Sylvia, colta di sorpresa dal suggerimento dell'amica.

"Oh, andiamo", ragionò Kerry, "devi ammettere che è un bell'uomo".

"Sì", approvò Sylvia, "se ti piacciono le figure paterne".

Poteva sentire l'amica ridere in maniera incontrollabile dall'altro capo.

Sylvia si mise la cornetta sotto il mento e stiracchiò braccia e gambe per far ripartire la circolazione.

Una volta che Kerry ebbe smesso di ridere, Sylvia chiese: "Perché non mi hai chiamata al cellulare?"

"L'ho fatto", insisté Kerry, "sai quanto faccia schifo la ricezione lì, controlla il telefono, dovresti avere almeno dieci mie chiamate perse".

Sylvia fece come richiesto, ma tutto quello che vedeva sullo schermo era 'Nessun servizio'.

In verità, aveva dimenticato quanto poco segnale ci fosse nel paesino, soprattutto così in periferia.

La casa dei Kennet era un'enorme struttura moderna, costruita su tre piani fuori terra, con la piscina, la sauna e il bagno turco nel seminterrato. C'era ogni comodità moderna che si potesse desiderare, tranne un segnale decente per il cellulare.

In passato, Sylvia aveva trovato un punto sull'ultimo pianerottolo, di fronte al giardino, dove riusciva a prendere due tacche. Ma anche lì il segnale era caduto prima che riuscisse a far partire la telefonata.

"Come hai fatto a sapere che ero qui?"

"Be', una volta saputo che non saremmo andate a bere qualcosa, ho pensato che avresti preso in considerazione l'offerta dei Kennet piuttosto che stare a casa con i tuoi come la piagnona che sei".

"Ma come hai avuto questo numero? Sono più che sicura che i Kennet non siano in elenco".

Kerry sospirò. "Ho chiamato a casa tua e ho parlato con tua mamma; me l'ha dato lei, perché? Qual è il problema?"

"Nessuno", rispose Sylvia. "Ero solo curiosa".

"Allora", continuò Kerry, "hai visto il telegiornale?"

"No, perché?"

"Davvero, non riesco a crederti", la sgridò Kerry. "La prima volta che succede qualcosa di eccitante nella nostra parte di mondo, e tu nemmeno lo guardi!"

Sylvia prese il telecomando e iniziò a fare zapping in cerca di un tele-giornale. "Allora? Qual è la grande notizia?" chiese, continuando a fare zapping.

Kerry fece una pausa.

A Sylvia sembrò che l'amica trattenesse il respiro.

"Allora?" la esortò. "Non lasciarmi in sospeso, che succede?"

"Vince Kramer è evaso!"

Un brivido improvviso corse lungo la schiena di Sylvia. "Davvero?" annaspò.

"Sì", le assicurò Kerry. "Lo hanno detto a tutti i telegiornali".

Sylvia si mosse sulla sedia.

Vince Kramer era l'unico motivo per cui la città era famosa.

Un serial killer maniaco che aveva vagato per la città e nelle campagne circostanti per più di un decennio, prima di essere finalmente preso e processato. Per la ferocia e la crudeltà dei suoi omicidi, fu giudicato pazzo, e chiuso in un ospedale psichiatrico, dove era rimasto fino a quel momento.

Casualmente, era lo stesso ospedale dove lavorava il dottor Kennet, e, peggio ancora, era solo a un paio di miglia da dove si trovava ora Sylvia!

"Oh Dio, Kerry", mormorò, nervosa.

"Lo so, dannatamente eccitante, non credi?" rispose la sua amica, allegra.

"No! Non eccitante", ritorse Sylvia, arrabbiata. "Hai dimenticato dove sono, stasera?"

Kerry ci pensò per un attimo. "Oh, già", rispose, imbarazzata. "Ma, andiamo, quel posto deve avere ogni tipo di strumento di sicurezza e allarme", ragionò. "Cioè, la casa di una persona ricca, nel mezzo di quel paesino, lontano da tutto; avrebbero dovuto essere già stati derubati, se non avessero un allarme".

"Forse", ritorse Sylvia, "ma non mi hanno fatto vedere dove sono i comandi, non è che devo passare la notte qui".

Finalmente, Sylvia riconobbe un volto familiare sullo schermo.

Alzò il volume.

Il presentatore era fuori l'ospedale da cui era evaso Kramer. Sullo sfondo, Sylvia poteva vedere diversi veicoli della polizia e agenti in uniforme che perlustravano la zona.

Mentre il presentatore raccontava la storia, la telecamera inquadrò degli agenti con i cani che controllavano il sottobosco, in cerca di indizi.

"Cos'è, in sottofondo?" chiese Kerry, curiosa.

"Ho trovato un telegiornale; aspetta un attimo, voglio sentire cosa dicono".

La telecamera tornò sulla giornalista.

Si vedeva che c'era molto vento e pioveva dove si trovava, e un assistente stava disperatamente cercando di tenerle l'ombrello sulla testa e, contemporaneamente, di restare fuori dall'inquadratura.

"La polizia chiede agli abitanti della zona di restare in casa e tenere porte e finestre sbarrate, finché il paziente non verrà catturato. Viene raccomandato, inoltre, che, in caso vediate o sentiate qualcosa di sospetto, contattiate immediatamente il 999".

Nell'inquadratura venne mostrata una fotografia di Kramer quando era stato arrestato.

Sylvia ricordava la foto segnaletica su tutti i giornali, all'epoca, e ricordava il terrore che tutti provavano mentre era ancora ricercato.

Era ancora alle superiori, e il consiglio comunale aveva istituito un gruppo di autobus che portassero i ragazzini a scuola e poi a casa ogni giorno, per sicurezza.

In quei giorni si poteva fare a malapena un centinaio di metri senza incontrare un poliziotto. Erano tutti sulle spine e la storia era sempre al telegiornale locale.

Ci fu quasi un'atmosfera di festa, nella zona, quando fu finalmente catturato e identificato come colpevole. Gli agenti che lo avevano catturato ricevettero entrambi encomi dalla regina.

La fotografia di Vince Kramer ricambiò lo sguardo di Sylvia dall'altro lato della stanza.

Con una criniera arruffata di capelli neri che gli coprivano la faccia e la barba incolta, sembrava un troglodita pazzo appena uscito dalla giungla per la prima volta.

Ma erano gli occhi spalancati a trasmettere davvero l'odio e il male che aveva nel cuore.

Kramer aveva ucciso senza compassione, senza pietà!

Le sue vittime erano di età variabile, andavano dai bambini piccoli ai pensionati, e il suo modus operandi era di farli a pezzi a mani nude, abbandonandoli con le interiora parzialmente divorate.

Sylvia si concentrò sulla fotografia, ipnotizzata.

Il male che sembrava venire dagli occhi di Kramer era quasi palpabile.

"Sei ancora lì?" L'intrusione improvvisa di Kerry interruppe la trance di Sylvia e la riportò con i piedi per terra.

Si strinse le braccia intorno alle spalle per confortarsi.

Il calore che aveva sentito inizialmente per il whiskey era solo un ricordo.

"Sì, sono qui", rispose, concentrata sul telegiornale.

"Che farai?", chiese Kerry, la preoccupazione per l'amica che iniziava a farsi sentire.

"Non lo so", rispose Sylvia.

La giornalista aveva la mano contro l'orecchio, il viso concentrato. Sylvia ragionò che stava probabilmente cercando di sentire qualcosa che le veniva detto all'auricolare.

"Siamo appena stati informati", continuò la reporter, "che Kramer avrebbe dovuto partecipare alla recita dell'ospedale, questa sera, e che, quando è evaso, indossava ancora il costume". Continuò a sforzarsi di sentire quello che le veniva detto. "Crediamo fosse vestito da Babbo Natale, al momento dell'evasione, per cui c'è la possibilità che cerchi di liberarsi del costume per qualcosa di meno appariscente. La polizia invita la cittadinanza a restare in guardia e a segnalare qualsiasi cosa sembri fuori dall'ordinario".

"Hai sentito?" chiese Sylvia al telefono, togliendo di nuovo il sonoro al televisore, in modo da sentire la risposta dell'amica. "Il pazzo va in giro vestito da Babbo Natale, da non crederci".

"Molto festivo", rispose Kerry, cercando di alleggerire l'umore.

"Cosa pensi che dovrei fare?" Kerry notò un lieve tono di supplica nella voce dell'amica, quasi come se volesse un consiglio.

Dopo un po', ebbe un'idea. "Be', credo che, date le circostanze, dovresti chiamare i Kennet e dirgli che vuoi che tornino a casa il prima possibile".

"Lo credi davvero?" chiese Sylvia, per avere conferma che non stesse esagerando.

"È quello che farei io. Fanculo la loro serata; la tua sicurezza è più importante".

Sylvia si morse il labbro inferiore. La sua amica aveva perfettamente ragione e, date le circostanze, sembrava un richiesta estremamente ragionevole.

"E poi", continuò Kerry, "credo che, comunque, vorrebbero stare a casa con i loro marmocchi finché Kramer non venga catturato di nuovo".

Sylvia ci pensò su per un po'.

Non riuscendo a trovare un'altra opzione, decise di seguire il suggerimento di Kerry. "Ok, so che hai ragione, li chiamo".

"Ottimo", disse Kerry, trionfante, "e, mentre sei al telefono con loro, chiedigli il codice dell'allarme, in questo modo puoi sentirti al sicuro finché non tornano".

"Lo farò", rispose Sylvia, grata. Era così contenta del fatto che Kerry mantenesse sempre il sangue freddo, era un talento che aveva visto all'opera in passato, e non ne era mai stata così felice.

"Vuoi che resti al telefono con te mentre li aspetti?" chiese Kerry, cercando di non far sentire l'apprensione nella voce. Sylvia era già abbastanza spaventata, e a ragione, ma almeno stava agendo, per cui Kerry sentiva di dover abbassare i toni.

Non c'era bisogno di spaventare inutilmente la sua amica.

"Oh cazzo", Kerry sentì Sylvia imprecare.

"Che c'è?" le chiese.

Sylvia sospirò. "Non ho campo in questa stupida casa".

"Chiamali dal telefono fisso. Io attacco e puoi richiamarmi una volta che hai messo l'allarme", suggerì Kerry.

"No, non capisci", si lamentò Sylvia. "Ho i loro numeri sul registro chiamate, non sono scritti da nessuna parte".

"Non hanno lasciato il numero del ristorante sul frigorifero, o qualcosa del genere?" chiese Kerry, cercando disperatamente di sollevare il morale dell'amica ora che il piano sembrava essere andato alle ortiche.

"Ne dubito", rispose Sylvia, scoraggiata, "di solito non lo fanno".

"Be', da' un'occhiata, non si sa mai", suggerì Kerry.

Sylvia lasciò la cornetta sul bracciolo della poltrona e andò in cucina a controllare il frigo.

Come sospettava, non c'era niente che indicasse dove i Kennet sarebbero andati a cena.

Perlustrò la stanza nel caso ci fosse una bacheca o un blocchetto in giro su cui ci fossero i numeri, ma si rese presto conto che era una falsa speranza.

Prima di tornare da Kerry, andò a controllare che la porta sul retro fosse chiusa. La chiave era girata a destra, che indicava che la porta doveva essere chiusa a chiave, ma Sylvia controllò di nuovo, per sicurezza.

Scostò le tendine per vedere meglio fuori.

Poteva vedere, dal movimento dei rami, che il vento e la pioggia che aveva visto al telegiornale erano arrivati anche lì.

Le gocce di pioggia cadevano sui vetri, dandole una visuale offuscata.

Il muro che circondava il giardino non era molto alto, e Sylvia seppe all'istante che non ci sarebbe voluto grande sforzo a scalarlo e saltare dall'altra parte.

Guardò fuori, chiedendosi se ci fosse niente che potesse fare per rendere l'area sicura. Nel buio, Sylvia notò una porta di legno nel muro all'estremità del giardino, che avrebbe reso ancora più facile a qualcuno entrare.

Sylvia decise che era inutile cercare di rendere meno accessibile il giardino, e tutto quello che la proteggeva, da quella parte della casa, era la porta a cui era appoggiata.

Tentò di nuovo la maniglia, per assicurarsi che reggesse.

Voltandosi, tornò in salotto e si gettò di nuovo sulla poltrona.

"Niente", informò Kerry, riluttante.

"Non hai segnale da nessuna parte?"

Sylvia ebbe un lampo all'improvviso. "A dire la verità", rifletté, "sono riuscita a trovare un posto all'ultimo piano, ma appena mi sono mossa è caduta la linea".

"Meglio di niente", offrì Kerry.

"Be', l'unica alternativa è uscire fuori e provare in strada, sono sicura di aver ricevuto una telefonata, una volta, mentre parcheggiavo".

"Sei pazza?" la sgridò Kerry. "Perché mai dovresti avventurarti fuori, sapendo che quel pazzo potrebbe essere dietro l'angolo?"

Istintivamente, Sylvia rabbrividì. "Grazie di avermelo ricordato", rispose debolmente. Ma sapeva che Kerry aveva ragione. Non c'era motivo perché lasciasse la relativa sicurezza della casa per provare a telefonare.

In quel momento, Kerry ebbe un'altra idea. "Quanto è lontana la tua macchina dalla porta?" chiese, speranzosa.

Sylvia ci pensò per un attimo. "Non lo so per certo, forse una decina di metri. È alla fine del vialetto, perché?"

"Niente", rispose Kerry.

"No, dimmelo", la esortò Sylvia, "Sono aperta ad ogni idea ora".

Kerry sospirò. "Pensavo che, se la macchina fosse stata abbastanza vicina, potevi infagottare i bambini e portarli dai tuoi, o da me, se è più vicino. Poi potevi chiamare i loro genitori e farli venire a prendere".

Sylvia ridacchiò. "Nessuna possibilità", rispose, decisa. "Al pensiero di doverli svegliare e metterli in macchina senza che si lamentino e frignino continuamente e si urlino contro, preferisco tentare la sorte con Kramer".

Kerry rise, felice che l'amica almeno riuscisse a vedere il lato divertente della situazione.

Ma si rese anche conto che la situazione era seria. O, almeno, aveva il potenziale per diventarlo.

"Ok", tentò Kerry, "allora la tua unica possibilità è cercare di trovare un po' di segnale dentro casa".

"Credo di sì". Sylvia non riusciva a trattenere la riluttanza nella voce.

"Ma prima che vai di sopra", continuò Kerry, "assicurati che il piano di sotto sia sicuro; controlla porte e finestre, per la tua sanità mentale".

"Buona idea", approvò Sylvia. "Ho già controllato la porta sul retro, vado a controllare che anche quella d'ingresso sia sbarrata".

"Ok, io ora devo attaccare". Kerry non avrebbe voluto interrompere il contatto con l'amica. Le sembrava di abbandonarla, ma si rese conto che Sylvia avrebbe usato senza dubbio il telefono fisso per chiamare i Kennet, una volta che avesse trovato i numeri sul cellulare.

O, almeno, è quello che lei avrebbe fatto. A quanto pareva, era troppo rischioso cercare di chiamarli dal cellulare, nel caso fosse caduta la linea a metà conversazione.

"Augurami buona fortuna", disse Sylvia, quasi con ironia.

"Andrà tutto bene", la rassicurò Kerry. "Assicurati di insistere che tornino subito a casa, non lasciare che cerchino di farti cambiare idea solo perché si stanno divertendo".

"Non ti preoccupare", promise Sylvia.

Una volta che ebbe riagganciato, Sylvia fu improvvisamente sopraffatta dalla sensazione di essere sola e indifesa.

Anche se Kerry era a chilometri di distanza e non sarebbe stata ragionevolmente in grado di fare altro che chiamare la polizia, se Sylvia ne avesse avuto bisogno, avere la sua voce al telefono la faceva sentire al sicuro.

Ora dipendeva solo da lei!

Sylvia si alzò dalla sedia e tenne il cellulare davanti a sé mentre andava nell'atrio e verso la porta d'ingresso.

Continuava a non avere campo, come si era aspettata.

I Kennet non le avevano lasciato una chiave per la porta, per cui non aveva modo di chiudere a chiave. Tuttavia, le avevano spiegato una volta che, sollevando la maniglia dall'interno, il meccanismo avrebbe fatto scattare i chiavistelli, anche se non li avrebbe chiusi, che era sempre meglio di niente.

Sylvia afferrò la leva e tirò su.

Poteva sentire i chiavistelli che scorrevano, e la soddisfazione le diede un po' di conforto.

Si voltò e si diresse alle scale.

Sylvia pensò di accendere le luci di sopra usando gli interruttori del piano inferiore. Ma poi ricordò di aver lasciato aperta la porta della cameretta dei gemelli, e pensò che la luce improvvisa li avrebbe svegliati, e quello era un mal di testa che avrebbe preferito evitare.

Mentre saliva lentamente le scale, Sylvia desiderò di aver alzato il volume al televisore.

Senza il mormorio monotono dell'apparecchio, la casa emanava un silenzio inquietante che, ora, non era per niente di conforto.

Il quarto gradino dall'alto cigolò rumorosamente, e Sylvia fece una smorfia, quasi aspettandosi che uno dei bambini la chiamasse.

Ma tutto rimase in silenzio.

Sylvia alzò l'altro piede ma, prima che potesse metterlo sul gradino successivo, bussarono con forza alla porta!

Sylvia rimase immobile.

La vibrazione dal colpo alla porta riecheggiò lungo l'atrio e arrivò fino alle scale.

Per un attimo la sua mente rifiutò il rumore, come se non fosse mai esistito.

Se l'era immaginato?

Si voltò sul gradino e si accovacciò, in modo da vedere la porta.

Non c'erano finestre o pannelli di vetro, né sulla porta né ai lati, solo legno. Per cui, non riusciva a vedere se c'era qualcuno fuori.

C'era un pannello di vetro a forma di mezza luna sopra la porta, ma era troppo in alto per poter essere usato come spioncino.

Sylvia rimase accucciata a guardare la struttura di legno inanimata, come se, per miracolo, rivelasse i suoi segreti.

Poi bussarono di nuovo!

Non si era sbagliata, questa volta, c'era di sicuro qualcuno fuori.

Sapeva che non potevano essere i Kennet che rientravano prima, perché non avrebbero bussato.

Forse avevano dimenticato le chiavi, o le avevano lasciate al ristorante e non volevano tornare indietro a prenderle.

Sylvia sapeva che la sua mente le stava solo offrendo degli scenari che la proteggessero dalla verità.

Doveva andare a vedere chi era!

Chiunque stesse fuori poteva probabilmente vedere la luce riflessa dalla cucina attraverso il pannello, per cui sapevano per certo, o sospettavano, che ci fosse qualcuno in casa, per cui era inutile sperare che andassero via.

Inoltre, chi sarebbe arrivato fin lì, senza sapere dell'esistenza di quella casa?

Forse era un amico dei Kennet che passava a lasciare un regalo ai gemelli?

O forse qualche povero automobilista in panne che aveva bisogno del telefono?

Sylvia decise che non aveva alternative se non scoprire chi fosse.

In verità, se Kerry non le avesse detto dell'evasione di Kramer, non lo avrebbe saputo e avrebbe già controllato chi era alla porta.

Non volendo aspettare che bussassero una terza volta e svegliassero i mocciosi, Sylvia tornò di sotto.

Camminò senza far rumore fino alla porta, come se avesse paura che potessero sentirla prima che fosse pronta a rivelare la propria presenza. Non che importasse, ma il suo cervello aveva ancora problemi ad elaborare la situazione.

Mise l'orecchio contro la porta e cercò di sentire. Ma il rumore della pioggia che colpiva il vialetto di cemento copriva ogni altro suono.

Non si sentiva altro.

"Posso aiutarla?" chiese Sylvia, da dietro la porta.

"Buona sera, signora", le rispose una voce maschile. "Polizia della contea, stiamo controllando la posizione di un fuggitivo nelle vicinanze".

Sylvia aveva visto abbastanza film horror da sapere che poteva essere una trappola.

Ma odiava il fatto di non poter vedere chi c'era fuori.

"Non c'è nessuno qui, agente", rispose. "Siamo al sicuro, grazie".

Ci fu una pausa.

"Mi dispiace, signora, ma dobbiamo controllare l'identità di tutti. Mi scuso per il disturbo".

Sylvia continuava a non essere convinta.

Si guardò intorno, cercando ispirazione; doveva trovare un modo per verificare chi c'era fuori prima di aprire la porta.

Ma come?

Poi il suo sguardo cadde sull'ottomana alla sua sinistra. Era grande e sembrava ingombrante, ma Sylvia decise che, se fosse riuscita a trascinarla fino alla porta, poteva salirci sopra e forse vedere attraverso la finestrella sopra la porta chi c'era fuori.

Cosa avrebbe fatto se avesse visto un uomo vestito da Babbo Natale non lo sapeva, ma almeno non gli avrebbe aperto.

"Ok", rispose, poco convinta. "Vado a prendere la chiave, ci vorrà un attimo".

"Nessun problema, signora", fu la risposta calma. "Non vado da nessuna parte".

In qualche modo, la risposta, che avrebbe tranquillamente potuto essere sincera e volta a rassicurare, fece di nuovo rabbrividire Sylvia.

Come aveva sospettato, l'ottomana pesava troppo per lei, per cui dovette trascinarla sul pavimento finché non fu sotto la finestra.

Si chiese se l'uomo fuori potesse sentirla nonostante la pioggia, e pregò che non ci riuscisse. L'ultima cosa che voleva era dargli motivo di sospettare qualcosa, indipendentemente dalla sua sincerità.

Sylvia sistemò il grosso cuscino di pelle che copriva l'ottomana in modo che non scivolasse mentre lei ci stava sopra, e poi ci salì.

Il cuscino sprofondò sotto il suo peso, lasciandola troppo in basso.

Imperterrita, Sylvia scese e ripiegò il cuscino su se stesso due volte, rendendolo spesso il triplo.

Tenendolo fermo, ci premette sopra con un piede perché non si spostasse e, una volta che fu sicura di restare in equilibrio, si sollevò di nuovo in piedi.

Questa volta riusciva a vedere attraverso la finestrella sopra la porta.

Non era per niente l'angolazione giusta, ma le permetteva di guardare in basso e vedere chi era fuori.

Tutto quello che riusciva a vedere dalla sua posizione era la parte superiore di un cappello da poliziotto, e lo stemma.

Rimase lì per qualche attimo, sperando che l'uomo facesse un passo indietro per permetterle di vedere meglio. Ma poi pensò che non c'erano molte possibilità che succedesse, dato che si stava riparando sotto la tettoia per proteggersi dalla pioggia.

Sospirando, Sylvia decise che quello era tutto quel che sarebbe riuscita a vedere, e doveva decidere se aprire o no basandosi su quello che aveva visto.

Il cappello era sicuramente un buon segno, ma avrebbe preferito vedere tutta l'uniforme, per stare tranquilla.

Con riluttanza, scese dall'ottomana, lasciando che il cuscino tornasse alla forma originale, poi la riportò al suo posto.

Stava per afferrare la maniglia quando le venne un'altra idea.

Non era geniale, ma l'avrebbe probabilmente fatta sentire più sicura.

Si poggiò di nuovo alla porta. "Mi dispiace, ma non riesco a trovare la chiave", mentì, cercando di non far tremare la voce. "Le dispiace venire sul retro? Così la faccio entrare dalla cucina".

"Ok, signorina, nessun problema", fu la risposta. "Ci vediamo sul retro".

Sylvia andò in salotto e prese uno degli attizzatoi ornamentali di ferro dal caminetto.

Tenendolo stretto con tutte e due le mani, attraversò la stanza in punta di piedi fino ad arrivare alla porta della cucina.

Da quel punto, poteva vedere la porta sul retro e la finestra alla sua destra. Finché il suo visitatore si spostava alla luce, Sylvia poteva vedere se era o meno un poliziotto.

Trattenne il fiato e attese.

In pochi secondi, la figura del poliziotto divenne visibile.

Sylvia rimase a guardare mentre l'agente prendeva posizione direttamente fuori dalla porta. Lo vide alzare gli occhi, come se cercasse qualcosa. Poi si ricordò che, diversamente dalla porta d'ingresso, qui non c'era niente con cui ripararsi dalla pioggia.

Sylvia desiderò di aver acceso la luce esterna, che le avrebbe reso più facile vedere fuori. Ma era troppo tardi ora perché non sembrasse fatto di proposito.

Mise l'attizzatoio accanto allo stipite.

Un poliziotto poteva farsi un'idea sbagliata, se l'avesse visto.

Lentamente, Sylvia attraversò la cucina, mantenendo gli occhi fissi sull'agente per qualsiasi segno che indicasse che non fosse chi diceva di essere.

Ma sembrava tutto in ordine. La sua uniforme sembrava vera, fino al manganello che pendeva sotto l'orlo della giacca.

Mentre attraversava la cucina, Sylvia mantenne gli occhi sull'agente.

Era abbastanza alto e magro, e, mentre si avvicinava, Sylvia notò che era sbarbato.

Le sorrise attraverso il vetro mentre si avvicinava, e Sylvia ricambiò il gesto.

Quando raggiunse la porta, Sylvia si fermò per un attimo con la mano sulla chiave. Anche se non aveva ancora aperto, si sentiva come se fosse arrivata al punto di non ritorno. Anche se decideva di non farlo entrare, se avesse avuto altri scopi non ci avrebbe messo molto a trovare qualcosa in giardino sfondare la porta.

Inspirando profondamente, Sylvia girò la chiave e aprì la porta.

Il poliziotto sorrise e si mise sull'attenti. "Buona sera, signora", disse, educatamente, "Sono l'Agente Johnson", rovistò in tasca ed esibì il tesserino.

Sylvia esaminò il documento; sembrava autentico, anche se non riusciva a ricordare di averne mai visto uno per poterli confrontare.

Tese la mano, e l'agente la strinse.

Era zuppo, e Sylvia iniziò a sentirsi cattiva per averlo lasciato fuori sotto il diluvio.

Fece un passo indietro. "La prego, entri, agente, deve essere fradicio".

Il poliziotto entrò e si pulì i piedi più volte sullo zerbino.

"Grazie, signora", sorrise. "Temo che siamo stati richiamati tutti da altri incarichi e non ho avuto il tempo di andare a prendere l'impermeabile".

Sylvia chiuse la porta alle sue spalle e girò la chiave.

"Credo si tratti di Vince Kramer?" chiese.

"Oh, quindi ha visto il telegiornale", rispose l'agente. "Brutta cosa. Ad essere onesti, siamo sicuri che sia andato nella direzione opposta rispetto all'ospedale, per cui questa è più una formalità che altro; solo per stare tranquilli, capisce?"

Sylvia sorrise. "Meglio prevenire che curare".

"Esatto", confermò il poliziotto.

"La prego, lasci che le prenda un asciugamano", si offrì Sylvia, dirigendosi all'armadio asciugabiancheria vicino alla cucina, dove sapeva che i Kennet tenevano di solito una serie di asciugamani e strofinacci da usare in caso di incidenti.

"È molto gentile, grazie", sorrise l'agente, togliendosi il cappello e sfregando via la pioggia dalla giacca. "Sta iniziando a piovere forte", commentò.

Sylvia porse all'agente un asciugamani e lui lo usò per strofinarsi l'uniforme; anche se si vedeva che la maggior parte dell'acqua era penetrata attraverso la stoffa, suppose che ogni tipo di aiuto potesse servire, ora che era all'asciutto.

Sorridendo, lui le restituì l'asciugamano. "Grazie, è stata molto gentile", disse.

"Stavo per mettere su il bricco per il tè, le andrebbe una tazza o non può mentre è in servizio?" chiese Sylvia. In verità, si sentiva molto più sicura ora che l'agente era lì, e sperò di riuscire a convincerlo a restare per un po', possibilmente fino al ritorno dei Kennet.

"Be', io non lo dirò al sergente, se lei non lo farà", le fece l'occhiolino. "Ma una tazza di tè sarebbe perfetta, dopo tutta quella pioggia".

Sylvia riempì di nuovo il bollitore e prese tazze e piattini dal pensile.

"È qui da sola?"

Sylvia sobbalzò. Non si aspettava fosse così diretto, e per un attimo sentì di nuovo i brividi lungo la schiena.

Si voltò verso l'agente, cercando di sorridere.

Ma nel momento in cui vide il suo viso rilassato e amichevole, Sylvia si calmò immediatamente.

Era ovvio che l'agente stava solo cercando di fare conversazione, come avrebbe fatto qualsiasi altro poliziotto.

Quelli che aveva visto in televisione non sembravano mai in grado di dire nulla senza che sembrasse un'accusa, per cui pensava che fosse così anche per quelli veri.

Sylvia sorrise. "Oh, non vivo qui, sono solo la babysitter", alzò gli occhi al cielo, "i tesorini dormono come sassi".

L'agente fece una smorfia. "Un posto isolato per fare la babysitter", disse, "scommetto che i proprietari non hanno molti volontari".

Sylvia rise. "Può dirlo forte. Il proprietario è un dottore all'ospedale psichiatrico; in effetti, è lo stesso in cui era Kramer fino a stanotte".

"Interessante", sottolineò l'agente. "Adesso è lì?"

Sylvia scosse la testa. "No, lui e la moglie sono fuori a cena", ci pensò un attimo. "A meno che non lo abbiano contattato, in quel caso potrebbe essere diretto lì".

Preparò a entrambi una tazza di tè e fece strada all'agente in salotto.

Si scusò mettendo un asciugamani sul divano per lui, ma l'agente prese di buon grado il gesto.

Mentre bevevano il tè, Sylvia chiese, "C'è niente che può dirmi dell'evasione, o è tutto riservato?"

L'agente alzò le spalle. "Be', ad essere onesti, probabilmente ha sentito dalla televisione quello che potrei dirle io. Quando si è in fondo alla piramide si sa solo quello che, dall'alto, decidono sia necessario".

"L'ha mai visto? Vince Kramer, intendo", chiese Sylvia, esitante, non del tutto sicura di non star passando il segno.

Ma l'agente le sembrava disponibile, per cui ci provò, anche solo per far ingelosire Kerry quando le avrebbe detto che aveva parlato con un poliziotto.

L'agente annuì mettendo la tazza nel piattino. "Oh sì, ero uno degli agenti che lo scortava in tribunale. Sono perfino andato in tv".

Sylvia mise la propria tazza e il piattino sul tavolino accanto alla poltrona.

"È spaventoso quanto sembrava sul giornale?" chiese, curiosa.

L'agente rise. "Lo era, ma non si vedeva molto sotto i capelli e la barba. Di certo aveva una strana aura, come se trasudasse minaccia; faceva venire la pelle d'oca ai ragazzi".

Sylvia rabbrividì. Si tolse le scarpe e si mise le gambe sotto il sedere.

"Com'è riuscito a scappare?" chiese, "Pensavo fosse sotto costante supervisione".

L'agente prese la tazza e il piattino e li poggiò sul tavolino accanto al divano.

Ci pensò su prima di rispondere. "Il problema principale di questi posti", cominciò, pensieroso, "è che la loro idea di supervisione costante e la versione della prigione sono lontanissime".

"Che vuol dire?" Sylvia era confusa; aveva la distinta impressione che il termine 'supervisione costante' significava la stessa cosa in qualsiasi circostanza.

L'agente si spostò in avanti. "Vede, in prigione, qualcuno come Kramer sarebbe stato tenuto sempre sott'occhio da almeno una guardia, costantemente, anche quando era chiuso in cella per la notte. Ma in un ospedale, anche in un manicomio criminale, lasciano che i pazienti girino per i corridoi senza restrizioni. Ad alcuni è permesso anche di andare in cortile".

"Ma sicuramente deve esserci qualche misura di sicurezza che impedisca le evasioni?" La fronte corrucciata di Sylvia enfatizzò la preoccupazione nella sua voce.

"Oh sì", la rassicurò l'agente. "I muri perimetrali hanno un allarme e sono pattugliati regolarmente, ci sono sentinelle agli ingressi, appelli regolari, e ovviamente ci sono perlustrazioni ogni ventiquattr'ore".

"E allora come ha fatto qualcuno pericoloso come Kramer a fuggire?" la sola idea stupiva Sylvia.

"Tutto quello che posso dire", rispose l'agente, "è che deve averci messo molto impegno. Forse ha monitorato il sistema di sicurezza e scoperto una falla. Dopo tutto, è un psicopatico ma era noto per la sua intelligenza. Gli hanno misurato di recente il QI, con un risultato di 140, e non è poco".

"Sembra quasi che lei lo ammiri", sottolineò Sylvia.

L'agente guardò fuori dalla finestra quando si sentì, all'improvviso, un tuono. "Suppongo di sì, per la sua intelligenza, il suo ingegno e la sua furbizia. Dopo tutto, la polizia ci ha messo dieci anni a prenderlo".

Anche se Sylvia era un po' scioccata da quella risposta, pensò che molti nemici della legge avessero ricevuto lodi da chi li aveva arrestati.

Ricordò di aver letto un romanzo di Sherlock Holmes in cui il detective lodava il suo arcinemico, il professor Moriarty, per il suo intelletto, pur disprezzandolo in ogni altro aspetto.

Sylvia immaginò che, in questo caso, fosse la stessa cosa.

Sedettero in silenzio per un po'.

Lo squillo improvviso del telefono ruppe il silenzio, facendo sobbalzare Sylvia.

Si mise una mano sul petto per calmarsi, guardando imbarazzata l'agente.

Questi distolse lo sguardo dalla finestra e sorrise a Sylvia.

Lei allungò una mano e prese la cornetta. "Pronto?" le tremò un po' la voce.

"Sylvia, sono Kerry, non ce la facevo più ad aspettare, sei riuscita a rintracciare i Kennet?"

Sylvia si rilassò al suono confortante della voce dell'amica.

"No", ammise. "C'è stato un cambio di programma". Guardò il poliziotto, che le fece l'occhiolino, facendola arrossire.

Lui prese la tazza e il piattino e poi prese anche quelli di Sylvia.

Lei lo ringraziò silenziosamente per l'aiuto.

"Che cambio di programma, Sylvia?" Kerry sembrava quasi arrabbiata con l'amica per averla tenuta all'oscuro. "Stai guardando il telegiornale?" chiese.

"No", ammise Sylvia, "non da quando hai riattaccato. Ho visite", annunciò, orgogliosa, "e stavamo parlando dell'evasione".

"Con chi?" Sylvia poteva sentire la tensione nella voce dell'amica, che saliva di tono ad ogni domanda.

Le piaceva il fatto che Kerry fosse preoccupata per lei, dimostrava che le importava.

Decise di rassicurare l'amica.

"Appena hai riattaccato, ho ricevuto la visita di un agente di polizia che sta conducendo dei controlli porta a porta per via di Kramer. È ancora qui con me, non andare in panico".

Sylvia sentiva il rumore di cassetti che venivano aperti e chiusi in cucina. Pensò che l'agente stesse mettendo le tazze in lavastoviglie.

Ci fu una lunga pausa all'altro capo della linea.

"Kerry, sei ancora lì?", chiese Sylvia, ansiosa.

Kerry fece un respiro profondo prima di rispondere.

"Hanno aggiornato le informazioni", mantenne di proposito un tono calmo. "È venuto fuori che Kramer non è scappato vestito da Babbo Natale, ma da poliziotto, e hanno mostrato una foto recente, ha i capelli corti e non ha più la barba, non somiglia per niente alle vecchie foto sul giornale!"

Sylvia ci mise un po' a rendersi conto.

Nella sua testa, poteva ancora sentire Kerry parlare, anche se le parole erano inutili, visto che pensava ad altro.

Si rese vagamente conto di una mano che si allungava dietro di lei, e che le prendeva gentilmente la cornetta di mano, riagganciando.

Sylvia era ancora inchiodata sul posto quando Kramer iniziò a parlare.

"Non ti dà fastidio quando la stampa sbaglia così tanto?" chiese, retorico. "Ironicamente, quando ho chiesto di partecipare alla recita, volevo vestirmi da Babbo Natale, ma, all'ultimo, il direttore ha deciso di dare la parte a un suo amico e mi ha fatto vestire così".

Indicò l'uniforme, anche se era ancora alle spalle di Sylvia e lei non poteva vederlo.

"Tuttavia", continuò, "è andata a mio favore, suppongo".

Sylvia si spostò di colpo, cercando di alzarsi, ma, prima che potesse muoversi più di un paio di centimetri, la mano di Kramer le calò sulla spalla, riportandola giù.

Gemendo, Sylvia si sentì totalmente impotente, come una bambina alla mercé di un adulto. Sprofondò nella poltrona, desiderando che i Kennet, o, meglio ancora, la polizia, venissero a salvarla, ma nel profondo sapeva che non sarebbe successo.

La sua sola speranza era che la sua amica Kerry chiamasse la polizia e dicesse loro della sua situazione e, visto che era stato Kramer ad intrappolarla, credeva che sarebbero venuti subito salvarla.

Sempre che arrivassero in tempo!

Ancora nella morsa di Kramer e incapace di voltare la testa, Sylvia sobbalzò quando vide il coltello che aveva in mano.

Poteva sentire il freddo della lama contro il collo.

Kramer le bisbigliò all'orecchio: "Non vedo l'ora di vedere l'espressione del buon dottore quando vedrà cosa lo aspetta!"

BENEDIZIONI MORTALI

Era tardi ed era la Vigilia di Natale, quando Susan Farmer percorse la strada deserta fino alla stazione degli autobus. L'aria notturna era fredda e umida, e le gocce di pioggia le sferzavano il viso già rigato di lacrime, appiccicandole ciocche di capelli biondi alle guance.

Ma non si accorgeva della pioggia. O, se lo faceva, non le importava. Aveva cose più importanti in mente.

In verità, sapeva da tempo di suo marito Dennis e della barista del Rose and Crown. Lo sapevano tutti. Non erano stati molto discreti, riguardo la loro relazione. Andava avanti da quasi due mesi, ma Susan aveva chiuso un occhio. Anche quando la sua migliore amica Joan le aveva detto che ne parlavano tutti nel quartiere, Susan si rifiutava ancora di affrontare il marito. Lo amava, nonostante tutto. Gli era devota, anima e corpo.

Fin dall'inizio, i suoi genitori le avevano detto che era un buono a nulla. La reputazione di Dennis Simpson lo precedeva in ogni modo negativo immaginabile. Suo padre l'aveva cacciata dalla casa di famiglia, e sua madre pregava di essere ragionevole, ma inutilmente. Più cercavano di metterla in guardia, più si innamorava di lui.

L'ultima goccia fu quando Susan scoprì di aspettare il loro primo figlio. Suo padre le diede un ultimatum - o abortiva, o se ne andava di casa. Susan non ci pensò nemmeno. Dennis giurò che si sarebbe occupato di lei e del bambino, per cui si trasferì nel suo minuscolo monolocale, sognando il giorno del loro matrimonio e la vita che avrebbero condotto insieme.

Ma le cose non andarono come aveva programmato. Si sposarono all'anagrafe, anche se Susan aveva avuto una ferrea educazione cattolica e sognava un grande matrimonio in chiesa. Nessuno dei suoi genitori partecipò alla cerimonia, e suo padre addirittura disse di non volerla più rivedere.

Una volta sposata, non ci volle molto perché iniziassero ad apparire le crepe nella loro relazione. Dennis iniziò a stare fuori fino a tardi, rientrando la mattina presto ubriaco, e, alla fine, violento. Una notte, durante una delle loro tante liti, Susan uscì come una furia dall'appartamento. Dennis, troppo ubriaco persino per stare in piedi, barcollò dietro di lei, inciampò e andò a finire contro la schiena di Susan mentre lei raggiungeva il primo gradino della scalinata. Susan cadde di testa lungo la rampa di cemento, andando a sbattere contro la ringhiera di ferro in fondo alla scala.

Fu portata di corsa in ospedale, ma era troppo tardi, aveva perso il bambino.

All'inizio, Dennis era desolato. Pregò Susan di perdonarlo, e giurò che si sarebbe ravveduto. Alla fine, la riconquistò. Susan lo perdonò, e ripresero la loro vita coniugale. Ma non ci volle molto perché Dennis riprendesse a comportarsi come prima.

Susan continuò a stargli accanto, ma stanotte, mentre era nel parcheggio del pub a guardare suo marito e la sua amante avere rapporti sul sedile posteriore della loro auto, si rese conto una volta per tutte di che individuo inutile fosse.

Corse a casa in lacrime, fece le valige, e scrisse un biglietto in fretta e furia in cui diceva che lo lasciava.

Susan sapeva che era le era impossibile presentarsi senza avvisare dai suoi alla Vigilia di Natale e, dato che la sua amica Joan era via fino a Capodanno, si rese conto che le sue opzioni erano limitate. L'unico membro della famiglia con cui era ancora in contatto era una vecchia zia, che viveva diversi chilometri fuori città. Susan sapeva che avrebbe sempre ricevuto un caloroso benvenuto lì. Cercò di chiamare sua zia, ma non aveva credito sul cellulare. Susan controllò il portafogli e si rese conto con orrore che Dennis l'aveva - un'altra volta - ripulita. Per fortuna le aveva lasciato abbastanza spiccioli per il viaggio in autobus fino a casa della zia, così si diresse alla stazione.

Pregò che la zia non fosse partita per le vacanze e, dall'esperienza passata, era quasi sicura che sarebbe stata a casa.

L'autobus successivo sarebbe partito dopo un'ora. Susan sedette nella sala d'attesa della stazione e giocherellò con la fede nuziale, mentre cercava di pensare a come rimettere in piedi la sua vita. La sua mente vagava mentre guardava gli avvisi sulla bacheca e i poster attaccati alle pareti.

L'occhio le cadde all'improvviso sulla bacheca con il giornale della sera. Il titolo diceva:

Ombra - ancora a piede libero

La conta dei corpi arriva a sei

La polizia cerca informazioni

Susan rabbrividì. Aveva letto sul giornale della scomparsa di quelle donne. Una di loro viveva nell'isolato vicino al suo. Nessuno dei corpi era stato ritrovato, e la polizia non sembrava vicina a rintracciare l'assassino. Era stato soprannominato "L'Ombra" dalla stampa locale, per via del fatto che nessuno vedeva o sentiva nulla prima che le vittime sembrassero sparire nel nulla.

C'erano state sei vittime fino a quel momento, e Scotland Yard aveva già richiamato alcuni degli agenti migliori per organizzare una task force, ma non c'era stato nessun arresto.

Susan rabbrividì. Si sentì improvvisamente molto sola e, per la prima volta, si accorse di essere l'unica persona nella sala d'attesa.

In lontananza, poteva sentire una campana suonare. Guardò fuori delle finestre sudice e, nella pioggia, riusciva a malapena a vedere l'ombra di quella che era la sua chiesa. La vista della guglia che incombeva sull'orizzonte la riscaldò e, d'impulso, si alzò e lasciò la stazione.

In pochi minuti si ritrovò fuori dalla porta della sagrestia e, prima di accorgersene, aveva bussando due volte con forza.

Dopo qualche attimo, la grande porta di legnò si aprì scricchiolando.

Quando il vecchio prete vide chi era, si illuminò per la gioia. "Susan, mia cara, che bello vederti dopo tutto questo tempo".

Susan conosceva Padre Grace da tutta la vita. L'aveva battezzata, dato la Prima Comunione e la Cresima, e c'era sempre stato per rassicurarla con parole di conforto ogni volta che ne aveva avuto bisogno. E ne aveva ora, più che mai.

"Salve, Padre. Posso entrare?"

"Certo che puoi, cara ragazza, sei sempre più che benvenuta, vieni dentro, togliti dalla pioggia".

Susan poteva sentire le lacrime che le riempivano gli occhi al calore delle parole gentili del prete. Un'accoglienza molto distante da quella che avrebbe ricevuto, se avesse cercato di bussare alla porta dei genitori, pensò.

Padre Grace la guidò lungo il pavimento di marmo verso la sagrestia e poi in cucina. "E come sta il tuo buon marito, ultimamente?"

A quelle parole, Susan iniziò a singhiozzare in maniera incontrollata. Il prete, rendendosi conto di aver toccato un nervo scoperto, le mise un braccio intorno alle spalle e la condusse a una sedia davanti al focolare. Prendendole la valigia e mettendola da parte, ravvivò il fuoco e si mise davanti a lei. "Andiamo, ora", disse, gentile. "Penso che una bella tazza di tè sia la prima cosa da fare".

Susan lo guardò, sorrise e annuì.

Il prete riempì il bollitore e lo mise sul fornello. Armeggiò con tazze e piattini, mettendoli sul tavolo. "Per puro caso", iniziò, "una delle mie signore mi ha portato una grossa torta al cioccolato". Si voltò verso Susan. "Mi sembra di ricordare che sia la tua preferita". Facendole l'occhiolino, aggiunse, "Stavo aspettando una scusa buona per assaggiarla".

In mezz'ora, Susan gli raccontò tutto. Si sentiva così bene a raccontare a qualcuno che non la giudicasse e, come sempre, Padre Grace si era dimostrato un grande ascoltatore.

Quando ebbe finito la storia, il vecchio prete si alzò, andò da lei e le diede un bacio sulla fronte. "Mia povera ragazza", sospirò, "sono sicuro che adesso tuo marito deve essere molto preoccupato, non trovandoti".

Susan fece una risata vuota. "Oh, ne dubito, Padre".

"Oh, andiamo, sono sicuro che arriverà da un momento all'altro a bussare alla mia porta, supplicandoti di tornare".

Susan rise, "Sarebbe un miracolo, Padre, soprattutto perché non sa che sono qui".

Il prete andò al lavandino e riempì di nuovo il bollitore. "Di certo qualcuno glielo dirà, devi aver detto a qualcuno dove trovarti?"

"No, ad essere sinceri stavo per andare a casa di mia zia, fuori città, ma non sono riuscita a telefonarle per avvisarla. Poi ho visto la chiesa e..."

Il vecchio prete si voltò e sorrise. "Sei venuta a trovare il suo vecchio amico, invece, che bello". Il prete accese il gas sotto il bollitore. "Be', ne sono contento", sorrise.

Diede le spalle a Susan e andò ad una grossa porta di ferro sul retro della cucina. Prendendo una vecchia chiave arrugginita da un gancio, aprì la porta e si voltò di nuovo verso Susan. "Ora, se mi dai qualche minuto, devo andare a controllare di aver chiuso la finestra sopra l'organo. Non farebbe bene al mio gregge, un colpo di freddo durante la messa di mezzanotte, no?"

Susan sorrise. Si sentì risollevata. Il tè caldo e la fetta di torta erano certamente stati d'aiuto. Ma era più di quello. Padre Grace trasudava calore e conforto, e, in sua compagnia, si era sempre sentita al sicuro.

Si chiese se dovesse chiedergli se poteva restare per un paio di giorni. Sapeva, dai tempi in cui partecipava al coro, che c'erano diverse stanze al piano di sopra, per i preti in visita, e sarebbe stato divertente aiutare il prete durante il Natale. C'era sempre un grande banchetto, dopo la messa di mezzogiorno, all'orfanotrofio, seguito da giochi e divertimenti. Aveva dato una mano un paio di volte quando andava ancora a scuola; sarebbe stato come ai vecchi tempi.

Padre Grace tornò proprio quando l'acqua iniziò a bollire.

Sorrise a Susan e cominciò ad armeggiare per fare altro tè.

Dandole ancora le spalle, le disse, "Sai, Susan, non hai fatto niente di cui vergognarti. Facciamo tutti, di tanto in tanto, cose che Dio non vede di buon occhio ma, alla fine, lui ci conosce per quello che siamo". Si voltò verso di lei. "Sono sicuro che i tuoi genitori ti accoglierebbero a braccia aperte, se tu gliene dessi la possibilità".

Susan si accigliò. "Ne dubito, Padre. Non mi hanno nemmeno mandato una cartolina di Natale, quest'anno".

Il sospirò. "Sei sempre la loro figlia, e questo è sacro agli occhi di Dio".

"Forse, Padre, ma mio padre si crede superiore".

Il vecchio le portò un'altra tazza di tè, mettendogliela davanti. "Ora bevi questo, terrà lontano il freddo. Poi possiamo pensare a cosa fare riguardo la tua situazione".

Susan prese un sorso di tè. Era leggermente amaro, non come la prima tazza. Non voleva sembrare ingrata e dirlo a Padre Grace, quindi, quando lui le diede le spalle per prendere la propria tazza, ci mise dentro velocemente dello zucchero. Concluse che le sembrava amaro per via della torta.

Il vecchio prete si sedette di fronte a lei.

Dietro la grande porta di ferro che Padre Grace aveva usato per entrare in cucina, Susan poteva sentire il suono del vento e della pioggia all'esterno, e si chiese se il prete si fosse ricordato di chiudere tutte le finestre al piano di sopra. Si ripromise di controllarle per lui una volta finito il tè.

Susan si sentì completamente rilassata, come se potesse raggomitolarsi e dormire davanti al fuoco. Dall'altro lato del tavolo, il prete sedeva in silenzio, a guardare il cucchiaio che girava nella tazza. Susan si sentì appisolarsi.

Quando Padre Grace parlò di nuovo, sembrava molto lontano, ma la subitaneità delle sue parole la sconvolse. "Avevo un figlio, una volta", annunciò.

Susan si accigliò; l'azione le comportò più sforzo di quanto pensasse.

Il prete continuò. "Oh, ovviamente doveva essere un segreto. Sua madre apparteneva a una tribù che stavo visitando mentre ero missionario. Sono riuscito a portarla qui con me quando sono tornato, ma è morta di parto... la punizione che Dio mi ha inflitto per aver infranto i voti, o così pensavo".

Il prete si alzò e raggiunse Susan.

Guardò nella tazza, e gettò il tè rimasto nel lavandino. "Mi sono presto reso conto che avrei dovuto mandare via mio figlio, per cui è andato a vivere con mia sorella in campagna. Ma poi, mentre cresceva, lei si rese conto che non poteva... avere a che fare con lui".

Il prete si voltò di nuovo verso Susan. All'improvviso, lei si sentì terribilmente a disagio. Sentiva il bisogno di alzarsi e andarsene, ma il corpo non rispondeva.

Il prete si sedette, e abbozzò un sorriso rassegnato. "Ha cominciato con gli animali, ma poi... è andato avanti. Mia sorella è una buona donna, ed è riuscita a tenere tutto segreto per un po', ma, alla fine, era fuori controllo e sono dovuto andare a prenderlo. Per fortuna, sono tutto solo in questa grande chiesa, e i visitatori sono pochi e rari".

Susan poteva sentire il corpo iniziare a congelarsi. Era quasi come se una sostanza cristallizzante si stesse facendo strada lungo il suo sistema nervoso. Cercò di parlare, voleva urlare, ma anche la sua bocca era congelata.

Poi lo sentì.

All'inizio era fievole, poi sempre più forte.

Una specie di *thud... thud... thud...* che veniva da dietro la porta di ferro.

Il prete le sorrise. "Devo tenerlo imprigionato, capisci. Ma ogni tanto le voglie diventano troppo per lui; dopo tutto, deve mangiare".

Thud... thud... thud...

"Forse hai letto di lui sul giornale. Lo chiamano l'Ombra, che nome orrendo; non è niente del genere".

Thud... thud... thud... thud...

"È solo il mio ragazzo, mio figlio", il prete si voltò sulla sedia. Susan vide un'ombra che entrava nella sua visuale.

Il prete si alzò. "Susan, vorrei presentarti mio figlio, Eric".

Susan sentì un urlo restarle in gola mentre la creatura orrenda barcollava nella stanza.

TI ASPETTO

La villa gotica fu finalmente visibile quando i due minivan svoltarono sul lungo viale sterrato e pieno di curve, che portava alla casa.

"Wow!" esclamò Sarah. "Sembra ancora più inquietante di quanto non fosse su internet".

Geoff guardò sua moglie. "La smetti, per favore?"

Sarah gli diede un colpo scherzoso sul braccio. "Sto scherzando, è meravigliosa".

"Devo ricordarti", cominciò Geoff, per nulla convinto della smentita di sua moglie, "che siamo stati estremamente fortunati a trovare questo posto con così poco preavviso, e a questo prezzo".

Sarah alzò gli occhi. "Lo so, lo so, è tutta colpa mia che il nostro magico Natale fuori quasi non è successo, ma ora eccoci qui", gli ricordò. "E questo è quello che conta, no?"

L'accenno poco velato di Geoff al loro essersi quasi persi le ferie di Natale era dovuto alla decisione di Sarah di dare una mano, durante le feste, al rifugio per animali in cui faceva la volontaria part-time.

Fortunatamente - per tutti quelli coinvolti - una delle nuove reclute del rifugio aveva accettato di coprirla, e quindi Sarah era ufficialmente libera.

Dentro di sé, Sarah era ancora un po' infastidita del fatto che Geoff apparentemente non si prendesse nessuna responsabilità.

Dopo tutto, doveva essere lui a confermare la prenotazione ad ottobre, ma, come sempre, i suoi doveri come membro del consiglio per la compagnia di esportazioni dello zio avevano preso il sopravvento, facendo sì che, per sbaglio, prenotasse per il Natale successivo.

Per quando aveva scoperto l'errore, era così tardi da non poter trovare un'alternativa, per questo, inizialmente, Sarah si era offerta volontaria per il rifugio.

Questo posto era apparso sul sito due giorni fa. E, persino allora, se Sarah non avesse scaricato l'app, non l'avrebbero visto, per cui lei sentiva che fosse necessaria un po' più di gratitudine di quella che Geoff aveva intenzione di dimostrare.

Non che a Sarah importasse, nel piano generale.

Essere sposati con Geoff non sarebbe mai stata una passeggiata, ma almeno era entrata in quella relazione con gli occhi bene aperti.

Aveva perso il conto di quante volte, negli anni, lei aveva suggerito che lui facesse qualcosa, che fosse leggere un determinato libro o mangiare in un determinato ristorante, solo perché lui rifiutasse l'idea, finché qualcun altro di sua conoscenza, che fosse un collega, un amico o una persona a caso con cui aveva chiacchierato aspettando il treno, gli suggerisse la stessa cosa. All'improvviso, diventava una 'sua' idea e, se Sarah osava cercare di ricordargli che gliene aveva già parlato, si comportava come se volesse rubargli il merito.

Ma per quanto la facesse infuriare, Sarah amava sinceramente suo marito ed era convinta che lui provasse la stessa cosa per lei.

Avevano una vita molto comoda, con due splendidi figli, Toby, che avrebbe compiuto diciott'anni l'anno seguente, e Cedric, che ne aveva appena fatti dieci.

Sarah avrebbe voluto avere anche una bambina, ma con Cedric aveva avuto un parto difficile, dopo il quale aveva deciso che due bastavano.

Geoff era felice del fatto che i suoi due figli avrebbero seguito le sue orme e sarebbero andati alla sua Alma Mater, dove c'erano solo maschi e si perpetravano tradizioni e pratiche misogine.

Sonia, la sorella maggiore di Sarah, era nella seconda auto con il nuovo marito, Richard, e la figlia che lui aveva avuto dal suo primo matrimonio, Donna.

In verità, tutti, inclusa Sarah, pensavano che Richard fosse un po' vecchio per sua sorella. Ma era un buon uomo e visibilmente pazzo di Sonia, oltre al fatto che lui era stata la sua prima vera relazione dopo che David l'aveva lasciata quasi cinque anni prima.

La rottura aveva quasi distrutto Sonia.

Anche se non erano sposati, Sonia pensava sinceramente che sarebbero stati insieme per sempre.

I problemi iniziarono quando Sonia scoprì di non poter avere figli.

David veniva da una grande famiglia e, anche se fingeva inizialmente che non gli importasse, Sonia era convinta che fosse la ragione per cui l'aveva lasciata.

Per il primo anno, uscì a malapena di casa.

Il suo capo all'agenzia pubblicitaria fu molto comprensiva, ma dopo un po' nemmeno lei poteva permettersi di tenere Sonia a libro paga senza che lavorasse.

Sonia era stata sul punto di perdere la casa, quando finalmente tornò nel regno dei vivi. Trovò degli impieghi temporanei tramite un'agenzia e, in pochi mesi, riuscì a trovare un impiego fisso.

Ma per i suoi amici, e soprattutto per Sarah, non aveva ritrovato quel lato vivace ed effervescente del suo carattere che tutti amavano e ammiravano, finché non aveva incontrato Richard.

Anche se Richard non era come nessuna delle precedenti relazioni romantiche di Sonia, nessuno poteva negare che ci fosse qualcosa in lui che la riportò in vita.

Tutti quelli che la conoscevano commentarono il suo cambiamento e, quando parlava di Richard, c'era una scintilla nei suoi occhi che mostrava il suo affetto per lui in modo quasi contagioso.

Anche la sua relazione con Donna era un prodigio. Si comportavano più come migliori amiche che altro.

Essendo così innamorata di Richard, e dato che il loro primo San Valentino era capitato in un anno bisestile, Sonia gli chiese di sposarlo, e lui accettò subito.

Sonia, più avanti, confessò a Sarah di aver chiesto il permesso a Donna, prima di fare la proposta al padre, e Donna era così eccitata all'idea di avere Sonia come matrigna che le disse che, se il padre avesse rifiutato, l'avrebbe disconosciuto.

Una piega inaspettata - anche se non sgradita - della relazione era il fatto che Toby e Donna si fossero innamorati.

Non erano ancora ufficialmente una coppia, ma il loro affetto era evidente.

Cedric, per esempio, si divertiva a prendere in giro il fratello con coretti che dicevano 'Toby ha la ragazza' e 'Toby e Donna seduti su un albero, si B-A-C-I-A-N-O', con molto fastidio e imbarazzo per il fratello maggiore. Donna, dal canto suo, sembrava prenderla bene.

Segretamente, Sarah credeva che anche il figlio minore avesse una cotta per Donna.

"Wow!" esclamò Cedric eccitato, dal sedile posteriore. Aveva il naso premuto contro il finestrino e guardava la villa monolitica.

"Lo so", rispose Sarah, "è un mostro, vero?"

"Quanto a lungo resteremo qui?" chiese Cedric, eccitato.

Sarah si voltò e gli arruffò i capelli.

"Mamma!" obiettò, allontanandosi quanto bastava perché lei non potesse più raggiungerlo, e risistemandosi i capelli con la mano.

"Be'", cominciò, "per rispondere alla tua domanda, resteremo qui per le prossime quattro notti, che ne pensi?"

"Wow", ripeté Cedric.

Sarah guardò suo marito.

Persino Geoff con il suo labbro superiore rigido sembrava trovare contagioso l'entusiasmo del figlio minore. Sarah poteva vedere che stava disperatamente cercando di trattenere le risa.

Sarah allungò la mano e iniziò a punzecchiargli il fianco, finché non si mise a ridere.

"Basta", abbaiò tra le risa, "farò un incidente!"

Sarah lo ignorò e continuò a punzecchiargli le costole.

Geoff riuscì a controllare il veicolo abbastanza da parcheggiare fuori della porta d'ingresso.

Una volta messo il freno a mano, Geoff trattenne giocosamente le mani della moglie, prendendola per i polsi, in modo che non potesse più colpirlo.

"Ho detto basta, donna!" ordinò.

Continuarono a fare la lotta per gioco, mentre Cedric slacciò la cintura e uscì dall'auto.

Rimase accanto alla portiera aperta e guardò la casa, riparandosi gli occhi dalla luce del sole mentre guardava le torri che sembravano spuntare direttamente dal tetto.

Cedric esaminò la facciata dell'edificio, contando ogni fila di finestre.

Si fermò all'improvviso.

Strizzò gli occhi per vedere meglio, nonostante il sole che rimbalzava contro le finestre dei piani superiori e che gli oscurava la visuale.

C'era qualcuno, lassù, dietro una delle finestre.

Cercò di indovinarne la figura, ma, di nuovo, il sole contro il vetro glielo rendeva quasi impossibile.

Cedric batté le palpebre per la luce.

Quando riaprì gli occhi, la figura era scomparsa!

Il secondo minivan parcheggiò sul vialetto di ghiaia dietro di lui, e Cedric si voltò per vedere se qualcun altro stesse guardando la casa. Ma era ovvio, dal modo in cui si comportavano tutti, che lui era l'unico ad aver visto qualcosa.

Si chiese se avesse dovuto dirlo agli altri, ma decise di no.

Se c'era qualcuno dentro, lo avrebbero indubbiamente incontrato presto. E poi, non voleva che suo fratello lo prendesse in giro perché vedeva cose, soprattutto davanti a Donna.

Sonia e Richard furono i primi ad uscire dall'auto.

Sonia raggiunse Cedric e gli mise le braccia intorno alle spalle da dietro.

"Che ne dici, allora, ragazzino?" gli chiese, scherzosa. "Una bella avventura, per la Vigilia di Natale, eh?"

Cedric annuì, ancora distratto da quello che credeva di aver visto.

Mentre Sonia tornava da Richard per aiutarlo a scaricare la macchina, Cedric non si accorse di suo fratello finché questi non parlò.

"Pensa", suggerì Toby, arrivando alle sue spalle con Donna, "quando tornerai a scuola, potrai dire ai tuoi amici di aver passato il Natale in una vera casa infestata".

Cedric si voltò di scatto. "Cosa?"

Donna diede piano un pugno sul braccio a Toby. "Non starlo a sentire, Cedric, tuo fratello ti prende in giro".

Cedric si rilassò.

Guardò Donna, e, come sempre, sentì le guance farsi rosse. "Dici sul serio?" chiese, esitante. "Sta solo scherzando sul fatto che questo posto sia infestato?"

Donna mise le mani sulle spalle di Cedric e lo baciò in fronte. "Certo che sta solo scherzando", disse, rassicurante. "Pensi davvero che tua mamma e tuo padre avrebbero prenotato in una casa infestata?"

Cedric amava la sensazione delle mani morbide di Donna sulle spalle.

Anche con i guanti di lana, poteva sentire ancora il calore dei suoi palmi che lo confortava attraverso il giubbotto.

"Suppongo di no", scrollò le spalle, sperando di non essere arrossito troppo.

Mentre erano tutti impegnati a scaricare valigie e provviste dalle auto, una vecchia Volvo svoltò nel vialetto e si diresse verso di loro.

"Ah, deve essere l'agente", suggerì Geoff.

"Che puntualità", si inserì Richard, porgendo a Toby l'ultima scatola dal bagagliaio del suo minivan.

La Volvo parcheggiò davanti ai loro veicoli, e ne uscì una donna di mezza età con una gonna di tweed perfettamente stirata e una giacca abbinata.

Fece un rapido cenno con la mano al gruppo, prima di sparire dietro una delle portiere posteriori per prendere qualcosa dal sedile.

Ne emerse un attimo dopo con una valigetta nera e un mazzo di buste marroni, che si mise sotto l'altro braccio.

Le scarpe a punta di pelle, col tacco sottile, sembravano inadatte alla ghiaia del vialetto e, a un certo punto, quasi inciampò, ma riuscì a rimettersi in piedi senza perdere il contegno.

Aveva i capelli castano scuro con qualche spruzzata di grigio alle tempie, tirati indietro in uno chignon.

Si avvicinò al gruppo con la mano tesa.

"Buon pomeriggio, sono Constance Weathers". Il suo accento era estremamente ricercato, e sembrava appartenere a qualcuno almeno dieci anni più giovane.

Sarah fece un passo avanti per stringerle la mano. "Salve, sono Sarah Darnley, ci siamo sentite al telefono".

"Giusto", rispose Constance, "è bello associare un viso a un nome".

Sarah presentò il resto del gruppo all'agente, e poi Constance tolse un mazzo di chiavi dalla borsa e aprì la porta per farli entrare.

Il gruppo si era goduto il calore dato dai raggi del sole del pomeriggio, ma, una volta superate le porte della villa, sentirono immediatamente un freddo acuto e poco invitante nell'aria, che li fece rabbrividire tutti.

Tutti tranne Cedric. Nel momento in cui entrò dalla porta, l'eccitazione infantile dell'essere in un ambiente nuovo e meraviglioso gli tolse ogni disagio dalla mente, ed era pronto ad esplorare.

"Aspetta un attimo, campione", lo trattenne suo padre. Si voltò verso Constance. "Se non ricordo male, mia moglie ha detto qualcosa riguardo una parte dell'edificio in cui non si può entrare".

Constance sorrise. "Giusto, se andiamo nel salone principale e sbrighiamo tutte le carte, posso parlarvi di tutto quello che si può e non si può fare".

"Sentito?" lo avvisò Toby, scuotendo il dito all'indirizzo del fratello. "Niente fughe prima di sapere dove si nascondono i fantasmi".

Donna gli diede una gomitata. "Non essere cattivo", lo sgridò.

Cedric fece una smorfia al fratello, per mostrargli che i suoi commenti non gli facevano effetto.

"Andiamo", li convinse Richard, "potete venire con noi e aiutarci a scaricare la macchina, mentre i vostri genitori sbrigano le scartoffie".

Cedric approvò l'idea, e seguì allegramente gli altri verso le auto.

Constance condusse Sarah e Geoff nel salotto principale, alla loro sinistra dopo la scala curva.

La stanza era fredda come l'ingresso, e Sarah si strinse nelle braccia e iniziò a strofinarsele per stimolare la circolazione.

Geoff colse al volo. "Fa un po' freddino, qui", disse, cercando di mantenere un tono leggero e non dare l'idea di voler chiedere uno sconto.

Constance arrossì. "Sì, mi dispiace molto, speravo di riuscire a passare stamattina e accendere la caldaia, ma temo che in ufficio ci sia stata una certa frenesia, e mi è passato di mente".

Sarah si guardò intorno.

Poteva vedere dei vecchi termosifoni marroni disposti lungo le pareti. Sperò che riscaldassero abbastanza da tenerli caldi per i prossimo quattro giorni.

Amava l'avventura, ma sapeva quante lamentele avrebbe dovuto sopportare da Geoff se i comfort non fossero stati adeguati alle sue opinioni.

Era un uomo che amava le sue comodità.

Constance mise la valigetta e le buste sul primo tavolo che incontrarono.

Si voltò verso Geoff. "Forse, se vi va di accompagnarmi in cantina, posso mostrarvi come funziona la caldaia e possiamo farla partire?"

Geoff annuì. "Buona idea", si voltò verso Sarah, "vieni, cara?" chiese, con nonchalance.

"Ovvio", rispose lei, facendo una smorfia. "Sai benissimo che probabilmente ti dimenticherai come funziona, quindi è meglio che ci sia anche io, come sempre".

Sarah fece l'occhiolino a Constance, mentre si dirigevano alla porta.

Constance li condusse dietro l'enorme scalinata curva fino a una porticina ad arco, nascosta sul retro.

Mostrò loro la chiave appesa al gancio sopra la porta e la usò per aprirla.

Sporgendosi, Constance accese la luce, che illuminò la stretta scala di legno che portava alla cantina.

"Ora, devo avvisarvi", cominciò. "Queste scale sono un po' consumate, ma spero che una volta che avremo acceso la caldaia non dovrete più scendere di sotto".

Si tolse le scarpe sollevando una gamba alla volta e le tenne in una mano, reggendole per i tacchi, usando l'altra per afferrare la ringhiera.

Sarah aveva scarpe basse, quindi non le tolse, e seguì Geoff di sotto.

In fondo alle scale, Constance tastò il muro in cerca di un altro interruttore, che fece scattare, accendendo due tubi fluorescenti.

La luce dei due tubi riempì di ombre gli angoli della cantina, ma c'era abbastanza luce perché si vedesse la caldaia, alla loro destra, in fondo alla cantina.

Constance si rimise le scarpe e li accompagnò.

La fiamma pilota partì al primo tentativo, e Constance impostò i comandi perché avessero calore costante e acqua calda.

"Potete decidere la temperatura con il pannello nell'ingresso, vi farò vedere dov'è appena torniamo di sopra".

Ci fu un rumore fra le ombre nell'angolo a sinistra.

Istintivamente, tutti e tre sobbalzarono.

Dopo un attimo, Constance disse, calma, "Probabilmente è solo un topo, uno dei difetti dello stare in una casa così vecchia".

Una volta tornati di sopra, dopo che lei aveva mostrato loro dove fosse il pannello della caldaia, Constance li ricondusse in salotto per esaminare le carte.

Dato che era il nome di Sarah quello sui documenti, li firmò tutti e Constance le diede le copie.

"Ho la sensazione che siamo stati fortunati ad avere questo posto con così poco preavviso", disse Geoff.

Constance si fermò mentre risistemava la valigetta e alzò gli occhi.

"Be', sì, ha ragione", disse, nervosa, "i proprietari hanno deciso all'ultimo di passare il Natale fuori, a quanto pare, non sono sicura al cento per cento dei dettagli".

Abbozzò un sorriso che non convinse del tutto Sarah.

"Ha accennato qualcosa riguardo a certe aree in cui non si può andare", chiese Sarah.

"Sì", Constance sembrava sinceramente sollevata al cambio di argomento, "torniamo all'ingresso principale e vi spiego tutto".

Mentre entravano nell'ingresso, trovarono gli altri che portavano gli ultimi bagagli.

"Oh, quindi avete deciso di ricomparire dopo che tutto il lavoro è già stato fatto", scherzò Richard, mettendo giù un grosso scatolone pieno di provviste.

"Si congela", gemette Donna, strofinandosi le mani.

"Sì, mi dispiace", si scusò Constance. "Abbiamo appena acceso la caldaia, per cui spero non avrete freddo ancora a lungo". Indicò a destra. "E una volta che avrete acceso il forno non vi mancherà il calore".

"Constance stava per parlarci delle aree proibite, quindi state attenti, voi due". Sarah indicò i figli con un sorriso subdolo.

"Giusto", continuò Constance, che sembrava quasi imbarazzata a dover riferire l'informazione.

Tutti prestarono attenzione.

"Laggiù", cominciò, voltandosi e indicando nella direzione richiesta, "trovate il salone principale, la sala da pranzo, la cucina, lo studio, la libreria, la stanza dei giochi, tutte accessibili".

"Una stanza dei giochi?" chiese Cedric, eccitato.

Constance sorrise al bambino, anche se si vedeva che non aveva gradito l'essere stata interrotta.

"Non penso che la signora intenda quel tipo di giochi", spiegò Sonia, abbracciando il nipote e baciandogli la testa.

"Di sopra", continuò l'agente, senza dare tempo per altre spiegazioni, "potete scegliere tra sei camere da letto, tre con bagno privato, più ci sono due bagni separati - uno ad ogni estremità del pianerottolo".

Ci furono mormorii di soddisfazione dal gruppo.

Toby guardò Donna e lei arrossì, sperando che nessuno se ne fosse accorto.

Sapevano che sarebbe stato impossibile che venisse loro permesso di dividere la stanza, per cui nessuno dei due era preparato ad affrontare l'argomento con i rispettivi genitori.

Ma Toby sperava che, se avessero scelto bene le camere, c'era la possibilità di poter rimediare un bacio della buonanotte senza che nessuno lo sapesse.

Questo, ovviamente, se i suoi genitori non avessero insistito per fargli dividere la camera col fratello!

Di solito funzionava così, durante le vacanze di famiglia. I suoi genitori prendevano sempre due stanze, una doppia per loro e una con letti separati per lui e Cedric.

Ma in quel posto c'erano abbastanza camere per tutti, e Cedric era grande abbastanza da dormire da solo. Specialmente visto che quello non era un hotel o un appartamento in affitto dove c'era la possibilità che qualcuno entrasse.

Quel posto era una fortezza.

Mancavano solo un ponte levatoio e un fossato, e sarebbero stati tagliati fuori dal mondo.

"E il piano superiore?" chiese Geoff, curioso.

"Ah", rispose Constance, una lieve esitazione nella voce. "Be', temo che l'accesso a tutto il piano sia vietato; sono gli appartamenti del proprietario, e credo abbiamo chiuso a chiave tutte le stanze".

"C'è un modo per andare sul tetto?" chiese Toby, entusiasta. "Da fuori sembrava che si potesse camminare fra le torri. La vista deve essere fantastica".

Di nuovo, Constance apparve turbata dalla domanda.

Tossì nel pugno prima di rispondere.

"Temo che le scale che portano al tetto siano state chiuse", li guardò rapidamente tutti, come se cercasse approvazione o, almeno, comprensione.

Alla fine, disse, "Per la sicurezza, capite".

"È un peccato", sospirò Sonia. "Scommetto che le stelle appaiono magnifiche, da lì".

"Sì, ne sono sicura", rispose Constance, assente. "Be', se non c'è altro, vi lascio". Si avviò alla porta senza lasciar modo a nessuno di rispondere.

Una volta fuori sul vialetto, Constance alzò lo sguardo verso la casa e poi, altrettanto velocemente, lo riabbassò, come se lo sforzo le avesse fatto girare la testa.

Il gruppo si riunì alla porta per guardarla andar via.

"Be', spero sinceramente passiate un Natale meraviglioso", disse, raggiungendo l'auto.

"Grazie, anche lei", le rispose Sarah.

Sarah stava per seguirla e stringerle la mano per salutarla, ma Constance sembrava avere fretta di andarsene. Aprì la portiera e lanciò valigetta e documenti sul sedile del passeggero, sbattendosi lo sportello alle spalle.

Non si guardò nemmeno indietro prima di partire.

La salutarono tutti con la mano mentre se ne andava, più per educazione che altro, nel caso li vedesse dallo specchietto.

"Ok allora", disse Richard, battendo le mani, "che ne dite se ci mettiamo in moto e apriamo il bar?"

"È un po' presto", ribatté Donna; il tono di rimprovero nella voce ovviamente rivolto al padre.

"Sciocchezze", rispose Richard, gioviale, guardando gli altri in cerca di supporto morale.

"È la Vigilia di Natale, dopotutto", concordò Geoff.

"Be', almeno portiamo i bagagli di sopra e scegliamo le stanze, prima di festeggiare", suggerì Sonia, tirando il marito per un gomito.

"Guastafeste", protestò Richard, mentre veniva trascinato dentro.

Passarono la successiva mezz'ora a decidere le camere.

Cedric sembrava deciso a volere una camera per sé, cosa che rese suo fratello più felice dei suoi genitori, che però accettarono, a condizione che la sua stanza fosse vicina alla loro, in caso si svegliasse di notte e cambiasse idea.

Sonia e Richard suggerirono che Donna avesse la stanza dal lato opposto alla loro, sapendo che questo avrebbe lasciato Toby il più lontano possibile da lei.

Ma era uno scherzo che avevano organizzato salendo le scale, e si sorrisero quando videro le facce dei due adolescenti.

Come Sarah e Geoff, si fidavano abbastanza di loro da sapere che non avrebbero passato il segno, per cui, una volta che fu fatto un primo suggerimento, Richard fece una battuta su come il russare di Donna li tenesse svegli, e ordinò a sua figlia di portare i bagagli nella stanza accanto a quella di Toby.

Donna obiettò all'insinuazione che lei russasse, ma non insisté nel caso il padre cambiasse idea e la invitasse di nuovo dal loro lato del pianerottolo.

Una volta decise le stanze, tutti scesero in cucina per pranzo.

La cucina era dominata da una grande macchina del gas, che Sonia accese per contribuire al riscaldamento della casa.

Fecero una zuppa e dei panini, che mangiarono al tavolo della cucina, e tutti tranne Cedric innaffiarono il pranzo con il primo drink della stagione.

Dopo, gli adulti restarono in cucina e continuarono a bere e parlare, mentre i membri più giovani della famiglia andarono ad esplorare il resto della casa.

Inizialmente, Cedric rimase vicino al fratello e a Donna, ma, quando trovarono un tabellone da Scarabeo nella stanza dei giochi e decisero di fare una partita, Cedric perse interesse e decise di andare per conto proprio.

Dopo aver fatto il giro completo del piano terra, Cedric decise di avventurarsi al piano di sopra.

Camminò lungo il pianerottolo fino all'estremità opposta, superò la stanza della zia Sonia e dello zio Richard, e guardò dalla finestra ad arco.

La vista era magnifica. Il bosco che circondava la casa si allungava per miglia, e l'unico edificio che Cedric riusciva a vedere era la guglia di una chiesa, al di sopra delle cime degli alberi.

Cedric stimò che la chiesa fosse almeno ad un paio di miglia e, dalla sua posizione, non riusciva a distinguere nulla che somigliasse ad una strada che potessero percorrere in auto fin lì.

Aveva sentito sua madre parlare a suo padre, durante il viaggio, della possibilità di trovare una chiesa in cui andare alla messa di mezzanotte. Non erano normalmente una famiglia che andava in chiesa, ma Cedric credeva di ricordare che sua madre avesse fatto la stessa proposta l'anno prima. Andò a finire che gli adulti avevano consumato troppo alcol, il Natale precedente, per poter uscire di casa senza rischiare incidenti, e l'idea fu accantonata.

Cedric non aveva sentito sua madre fare un annuncio ufficiale, per cui si chiese se forse stesse cercando di ridurre i rischi e vedere in che condizioni fossero tutti più tardi, prima di fare suggerimenti.

Suo padre non era stato molto incline all'idea, in macchina, ma Cedric sapeva che sua madre lo avrebbe convinto, se fosse stato necessario.

Curioso di scoprire com'era la vista dall'altro lato della casa, Cedric si avviò lungo il corridoio, superando tutte le camere fino alla finestra dall'altro lato.

La camera di Donna era l'ultima prima della finestra.

Ma, quando superò la porta della propria stanza, che riconobbe dal cartello 'vietato l'ingresso' che aveva lasciato appeso alla maniglia, si accorse che c'erano altre tre porte dopo la sua, non solo le due che si era aspettato.

Sapeva che la prima era quella di Toby e la seconda quella di Donna, ma ce n'era un'altra dopo quella, che non aveva notato prima.

Cedric si voltò e contò di nuovo le porte.

Aveva ragione; c'era sicuramente un'altra porta dopo quella di Donna.

Cedric camminò lentamente lungo il corridoio.

La sua giovane mente iniziò a galoppare al pensiero di cosa avrebbe potuto trovarvi all'interno. Ma più si avvicinava, più i suo coraggio vacillava.

Appena fu fuori dalla porta, si sporse e mise l'orecchio contro il legno, cercando di percepire eventuali suoni provenienti dall'interno.

Tutto rimase in silenzio.

Ascoltò ancora un po', fino a convincersi che la stanza non fosse occupata, e poi tentò la maniglia.

Non era chiusa a chiave.

Quando la aprì, la porta scricchiolò sui cardini arrugginiti.

Cedric attese per un momento. Non si era accorto di star trattenendo il fiato, finché non sentì il battito cardiaco rimbombargli nelle orecchie.

Espirando lentamente, si affacciò oltre la porta per essere sicuro che la stanza fosse disabitata.

Una volta che fu soddisfatto, Cedric si avventurò cautamente all'interno.

La stanza era scarsamente ammobiliata e, ad una prima impressione, a Cedric non sembrava invitante come quella che aveva scelto per sé.

C'era un letto singolo sfatto contro il muro alla sua destra, con accanto un comodino con sopra una lampada.

Dall'altro lato della stanza c'era una cassettiera con sopra uno specchio ovale.

Oltre a questo, c'era una sola sedia di legno vicino alla finestra, messa in modo che chi la occupava potesse vedere il giardino all'esterno.

A Cedric non sembrava abbastanza adorna, considerate le dimensioni.

Aspettò, fermo sulla soglia, per un altro istante, ancora indeciso se entrare o meno.

La signora aveva detto che era il piano superiore a non essere accessibile, non questo, e il resto della famiglia si era già sistemata qui, per cui non avrebbe dovuto essere un problema. Nessuno avrebbe potuto obiettare al suo investigare una stanza vuota.

Cedric controllò che non ci fosse nessuno alle sue spalle prima di entrare.

Le assi del pavimento scricchiolarono sotto il suo peso.

C'era un tappeto logoro per metà sotto il letto, al centro della stanza, ma per il resto il pavimento era scoperto.

Cedric andò in punta di piedi fino alla finestra, nel caso le assi scricchiolanti avessero allertato qualcuno al piano inferiore dei suoi movimenti.

Quando arrivò alla finestra, Cedric si appoggiò alla sedia per supporto mentre guardava fuori. I pannelli erano sporchi e, in alcuni punti, troppo impolverati perché potesse vedere fuori.

Mettendosi la manica del maglione sul pugno, Cedric cercò di pulire il vetro, ma era troppo sporco perché i suoi sforzi facessero la differenza.

Poi, all'improvviso, vide nel vetro il riflesso di qualcuno alle sue spalle!

Sussultando per la paura, Cedric si voltò, facendo quasi cadere la sedia. D'istinto, allungò una mano per afferrarla prima che cadesse.

La ragazza davanti a lui rise per il suo comico tentativo di tenere in piedi la sedia. Non poteva essere molto più grande di lui, e Cedric si calmò immediatamente quando la vide.

Indossava un bellissimo vestito da festa di taffetà viola, con un'ampia fascia in vita e un fiocco al centro. Ai piedi aveva scarpette da ballo del colore del vestito, e i capelli biondi erano legati in una coda di cavallo con un nastro dello stesso colore.

Si fissarono per un attimo senza parlare.

Alla fine, la ragazzina allungò la mano verso Cedric.

"Ciao", disse, allegra, "il mio nome è Victoria, e il tuo?"

Cedric le prese la mano e la strinse con gentilezza. Aveva la pelle morbida ed elastica, ma fredda.

"Il mio nome è Cedric", rispose, un po' nervoso. "Da dove sei venuta?"

La ragazzina alzò gli occhi al soffitto. "Stavo giocando di sopra, e ti ho sentito, così ho pensato di venire a presentarmi".

Cedric si acciglò inconsciamente.

"Cosa c'è?" chiese Victoria, vedendo la sua espressione perplessa.

"Ci era stato detto che non si può andare di sopra", rispose Cedric.

La ragazzina rise. "Oh, quello", disse, allegra. "È quello che i miei genitori hanno detto all'agente. Non volevano che degli estranei mettessero il naso nelle loro stanze".

"Oh", mormorò Cedric, sottovoce. Continuava a non essere convinto della situazione, anche se trovava Victoria molto piacevole e credibile.

Victoria sembrò notare il suo apparente scetticismo. "Che c'è?" chiese, con un accenno di provocazione nella voce. "Non mi credi?"

Cedric arrossì.

Si ritrovò improvvisamente incapace di guardarla negli occhi.

Victoria gli porse di nuovo la mano, ma questa volta era capovolta, come se volesse prendere la sua. "Andiamo", offrì, "perché non vieni con me e ti mostro il resto della casa?"

Cedric esitò momentaneamente.

I suoi genitori lo avevano spesso messo in guardia del pericolo di seguire gli sconosciuti. Ma parlavano di adulti. Victoria non era più grande di lui, e poi non stavano uscendo di casa - andavano al piano di sopra.

Si sentì comunque in colpa nel prendere la mano della ragazzina.

Sapeva che i suoi genitori non avrebbero approvato, e che avrebbe dovuto chiedere prima il loro permesso. Ma, allo stesso tempo, non voleva sembrare un mammone agli occhi della sua nuova amica.

Dopo tutto, lei era andata da lui da sola, che impressione le avrebbe dato se fosse apparso in ansia all'idea di salire di sopra con lei?

Cedric strinse piano la mano di Victoria e lei lo condusse fuori dalla stanza, e dal lato opposto del corridoio.

Quando superarono le scale, Cedric si sentì di nuovo in colpa a non aver chiesto il permesso.

Ma il suono dolce della voce di Victoria presto lo liberò dall'ansia.

"Quanto resti con noi?" chiese Victoria, guardandolo da sopra la spalla e sorridendo.

"Ehm, mamma ha detto quattro giorni".

"Oh, fantastico", rispose la ragazzina, allegra. "Avremo un sacco di tempo per conoscerci bene".

A Cedric piacque l'idea di passare più tempo con Victoria.

Era più gentile di molte delle bambine a scuola e, anche se era troppo giovane per capire perché, era catturato dalla sua bellezza.

Victoria si fermò appena dopo le scale e iniziò a tastare la parete.

"Che stai facendo?" chiese Cedric, confuso.

"Sto cercando... ah, eccolo!", disse Victoria, trionfante.

Premette una zona del muro con la mano libera e, all'improvviso, una sezione della parete si mosse, rivelando un'altra - prima nascosta - parte dell'atrio con un'altra scalinata.

"Wow", esclamò Cedric, stupito e incantato da quello che aveva visto.

Victoria rise. "Questa casa è piena di trucchetti del genere, per questo mi piace giocare qui".

Senza pensarci due volte, Cedric seguì la ragazzina nella camera e su per le scale. Non si accorse nemmeno che la sezione di muro che avevano usato per entrare si era richiusa dietro di loro.

Victoria ridacchiò mentre guidava Cedric lungo le scale.

Una volta in cima, Cedric vide un'altra serie di porte su entrambi i lati del corridoio. Invece di esserci una finestra ad ogni estremità, come al piano inferiore, c'era una grande porta ad arco, con grossi anelli di metallo al posto delle maniglie.

Cedric si sentiva ribollire di eccitazione alla nuova avventura.

"Andiamo", lo esortò Victoria. "Ti faccio vedere la mia camera".

Guidò Cedric lungo il corridoio, finché non raggiunsero la porta dal lato opposto.

Aprendola, Victoria entrò per prima. "Ta-dah", annunciò, fiera, allargando le braccia come a farlo entrare nel proprio santuario.

La stanza era estremamente pulita e in ordine, completamente diversa da quella di Cedric, a casa. Veniva costantemente sgridato dai genitori perché imparasse a tenere tutto in ordine, ma, per quanto ci provasse, non ci riusciva.

"Che ne pensi?" chiese Victoria, con un certo orgoglio.

Cedric alzò le spalle. "È molto organizzata", commentò, non sapendo che tipo di risposta si aspettasse Victoria.

"Grazie, gentile signore", fece la riverenza, reggendo l'orlo del vestito con entrambe le mani.

Evidentemente, la risposta di Cedric era quella che voleva.

"A cosa ti piacerebbe giocare?" chiese Victoria.

Cedric si guardò intorno.

Oltre ad una grande casa delle bambole in un angolo, non vedeva niente che sembrasse un giocattolo.

Di certo non voleva giocare con le bambole, se era a questo che lei stava pensando.

"Che hai?" le chiese, infine.

Victoria andò ad una porta al lato opposto della stanza. Tirando una cordicella, la aprì, rivelando una serie di mensole stracolme di giochi da tavolo, libri da colorare e peluche di ogni tipo.

"Cosa ti piace?" sorrise.

Cedric la raggiunse.

Non aveva mai visto così tanti giochi tutti insieme se non in un negozio di giocattoli.

I giochi da tavolo erano tutti sistemati in ordine, uno sopra l'altro, con i nomi rivolti all'esterno per riconoscerli più facilmente.

Le bambole, i libri, le penne e i blocchi di carta erano sistemati ordinatamente sulle due mensole più basse, e Cedric li ignorò, andando dritto ai giochi.

Riconobbe molti nomi; infatti ne aveva anche lui alcuni.

Alcuni dei suoi preferiti erano per quattro giocatori e, per un attimo, Cedric considerò di chiedere a Victoria se suo fratello e Donna potessero unirsi a loro. Poi ci ripensò. Suo fratello lo prendeva sempre in giro quando perdeva a qualche gioco da tavolo, o se faceva una mossa sbagliata, e Cedric decise che non voleva sentirsi in imbarazzo davanti a Victoria.

"Andiamo, lumaca", lo esortò Victoria, "non abbiamo tutta la notte".

Cedric sospirò. "Ne hai così tanti; è difficile decidere".

Victoria guardò le mensole. "Che ne dici dell'*Allegro Chirurgo*? È uno dei miei preferiti".

Cedric annuì. Conosceva il gioco, perché uno dei suoi amici ce l'aveva e ci avevano giocato spesso.

Cedric aiutò Victoria a prendere la scatola senza far cadere le altre.

Sedettero a gambe incrociate sul pavimento e iniziarono a giocare.

Cedric si rese presto conto che Victoria aveva la mano più ferma della sua e faceva scattare raramente l'allarme.

Ad un certo punto sospettò che le batterie fossero scariche, e colpì di proposito i profili di metallo con la pinzetta.

Suonò l'allarme.

"Perché l'hai fatto?" chiese Victoria, stupita. "Hai fatto scattare l'allarme di proposito, ora hai perso il turno, sciocco".

Cedric si sentì arrossire.

In circostanze normali non avrebbe ammesso i suoi sospetti, ma, stando con Victoria, sentì di dover dire la verità.

"Volevo controllare che le batterie fossero a posto", offrì.

"Perché?" Victoria aggrottò la fronte.

Cedric la guardò imbarazzato. "Be', hai avuto così tante mosse senza farlo scattare che volevo solo controllare che..." lasciò la frase in sospeso, troppo imbarazzato.

"Che non stessi barando", finì Victoria per lui.

Cedric divenne ancora più rosso.

Victoria scoppiò a ridere.

Rise così tanto da cadere all'indietro, finendo distesa di schiena, le gambe che scalciavano.

Cedric le vide le mutandine per un attimo, quando la gonna si allargò.

Distolse lo sguardo, imbarazzato.

Non era colpa sua, se le aveva viste, ma sapeva di non doverle fissare, perché era da maleducati.

Alla fine, Victoria riuscì a riprendere il controllo.

Si sedette di nuovo e guardò Cedric con un enorme sorriso sul viso.

Cedric poteva ancora sentire le guance in fiamme.

Era sicuro che Victoria non lo avesse sorpreso a guardarle le mutande, ma era ancora a disagio.

"Adesso mi prendi in giro", mise il broncio, non riuscendo a guardarla.

Victoria smise di rise e strisciò verso di lui.

Gli mise un braccio intorno alle spalle e gli diede un bacio sulla tempia.

Ora Cedric era davvero imbarazzato.

Ma allo stesso tempo gli ricordava quando Donna faceva qualcosa di simile quando Toby lo prendeva in giro.

Si rilassò.

Victoria lo strinse con gentilezza prima di lasciarlo andare e tornare al suo posto.

"Giuro, non ti prendevo in giro", disse, rassicurante. "Vai, è il tuo turno".

Continuarono a giocare finché non finirono le carte.

Poi, provarono KerPlunk.

E, quando ebbero finito con quello, passarono a *Buckaroo*.

Nessuno dei due sembrò notare il sole che tramontava.

Persino quando Victoria si alzò per accendere la luce, nessuno dei due menzionò il fatto che si stesse facendo buio.

Continuarono a giocare fino a pomeriggio inoltrato.

Ogni volta che l'asinello sgroppava e faceva volare gli oggetti di plastica, scoppiavano a ridere per il piacere innocente di un gioco semplice.

Tra un turno e l'altro, Cedric decise di fare qualche domanda sulla vita domestica di Victoria.

"Dove sono i tuoi genitori, al momento?", chiese, mentre cercava di tenere in equilibrio un secchiello sulla sella dell'asino.

"Sono andati a far visita a dei familiari, lo fanno sempre, alla Vigilia", rispose Victoria, pratica.

Completato con successo il suo compito, Cedric continuò. "Perché non ti hanno portata con loro?"

"Oh, sanno quanto odiamo stare seduti a sentire il vecchio parruccone chiacchierare di sciocchezze, quindi ci è permesso di restare a casa", rispose Victoria, mettendo in posizione con attenzione un piccolo forcone di plastica.

Cedric ci pensò per un attimo, poi, rendendosi conto di quello che la bambina aveva detto, chiese: "Che vuoi dire con *ci è permesso*?"

Victoria completò il suo turno senza far sgroppare l'asino.

Guardò Cedric con un'espressione curiosa. "Non l'ho detto?" rispose, con aria di scuse. "Io e i miei fratelli. Ora che Jeremy ha sedici anni, viene incaricato di farci la guardia, quando i nostri genitori escono. Ma solo per un po', però".

Cedric stava per poggiare della corda, ma ci ripensò e decise di aspettare che la conversazione fosse finita. "Dove sono i tuoi fratelli, adesso?"

Victoria alzò le spalle. "Probabilmente stanno giocando sui bastioni, come sempre", rispose, indicando col pollice oltre la sua spalla. "Sono così dispettosi; sanno che mamma e papà gli hanno proibito di andarci da soli. Ma Simon, una volta, ha visto papà nascondere la chiave, e l'ha detto a Jeremy".

Cedric si voltò e, per la prima volta, si accorse che il cielo, fuori dalla finestra, si era fatto buio.

Sentì uno spiffero freddo colpirgli la schiena, e rabbrividì involontariamente.

Victoria se ne accorse subito.

"Hai freddo?" chiese, preoccupata. "Vuoi che vada a prendere un maglione di uno dei miei fratelli?"

Fece per alzarsi, ma Cedric alzò una mano perché non si muovesse.

"No, sto bene", la rassicurò. "Non ho davvero freddo, era solo una reazione al vedere quanto è buio fuori".

In verità, Cedric stava cominciando ad avere freddo, ma era consapevole del fatto che il vestito di Victoria non le copriva né le braccia né le gambe, e lei non mostrava segno di essere infreddolita.

Non voleva che lei pensasse che fosse un pappamolle.

Victoria guardò oltre la sua testa alla finestra dall'altro lato della stanza.

"Hai ragione", annunciò. "Si sta facendo buio ed è quasi ora che quei due tornino dentro".

Stranamente, Cedric si sentì nervoso all'idea di conoscere i fratelli di Victoria.

Ma non riusciva a capire perché!

Victoria si alzò e si sistemò il vestito. "Ti piacerebbe conoscerli?" chiese, entusiasta. "Forse, potremmo giocare tutti insieme".

Cedric si alzò a sua volta.

Poteva sentire le gambe tremare nei jeans e sperò, al di sopra di ogni cosa, che Victoria non l'avesse notato.

"Forse dopo", rispose Cedric, cercando di suonare vago, quando, in realtà, l'ansia che gli cresceva dentro minacciava di farlo scoppiare.

"Oh, andiamo", supplicò Victoria, "scommetto che gli piacerai, e poi, sei mio amico, e sarebbe maleducato non presentarvi".

Prima che avesse modo di obiettare ancora, Victoria lo aveva preso per mano e lo stava portando sul pianerottolo.

Cedric cercò di tirarsi indietro senza che sembrasse ovvio, ma, più si avvicinavano alla porta ad arco all'estremità del corridoio, più sentiva la paura crescergli nel petto.

Infine, non ce la fece più.

Quando raggiunsero la parte di muro dove Cedric ricordava fosse l'apertura che avevano usato per arrivare a quel piano, si fermò di colpo.

Victoria, impreparata all'impedimento improvviso nel loro avanzare, quasi perse l'equilibrio, ma riuscì a reggersi a Cedric abbastanza da non cadere.

"Che c'è?", chiese, perplessa dal fatto che Cedric avesse cambiato improvvisamente idea.

Cedric si guardò le scarpe, in evidente imbarazzo ma ancora incapace di superare la sensazione di disagio che lo attanagliava.

Infine, disse, "Niente, penso solo che mia mamma sia preoccupata e si stia chiedendo dove sono". Guardò Victoria.

Anche se aveva la fronte aggrottata, aveva ancora un sorriso caloroso sul viso.

All'improvviso, Cedric sentì un profondo desiderio di stare con lei.

Di proteggerla!

Era completamente irrazionale, lo sapeva, ma, ciononostante, la sensazione era reale e, senza rendersene conto, strinse con forza la mano di Victoria, come per impedirle di andare da qualche parte.

"Ouch!" squittì lei.

Cedric la lasciò immediatamente andare. "Mi dispiace", si scusò, "non volevo farti male".

Sperò che il suo tono trasmettesse a Victoria che era sincero.

Lei agitò la mano, come se cercasse di far tornare a circolare il sangue nelle dita.

"Stai bene?" chiese Cedric, sincero.

"Sopravviverò", ghignò Victoria, "hai una bella stretta", osservò.

Cedric si sentì uno sciocco.

Come faceva a spiegarle perché aveva sentito improvvisamente l'impulso di non farla allontanare?

Per sua fortuna, Victoria non fece domande.

Ma comunque, continuava a sentirsi in colpa.

Prima che potesse impedirselo, Cedric iniziò a piangere.

Si coprì il viso con le mani per impedire a Victoria di vedere le sue lacrime, ma i suoi singhiozzi lo tradirono.

Victoria andò da lui e lo abbracciò stretto.

Lo strinse finché non smise di piangere.

Quando si separarono, Cedric non riusciva a guardarla.

Non aveva idea del perché forse diventato improvvisamente così emotivo; la cosa era ridicola, ma non riusciva a tenere a freno le lacrime.

Victoria prese un fazzoletto di pizzo da una tasca del vestito.

Mise l'indice sotto il mento di Cedric e, con tenerezza, gli sollevò il viso fino a poterlo guardare negli occhi.

Cedric batté le palpebre per scacciare le ultime lacrime, mentre Victoria gli asciugava le lacrime col fazzoletto.

"Ecco", esclamò, una volta che ebbe finito. "Molto meglio".

Cedric poté solo annuire per gratitudine; aveva ancora bisogno di un momento per ricomporsi, prima di sentirsi abbastanza sicuro da parlare.

Victoria rimise il fazzoletto in tasca.

Per un attimo, i due rimasero in silenzio.

Il momento fu interrotto dal rumore del vento che soffiava contro la porta di legno in fondo al corridoio, scuotendola violentemente.

Victoria sfiorò il braccio di Cedric con la mano. "Riuscirai a tornare di sotto da solo? Devo proprio andare a chiamare quegli sciocchi dei miei fratelli".

Cedric annuì. "Sì, non ti preoccupare".

"Tornerai di sopra a giocare con me, dopo?" chiese Victoria, speranzosa.

"Oh sì", assicurò Cedric, "salirò dopo cena, se per te va bene; ho sempre il permesso di stare in piedi fino a tardi, la Vigilia di Natale".

"Fantastico", disse Victoria, raggiante. "Ti aspetto".

Con questo, Victoria cominciò a saltellare lungo il corridoio fino alla porta ad arco che portava fuori.

Cedric tastò il muro fino a trovare il trabocchetto che apriva la parte della parete che avevano usato prima per entrare nel corridoio.

Il muro si aprì lentamente e Cedric mise una gamba oltre la soglia per assicurarsi che non si chiudesse prima che potesse passare.

Stava per salutare la sua amica, quando gli venne un pensiero improvviso.

Voltandosi, la chiamò, "Che fate stasera per cena?"

Victoria si fermò e si voltò verso di lui.

Anche se non erano molto distanti, lei esagerò nel rispondere mettendosi le mani intorno alla bocca, imitando un megafono, prima di rispondere. "Staremo bene, non ti preoccupare, i nostri genitori hanno tutto sotto controllo".

Cedric non poté nascondere il disappunto.

Ma, da quella distanza, era sicuro che Victoria non potesse vedere la sua espressione.

Sapeva che sua mamma e sua zia avrebbero cucinato troppo, e sperava segretamente che la sua nuova amica e la sua famiglia potessero unirsi a loro.

Ma decise di non insistere; almeno avrebbe rivisto Victoria più tardi.

Cedric aspettò finché Victoria non sparì dietro la porta ad arco, prima di dirigersi alle scale.

Appena iniziò a scendere, si fermò di colpo.

Era solo al terzo gradino, ma qualcosa gli impediva di andare oltre.

Non era niente di fisico, non c'era nulla a bloccargli la strada, nessuna barriera o cancello a fermare la sua discesa; era solo una sensazione.

La sensazione che Victoria avesse bisogno di lui!

Guardò l'ingresso nella parete.

Aveva appena il tempo di un respiro prima che il varco iniziasse a chiudersi.

Preso dal panico, Cedric saltò per le scale e corse all'entrata.

Nel suo cuore era certo che sarebbe riuscito a trovare il modo di aprirlo da quel lato della parete, ma qualcosa dentro di lui continuava a dirgli che non aveva tempo da perdere.

Victoria aveva bisogno di lui!

Cedric saltò oltre la soglia mentre il varco si chiudeva.

Si poggiò contro il muro, ansante, col fiatone perché aveva trattenuto il respiro correndo verso il varco che si chiudeva.

Una volta che il respiro gli fu tornato nomale, Cedric si voltò verso la porta ad arco attraverso la quale Victoria era scomparsa poco prima.

Deciso, si incamminò in quella direzione, intenzionato a raggiungere la sua nuova amica prima che potesse succederle qualcosa.

Cedric colpì forte la porta con entrambe le mani, ma non si mosse.

Mettendo la spalla contro il legno, spinse con tutta la sua forza. Nella sua mente, non capiva perché la porta resisteva ai suoi sforzi, dato che aveva visto Victoria aprirla solo pochi istanti prima.

Alla sua destra, poteva vedere il grosso anello di ferro che controllava il chiavistello. Era ancora alzato, come l'aveva lasciato Victoria, ma, per disperazione, Cedric lo girò in entrambe le direzioni, per assicurarsi che non fosse quella la ragione dei suoi mancati progressi.

All'improvviso, sentì Victoria urlare da dietro la porta!

La sua voce era debole, quasi come se il vento portasse via le sue grida appena le lasciavano le labbra, per portarle lontano prima che un salvatore potesse sentirle.

Con nuova decisione, Cedric batté la spalla contro il legno e spinse.

Finalmente, la porta iniziò a cedere!

Anche se sembrava resistergli, alla fine i suoi sforzi gli permisero di aprirla abbastanza da poter passare.

Cedric si strizzò nel varco e cadde in avanti nell'aria della notte.

Riusciva a malapena a non cadere, mentre barcollava e inciampava sforzandosi di restare in piedi.

Una volta che riuscì a reggersi, alzò gli occhi e, con orrore, vide due ragazzi al lato opposto del parapetto, che cercavano di lanciare Victoria oltre il bordo.

"Victoria!" Cedric urlò il suo nome nella speranza che il suono li sorprendesse e li costringesse a fermarsi.

Vide subito che le sue urla non ebbero l'effetto sperato.

Uno dei due aveva le braccia sotto le ascelle di Victoria e la teneva oltre il bordo del muro, mentre l'altro, più giovane, aveva le braccia intorno alle ginocchia della bambina, e cercava di sollevarla.

Ridevano entrambi e sembravano prendere in giro Victoria con la minaccia della sua sorte imminente.

Anche se il vento era forte e quasi toglieva il fiato a Cedric mentre urlava, poteva ancora sentire Victoria strillare terrorizzata mentre lottava per la vita.

Cedric seppe istintivamente che non c'era tempo per tornare di sotto a chiamare suo padre e suo zio. Ma si rese conto, anche, che i due ragazzi erano più grossi di lui, e il fatto che fossero in due rendeva ancora più plausibile il fatto che lo avrebbero pestato per aver interferito.

Ma non gli importava di se stesso.

Gli importava solo di salvare Victoria.

C'era un cannone di ferro e una piccola pila di palle tra lui e loro.

Cedric considerò l'idea di sollevare una delle palle di cannone e usarla come arma, ma si rese presto conto che erano parte della struttura e impossibili da alzare.

Victoria urlò di nuovo!

La paura nella sua voce colpì Cedric come se gli avessero conficcato un coltello nel petto.

Spinto dalla rabbia, Cedric balzò oltre il cannone e corse verso i ragazzi, le braccia protese, il viso una maschera di furia.

Aprì la bocca per urlare un grido di guerra ai due lestofanti, ma il vento gli entrò in bocca e impedì a ogni suono di uscirne.

Cedric poteva sentire il cuore martellargli nelle orecchie, mentre si concentrava sul nemico.

All'improvviso, il più piccolo dei due scivolò sul pavimento di pietra e perse l'equilibrio.

Scivolando all'indietro, fu costretto a lasciar andare le gambe di Victoria per non cadere di faccia.

Il più grande teneva ancora Victoria per le ascelle, facendola dondolare al di là del muro, ma, quando vide il suo compagno scivolare, lasciò automaticamente andare la bambina con una mano e cercò di raggiungere il fratello caduto.

Cedric guardò con orrore Victoria scivolare dalla presa del fratello.

Con la quasi tutti il peso già al di là del parapetto, non c'era niente che potesse impedirle di cadere.

Il ragazzo più grande aveva ancora una mano sotto il braccio di Victoria ma, persino dalla sua posizione, Cedric poteva vedere che la stava perdendo.

Con un grido disperato, Cedric balzò in avanti, oltre il ragazzo più giovane, concentrato solo sul raggiungere Victoria prima che cadesse, ma, mentre si allungava per afferrarla, il più grande si chinò in avanti per aiutare l'amico e, nel farlo, impedì a Cedric di raggiungere Victoria in tempo.

Cedric guardò con orrore Victoria precipitare dalla torre.

Le sue grida divennero sempre più fievoli man mano che lo spazio tra loro due aumentava e lei finiva di sotto.

Con la velocità della caduta di Victoria, ci vollero solo pochi secondi prima che finisse al suolo, ma, a Cedric, sembrò una vita. Era quasi come se la sua amica galleggiasse, l'istante sospeso nel tempo.

Prima di vedere Victoria raggiungere il suolo, Cedric svenne.

Quando aprì gli occhi, Cedric era sopra le coperte del letto di Victoria.

Lei stessa era seduta accanto a lui e gli accarezzava la fronte.

Quando vide che aveva gli occhi aperti, gli sorrise.

Dopo lo stupore iniziale del vedere Victoria viva, Cedric si alzò a sedere sul letto e le prese le mani, tenendole strette nelle sue mentre le strofinava le dita sul dorso.

Sopraffatto dal sollievo, Cedric le baciò le mani.

Victoria rise.

Cedric la guardò negli occhi e, per un attimo, temette di ricominciare a piangere.

"Non riesco a credere che tu sia qui", balbettò, cercando di tener ferma la voce. "Ti ho vista cadere, come hai fatto a sopravvivere... quei ragazzi... ho sognato tutto?"

Victoria lo baciò sulla fronte. "No, sciocco, non hai sognato", gli assicurò. "Erano solo quegli sciocchi dei miei fratelli che scherzavano".

Per quanto Cedric fosse sollevato del fatto che Victoria fosse lì con lui, ancora non riusciva a capire come fosse sopravvissuta alla caduta.

Ma era lì!

Cedric la scrutò. Non c'erano segni ovvi di ossa rotte o ferite. Nessun livido o graffio, nemmeno uno strappo nel vestito.

Prima di avere la possibilità di chiederle di nuovo della caduta, Victoria disse, "Sei stato molto coraggioso, lì fuori, a cercare di salvarmi, grazie".

Cedric la guardò, perplesso. "Ma allora sei caduta?" chiese, incerto.

Victoria annuì, "Oh sì, quegli sciocchi dei miei fratelli stavano cercando di spaventarmi fingendo di lanciarmi dalla torre, ma poi Simon è scivolato e Jeremy ha cercato di afferrarlo e, nel farlo, hanno perso entrambi la presa su di me e, come hai visto, sono finita di sotto".

Cedric non riusciva a capire quello che stava sentendo.

Gli sembrava ridicolo che Victoria potesse essere così pratica riguardo la cosa, visto che, apparentemente, parlava della sua morte.

Ma era lì!

Cedric la fissò.

Lo stava prendendo in giro?

L'incidente sulla torre era stato solo una trovata elaborata, uno scherzo per la Vigilia di Natale in cui lui era caduto?

"No, no, aspetta un attimo", la interruppe Cedric, sollevando una mano come ad insistere che Victoria stesse zitta mentre lui cercava di capire cosa stesse succedendo. "Hai detto che sei caduta dalla torre, fuori, adesso?"

Victoria sorrise. "Be', non è stato 'adesso', ad essere sinceri", rispose Victoria, gli occhi improvvisamente tristi. "Il mio incidente è successo l'anno scorso, alla Vigilia di Natale. Per questo i miei genitori hanno dovuto portare via i miei fratelli, quest'anno, volevano restare, ma il ricordo era ancora troppo vivo".

Cedric spalancò gli occhi per lo stupore. "L'anno scorso!" gracchiò.

Victoria mise con gentilezza la mano su quella di Cedric. "Ssh, calmati, so che è molto da assorbire tutto insieme, ma è molto semplice", spiegò, stringendogli il polso per calmarlo. "Ho avuto il mio incidente esattamente un anno fa, tu hai avuto il tuo questo pomeriggio".

Il tono cantilenante di Victoria rese molto più difficile elaborare lo choc nelle sue parole, una volta che Cedric le ebbe registrate.

Istintivamente, Cedric si allontanò da lei. "Di che stai parlando?" chiese. "Non ho avuto nessun incidente!"

"Sì, invece, caro", gli assicurò Victoria, confortante. "Hai pensato che stessi per cadere, e sei balzato a salvarmi, ma stavi vedendo quello che è successo l'anno scorso, non questo pomeriggio, quindi non hai potuto salvarmi e hai perso la vita".

Cedric ci mise un po' a digerire la sua spiegazione.

Ritirò la mano e mise i piedi sul pavimento.

La velocità dei suoi movimenti prese Victoria di sorpresa ed era quasi alla porta prima che lei reagisse.

"Cedric, aspetta!", lo chiamò, ma lui stava già correndo lungo il corridoio.

Victoria gli corse dietro ma, per quando arrivò al pianerottolo, poté vedere che lui stava già armeggiando in cerca dell'apertura nel muro.

"Cedric, aspetta un attimo, ti prego, lasciami spiegare". Le sue parole echeggiarono nel tunnel di porte chiuse e muri spogli, ma Cedric sembrava sordo.

Victoria lo stava riducendo la distanza ma, quando pensava di averlo raggiunto, Cedric trovò l'interruttore e apparve l'apertura.

Cedric volò attraverso il varco, battendo la spalla contro il muro per la fretta, ma non sentì dolore.

Poteva sentire Victoria alle calcagna, ma si rifiutò di fermarsi o rallentare per lei. Gli era piaciuta così tanto, ma ora era cattiva con lui, gli raccontava storie spaventose.

"Cedric, per favore, aspetta"

Le sue suppliche rimasero inascoltate.

Quando raggiunse la cima della scala curva, Cedric finalmente si fermò e si voltò.

Victoria aveva raggiunto l'ingresso ma non cercò di passare. Rimase, invece, a guardare Cedric, con un'espressione straziante di tristezza sul viso.

Per un attimo, a Cedric dispiacque di nuovo per lei.

Ma decise di andare di sotto e vedere i suoi genitori.

Victoria sarebbe potuta andare con lui, se voleva, ma, altrimenti, sarebbe andato da solo; in ogni caso, sarebbe andato di sotto.

Una volta che ebbe realizzato che Victoria non avrebbe cercato di fermarlo, Cedric si rilassò.

Non poteva negare che si sentiva malissimo a lasciarla sola lassù.

Cedric le tese la mano. "Vieni con me", disse, quasi supplicante.

Victoria scosse la testa.

Cedric abbassò il braccio; sapeva che era inutile cercare di farle cambiare idea.

Iniziò a scendere le scale.

Dopo un paio di gradini, si fermò di nuovo e si voltò. "Devo andare dai miei genitori, saranno in pensiero per me", offrì come spiegazione, cercando di non suonare spaventato alla prospettiva di restare ancora lì.

Victoria gli offrì un mezzo sorriso e alzò le spalle.

Il gesto fece sentire Cedric ancora peggio perché la abbandonava.

Era come se Victoria si fosse rassegnata a perdere il suo nuovo amico, e non c'era assolutamente nulla che potesse fare al riguardo.

In un secondo momento, Cedric aggiunse, "Dopo cena, tornerò di sopra e potremo giocare ancora".

Victoria sorrise. "Ti aspetto", rispose, felice.

Sentendosi meglio, ora che aveva fatto la sua promessa, Cedric continuò a scendere le scale con rinnovato vigore, saltando due e tre gradini alla volta, usando la ringhiera come supporto.

Quando arrivò al piano terra, Cedric si diresse direttamente in cucina, supponendo che almeno sua madre e sua zia sarebbero state ancora lì a preparare la cena.

Ma, quando girò l'angolo, la cucina era vuota.

Sul grande tavolo c'era un banchetto composto da due tipi di arrosto, due vassoi di patate arrosto, due piatti di ripieno, una teglia di salsicce arrotolate nella pancetta e una varietà di verdure diverse nei loro piatti da portata. Ad ogni estremità della tavola c'era un filone di pane appena sfornato e, sul piano dall'altro lato della stanza, c'erano tre grosse torte appena fatte, una al cioccolato, una alla vaniglia e una alla frutta.

La vista di tutto quel cibo ricordò a Cedric quanto tempo era passato dal pranzo, anche se, stranamente, non aveva fame.

Cedric inspirò profondamente, cercando di riempirsi le narici con gli aromi dei vari piatti ma, per qualche ragione, non sentiva nulla.

Si chiese se, forse, non gli stesse venendo il raffreddore. Dopo tutto, era stato suoi bastioni, con quel vento, senza cappotto.

Cedric decise di tenersi l'informazione per sé.

Incuriosito dal fatto che non ci fosse nessuno in cucina, Cedric si avviò nel salotto principale.

Mentre superava la porta d'ingresso, il bagliore improvviso di una luce blu da sotto la porta attirò la sua attenzione.

Cedric si fermò un attimo a guardare.

La luce lampeggiava a intermittenza ogni due secondi, il blu che si rifletteva sul pavimento di pietra.

Convinto che stesse succedendo qualcosa fuori, Cedric afferrò la maniglia di metallo e cercò di aprire la porta, ma non si muoveva.

I suoi sforzi erano vani.

Premendo l'orecchio contro il legno, Cedric cercò di sentire cosa stesse succedendo fuori, ma la porta era troppo spessa perché passasse qualche suono.

Frustrato, Cedric si diresse al salotto.

Quello che vide quando entrò gli fece correre un brivido lungo la schiena.

Sua zia Sonia era stesa su uno dei divani, con la testa sulle gambe del marito, a singhiozzare.

Suo fratello Toby era seduto su una delle poltrone con Donna in braccio, e si confortavano l'un l'altro. A Cedric era ovvio che avessero pianto di recente.

Cedric si guardò intorno cercando i suoi genitori, ma non si vedevano da nessuna parte.

Cedric iniziò ad andare in panico.

Corse dal fratello e si fermò davanti alla poltrona.

"Dove sono mamma e papà?" chiese, non riuscendo a nascondere la preoccupazione.

Suo fratello lo ignorò e continuò ad occuparsi di Donna.

"Toby!" chiamò Cedric, a voce abbastanza alta da farsi sentire da tutti. Ma né suo fratello né gli altri gli risposero.

Preso dalla paura e dalla frustrazione, Cedric cercò di afferrare il braccio del fratello. Aveva il diritto di sapere.

In quel momento, Cedric sentì la maniglia scattare e la porta aprirsi lentamente sui cardini arrugginiti.

Cedric corse nell'ingresso in tempo per vedere il padre chiudersi la porta alle spalle. Vide un grosso veicolo bianco fuori, da cui veniva la luce blu lampeggiante che aveva visto prima.

Cedric corse da suo padre, come ad impedirgli di chiudere la porta, ma era troppo tardi. Seppe istintivamente che sua madre era ancora fuori e, a giudicare da quella che pensò fosse un'ambulanza, le era sicuramente successo qualcosa, se aveva avuto bisogno di un medico.

Suo padre aveva un'espressione solenne, e a Cedric sembrava ovvio che avesse pianto da poco.

Nel panico, Cedric afferrò la maniglia e tirò, con forza, facendo leva con tutto il suo peso per cercare di far scattare la serratura, che però si rifiutava di cedere.

Quando si voltò, vide suo padre sparire nel salotto.

Vicino all'esasperazione, Cedric diede un calcio alla porta, sbattendo con forza lo stivale contro il legno.

Dopo il terzo calcio, inutile, tornò in salotto per affrontare suo padre e pretendere di sapere cosa era successo alla mamma.

Entrando nella stanza, Cedric vide zia Sonia alzarsi dal divano e correre fra le braccia di suo padre, entrambi singhiozzando in modo incontrollabile.

Lo zio Richard, con le lacrime agli occhi, raggiunse Toby e Donna e mise un braccio sulle spalle della figlia. Donna allungò una mano verso quella del padre, ma tenne il viso contro il petto di Toby. Cedric poteva dire, dal modo in cui le tremavano le spalle, che stava piangendo.

Anche se, ora, era convinto che fosse successa la cosa peggiore che potesse immaginare, Cedric non riusciva a trovare le lacrime per piangere la sua perdita.

Stava quasi per correre da suo padre, quando sentì la porta aprirsi di nuovo.

Si voltò e vide sua madre.

Cedric era pietrificato!

Per un attimo, la sua giovane mente non riusciva a capire cosa stesse succedendo.

C'erano tutti, sua madre stava bene, e allora perché piangevano?

Allungò le braccia mentre sua madre si avvicinava, ma lei lo ignorò e andò direttamente in salotto dagli altri.

Cedric rimase sulla soglia a guardare gli altri che piangevano e si confortavano.

Voleva urlare!

Voleva sapere cosa stava succedendo e perché tutti sembravano ignorarlo.

"Non possono vederti!"

Cedric si voltò e vide Victoria accanto alle sale.

"Cosa?", sputò fuori, il suo cervello che cercava ancora di processare quello che aveva detto.

Victoria sorrise, con dolcezza. "Ho cercato di dirtelo, prima", continuò, paziente, "sei caduto dalla torre quando hai cercato di salvarmi, è per te che piangono, sei tu quello che è morto!"

Cedric la fissò stupito e senza parole.

Si voltò verso la sua famiglia.

Sua madre e sua zia si tenevano strette e singhiozzavano. Suo padre e suo zio erano seduto uno di fronte all'altro, suo padre col viso fra le mani, mentre suo zio cercava di asciugarsi le lacrime.

Toby e Donna erano ancora sulla poltrona, a piangere l'uno sulla spalla dell'altro.

"Smettetela!" urlò Cedric, come se pretendesse qualche tipo di risposta da qualcuno di loro. Ma, come prima, lo ignorarono e proseguirono con il loro dolore, ignari della sua presenza. "Smettetela, sono qui!" Urlò così forte che gli mancò la voce sull'ultima parola.

Si voltò verso Victoria.

Era ancora allo stesso posto, in paziente attesa.

L'espressione sul suo viso rifletteva il suo stesso senso di perdita, insieme alla colpa che sentiva per la parte che aveva giocato nell'aver portato Cedric a quel momento.

Ora Cedric sentiva il calore delle proprie lacrime che gli scorrevano sulle guance.

Voleva disperatamente essere confortato da sua madre. Considerò l'idea di correre e andarsi ad infilare tra lei e sua zia, così da poter sentire il loro calore e il loro amore circondarlo.

Ma sapeva già che sarebbe stato inutile.

Corse, invece, da Victoria.

Lei, almeno, poteva stringerlo e confortarlo, e lo fece.

Victoria lo strinse forte fra le braccia e lo lasciò piangere. Lo baciò sulla testa e bisbigliò parole di conforto, e gli assicurò che non sarebbe mai stato solo.

Infine, lo lasciò andare e lo tenne a distanza di braccio, con le mani sulle spalle.

"Devo tornare di sopra, ora", spiegò, calma. "Quando sei pronto, puoi raggiungermi, ci divertiremo molto".

Cedric annuì.

Si asciugò gli occhi e si voltò a guardare la sua famiglia.

Per qualche ragione, non si sentiva spaventato quanto aveva sempre immaginato di essere all'idea di non vedere più i suoi genitori.

Prima di tornare in salotto, guardò Victoria sparire attraverso la porta che conduceva alla scala che aveva usato per scendere di sotto.

"Ci sarai, quando verrò di sopra, vero?" le chiese.

Victoria uscì dalla porta e gli sorrise. "Non ti preoccupare, Cedric", rispose, rassicurante. "Ti aspetto quando sarai pronto".

IL GIORNO DOPO

Deena aprì gli occhi e cercò di concentrarsi sul disegno sul soffitto.

Le faceva male la testa, e sapeva che, appena avrebbe cercato di muoverla, le sarebbe venuta la madre di tutti i doposbronza.

Non era il modo migliore per cominciare la Vigilia di Natale!

Si voltò leggermente di lato e guardò la parte posteriore della testa di Richard.

Allora non era stato un sogno, dopo tutto!

Ricordava di aver lasciato la festa per prendere un po' d'aria, e poi, a metà strada, si era accorta che Richard la seguiva.

Aveva bevuto troppo per mandarlo al diavolo. In effetti, le sembrava di ricordare di aver avuto bisogno di tutta la sua concentrazione solo per restare in piedi, a quel punto della serata.

Deena cercò di pensare agli eventi della sera precedente.

Ricordava che la festa dell'ufficio era iniziata prima del previsto.

L'ufficio contratti aveva appena firmato un enorme nuovo accordo con una compagnia degli Stati Uniti, che avrebbe portato un sacco di soldi nel giro di un paio d'anni.

Uno dei direttori era venuto appositamente a fare l'annuncio, a cui seguì la prima bottiglia di champagne stappata, che portò all'apertura di altre bottiglie, anche se erano state comprate per la serata.

Poi, a Deena sembrò di ricordare qualcuno che faceva partire la musica con gli altoparlanti.

Oh Dio, era stata lei?

E poi la festa entrava nel vivo.

Deena ricordò che fosse cominciata prima che potesse andare a pranzo.

Il suo piano era stato quello di pranzare tardi, così da preparare lo stomaco prima della festa.

L'ultima cosa che voleva era che si ripetesse quanto successo l'anno prima!

Era stata la sua prima festa di Natale nel nuovo ufficio, e aveva bevuto così tanto a stomaco vuoto che aveva finito con il vomitarne la maggior parte, in bagno, sul vestito nuovo.

Poi la moglie del suo capo aveva cercato di aiutarla a salire su un taxi, e aveva vomitato anche sul suo vestito, all'ingresso.

Fu molto popolare a lungo, con la squadra di pulizie...

Ma, visto come erano andate le cose, anche quest'anno la festa era iniziata senza che Deena avesse avuto la possibilità di un pasto decente.

Il croissant che aveva mangiato a colazione non aveva assorbito molto delle copiose quantità di champagne e vino che aveva finito con l'ingoiare nel corso della serata.

Ricordò di essere stata in un gruppetto con un alcune ragazze dell'ufficio finanziario e di essersi divertita molto.

Chiacchieravano, flirtavano, parlavano male di fidanzati/amanti/ex, bevevano, ridevano, piangevano e, in generale, passavano una bella serata.

Deena ricordò anche Richard che le girava intorno ogni volta che lei si separava dalle ragazze, portandole da bere e riempiendole costantemente il bicchiere, nonostante le sue proteste.

Le altre ragazze la misero in guardia sul suo conto.

Alcune di loro erano già state sue vittime.

Ma Deena aveva messo in chiaro fin dall'inizio che non era interessata.

Non che questo lo avesse fermato.

Deena non riusciva a ricordare di essere uscita dall'ufficio, ma, improvvisamente, si ritrovò in strada, incapace di controllarsi.

L'attimo prima sentiva il mondo girare, quello dopo era convinta che i manichini nelle vetrine la fissassero.

Aveva un vago ricordo di Richard che l'aiutava a salire su un taxi, poi tutto si fece sfocato.

All'improvviso, le venne un pensiero orribile.

"Mi ha messo qualcosa nel bicchiere?"

Richard era sempre stato un merda e noto, in ufficio, per il modo in cui si vantava delle sue conquiste, ma sarebbe arrivato così in basso?

Deena allontanò il pensiero dalla mente. Era la Vigilia di Natale, e aveva troppo da fare per pensare alle pagliacciate di un viscido come lui. Guardò l'orologio, erano le dieci e un quarto.

Aveva ancora dei regali dell'ultimo minuto da comprare e incartare, e poi doveva vedersi con Jane per pranzo, e poi doveva essere a casa dei suoi genitori per le nove.

Ma prima, comunque, doveva liberarsi del suo ospite indesiderato.

Sentendo la stanza che iniziava a girare, Deena si alzò a sedere lentamente e si tenne la testa fra le mani.

Non era una bella sensazione!

Spostò le coperte con attenzione e mise i piedi giù dal letto.

Una volta che si sentì stabile, girò lentamente per la stanza, recuperando i vestiti abbandonati sul pavimento.

Si mosse il più silenziosamente possibile, per non svegliare Richard.

Non voleva che la vedesse nuda, pensiero strano dopo quello che, presumibilmente, era successo la notte prima.

Lasciando i vestiti su una sedia, decise che sarebbe stato più veloce e più utile mettersi la vestaglia appesa all'armadio.

La tolse dal gancio e se la fece scivolare sulle spalle, infilando le braccia nelle maniche prima di allacciarla con la cintura.

Almeno, adesso, si sentiva un po' più decente.

Deena arrivò alla porta e stava per uscire in corridoio quando sentì Richard muoversi.

"'Giorno", disse, assonnato.

Deena si sentì arrossire istintivamente. "'Giorno", rispose.

Si voltò verso di lui e poi rapidamente si girò dall'altra parte mentre lui usciva da sotto il piumone, nudo e ovviamente per nulla imbarazzato.

Tristemente per lei, per quanto fosse stata un'occhiata fugace, i suoi occhi erano andati, automaticamente e direttamente, alla cosa che gli pendeva fra le gambe.

Perché sembra succedere sempre? si chiese.

Era davvero la Legge di Murphy, o era un radar interno che, per quanto ci provasse, non riusciva a spegnere?

In ogni modo, il danno era fatto, per cui cercò di fingere con Richard che non fosse successo.

"Stavo per fare del caffè", disse Deena, cercando di sembrare disinvolta, "come lo prendi?"

"Che fretta c'è?" chiese Richard, con un ghigno malefico sul volto non rasato. "Abbiamo sicuramente tempo per due coccole, prima, no?"

Deena fece una smorfia.

Era l'ultimo dei suoi piani.

"Scusa", balbetto, "ho la giornata piena e devo darmi una mossa".

"Ti muovevi molto bene, la scorsa notte, a quanto ricordo", sbavò Richard, appoggiandosi al cuscino e mettendo in mostra la sua nudità.

Deena sospirò.

Decise di ignorare i commenti di Richard e non essere disturbata da nulla che lo stronzetto avesse da dire.

"Caffè!", disse, più come un ordine che un'offerta.

Rendendosi conto che il botta e risposta di quella mattina non avrebbe avuto l'effetto sperato, Richard rispose, "Molto latte e tre zollette di zucchero, per favore".

Deena si incamminò verso la cucina.

Si chiese come affrontare al meglio e con tatto il fatto di tenere la loro avventura segreta. Non era certa di poter convivere con gli ammicca-menti, le gomitate e le risatine alle sue spalle in ufficio.

Soprattutto dopo che, alla festa, aveva ribadito alle ragazze che non era per niente interessata a lui.

Sperava che quello scenario si potesse evitare.

Ma se qualcuno li avesse visti andare via insieme?

Sarebbe stato piuttosto difficile da spiegare.

Suppose che poteva chiederglielo gentilmente come favore, ma, più ci pensava, meno sembrava possibile che l'avrebbe accontentata.

E se, per miracolo, lo avesse fatto, quale sarebbe stato il prezzo del suo silenzio?

Ripetere quanto successo la notte prima - senza dubbio!

Deena chiuse gli occhi con forza, rabbrividendo al pensiero di essere il giocattolino di Richard.

E per quanto?

Come faceva a garantire il suo silenzio?

Mentre Deena faceva il caffè, Richard la seguì in cucina e le diede con forza una pacca sul sedere, prima di stravaccarsi a tavola.

Deena si morse la lingua.

Sapeva che avrebbe dovuto affrontare l'argomento con tatto e calma, per cui reagire come avrebbe voluto era certamente fuori questione.

Anche se l'idea di gettargli addosso il caffè la attirava...

Il giornale del giorno prima era ancora piegato sul tavolo, non letto.

Il titolo in prima pagina attirò l'attenzione di Richard.

Identificata l'ultima vittima del Cacciatore di Teste!

Il corpo senza testa della ragazza, trovato due giorni prima accanto al fiume, vicino ai moli, ora aveva un nome.

Era la quinta vittima dell'assassino che i giornali avevano soprannominato il "Cacciatore di Teste", per via del fatto che decapitava le sue vittime prima di abbandonarne i cadaveri. Fino a quel momento, le teste non erano state ritrovate.

Le speculazioni su cosa ne facesse erano molte: Messe nere, cannibalismo, trapianto di organi, ma nessuno lo sapeva con certezza - tranne l'assassino!

"È davvero una cosa orribile", sottolineò Richard. "Povere ragazze", alzò gli occhi. "Cosa pensi che faccia con le loro teste?"

Deena rabbrividì involontariamente. "Non lo so, ma, qualsiasi cosa sia, lui deve essere un pazzo malvagio, e dormiremo tutti meglio quando lo prenderanno!"

Richard rise. "Tu sembravi dormire benissimo, la scorsa notte, dopo che..."

Deena smise di mescolare, e tolse il cucchiaio dalla tazza, quasi sbattendolo sul piano.

Si voltò e portò entrambe le tazze al tavolo. "Guarda, Richard, non so come dirlo, ma..."

Proprio in quel momento, sentì il cellulare trillare dall'altra stanza.

Probabilmente un messaggio di Jane per il pranzo, pensò.

"Scusami un attimo", disse, lasciando la cucina e correndo in camera a controllare il cellulare.

Richard continuò a leggere l'articolo, soffiando distrattamente sul liquido caldo nella tazza e poi bevendone un sorso, facendo una smorfia quando si accorse che Deena aveva dimenticato il latte.

Spostò la sedia indietro e andò al frigorifero, chinandosi mentre apriva la porta.

La testa insanguinata di una ragazza lo fissò con occhi ciechi dalla mensola centrale!

La tazza gli cadde di mano mentre il cervello cercava di elaborare cosa aveva davanti agli occhi. Il liquido bollente gli schizzò sulle gambe nude mentre la porcellana andava in frantumi al contatto col pavimento.

Richard si voltò appena in tempo per vedere Deena calargli la mannaia sul collo.

. . .

Jack è tornato

Genevieve Monroe sedeva nella sala d'attesa della compagnia assicurativa British & Prudential, cercando disperatamente di non muoversi, agitarsi o dare la minima indicazione che potesse essere nervosa.

Era a solo a un paio di metri dalla porta che conduceva all'ufficio di Reginald Barnard, agente assicurativo capo e investigatore di indennizzo fraudolento. Anche se il vetro della porta, come i pannelli sopra la cornice di legno scuro, era opaco, Genevieve poteva comunque vedere le ombre dei due uomini all'interno.

Non aveva dubbi che la sua richiesta di indennizzo fosse l'argomento principale di conversazione, il che spiegava il fatto che, ogni tanto, una delle ombre si alzava e iniziava a camminare avanti e indietro prima di sedersi di nuovo.

Le compagnie assicurative facevano soldi contando sul fatto che la maggior parte dei clienti non avesse mai bisogno di fare richieste di indennizzo. Ma, quando accadeva il peggio, erano improvvisamente in preda all'ansia, cercavano disperatamente un modo per negare l'indennizzo.

Ma Genevieve era sicura che la sua richiesta fosse fondata, e non c'era possibilità di sospetti su di lei.

Anche così, le apparenze erano tutto, quindi tenne gli occhi bassi per la maggior parte del tempo, asciugandoseli con un fazzoletto come se stesse piangendo.

Ma non fu solo per le apparenze che Genevieve mantenne la recita. Aveva notato che veniva osservata attentamente dai due giovani impiegati seduti alle scrivanie alla sua sinistra.

Ogni volta che li guardava, tornavano immediatamente ai loro faldoni, fingendo di concentrarsi sui numeri invece che su di lei.

Anche se l'abito nero da vedova non avrebbe mai potuto essere considerato attraente o ammiccante, che era una delle condizioni che aveva in mente quando le avevano preso le misure, Genevieve sapeva che le sue forme potevano ancora essere apprezzate sotto la stoffa nera.

La volta successiva in cui notò, con la coda dell'occhio, gli impiegati che la guardavano, Genevieve decise di dar loro qualcosa a cui pensare quando, quella notte, sarebbero stati a letto, da soli.

Allungò con nonchalance le gambe, come se volesse alleviare lo stress o un crampo, e poi allungò le punte degli stivali in avanti e indietro, ripetendo il movimento diverse volte prima di sollevare la lunga gonna, in modo che l'orlo fosse al di sopra dei polpacci torniti, avvolti nelle migliori calze di seta nera importate.

Genevieve sorrise fra sé quando sentì un sussulto sfuggire dalle labbra di uno dei ragazzi, mentre lei continuava a flettere i piedi e stimolare i polpacci.

Si voltò di colpo, cogliendoli completamente di sorpresa. Nella fretta di fingere di non aver notato il suo mettersi in mostra, uno degli impiegati fece cadere il calamaio e ne versò il contenuto sulla scrivania.

Afferrò il documento a cui stava lavorando, per non rovinarlo, ma non riuscì a spostarsi abbastanza in fretta, e l'inchiostro gocciolò dal bordo della scrivania fino ai suoi calzoni a strisce.

Genevieve cercò di non ridere. Rilassò le gambe, rimettendo i piedi sul pavimento e lasciando che la gonna tornasse in una posizione più dignitosa.

Si ritrovò a doversi premere un pugno contro la bocca per mantenere il contegno, mentre l'impiegato sembrava mettere in atto quel che appariva un tentativo di ballare la giga, scuotendosi i pantaloni per cercare di disperdere le macchie di inchiostro.

In quel momento, la porta dell'ufficio si aprì e Geoffrey Hargreaves, uno degli investigatori capo, uscì.

Genevieve tenne il capo chino, cercando di ricomporsi per non far vedere all'uomo che la sua maschera era temporaneamente caduta.

Per sua fortuna, l'attenzione di Hargreaves fu immediatamente catturata dallo spettacolo del giovane impiegato che saltellava, senza sapere che il suo superiore era uscito dall'ufficio e ora lo fissava con un misto di orrore e stupore sul viso.

"Signor Warner!" gridò Hargreaves.

Il giovane si bloccò immediatamente al suono della voce del titolare. Alzò lo sguardo, il viso rosso come se stesse per esplodere per l'imbarazzo.

Prima che l'impiegato potesse rispondere, Hargreaves continuò. "L'ufficio non è il posto in cui dimostrare le sue abilità nel ballare la polka, giovanotto".

"Nossignore", rispose il giovane, impacciato. "Non succederà più, signor Hargreaves, signore", promise.

Hargreaves sospirò, esasperato.

"Badi che non succeda, giovanotto, o si ritroverà a dover usare le sue abilità di danzatore per guadagnarsi il prossimo stipendio, sono stato chiaro?"

"Sissignore, signor Hargreaves, mi dispiace molto, signore".

Il giovane rimase a capo chino, come se attendesse ulteriori istruzioni prima di osare muoversi.

Finalmente, Hargreaves lo liberò. "Continuate a lavorare, e non voglio sentire una parola da nessuno dei due!"

Il secondo impiegato si alzò mentre il collega stava per sedersi. Prendendo spunto dall'amico, il primo si raddrizzò e i due si scusarono in coro prima di sedersi di nuovo.

Hargreaves rivolse allora la sua attenzione a Genevieve.

"Sono mortificato di averla fatta aspettare, signora Monroe, vuole accomodarsi nel mio ufficio?" Si fece da parte e indicò con un braccio la porta aperta.

Genevieve continuò con enfasi a premersi il fazzolettino appallottolato nel pugno contro gli occhi, fingendo di asciugarli, prima di alzarsi per entrare nel suo ufficio privato.

Una volta nell'ufficio, Hargreaves chiuse la porta alle loro spalle.

L'uomo seduto alla scrivania in mezzo alla stanza dava le spalle a Genevieve. Una volta che Hargreaves ebbe chiuso la porta, lo presentò come Cyril Mountjoy. Sentendo il proprio nome, l'uomo si alzò e andò verso Genevieve, il braccio proteso.

L'enorme mano a paletta avvolse completamente quella della donna e, per un attimo, Genevieve non poté fare a meno di pensare a quanto gli sarebbe stato facile romperla senza sforzo.

Mountjoy era un uomo rotondo dal viso rubizzo e il nasone da bevitore di whiskey. Aveva dei ciuffi selvaggi di capelli bruno-rossicci che gli spuntavano da dietro le orecchie, ma, in cima alla testa, era completamente calvo.

Anche se era dicembre e il caminetto in un angolo dell'ufficio riscaldava appena l'aria, l'uomo sudava copiosamente e tamponava la fronte ogni pochi secondi con un fazzoletto sgualcito, ormai completamente zuppo.

"Il signor Mountjoy è uno dei nostri investigatori capo", annunciò Hargreaves, andando dietro la scrivania e posizionandosi davanti alla sedia.

Mountjoy indicò la sedia accanto alla propria perché Genevieve vi si accomodasse. Le due sedie erano posizionate in modo che loro due potessero vedersi senza doversi voltare o piegare il collo.

I due uomini attesero che Genevieve si fosse seduta, prima di fare altrettanto.

"Spero che si renda conto, signora Monroe", continuò Hargreaves, "che con una polizza come la sua e, a causa del modo sospetto in cui è scomparso suo marito, noi, alla British & Prudential, saremmo considerati avventati e disattenti se non ci assicurassimo che tutte le irregolarità vengano investigate, prima di acconsentire alla nostra parte del contratto".

Genevieve fece del suo meglio per sembrare stupita e a disagio.

"Mi dispiace", balbettò, "non capisco cosa intende, a quali irregolarità si riferisce, che sta succedendo?"

Hargreaves cambiò posizione, a disagio.

Guardò il collega per avere supporto morale.

"Quello che intende il signor Hargreaves, mia cara", cominciò Mountjoy, con tono condiscendente ma con una nota paterna cui Genevieve si aggrappò subito. Ovviamente quegli uomini avevano un compito da portare a termine, ma almeno non volevano il suo sangue, a meno che non stessero cercando di convincerla di essere al sicuro prima di colpire.

Genevieve decise di prendere il toro per le corna.

"Quello che vuol dire", ritorse, la voce che tremava di rabbia, "è che voi due credete che sia stato tutto un sotterfugio, e che il mio povero Arnold non sia freddo nella sua tomba in questo momento, ma mi stia aspettando dietro l'angolo per la sua parte dei soldi dell'assicurazione!"

Entrambi erano quasi in piedi, credendo di dover cercare di calmarla.

Il suo scatto improvviso li aveva colti entrambi di sorpresa, e nessuno dei due voleva essere la causa di un inasprirsi della situazione.

"La prego, signora Monroe, si calmi", disse per primo Hargreaves. "Né io né il mio collega vogliamo farla allarmare per nulla, ma deve capire che questo tipo di inchiesta è necessario, prima che gli affari possano concludersi con successo".

Genevieve usò di nuovo il fazzoletto per coprirsi gli occhi, fingendo di trattenere le lacrime.

Trasse diversi respiri esagerati per far credere ai due uomini che stava facendo del suo meglio - date le circostanze - per capire cosa le aveva detto l'agente assicurativo.

In verità, questa era la terza conversazione di quel tipo a cui Genevieve aveva preso parte negli ultimi due anni.

Arnold Monroe era il terzo marito che Genevieve aveva sepolto, e ora si considerava una maga a recitare la parte della vedova inconsolabile, una parte che aveva trovato inestimabile quando doveva avere a che fare con le assicurazioni per essere certa di avere il massimo pagamento possibile.

Per sua fortuna, si era costruita una rete di contatti, negli anni, che potevano - per il giusto prezzo - farle avere virtualmente ogni tipo di documento ufficiale di cui avrebbe potuto avere bisogno per fingere di essere qualcun altro, inclusi certificati di nascita.

Questo, di conseguenza, le permetteva di sposare chiunque volesse senza che venissero fatte domande.

Il suo primo matrimonio con Gerald Ward, in fatti, era stato più per amore che per soldi. Per lo meno, lui l'aveva trattata ragionevolmente bene, soprattutto a confronto con alcune donne di sua conoscenza, i cui mariti pensavano solo a usarle come sacchi da boxe ogni volta che ne avevano voglia.

Quello, e il fatto che Gerald le aveva offerto un vero e proprio tetto sulla testa e abbastanza soldi per pasti regolari e gin, era tutt'altra cosa rispetto ai suoi giorni da prostituta, passati a vivere giorno per giorno senza aver voce in capitolo su chi doveva scoparsi per guadagnare abbastanza per avere da mangiare o da bere, figurarsi per pagarsi una stanza per la notte.

Col tempo, Genevieve credeva che sarebbe riuscita ad amare suo marito. Ma, prima che le venisse data la possibilità, gli capitò un incidente al lavoro e morì.

Se fosse stata davvero onesta, il suo dolore iniziale, appena saputo della sua morte, era dovuto più alla perdita di posizione che prevedeva, che al fatto che suo marito fosse morto.

Comunque, fu allora che venne introdotta al fantastico mondo delle assicurazioni. Genevieve si stupì quando l'azienda di Gerald le offrì un generoso compenso per via dell'incidente. Ma fu ancora più stupita quando un agente assicurativo le fece visita e la informò che Gerald aveva una polizza sulla vita, e che lei, in quanto moglie legittima, era l'unica beneficiaria.

La combinazione delle due cifre permise a Genevieve di sistemarsi per un anno.

Il problema arrivò quando era rimasta alle ultime sterline e, improvvisamente, la prospettiva di dover tornare in strada a guadagnarsi da vivere non si preannunciava accettabile.

Per sua fortuna, le fu presentato un vedovo, Charles Hadley - il Maggiore Charles Hadley, se si voleva usare il suo titolo, cosa su cui insisteva.

Charles era estremamente fiero della sua carriera militare, a cominciare dalla guerra di Crimea fino a quelle boere, con ogni grande conflitto nel mezzo.

Arrivati alla guerra boera, Charles era già troppo vecchio per il servizio attivo, per cui passò tutti i cinque mesi a lavorare da una stanza dell'ammiragliato.

Questo affronto, secondo lui, fu l'ultima goccia, il motivo per cui diede le dimissioni.

A sessantadue anni, Charles era molto più vecchio di Genevieve. La sua vita nell'esercito gli aveva lasciato la schiena dritta come un fuso, e un'aria di superiorità che si portava addosso ovunque andasse.

Era anche incredibilmente parsimonioso, quando si parlava di soldi. La casa che prese in affitto era estremamente modesta, sia per dimensioni che posizione, e mantenne il personale al minimo, sempre per ridurre i costi.

Fortunatamente per Genevieve, aveva già una polizza sulla vita piuttosto decente, fatta per la prima moglie, per cui non ci volle molto perché sostituisse il suo nome con quello di Genevieve.

La sua vita con Charles non fu particolarmente piacevole. A sessantadue anni, era già vecchio e così deciso nelle sue convinzioni, che Genevieve aveva pochissima libertà per godersi i suoi vizi.

Charles non sembrava godere della compagnia di nessuno che non fosse preparato a discutere di tattiche militari fino a sera tardi e, di conseguenza, avevano raramente visite, e non erano quasi mai invitati a cena fuori se non da qualche ufficiale amico di Charles.

L'altro problema che Genevieve non aveva anticipato era che, nonostante l'età avanzata, Charles aveva ancora un vorace appetito sessuale, e, anche se non dividevano la camera, Charles si aspettava che Genevieve lo accogliesse ogni volta che ne aveva voglia.

Alla fine, ne ebbe abbastanza!

Una volta arrivata al punto di essere disgustata dalla sola vista di suo marito, Genevieve decise che sarebbe dovuto capitargli un piccolo incidente.

Una sera, quando il loro personale aveva la serata libera, Genevieve riuscì a colpire Charles dietro la testa con una bottiglia vuota di vino, proprio mentre stava per scendere le scale.

Come risultato, quando atterrò in fondo alle scale, aveva il collo spezzato!

Genevieve recitò brillantemente la sua parte con la polizia, e poi di nuovo, quando fu invitata all'ufficio assicurativo.

Per fortuna, Charles aveva usato una compagnia diversa da quella di Gerald. Per cui, non ci furono molte domande a cui rispondere, prima che le dessero l'assegno.

L'esperienza le aveva insegnato che, se avesse dovuto continuare in questo modo, sarebbe stato opportuno essere sicura che i futuri mariti usassero agenzie diverse, per evitare sospetti.

Quando conobbe Arnold Monroe, Genevieve era di nuovo quasi senza un soldo, e pronta ad un'altra opportunità per incrementare le sue sostanze.

Arnold fu una preda relativamente facile, per qualcuno furbo e subdolo come Genevieve.

Arnold, per essere educati, era un fannullone che non aveva mai lavorato un giorno in vita sua. Campava degli interessi di un fondo fiduciario che era stato aperto a nome suo e dei suoi fratelli che, sfortunatamente per Genevieve, non era trasferibile ai loro coniugi al momento della morte.

Per cui, Genevieve insisté che il suo nuovo marito investisse in una polizza sulla vita immediatamente, per evitare che lei restasse povera se fosse accaduto l'impensabile.

Anche se Arnold spendeva una considerevole quantità di tempo a buttare i soldi del fondo fiduciario alle corse e nei pub, era in estremamente ottima salute, per cui Genevieve si era baloccata con l'idea di usare del veleno sul marito numero tre.

Procurarsi dell'arsenico sarebbe stato relativamente facile, e veniva usato ampiamente in casa per diverse ragioni perfettamente innocenti, per cui non le sarebbe stato difficile procurarsene abbastanza da portare a termine l'impresa.

L'unico problema che Genevieve riusciva a immaginare era se l'assicurazione, o la famiglia di Arnold, avrebbe potuto insistere su un'autopsia. L'avvelenamento da arsenico era, sfortunatamente, facile da individuare da un patologo, per cui, a meno che non cercasse di corromperne uno, pensava sarebbe stato meglio trovare un metodo alternativo.

Inoltre, Genevieve ricordava ancora quando, da ragazzina, aveva sentito di una donna, a Durham, che era stata impiccata per aver avvelenato diversi mariti e figli con l'arsenico, per avere i soldi dell'assicurazione. In più era sicura che anche un'altra donna era stata impiccata dopo poco tempo, e per lo stesso crimine, solo che, in questo caso, aveva usato stricnina e ferrocianuro, entrambi facili da individuare in un'autopsia.

Per questo motivo Genevieve considerò altri metodi per sbarazzarsi di Arnold, preferibilmente che non destassero sospetti su di lei.

Fu mentre si stava godendo un bicchiere con alcune delle ragazze al Ten Bells che sentì parlare di un certo Jed Simpkins. Simpkins era stato appena scarcerato dopo essere stato dentro cinque anni per rapina, e, stando alla storia che girava, aveva disperatamente bisogno di soldi e non gli importava come se li procurava.

Dopo aver fatto qualche domanda discreta, Genevieve riuscì a rintracciare Simpkins nel suo covo sotto il ponte di Westminster, e non ci volle molto a persuaderlo ad accettare il suo piano.

La prima domenica di dicembre, Genevieve andò alla messa serale, e rimase, dopo il servizio, a confessarsi, assicurandosi di essere vista da molti testimoni, per rendere più solido il suo alibi.

Quando tornò a casa, Arnold giaceva morto nella sua poltrona preferita, la gola tagliata. La casa era stata messa a soqquadro e per la polizia fu chiaro, da quel che era stato preso, che si trattava del lavoro di un ladro comune.

Non fu ipotizzata la complicità di Genevieve, dato che, di nuovo, recitò perfettamente la parte della vedova inconsolabile, e aveva una miriade di buoni cristiani praticanti come testimoni.

Il verdetto del coroner fu "omicidio intenzionale ad opera di ignoti", e, quando l'udienza fu conclusa, Genevieve prese appuntamento per riscuotere la polizza assicurativa del marito.

Il signor Hargreaves, l'agente assicurativo, aveva cercato di protestare che sarebbe stato meglio aspettare l'anno nuovo per sistemare i dettagli, ma Genevieve non voleva sentire ragioni. Aveva insistito che c'era abbastanza tempo fino a Natale e, alla fine, con riluttanza, Hargreaves aveva accettato.

Da qui la ragione per cui Genevieve era, ora, seduta nel suo ufficio, il pomeriggio della Vigilia di Natale, ad aspettare il suo assegno.

Genevieve si asciugò gli occhi un'altra volta con il fazzoletto stropicciato.

Aveva cercato di piangere davvero, ma le sue abilità di attrice non l'avevano aiutata, per cui si era limitata a fingere.

Dall'espressione dei due uomini, sembrava che la sua performance avesse funzionato.

Genevieve si soffiò il naso e lo pulì con forza prima di alzare di nuovo gli occhi, appena in tempo per vedere Mountjoy annuire verso il collega, per indicare che avevano finito con le domande.

Cyril Mountjoy era fiero del suo lavoro. Come ex ispettore di polizia, aveva ancora diversi contatti nell'arma, e sapeva che, fino a quel punto, non c'erano prove che collegassero Genevieve Monroe alla morte improvvisa di suo marito.

Il suo fiuto da poliziotto, però, gli diceva che c'era qualcosa di sospetto su questa donna ma, ahimè, per quel che riguardava la compagnia assicurativa, non c'erano abbastanza prove per giocarsi la reputazione non pagando una polizza.

La loro reputazione si basava sul fatto che pagassero in fretta.

Hargreaves aprì uno dei cassetti della scrivania e prese il grosso libretto degli assegni della compagnia.

Mentre scriveva, Genevieve dovette sforzarsi di non mostrare la sua eccitazione. Questo era l'ultimo ostacolo, e non aveva intenzione di fallire proprio ora.

I tre sedettero in silenzio, mentre Hargreaves completava i documenti. Gli unici suoni che rompevano il silenzio erano il crepitare della legna nel camino e il ticchettio dell'orologio dietro Hargreaves.

Genevieve notò che erano quasi le 3 passate.

Doveva arrivare in banca prima che chiudesse per le feste, per depositare l'assegno e prelevare qualcosa per il viaggio che voleva fare.

Essendosi liberata con successo di tre mariti, Genevieve sapeva di non dover sfidare la fortuna, per cui aveva deciso di provare in un'altra città per un po' e vedere dove la portava la sorte.

Il suono di Hargreaves che strappava l'assegno dalla matrice fece saltare un battito al cuore di Genevieve.

Attese pazientemente che Hargreaves si alzasse e girasse intorno alla scrivania per porgerglielo.

Genevieve diede un'occhiata al pezzo di carta per assicurarsi che l'importo fosse giusto, ma non lo guardo troppo a lungo da far pensare ai due uomini che ci stesse sbavando sopra.

Mountjoy spostò la sedia all'indietro e si alzò, accanto al collega.

Entrambi allungarono una mano verso la giovane vedova e Genevieve si alzò in piedi e gliele strinse.

Una volta fuori dall'ufficio, Genevieve si diresse in banca, arrivando giusto in tempo prima della chiusura. Riempì il modulo e attese pazientemente in fila.

L'impiegato sgranò gli occhi quando vide la cifra sull'assegno, ma riguadagnò subito contegno, come di certo gli era stato insegnato, prima di completare i documenti e dare la ricevuta a Genevieve.

L'usciere di turno le augurò buon Natale quando lasciò la filiale, e Genevieve ricambiò l'augurio.

Una volta fuori, nella frizzante aria invernale, Genevieve si sentì esaltata. Ora che il suo ultimo assegno era stato depositato, si sentiva come se un grande peso le fosse stato tolto dalle spalle.

Il sole stava tramontando, e gli addetti stavano accendendo i lampioni a gas. Stava scendendo una nebbia leggera, e la luce dei lampioni stava iniziando a diffondersi, creando una foschia inquietante.

Intorno a sé, Genevieve poteva vedere la gente che si affrettava a completare gli ultimi acquisti di Natale. Molti di loro avevano pacchetti avvolti in carta marrone e chiusi con lo spago, altri si trascinavano dietro bambini piccoli, affrettandosi alla prossima destinazione prima che fosse troppo tardi.

L'aria era piena del glorioso aroma delle castagne arrostite sulla brace, e di quello delle arance dei fruttivendoli e dei chiodi di garofano dei mercanti di spezie.

Genevieve inspirò profondamente, mentre camminava lungo la strada principale con passo deciso.

Stava per scendere in strada e fermare una carrozza, quando sentì, alle sue spalle, una voce gentile che la chiamava.

"La prego, signorina, un penny per il pane?"

Genevieve si voltò e, all'angolo della strada, vide una bambina che chiedeva l'elemosina.

Immaginò che non avesse più di dieci anni, e, a giudicare dallo stato dei suoi vestiti, Genevieve ipotizzò vivesse probabilmente in uno dei bassifondi nelle vicinanze.

Genevieve sorrise alla bambina e la raggiunse.

"Ciao", disse, gentile, "come ti chiami?"

La bambina la guardò, un misto di nervosismo e ansia sul viso. Genevieve dedusse che la bambina era, probabilmente, più abituata ad essere ignorata o ad avere qualcuno che le urlava contro perché si togliesse di mezzo, per cui era comprensibile che il suo approccio l'avesse colta di sorpresa.

"Va tutto bene", la rassicurò. "Non ti farò del male".

La bambina mantenne gli occhi grandi fissi sul viso di Genevieve, ma nemmeno i suoi modi gentili sembrarono abbastanza da farle provare altro che paura e preoccupazione.

Genevieve mise una mano nella borsetta e ne prese una monetina luccicante.

Nel vederla, gli occhi della bambina si illuminarono.

Genevieve gliela porse. "Ecco, questa è per te".

La bambina fece saettare gli occhi avanti e indietro dalla moneta al viso della sua benefattrice, diverse volte e in rapida successione, ma continuava a non allungare la mano per prenderla.

Alla fine, Genevieve le mise la monetina nella mano sudicia della bimba, facendole chiudere il pugno.

"Ora la prendi e ti compri qualcosa di bello per Natale", le disse, facendole l'occhiolino.

Per la prima volta, la bambina sorrise, rivelando la mancanza di due denti davanti.

"Grazie signorina", disse la bambina, girando i tacchi e correndo nella strada buia.

Genevieve guardò la sua piccola figura per un attimo, finché non scomparve nella nebbia che stava iniziando ad avvolgere la zona.

Proprio in quel momento, fu afferrata da dietro e trascinata in un vicolo buio, prima che potesse avere la possibilità di urlare e creare allarme.

Genevieve fu trascinata indietro con la forza, i tacchi che strisciavano al suono mentre cercava, inutilmente, di piantare i piedi.

Una mano ruvida e callosa le fu messa davanti alla bocca, impedendole di chiedere aiuto.

A metà strada, Genevieve fu infilata in una porta laterale, che conduceva ad un caseggiato malmesso, simile a quelli che aveva spesso frequentato quando faceva la prostituta.

Una volta dentro, Genevieve fu lanciata contro un tavolo, al centro della stanzetta, e riuscì a malapena a recuperare l'equilibrio prima di cadere sul pavimento sporco.

Alle sue spalle, sentì il rumore della porta che veniva chiusa facendola sbattere.

L'unica luce della stanza veniva da un lampione, fuori, che illuminava la stanza attraverso la finestra lercia. Ma, anche nella semioscurità, Genevieve riconobbe la figura familiare di Jed Simpkins, in piedi, davanti alla porta chiusa, a sbarrarle l'unica via d'uscita.

Genevieve si prese un momento per riprendere fiato e ricomporsi.

"Jed, che significa?" chiese, cercando di mantenere la voce ferma. "Come osi trattarmi così!"

Jed Simpkins andò verso di lei e sghignazzò quando Genevieve fece un passo indietro, finendo contro il tavolo.

"Hah", sputò, "non ci è motivo che fai la signora arrogante con me, puttana!"

Fece un altro passo minaccioso in avanti, alzando la mano come se stesse per colpirla in viso.

Genevieve si voltò di lato e alzò il braccio per parare il colpo, ma Jed, evidentemente, ci ripensò o non aveva intenzione di portare a termine la minaccia, perché abbassò la mano senza cercare di toccarla.

Dopo un momento, Genevieve si voltò di nuovo verso di lui, ancora con il braccio alzato, nel caso Jed cambiasse idea.

"Che vuoi da me?" chiese, questa volta in modo più timido, rendendosi conto che quella, probabilmente, era la sua miglior linea difensiva.

"Ti dico che ci voglio, signorina", biascicò Jed, asciugandosi la bocca con la manica, "Ci voglio più grana, ecco che ci voglio!"

Genevieve rischiò e si raddrizzò. Anche se non voleva sfidarlo, sentiva che riuscire a guardarlo negli occhi l'avrebbe messa in una posizione di vantaggio.

Fece un respiro profondo prima di rispondere.

"Ci siamo già accordati per un prezzo, e ho pagato tutto, e in più ti ho lasciato tenere tutto quello che hai rubato, incluse cose che avevi promesso di lasciare in situ", propose, docile, "quindi penso che tu sia stato adeguatamente ricompensato per il tuo compito".

Questa volta, Jed le assestò un manrovescio, che colse Genevieve completamente di sorpresa.

Per sua fortuna, il cappellino che indossava assorbì la maggior parte del colpo, ma la forza dell'impatto la spedì di nuovo contro il tavolo, facendola finire a terra.

Il sedere di Genevieve colpì il pavimento di cemento con un tonfo, e lei sentì immediatamente un dolore acuto al fianco e alla schiena.

Strillò, in agonia.

Jed, inconsapevole o completamente apatico al suo dolore, si avvicinò, fino a torreggiare su di lei.

Nella semi-oscurità, Genevieve poteva ancora vedere l'espressione di spietata determinazione sul viso del suo assalitore. Era ovvio che Jed fosse serissimo, e, dalla sua reputazione, sapeva di avere ampia ragione di avere paura.

La borsetta di Genevieve le era finita di fianco quando era caduta.

Gli occhi di Jed si illuminarono quando la vide.

Mentre si chinava per prenderla, Genevieve istintivamente cercò di afferrarla, battendo Jed per un soffio.

Senza dire una parola Jed alzò uno stivale chiodato e lo mise con forza sulla mano di Genevieve, premendo con tutto il suo peso, in modo che lasciasse andare la borsa.

Genevieve urlò, mentre le nocche scrocchiavano sonoramente sotto il peso dello stivale di Jed. Con un dolore atroce, Genevieve lasciò andare la borsa, e Jed la prese, senza alzare il piede finché non si fu raddrizzato.

Lasciando che Genevieve cercasse di alleviare il dolore alla mano ferita, Jed rovesciò il contenuto della borsa sul tavolo.

Dal pavimento, lei poteva sentirlo armeggiare tra le varie cianfrusaglie e ricordini che aveva intenzione di impegnare, prima di cominciare la fase successiva della sua vita con un nuovo nome e una nuova identità.

Per una volta, fu grata del fatto che aveva sempre avuto l'abitudine di nascondere i soldi in una tasca cucita in una manica del vestito.

Nell'altra manica aveva qualcosa di valore considerevolmente inferiore, ma ugualmente utile.

Genevieve prese conforto dal fatto che Jed non avrebbe trovato nulla che valeva la pena rubare nella sua borsa, tranne qualche monetina.

Sentendo che l'attenzione del suo carceriere era altrove, mise la mano buona sul pavimento per aiutarsi a mettersi seduta, prima di provare ad alzarsi. Ma, mentre cercava di farlo, Jed le afferrò il polso, tirandola in piedi.

Il movimento portò una sensazione di bruciore alla mano ferita di Genevieve e, anche se cercò di fare del suo meglio per rimettersi in piedi mentre Jed la tirava, il dolore le fece capire che la ferita stava peggiorando.

Prima che potesse cercare di liberare il braccio, Jed la tirò a sé, finché i loro visi non furono a pochi centimetri di distanza.

"Dove sono i tuoi cazzo di soldi, puttana", sibilò. Genevieve cercò di arretrare dalla puzza combinata del suo corpo e dell'alito che sapeva di whiskey, ma la sua stretta era così forte che sentiva di non poter fuggire.

Decidendo che ogni forma di lotta fosse futile, Genevieve guardò supplichevole il suo assalitore negli occhi. "Ho solo qualche spicciolo addosso, Jed", gli assicurò, "ho appena depositato il resto in banca".

Jed strinse gli occhi, riflettendo sulla sua spiegazione.

Era davvero andata direttamente dall'agenzia assicurativa alla banca; l'aveva seguita lì, per cui, persino nel suo cervello fuso dall'alcol, la storia aveva senso e poteva essere vera.

Desiderò, ora, averla accostata prima che andasse in banca. In verità, ci aveva pensato mentre la guardava camminare per strada come una signora, neanche fosse un'aristocratica. Ma c'erano troppi piedipiatti in quel periodo dell'anno, per questo aveva deciso di aspettare finché non si era spostata in una parte più isolata della strada, prima di attaccare.

E ora che doveva fare?

Jed ci pensò per un attimo, e poi decise. Con tutti i soldi in banca, che ora era chiusa per Natale, restava solo una cosa da fare.

Jed gettò Genevieve sul tavolo e ce la inchiodò sopra con tutto il suo peso, ignorando le sue suppliche.

"Pare che tu e io ci passiamo il Natale insieme, eh?" annunciò, il viso a pochi centimetri dal suo, schizzandola di saliva mentre parlava.

Per un attimo, Genevieve si sentì sul punto di vomitare, tanto era orribile l'assalto alle sue narici da parte di questo ometto odioso.

Ma trattenne il fiato e girò la testa di lato per evitare di essere sommersa di bava.

"Ti prego, Jed", supplicò, "non posso fare niente finché la banca non riapre, dopo Natale. Perché non ci mettiamo d'accordo per vederci in un posto tranquillo, quando avrò prelevato la tua parte? Decidi tu dove e quando".

Jed le diede un altro schiaffo.

"Devi proprio credere che il vecchio Jed ci sia stupido, non te la squagli senza la mia grana, capito?"

Alzò di nuovo la mano, come per colpirla.

Genevieve sobbalzò e, istintivamente, alzò una mano per proteggersi.

Ma poi sembrò che Jed avesse un'altra idea!

Gli occhi gli caddero all'improvviso sul suo seno. Anche se erano adeguatamente coperti dai suoi vestiti, Genevieve aveva sempre avuto dei bei seni tondi, le cui misure incrementavano la bellezza della sua figura.

Per una volta, desiderò che la natura le avesse dato un corpo più modesto, uno che non attirasse tutta questa attenzione non desiderata.

Prima che potesse parlare per scoraggiare l'ovvio scopo di Jed, lui le afferrò il seno attraverso le pieghe del vestito, e iniziò a massaggiarlo con forza con le mani callose.

Genevieve gemette, non per piacere ma per disperazione, mentre Jed le mise una mano fra le gambe e iniziò a tirarle la biancheria.

"Jed, che intenzioni hai?" domandò Genevieve.

Jed le rispose con una risatina maligna, che non lasciava spazio ai dubbi.

Jed lasciò andare il seno di Genevieve, in modo da concentrarsi esclusivamente sul modo di accedere alla fessura fra le sue gambe.

Genevieve si appoggiò all'indietro al tavolo di legno. Sapeva che cercare di ragionare con Jed, a quel punto, sarebbe stato futile. Pensò di restare immobile e lasciarlo fare, nel caso l'atto lo facesse sentire più benevolo, il che avrebbe potuto darle l'opportunità di fuggire.

Dio solo sapeva che quella non sarebbe stata la prima volta che lasciava che un uomo ripugnante le facesse quel che voleva!

Sapeva che urlare era inutile. Jed aveva scelto bene la sua prigione. Questa era senza dubbio una casa per ogni tipo di feccia, per cui gli inquilini sarebbero stati o troppo ubriachi o troppo apatici.

In quel momento, sentì Jed tirarle giù la biancheria con un'esclamazione di piacere. Era sicuramente molto fiero dei suoi progressi, e Genevieve lo guardò armeggiare con i propri pantaloni, cercando disperatamente di liberarsi.

Con le braccia libere, Genevieve mise lentamente una mano nella manica, e sentì il manico rassicurante dello stiletto, che teneva nascosto per protezione personale.

Tenendo gli occhi fissi su Jed, si assicurò che non la vedesse, mentre toglieva il coltello dal fodero. Per fortuna, la sua attenzione era totalmente concentrata sulla sua erezione, che cercava di mantenere strofinandosi furiosamente.

Concentrato sul suo compito, aveva la testa china.

Con un unico movimento rapido, Genevieve fece compiere un arco al pugnale, prendendo Jed al lato della testa, conficcandogli la lama nell'orecchio fino all'impugnatura.

Jed non urlò.

Per un attimo, rimase immobile, la testa china, entrambe le mani sul membro.

Poi cadde di lato, finendo a terra, morto!

Genevieve si stese di nuovo sul tavolo e respirò profondamente più volte, prima di sollevarsi e controllare la sua opera.

Decise che non ci avrebbe guadagnato granché, dal recuperare il coltello. Aveva i guanti, quindi non doveva preoccuparsi delle impronte, e il coltello l'aveva pagato due soldi su una bancarella, e non poteva ricondurre a lei.

Dopo essersi risistemata i vestiti e recuperato il contenuto della borsa, Genevieve rimase in ascolto alla porta, per assicurarsi che non ci fosse nessuno, fuori, che potesse vederla uscire.

Una volta fuori, si accorse che la nebbia era diventata ancora più densa, ed era virtualmente smog.

S'incamminò con cautela lungo il vicolo, fino a tornare alla strada principale.

Nel traffico delle persone che passavano, le facce coperte per la nebbia, nessuno si accorse di lei mentre si mescolava alla folla.

Chiamò una carrozza e disse al vetturino di portarla alla stazione di Paddington.

Una volta in carrozza, Genevieve sentì il corpo rilassarsi. Lo spiacevole incontro con Jed stava rapidamente diventando un ricordo lontano, e, mentre pensava alla sua destinazione e alla nuova vita che la aspettava, poteva sentire il suo spirito risollevarsi.

Genevieve diede una bella mancia al vetturino e si scambiarono gli auguri di Natale. Una volta dentro la stazione, Genevieve alzò lo sguardo agli archi simili a quelli di una cattedrale, sopra di lei, e, per un attimo, provò tristezza sapendo che avrebbe potuto non vederli mai più, a seconda di dove l'avrebbe portata la sua nuova vita.

Avendo studiato la tabella delle partenze in cerca di una destinazione accettabile, abbastanza lontana da Londra e dagli sguardi curiosi, prese un biglietto di prima classe sul successivo treno in partenza per Liverpool, e porse il bigliettino del bagaglio ad uno dei facchini, in modo che potesse recuperarle le borse dall'armadietto dove le aveva lasciate in precedenza.

Genevieve passò il tempo in attesa del treno in una sala da tè. Una bella tazza calda di tè era proprio quello che ci voleva, dopo gli ultimi fatti.

Una volta in treno, il facchino la condusse fino al suo scompartimento nel corridoio di prima classe, in cui potevano accomodarsi sei passeggeri. Genevieve era la prima ad entrare in quella parte del treno, e sperò segretamente di poter passare il viaggio da sola, dato che non era dell'umore per fare conversazione, e visto che, spesso, chi viaggiava in treno sentiva la necessità di chiacchierare con dei perfetti sconosciuti.

Attese pazientemente che il treno uscisse dalla stazione, fingendo di non notare i passeggeri che superavano la sua carrozza, nel caso la cosa li invitasse ad entrare. Vedendo una signora viaggiare da sola, era certa che qualche ficcanaso avrebbe sentito la necessità di unirsi a lei, così non avrebbe dovuto fare il viaggio in solitudine. La cosa peggiore era che, senza dubbio, credevano di farle un favore.

Dopo circa quindici minuti, si risollevò quando sentì il fischio che indicava che il treno era sul punto di lasciare la stazione.

Genevieve sprofondò sul sedile, pronta a rilassarsi e godersi il viaggio.

Chiuse gli occhi e rimase ad ascoltare il suono del motore, mentre produceva vapore in preparazione della partenza.

Iniziò a pensare al suo arrivo a Liverpool e al fatto che non aveva avuto tempo di organizzarsi sul dove passare le feste di Natale. Tuttavia, non credeva che sarebbe stato un grande problema procurarsi una suite in un albergo abbastanza costoso, persino con così poco preavviso.

Una signora della sua ovvia raffinatezza sarebbe stata la benvenuta nei migliori alberghi della città.

Proprio in quel momento, il treno entrò nella prima galleria.

Il fischio coprì ogni altro suono, e, per un attimo, sembrò che la luce delle lampade si affievolisse, finché lo scompartimento non fu quasi al buio.

Quando uscirono dalla galleria, il buio rimase, ma il fischio si era fermato e, per un attimo, Genevieve fu sicura di sentire la porta dello scompartimento aprirsi.

Quando tornò la luce, Genevieve quasi saltò dal sedile quando si voltò e vide che, nel vano della porta, c'era un uomo alto dalle spalle larghe, con indosso un cappotto lungo e un cilindro.

Lui si tolse immediatamente il cappello e le sorrise, quando si rese conto di averla spaventata.

"Mi dispiace", disse, contrito, "le andrebbe bene se dividessi con lei lo scompartimento, visto che il resto della carrozza sembra essere pieno?"

Genevieve annuì, accettando, e sorrise. "Faccia pure, signore", rispose, allegra.

L'uomo la ringraziò, prima di chinarsi e recuperare i bagagli dal corridoio. Mentre entrava nello scompartimento, il treno prese velocità, essendosi lasciato dietro la stazione, e uno scossone improvviso quasi mandò l'uomo a terra. Per fortuna, riuscì a mantenere l'equilibrio, anche se Genevieve non poté fare a meno di vederlo arrossire, mentre cercava di mantenere un contegno.

Genevieve si sporse, come per offrirgli una mano. "Sta bene?" chiese, genuinamente preoccupata.

"Benissimo, glielo assicuro", rispose l'uomo, con un sorriso e un cenno sdegnoso della mano.

Genevieve sospettò che, probabilmente, fosse imbarazzato dall'essere quasi caduto davanti a lei, per cui decise di non insistere e rimase seduta al suo posto.

L'uomo mise la valigia nella rastrelliera sopra di lui e si sedette di fronte a Genevieve. Tenne l'altra borsa, una tracolla di pelle, sul sedile accanto al suo. Una volta che si fu sistemato, si tolse di nuovo il cappello e tese la mano.

"Posso presentarmi?" chiese, educatamente. "Il mio nome è James Mibrac, ma la prego, mi chiami Jim".

Genevieve gli offrì la mano a sua volta. "Genevieve Stevens", mentì, sperando di non aver balbettato scegliendo un cognome a caso. "Piacere di conoscerla".

Chiacchierarono amichevolmente per i successivi dieci minuti, finché un inserviente non bussò alla porta, spingendo un carrello con una grossa urna di metallo.

"Signore, signora, posso offrirvi qualcosa da mangiare o da bere?"

Genevieve rifiutò, avendo appena preso il tè alla stazione.

Jim chiese solo una tazza di acqua calda.

Una volta che l'inserviente se ne fu andato, Jim prese una bottiglietta di vetro dalla borsa e fece cadere un po' del contenuto marrone nell'acqua calda.

Guardò Genevieve. "Del brodo di manzo, sono stato poco bene, di recente", la informò. "Mi aiuta con le mie medicine".

"Oh, mi dispiace", rispose, "niente di serio, spero?"

Jim scosse la testa per rassicurarla, mentre prendeva una bustina di carta cerata dalla borsa. "Solo un po' di mal di stomaco, devo ammettere che è per colpa mia, devo aver mangiato qualcosa che mi ha fatto male".

Una volta che ebbe mescolato il brodo con l'acqua, Jim mise la tazza sul tavolino sotto il finestrino. Poi aprì la bustina e si versò i cristalli in mano.

La portò alla bocca e leccò i cristalli direttamente dal palmo, in tre volte.

Buttò giù la medicina con il brodo.

Genevieve lo guardò, affascinata. Non sapeva che medicine stesse prendendo, ma chiedere le sembrava maleducato.

"Mia madre si affidava alla polvere di bismuto, quando eravamo piccoli", ricordò Genevieve, "l'ha mai provata? È ottima per il mal di stomaco".

Jim soffiò sul brodo prima di prenderne un altro sorso. "Ho provato molte cose", rispose, con nonchalance, "ma, ahimè, trovo che il bismuto sia troppo debole per la mia costituzione".

Genevieve guardò la borsa di pelle. Le ricordava quella che i dottori portavano quando facevano il giro di visite.

Intravedeva appena le iniziali sbiadite sul lato, 'J.M', per cui pensò di poter ipotizzare che la borsa fosse sua, e non fosse stata ereditata o ceduta.

Forse era un dottore.

Gli guardò la mano mentre sollevava la tazza per portarla alla bocca.

Non indossava la fede.

Genevieve si chiese se il suo prossimo assegno dell'assicurazione le fosse seduto davanti!

Si diede della sciocca.

Era troppo presto per pensarci.

Tuttavia, sondare le acque non avrebbe fatto male.

"Perdoni la mia curiosità, signor Mibrac".

"Jim, la prego", la corresse.

"Jim, mi chiedevo, guardando la sua borsa, per caso è un medico?"

Jim rise, e si scusò immediatamente per il baccano.

"Mi dispiace, mi ha colto di sorpresa", si risistemò e si schiarì la gola prima di continuare. "Non sono un medico, anche se molte persone sostengono che il mio lavoro sia come quello di un chirurgo".

Genevieve aggrottò la fronte.

Come faceva un uomo ad essere un chirurgo senza essere medico?

Dato che non era esperta di professioni mediche, Genevieve non voleva mettere in mostra la propria ignoranza, per cui valutò con molta attenzione cosa dire.

"Quindi, è nel settore medico con altri impieghi?" chiese.

Jim finì il brodo e rimise la tazza sul tavolino.

Si sporse in avanti. "Ho dovuto studiare alcune procedure mediche per il mio lavoro", la informò, "anche se, ad essere sinceri, ho trovato che anche studiare l'arte della macelleria mi ha aiutato molto".

Ritornò nel suo sedile e riaprì la borsa.

Genevieve lo osservò mentre ne toglieva una custodia di velluto rosso e la sistemava accanto sé.

Quando la aprì, lei vide una fila di lucidi coltelli d'argento, di varie lunghezze, che scintillavano contro la fodera rosso sangue.

Jim sollevò la custodia verso Genevieve, in modo che potesse vederli meglio.

"Questi sono i miei strumenti", disse, amorevole. "Non sono belli e lucenti?"

Genevieve annuì, anche se non era sicura di che tipo di risposta si aspettasse.

Senza alzare gli occhi dalla sua collezione, Jim sollevò uno dei più lunghi e se lo rigirò fra le dita, in modo che cogliesse il riflesso delle lampade a gas.

Il modo in cui mostrava la lama, così vicino a lei, metteva Genevieve a disagio, ma era ansiosa di non mostrarsi come debole o maleducata, e lo lasciò continuare.

Genevieve si schiarì la gola. "Sì, sono magnifici, Jim". Si chiese se non sarebbe stato meglio assecondarlo, invece di fargli domande dirette.

La possibilità che diventasse il suo futuro marito ora era seriamente a rischio, per quanto la riguardava.

Il suo entusiasmo per i suoi strumenti era quasi ossessivo, e la faceva sentire piuttosto a disagio.

"Questo è quello che ho usato l'ultima volta", annunciò all'improvviso Jim, la sua concentrazione ancora fissa sull'arma. "È il più affilato e, quindi, quello con cui è più facile tagliare".

Gli occhi di Genevieve erano incollati sulla lama, quando, all'improvviso, Jim si alzò e andò alla porta dello scompartimento.

Guardò il suo compagno di viaggio chiudere il catenaccio e bloccare la maniglia.

Mentre lui iniziava ad abbassare le tende, Genevieve sentì un brivido freddo lungo la schiena.

Che cosa aveva intenzione di fare?

Jim si voltò verso di lei, ancora con il coltello in mano, minaccioso.

Genevieve mise istintivamente la mano nella manica, ma poi ricordò di aver lasciato la sua arma nell'orecchio di Jed.

Arretrò il più possibile nel sedile.

Pensò di urlare per chiedere aiuto. Jim le aveva detto che gli altri scompartimenti erano pieni, per cui qualcuno l'avrebbe sentita, al di sopra del rumore del treno.

Naturalmente, Genevieve non voleva attirare attenzione su di sé, ma, a giudicare dal linguaggio del corpo di Jim, e dal ghigno animalesco che aveva in volto, era sicura che una certa quantità di panico era più che giustificata.

Finalmente, trovò il coraggio di parlare. "Jim, cosa diamine sta facendo? Mi fa paura, la prego, ora metta via il coltello e si sieda!"

Riuscì a evitare che le tremasse la voce mentre chiedeva complicità, ma poteva dire dal suo sguardo che non la stava ascoltando.

La sua mente iniziò a galoppare.

Non aveva modo di superarlo e raggiungere la porta che dava in corridoio, e l'unica altra uscita era quella dall'altro lato, che si apriva sulla parte esterna del treno. Se decideva di tentare e saltare dalla carrozza, quella sarebbe stata la sua unica opzione.

Tuttavia, con la velocità del treno e il buio che le impediva di vedere cosa c'era oltre la porta, Genevieve pensò che le sue possibilità di sopravvivenza fossero misere.

Jim iniziò a camminare lentamente verso di lei!

Non aveva fretta, avendo compreso che Genevieve non aveva via di scampo.

Jim fece un altro passo. "Pensavo che il mio lavoro fosse concluso, per quest'anno, almeno", sottolineò. "Chi avrebbe pensato che avrei avuto l'opportunità di un'altra puttana prima di Natale?"

A questo punto, Genevieve non aveva dubbi: Jim voleva farle del male o, addirittura, ucciderla.

Balzò dal sedile e si mise con la schiena contro la porta esterna.

Si guardò intorno, ma non vide nulla che potesse usare come arma.

Jim si avvicinò, il coltello sollevato davanti a sé.

Genevieve aprì la bocca per urlare, ma Jim fu più veloce. La afferrò per la gola con la mano libera, e si strinse a lei, i loro corpi premuti l'uno contro l'altro.

Genevieve non voleva cedere senza lottare.

Agitò le braccia, cercando di colpirlo con forza, ma i suoi colpi sull'uomo che la teneva per il collo non avevano quasi effetto.

Poteva sentire le sue mani stringerle la trachea, rendendole impossibile respirare.

Gli occhi di Genevieve le uscirono dalle orbite mentre cercava di incamerare aria. Non si arrendeva, e, anche se cercava di prendere a calci il suo aggressore, diventava sempre più debole.

Mentre il treno entrava in un'altra galleria, poteva sentire lo stridio del fischio.

Mentre le luci a gas si affievolivano, Genevieve poteva sentire il freddo acciaio del coltello di Jim contro la gola.

Rimase fermo per un attimo, prima di tagliare la pelle morbida del collo la giugulare.

KRAMPUS

"È ora di andare a letto!"

La musica alla fine del film era appena cominciata, e i titoli di coda avevano appena iniziato a scorrere sullo schermo.

"No, aspetta un attimo, c'è ancora una parte divertente dopo i nomi", strillò Clarissa, cercando disperatamente di strappare il telecomando al ragazzo di sua sorella, prima che spegnesse la tv.

Ma era troppo tardi!

Con un enorme sogghigno sul volto, Gary premette il bottone rosso e lo schermo si spense.

"Nooo!", protestò la ragazzina, cercando di afferrare il telecomando. Ma Gary fu più veloce. Lo sollevò fuori della sua portata e lo fece dondolare.

Quando Clarissa si mise in piedi sul divano per riprovare, Gary cambiò mano, in modo che continuasse ad essere troppo lontano.

Alla fine, rendendosi conto che i suoi sforzi erano vani, Clarissa sprofondò di nuovo sul divano. Guardò il ragazzo di sua sorella, sporgendo il labbro inferiore.

Gary imitò la sua espressione, provocandola con il telecomando.

"Andiamo!", gridò Sara, "non voglio ripetertelo, ora lavati i denti e va' a letto, prima che perdo la pazienza".

Clarissa si voltò verso la sorella maggiore. "Ma mamma ha detto che posso stare sveglia un'altra ora, stasera, perché è Natale", supplicò.

Dando le spalle alla sorellina mentre toglieva i piatti dal tal tavolino, Sara rispose, "Non m'importa di quello che ha detto mamma, quando loro non ci sono comando io, e ho detto che devi andare a letto".

"Ma non è giusto", mugugnò la bambina, scivolando giù dal divano e battendo il piede sul pavimento.

Sara si voltò verso di lei. "Continua così", minacciò, puntando l'indice contro la bambina di sette anni, "e non ci saranno regali per te, domattina, chiaro?"

Clarissa mise il broncio. "Papà ha detto che sono stata molto buona, quest'anno, e che Babbo Natale mi porterà tanti bei regali", annunciò, in tono di sfida.

"Oh, davvero", ritorse Sara, "e io dico che Babbo Natale porta i regali solo ai bimbi che fanno quello che gli viene detto".

"Giustissimo", si accodò Gary, "altrimenti, invece di Babbo Natale con un sacco pieno di regali, viene Krampus".

La bambina si voltò verso di lui, guardandolo perplessa. "Chi è Krampus?" gli chiese.

Gary guardò Sara che portava i piatti in cucina.

Fece cenno a Clarissa di avvicinarsi.

Quando fu davanti a lui, cominciò. "Krampus è un demone cattivo che fa visita ai bambini a Natale, quando sono stati monelli", sorrise fra sé, vedendo che la bambina sgranava gli occhi dal terrore.

Finse di guardarsi intorno, per assicurarsi che non ci fosse nessuno.

Clarissa reagì alla farsa girando su se stessa, come se avesse avuto paura che qualcuno fosse alle sue spalle.

Quando fu certa che fossero soli, si voltò di nuovo verso Gary.

"Si veste come Babbo Natale", continuò Gary, "solo che ha un nasone curvo da strega", Gary usò una mano per mostrarle la forma. "E la barba, anche se è bianca come quella di Babbo Natale, è aggrovigliata e piena di sangue dei bambini che ha mangiato".

La bambina sobbalzò e si mise le mani sulla bocca, come per soffocare un grido.

"E, alla cintura", continuò, godendosi la paura della bambina, "porta un'ascia, che usa per fare a pezzi quello che resta dei bambini, poi mette i resti in una scatola, la impacchetta per bene con della bella carta da regalo, e la lascia sotto l'albero".

Mentre parlava, guardò l'albero di Natale, quasi aspettandosi di vedere un pacco contenente dei resti umani mangiucchiati.

"Oh, per l'amor di Dio!" annunciò Sara, uscendo dalla cucina.

Gary la guardò. "Cosa?", chiese, con aria innocente.

"GUARDA!" urlò Sara, indicando la sorella.

Presa dalla storia di Gary, Clarissa non aveva sentito il rivolo caldo di urina che le scendeva lungo le gambe e finiva sul pavimento di legno.

Accorgendosene all'improvviso, la bambina fece un balzo all'indietro, come per distanziarsi dal pasticcio che aveva combinato.

Nel farlo, scivolò con i piedi scalzi, e perse l'equilibrio.

Clarissa cadde sul sedere, e iniziò immediatamente a piangere.

"Ottimo", disse Sara, alzando le mani al cielo. "Proprio quello che mi serviva".

Gary guardò la bambina in lacrime e fece del suo meglio per trattenere una risata.

Sara se ne accorse. "Be', non stare fermo lì, babbeo, aiutami a metterla in piedi!", ordinò.

Gary la guardò, sconvolto. "Io! È tua sorella, la prendi tu, non voglio che la sua pipì mi finisca sui jeans nuovi".

Sara entrò in salotto, fermandosi davanti alla bambina.

Lanciò al suo ragazzo uno sguardo che lui conosceva fin troppo bene, prima di chinarsi e mettere le mani sotto le braccia della sorella, mettendola in piedi.

"Dio, Clarissa, guarda come ti sei ridotta".

"Non è stata colpa mia", biascicò la bambina, strofinandosi con gli occhi con una mano e indicando Gary con l'altra. "Gary mi ha raccontato una storia spaventosa su Krampus!"

Sara lanciò un'altra occhiataccia a Gary.

"Cosa?", guaì, per difendersi, alzando le mani. "Era solo una storiella spaventosa, sai, per Natale, cavolo".

Clarissa ricominciò a singhiozzare, muovendosi per abbracciare le gambe della sorella.

"Non ti azzardare", ritorse Sara, tenendo la bambina a distanza. "Nemmeno io voglio la tua pipì addosso, grazie".

Clarissa guardò la sorella maggiore con gli occhi pieni di lacrime, tendendo le braccine, cercando disperatamente affetto.

Invece, Sara la prese per un braccio e la trascinò verso il bagno.

"E tu puoi renderti utile pulendo il pavimento", disse a Gary.

"Che? Assolutamente no, non pulisco la pipì!" dichiarò, sentendosi pienamente giustificato.

Al di sopra del rumore dell'acqua che scorreva in bagno, sentì la sua ragazza dire "Ok, allora, è una tua scelta: o pulisci il disastro che tu hai causato con la tua stupida storia, o puoi andartene e dimenticarti di avere il tuo regalo speciale, stasera".

Gary gemette.

Era un ricatto, puro e semplice.

O puliva la pipì della marmocchia, o stasera non si scopava.

Iniziò a desiderare di essere andato al club con gli amici.

Quella nuova barista, Francesca, aveva un debole per lui e, dopo avergliene offerti un paio, era certo che avrebbe concluso la serata nelle sue mutande.

Guardò l'orologio.

Forse non era troppo tardi!

Ma ne sarebbe valsa la pena?

Sara lo avrebbe scoperto; uno degli altri gliel'avrebbe sicuramente detto. E poi, stasera lei sembrava particolarmente sexy. Aveva messo quella minigonna scozzese che gli piaceva, e aveva già scoperto che aveva il reggicalze ma non portava le mutandine.

La sua combinazione preferita.

E poi, che cavolo, era solo un po' di pipì.

Mentre Gary si affaccendava in cucina in cerca di qualcosa con cui pulire l'incidente di Clarissa, Sara aveva spogliato sua sorella ed era con lei in bagno, aspettando che l'acqua si riscaldasse prima di passare alla doccia.

Sentendo la temperatura dell'acqua con la mano, decise che andava bene, e girò il rubinetto, puntando il sifone della doccia alle gambe nude di Clarissa.

La bambina strillò quando l'acqua la colpì, e cercò di arretrare, ma la sorella la teneva ferma.

"Che c'è ora?" chiese Sara.

"L'acqua è gelida", piagnucolò Clarissa, "chiudila, per piacere".

"Sarà calda tra un attimo, smettila di fare la bambina".

Sara ignorò le proteste e le lacrime della sorella mentre le sciacquava le gambe, prima di prendere una saponetta e porgergliela.

"Ora lavati le gambe, sporca marmocchia", ordinò Sara, "e non dimenticarti di sciacquare la saponetta, prima di rimetterla a posto".

Con riluttanza, Clarissa iniziò a strofinarsi il sapone sulle gambe, lasciando che facesse schiuma.

Si fermò quando arrivò in cima alle gambe.

"Più in alto", la istruì Sara.

Clarissa la guardò imbarazzata. Le guance le divennero rosse.

"Andiamo", ordinò Sara, che aveva perso la pazienza. "Lavati la patatina e fallo per bene".

Con riluttanza, la bambina fece quello che era stato detto.

Una volta finito, mise la saponetta sotto il getto della doccia e si chinò per metterla a posto sul piattino accanto alla vasca.

All'ultimo secondo, le scivolò di mano e finì sul pavimento.

Clarissa sobbalzò.

"Lo hai fatto di proposito, merdetta", disse Sara, in tono accusatorio.

Prima che Clarissa potesse ribattere, Sara alzò la mano libera e le diede due schiaffi sul sedere.

Clarissa urlò di dolore e sorpresa, e poi iniziò a piangere di nuovo per le sculacciate.

Sara ignorò le lacrime della sorella, la sollevò dalla vasca e la mise sul tappetino.

Le diede un asciugamani. "Tieni, asciugati mentre vado a prenderti un pigiama pulito".

Clarissa prese l'asciugamani con una mano, asciugandosi le lacrime con l'altra. "Dirò a mamma che mi hai sculacciata!" disse, accusatoria.

"Oh, come ti pare, asciugati prima che torno".

Sara uscì dal bagno e tornò in sala.

Gary era ancora in ginocchio a pulire il pavimento con quello che sembrava un ammasso di carta da cucina.

Alzò gli occhi quando sentì arrivare la sua ragazza. "Spero sinceramente che ti farai perdonare, dopo", disse, alzando l'ammasso gocciolante.

"Non far gocciolare tutto mentre lo butti nel cestino", ritorse Sara, ignorando la domanda. "Se avessi avuto un minimo d'intelligenza, ti saresti portato il secchio".

Proseguì verso la camera della sorella, dicendo "Quando hai finito, ci sono delle salviettine disinfettanti sotto il lavello, usale!"

Sara andò in camera di Clarissa e prese un pigiama pulito dall'armadio.

Attraversando il salotto per andare da Clarissa, sorrise a Gary e gli lanciò un bacio quando vide che aveva trovato le salviettine.

Tornata in bagno, Clarissa aveva smesso di piangere. Aveva ancora gli occhi rossi e il broncio, ma almeno stava zitta.

Mentre la aiutava a mettere il pigiama, Sara le guardò il sedere. Non c'erano segni delle sculacciate, per cui poteva sempre dire ai suoi che la sorella stava ingigantendo le cose, se spifferava tutto.

Guardò Clarissa lavarsi i denti.

"Andiamo", disse, con dolcezza, "a nanna".

Poteva vedere che la sorellina non era felice, ma sapeva che, una volta che si fosse addormentata, sarebbe andato tutto bene.

Mentre uscivano dal bagno, Gary tornava dalla cucina.

"Va' a dare a Gary il bacio della buonanotte, scimmietta", suggerì Sara, spingendo la sorella verso il suo ragazzo.

Clarissa si fermò e lo guardò.

Gary agitò le braccia e iniziò a ridere come un pazzo. "Arrgg, sono Krampus", biascicò, facendo una smorfia, contorcendo la bocca mentre parlava, la lingua che sembrava pendergli di lato. "Mangio i bambini cattivi, haaarrrr".

Iniziò a zoppicare verso la bambina spaventata.

Clarissa si voltò e abbracciò le gambe della sorella, seppellendole il viso nella gonna.

Sara rise. "Smettila, idiota", sgridò Gary. "Vogliamo che vada a dormire, ricordi?"

Clarissa cominciò a singhiozzare, stringendo di più la sorella.

Sara cercò di allontanarla col ginocchio. "Andiamo, basta così".

Ma la bambina rifiutò di muoversi, aggrappandosi più forte.

Alla fine, Sara si chinò e la prese in braccio.

"Andiamo, smettila di fare la sciocca, Gary ti prendeva in giro".

Clarissa mise la testa sulla spalla di Sara, per non guardare Gary.

Sara portò la bambina in camera e la mise sul letto.

"Sotto le coperte", ordinò.

Clarissa cominciò a scostare le coperte, e poi immediatamente ricordò qualcosa.

"Ho dimenticato di tirar fuori il latte e le tortine per Babbo Natale!", annunciò, orripilata dalla sua dimenticanza.

Sara sospirò, senza cercare di nascondere l'esasperazione. "Va bene, lo faccio io, non ti preoccupare".

Sara alzò le coperte e Clarissa ci si infilò sotto. "Oh, e mamma ha lasciato fuori delle carote per le renne; non te ne dimentichi, vero?"

"Latte, tortine, carote, ok, ora sotto le coperte!"

Sara le rimboccò le coperte e le diede un bacio sulla fronte.

Clarissa sorrise mantenendo il broncio. "È ancora presto", protestò. "Mi racconti una storia?"

"No!", urlò Sara, a voce più alta di quanto volesse, ma sembrava aver funzionato. Clarissa scivolò ancora più sotto le coperte e diede le spalle alla sorella.

Sara lasciò la stanza, chiudendo la porta.

Clarissa rimase sveglia per quella che sembrò un'eternità.

Non era stanca, e in più era su di giri per la mattina di Natale. Mamma e papà le avevano promesso che Babbo Natale le avrebbe portato un regalo speciale, visto che era stata buona tutto l'anno, e sperava fosse la bici rosa e gialla che aveva indicato la settimana scorsa, quando erano andati a fare compere.

In verità, era ancora piccola per la bici, ma aveva le rotelle, e i piedi le arrivavano ai pedali, quindi andava bene.

Non era sicura di come avrebbe fatto Babbo Natale a infilarla nel camino, ma la mamma le aveva assicurato che aveva dei poteri magici e riusciva a portare i regali anche alle famiglie senza camino.

Rimase ad ascoltare il vento che soffiava fuori.

Da quella posizione, poteva vedere la neve sugli alberi ai lati della strada, e i tetti delle case di alcuni vicini.

Aveva iniziato a nevicare nel pomeriggio, e ora i fiocchi sembravano più grandi e morbidi, mentre si poggiavano sul suo davanzale, prima di sciogliersi.

Era la prima volta che Clarissa vedeva la neve a Natale.

Era come nei film, e rendeva l'evento ancora più speciale.

Dopo un po', sentì sua sorella e il suo ragazzo in salotto, che facevano rumore.

Sentì i mobili spostarsi, e poi sua sorella ridacchiare e ridere, e poi fare un rumore ancora più strano, che Clarissa non le aveva mai sentito fare.

Era tentata di uscire e vedere se stesse bene, ma poi ci ripensò.

L'ultima cosa che voleva era farla arrabbiare di nuovo.

Clarissa si voltò e chiuse gli occhi.

Aspettò, ma il sonno non arrivava.

Nel suo cuore, sapeva di essere stata messa a letto troppo presto, per questo non riusciva a dormire.

Cercò di seguire le ombre sul soffitto, contare coniglietti che saltavano uno steccato, persino contare i fiocchi di neve che le passavano davanti alla finestra.

Ma niente funzionava.

Alla fine, Clarissa spostò le coperte e uscì dal letto.

Andò in punta di piedi fino alla porta della cameretta, assicurandosi di evitare le assi che scricchiolavano.

Premendo l'orecchio contro il legno, rimase in ascolto, cercando di capire se sua sorella stesse eseguendo le sue istruzioni riguardo gli spuntini di Babbo Natale e delle renne.

Ma sentiva solo il mormorio di voci basse che venivano dall'altra stanza.

Clarissa si accigliò.

Come faceva a capire se si erano ricordati cosa fare?

Poteva sempre fingere di dover andare di nuovo in bagno. In quel modo, avrebbe potuto sbirciare sulla mensola del caminetto.

Ma sapeva che sua sorella non le avrebbe creduto.

E poi, si sarebbe dimenticata gli spuntini di proposito, per darle una lezione.

Se non ci fossero stati regali sotto l'albero, l'indomani, si sarebbe assicurata che i suoi genitori sapessero di chi era la colpa.

Riluttante, Clarissa tornò a letto.

In quel momento, pensò di aver visto qualcuno vestito di rosso dall'altro lato della strada.

Clarissa corse alla finestra per vedere meglio.

La loro ultima casa era stata in un piano alto di un palazzo, e lei era stata troppo piccola per guardare fuori senza aiuto. Ma, da quando si erano trasferiti nel bungalow, camera sua si affacciava direttamente sulla strada, e poteva vedere perfettamente chi andava e veniva nel vicinato.

Premette il naso contro il vetro e si mise la mano sopra gli occhi per vedere meglio.

C'era un grosso camion parcheggiato di fronte al loro viale; era dell'uomo che viveva nella casa dietro, e di solito non le dava fastidio che fosse lì, ma stanotte le bloccava la visuale e non ne era felice.

Clarissa cercò di sbirciare sotto il veicolo, per vedere se ci fossero dei piedi, ma l'angolo del marciapiede e la neve che si era accumulata contro le ruote glielo impedivano.

Attese pazientemente, convinta che fosse o Babbo Natale o uno dei suoi elfi. Sapeva che, se l'avessero vista, non avrebbe ricevuto regali, perché solo i bambini cattivi restano svegli per vedere Babbo Natale, per cui scostò piano un lato della tenda, in modo che la coprisse e la nascondesse.

Mentre un paio di stivali rossi iniziavano a comparire dietro il camion, Clarissa trattenne il respiro.

Era lui!

Doveva esserlo.

La figura si fermò per un attimo, ma lei poteva distinguere una forma in rosso oltre i finestrini incrostati di neve del veicolo.

Si nascose ancora di più dietro la tenda, cercando disperatamente di non farsi scoprire.

Alla fine, la figura aggirò il camion e divenne visibile.

Era Babbo Natale!

Clarissa poteva vedere il vestito rosso.

Gli stivali rossi.

La lunga barba bianca con le macchie rosse.

E la grossa ascia appesa al fianco!

Clarissa guardò immediatamente il viso di Babbo Natale.

Anche se era quasi completamente nascosta dalla tenda, Babbo Natale sembrava fissarla.

Mentre camminava lentamente ma con decisione verso casa sua, lo vide aprire la bocca e sorridere.

Da dietro la barba, apparvero zanne affilate come rasoi, sopra le quali sporgeva un grosso naso curvo, come lo aveva descritto Gary. Camminando, agitava l'ascia avanti e indietro, e Clarissa vedeva gli artigli incrostati di sangue che aveva al posto delle dita.

ERA KRAMPUS!

ED ERA VENUTO A PRENDERLA!

Clarissa guaì e balzò via dalla finestra.

Voltandosi, corse alla porta e iniziò a tirare con foga la maniglia, ma non si apriva.

Era stata chiusa dentro!

Clarissa prese a pugni la porta, chiamando la sorella perché le aprisse. Ma sentiva solo la televisione a tutto volume, e le risate di Sara e Gary.

Con il viso inondato di lacrime, Clarissa si voltò verso la finestra.

Corse a chiudere le tende completamente.

Forse, se non la vedeva, sarebbe andato da un'altra parte.

Avrebbe trovato dei bambini cattivi da fare a pezzi.

Ma non lei, lei era stata brava, lo avevano detto mamma e papà.

Mentre raggiungeva la finestra, la faccia di Krampus apparve improvvisamente dall'altro lato del vetro.

La punta del suo naso ricurvo e la barba macchiata di sangue premevano contro il vetro, e il suo respiro lo appannava, mentre rideva e mostrava le zanne alla bambina.

Congelata sul posto, Clarissa rimase a guardare mentre sollevava l'ascia insanguinata, agitandola sopra la testa come per prendere in giro la bambina, facendole vedere cosa le sarebbe successo.

Urlando, Clarissa si lanciò sul letto e corse sotto le coperte.

Si accoccolò sotto le coperte e si fece più piccola possibile.

Anche con le dita nelle orecchie, Clarissa immaginò di sentire ancora la risata roca del demone, fuori dalla finestra.

Aspettando il momento in cui avrebbe rotto il vetro e l'avrebbe presa da sotto le coperte, prima di farla a pezzi e metterla in una scatola, impacchettandola in tempo per Natale.

Clarissa aspettò.

Tremando per la paura, iniziò a recitare la preghiera che sua mamma le faceva dire ogni sera prima di andare a dormire.

Ovviamente, con quello che era successo quella notte, se ne era dimenticata.

"Ora vado a dormire, che il Signore la mia anima possa custodire..."

"Sveglia, dormigliona, è la mattina di Natale"

Clarissa aprì lentamente gli occhi, per vedere il viso sorridente di sua madre.

Si alzò a sedere e si voltò immediatamente verso la finestra.

La luce del sole entrava dal vetro che, per suo sommo sollievo, non era rotto.

Suo padre era fermo sulla porta, con in mano una tazza fumante di caffè.

"Non vuoi vedere che ti ha portato Babbo Natale?" le chiese, prima di prenderne un sorso.

Clarissa gettò le braccia al collo di sua madre. Non era mai stata così felice di vederli.

Sua madre ricambiò l'abbraccio, supponendo che la dimostrazione di affetto fosse legata all'entusiasmo natalizio.

Clarissa scalciò le coperte e balzò in piedi.

Si fermò sulla porta per abbracciare suo padre, prima di correre in salotto a vedere che soprese meravigliose la aspettavano.

Gli eventi della sera prima, ora, erano solo resti di un brutto sogno.

Clarissa strillò quando vide quanti regali, di ogni forma e dimensione, fossero sotto impilati sotto l'albero, tutti avvolti da carta colorata e coperti di fiocchi e nastri.

Gli occhi di Clarissa andarono immediatamente al più grosso, che si trovava un po' in disparte, vicino al camino.

La mia bici!, pensò, entusiasta.

Prima di avere la possibilità di cominciare il suo importante compito, la madre la chiamò. "Aspetta un attimo, tesoro; buttiamo giù dal letto tua sorella, così vi faccio una foto davanti all'albero".

"Vado a chiamarla", si offrì suo padre, poggiando la tazza sul tavolo.

Clarissa corse al regalo più grande per vedere il bigliettino.

A Clarissa

Per essere stata una brava bambina

Buon Natale

Con affetto, K

La bambina fissò l'etichetta per un po'.

Cercò di capire chi fosse "K".

Era sicura che sua mamma si chiamasse Sophie, e suo padre James, per cui, a parte sua sorella, chi poteva essere?

Mentre cercava di ricordare i nomi dei nonni, poteva sentire suo padre chiamare sua sorella.

Era troppo concentrata per notare l'angoscia nella sua voce, quando chiamò la mamma per dire che Sara non era in camera.

Mentre i suoi genitori perlustravano il bungalow, chiamando Sara, Clarissa si accorse di avere i piedi appiccicosi.

Guardò in basso e vide uno spesso strato di resina rossa venire dalla carta che avvolgeva il grosso pacco accanto al quale si trovava.

Le avvolse i piedini e, mentre li alzava, la melma si allargava, e quando cercò di alzarli di nuovo erano quasi incollati al pavimento.

Le ci volle un po' per rendersi conto che era sangue!

SEI IL MIO TESORO, ORA!

La Jaguar MK 2 inchiodò sul vialetto di ghiaia, le gomme che facevano volare il pietrisco in ogni direzione.

Gerald Grey spense il motore, e si voltò verso il suo amico.

"Be', Simon, siamo arrivati", annunciò.

Simon Croft guardò fuori del finestrino coperto di pioggia, verso il grosso edificio di mattoni davanti a lui.

La casa era appartenuta, in origine, ai genitori di Gina, ma, quando una banda di rapinatori li aveva generosamente pestati a morte perché si erano rifiutati di dar loro la combinazione della cassaforte, due anni prima, la proprietà era passata alla loro unica figlia, Gina.

Mentre le gocce di pioggia seguivano un percorso lungo il vetro, Simon ricordò un'altra vigilia di Natale piovosa, otto anni prima.

Chiuse gli occhi.

Nella sua mente, vide la strada, bagnata per la pioggia, l'acqua, che arrivava a metà degli pneumatici, che schizzava in grosse onde.

Sentì il tuono, vide il lampo nel cielo notturno.

Ricordò sua moglie, che gli urlava oscenità dal sedile del passeggero!

La curva!

Il ponte!

Lo scricchiolio dei freni!

L'auto che usciva fuori strada!

Poi... buio!

Gina era sempre stata una mocciosa viziata. Simon lo sapeva dal primo momento in cui si erano incontrati, alla festa di Natale che suo padre teneva per l'ufficio. Era stata la prima esperienza di Simon con "l'angelo" del capo. Anche se, ad essere onesti, era stato messo in guardia dai suoi colleghi più comprensivi.

"Ora, ascoltami", gli disse Clive della contabilità, prima della festa. "Quando ti presentano l'unica figlia del direttore, cerca di non essere affascinante, a meno che non voglia rischiare il lavoro".

"Che vuoi dire?" chiese Simon, prevedendo una seccatura.

"Be'", continuò Clive. "Mettiamola così. L'anno scorso si è presa una cotta per un giovanotto di uno dei laboratori, e lui pensava di aver fatto un affare. Ma, quando un mese dopo lei l'ha scaricato, è stato improvvisamente licenziato".

"Dici sul serio?" chiese Simon, sorpreso.

"Il vecchio Gerald Gibson stravede per la figlia, e il cielo aiuti chi la turba".

Quelle perle di saggezza non andarono sprecate, per Simon, e, inizialmente, voleva stare alla larga dalla figlia del suo datore di lavoro.

Questo finché non la vide!

Quando prese parte alla festa, con il suo magnifico abito disegnato da qualche stilista, i lunghi capelli dorati sciolti sulle spalle, in tutto e per tutto simile a una modella sulla copertina di qualche rivista, era stupefatto.

Ricordò di essersi dovuto sforzare di non fissarla, da quanto era mozzafiato.

Con il progredire della serata, e le coppe di champagne, il riserbo di Simon iniziò ad abbandonarlo. Quando finalmente si trovò a confronto con Gina Gibson, davanti a un vassoio d'argento di canapè di granchio, si sentì paralizzato.

Dire che fosse determinata era dire poco, e, mentre si muovevano sulla pista da ballo, su sua insistenza, Simon colse diversi sguardi consapevoli dai suoi colleghi, incluse alcune espressioni di sollievo per nulla discrete dagli uomini single.

Gina aveva fatto la sua scelta; aveva visto la sua preda e aveva colpito!

Sul balcone, più tardi quella sera, con l'aria fresca, senza nessuna spinta da parte sua, Gina gli gettò le braccia al collo e lo avvicinò a sé.

Guardandolo negli occhi, esclamò, "Sei il mio tesoro, ora!"

Troppo scioccato per rispondere in modo sensato, Simon lasciò che lo baciasse. Appassionatamente!

Il suo primo riflesso, in circostanze normali, sarebbe stato di voltarsi e fuggire. Dopo tutto, si erano conosciuti poche ore prima, e sapeva che entrambi avevano bevuto qualche bicchiere.

C'era qualcosa nei suoi occhi, quando aveva parlato.

Uno sguardo che Simon non riusciva a capire, ma che lo spaventò; di quello era certo!

Avrebbe scoperto presto cosa significavano quelle parole.

In tre spaventosamente brevi mesi, stavano pianificando il loro matrimonio.

Simon non le aveva fatto la proposta, ma Gina gli aveva detto che lo aveva scelto come marito e che avrebbe fatto tutti i piani.

A quel punto, si frequentavano dal giorno della festa. Ma, comunque, era tutto secondo i piani di Gina.

Lei decideva dove andare, quando, e per quanto a lungo.

Era stato presentato a tutto il suo circolo, i benestanti dell'Hampshire, mentre lei aveva sistematicamente scaricato tutti i suoi amici come dei perditempo, e non adatti alla loro compagnia.

Quando Simon si sentiva ribollire, ricordava la chiacchierata fatta con Gibson qualche settimana dopo la festa.

Aveva preso Simon completamente alla sprovvista. Quasi rapendolo dopo il lavoro, aveva insistito che cenassero al suo club.

Durante la cena, il suo capo aveva sottolineato quanto la sua bambina fosse importante per lui, e cosa poteva fare (e avrebbe fatto) a chiunque le avesse fatto del male. Aveva soldi, potere e influenza, e non aveva paura di usarli, nel bene o nel male.

La nota positiva, era che Simon era sicuro di quanto in alto, e quanto in fretta, sarebbe salito nei ranghi, finché Gina fosse stata felice.

Simon sapeva che la sua unica qualità, virtù, segno distintivo, era la sua ambizione.

Era già acutamente consapevole di quanto fosse stato fortunato a finire in quella compagnia. E questo solo perché era stato un po' frugale con la verità sul suo curriculum.

Il pensiero di essere promosso al di sopra delle sue capacità così presto era inebriante.

Così, vagliando le opzioni, restare con Gina lo avrebbe portato alla vittoria.

Dopo tutto, era bellissima, sexy, ricca, e la figlia del capo. In più, era una promozione garantita, e, chi poteva dirlo, un giorno lui avrebbe potuto persino ereditare la compagnia dal suocero pieno di gratitudine.

A quel tempo, il sacrificio sembrava minuscolo.

Il matrimonio era stato assurdamente pomposo e sfarzoso, come si aspettava. Ma dato che pagavano i suoi suoceri, non gli importava.

Gina pretese un matrimonio di pomeriggio, così poteva farsi mettere in tiro e coccolare fino alla morte durante la giornata da una schiera di parrucchiere, estetiste, massaggiatrici, sarte, stiliste e ogni altro tipo di cosiddetti *esperti*, vitali nel mettere a punto gli ultimi ritocchi. Per non citare una schiera di luccicanti imbecilli, che sembravano non fare altro che sospirare, e gridare, e fare complimenti alla sposa, dicendole quanto fosse meravigliosa ogni volta che respirava.

Passarono la luna di miele alle Hawaii - scelta di Gina, ovviamente.

Quando la luna di miele finì - era finita davvero!

Simon non aveva mai nemmeno pensato che Gina avesse una gemella malvagia. Aveva intravisto qualcosa di lei di tanto in tanto, di solito quando pensava che non sarebbe stato d'accordo con lui su qualcosa.

Ma, una volta tornati dalle Hawaii, e si erano sistemati nella loro gioia coniugale, la gemella malvagia prese residenza perenne.

Naturalmente, negli occhi dei suoi genitori, Gina aveva sempre ragione, e lui aveva sempre torto, indipendente dalle circostanze!

E mentre lui e Gina vivevano a casa loro - su insistenza dei suoceri - con il tempo, Simon si sentiva circondato.

Gina lo aveva allontanato dai suoi amici. Non aveva familiari con cui parlare. La famiglia e gli amici di lei pensavano che fosse meravigliosa. Anche molti dei suoi colleghi lo tenevano alla larga, data la sua ascesa stellare e le sue nuove connessioni "familiari".

Simon cominciò a sentirsi molto perso e isolato, ma si consolava con ogni nuova promozione che riceveva, e con il potere che ne ricavava.

Il suo unico vero alleato sembrava essere il suo amico e collega, Gerald Grey.

Gerald era un po' più vecchio di Simon, ed era stato con la compagnia da quando aveva lasciato la scuola. Aveva fatto con diligenza la gavetta, partendo dal basso, frequentando la scuola serale per guadagnarsi le qualifiche, ma non sembrava avercela con Simon perché fosse stato promosso al di sopra delle sue abilità. Per non menzionare il fatto che la maggior parte del consiglio sentiva che a Simon fosse stata data una posizione che Gerald aveva coltivato per sé.

Anzi, sembrava che Gerald aveva preso Simon sotto la sua ala. Simon ne era grato, perché gli serviva un amico.

Simon aveva sentito dire che, ad un certo punto, le mire di Gina erano cadute su Gerald. E, anche se, di solito, il capo avrebbe ceduto alle richieste di sua figlia, in questo caso, si era apparentemente opposto.

Gerald era passato di recente attraverso un brutto divorzio, e aveva dei figli, cosa che, agli occhi di Gibson, lo aveva reso un candidato inadatto alla sua unica figlia.

Da quello che Simon aveva sentito, Gibson aveva preso Gerald da parte e aveva messo in chiaro che, anche se era uno stimato membro della compagnia, non era abbastanza per sua figlia.

Gerald si arrese.

Aveva anche dovuto fingere con Gina che era stato lui a cambiare idea, togliendo al padre le castagne dal fuoco.

Simon rise all'idea che forse era stato Gerald quello che se l'era cavata.

Sapeva che sarebbe stato completamente a disposizione della moglie e dei suoi genitori.

Non ci volle molto, prima che i suoceri iniziassero a chiedere dei nipotini!

Simon non aveva mai considerato la paternità come una priorità, ma, in quelle circostanze, era più che felice di acconsentire. Dopo tutto, pensò, loro avrebbero probabilmente insistito per pagare per tutto.

Gina, dall'altro lato, era molto più riluttante.

Per prima cosa, non voleva che il pancione le rovinasse la figura perfetta, con le smagliature e la pelle flaccida che non sarebbe mai tornata come prima.

E poi, Simon ne era certo, non voleva che qualcuno fosse al centro dell'attenzione al posto suo.

Ma, alla fine, con riluttanza, Gina accettò di soccombere ai desideri dei suoi genitori.

Le loro relazioni coniugali - anche se, prima, erano state dettate sempre dalle condizioni di Gina - ora divennero ancora più pratiche e cliniche. Ogni grammo di spontaneità era stato succhiato via, e rimpiazzato da tabelle, e cicli, e periodi specifici del mese, al punto in cui Simon cominciò a sentirsi più come un mezzo per arrivare a un fine che il marito di Gina.

Ma obbedì.

Arrivò anche ad arrivare ad avere un piacere perverso nel prenderla quando lei gli aveva riluttantemente detto che doveva, perché era il momento giusto, anche se lei, certamente, non era consenziente.

Dopo quasi un anno senza risultati, i suoi suoceri fecero in modo che andassero in Svizzera, in una clinica specialistica, per assicurarsi di quale fosse il problema.

Nessuno di loro gli disse nulla in faccia, ma Simon sapeva che davano tutti la colpa a lui.

Alla fine, erano le tube di Gina il problema.

Simon recitò la parte del marito compassionevole meglio che poté, ma, dentro, rideva.

La loro figlia perfetta non era poi così perfetta, dopo tutto!

Con riluttanza, Gina acconsentì ad un'operazione, più per i suoi genitori che per altro.

Ma un mese prima dell'operazione, entrambi i suoceri furono uccisi in una rapina in casa

Comprensibilmente, Simon si aspettava che Gina fosse sconvolta. Ma il suo dolore andò oltre.

Vi si crogiolò letteralmente!

Un fiume continuo di amici e consolatori la accerchiò come api al miele.

Più le offrivano compassione, più ne voleva.

Al funerale, Simon aveva dovuto trattenerla fisicamente dal lanciarsi nella fossa. Per quanto fosse stato tentato di lasciarla cadere, sapeva che era tutta una farsa, studiata per evocare più pena e guadagnarsi più attenzione.

Per rendersi la vita più facile, Simon lasciò che Gina si piangesse addosso. Fino a quando anche lei si accorse che tutti si stavano stancando delle sue scene.

Naturalmente, Gina aveva ereditato tutto: casa, azienda, soldi, tutto.

Tecnicamente, ora Simon lavorava per sua moglie!

E quanto le piaceva ricordarglielo!

Sminuirlo alle riunioni del consiglio divenne uno dei suoi passatempi preferiti.

Trattarlo con superiorità davanti alla servitù.

Persino mettere in dubbio la sua virilità davanti agli ospiti.

Ogni scusa era buona per ricordargli il suo posto nella loro relazione.

Ma Simon sapeva di non avere nessun potere.

Lei possedeva tutto, lui incluso, e lui doveva fare quello che voleva lei, o perdere tutto. La casa, la posizione in azienda e in società, il potere... e non era pronto a farlo.

Passare il Natale in Cornovaglia era stata un'idea di Gina.

Certi suoi amici avevano una casa di vacanza, lì, e li avevano invitati per le feste.

Simon era stato sorpreso quando Gina aveva acconsentito. I suoi amici avevano dei bambini piccoli che, ovviamente, avrebbero portato via un po' di attenzione da sua moglie.

Ma lei aveva acconsentito, ed erano partiti.

Per cominciare, Gina era quasi gentile verso di lui.

Ma, col passare della settimana, tutto cambiò.

Arrivati alla Vigilia di Natale, la sua pazienza era finita!

Erano le 23.45. Erano tutti sul punto di aprire il loro regalo tradizionale della Vigilia di Natale. L'impressione generale era di felicità, eccitazione, attesa.

Poi, le beffe e le frecciatine di sua moglie, che tagliarono l'atmosfera come un coltello caldo sul burro.

Alla fine, Simon esplose!

Ebbero una lite furibonda davanti ai suoi amici e alle loro famiglie, e lui uscì di corsa.

Gina lo inseguì, nella pioggia.

Simon si mise al volante, senza sapere dove sarebbe andato, sapendo solo di aver bisogno di andare lontano da lei.

Ma, come sempre, Gina aveva altre idee!

Balzò sul sedile prima che lui riuscisse ad allontanarsi.

Simon accelerò, le ruote che giravano sul terreno bagnato, in cerca di presa.

Gina che urlava ancora sul sedile del passeggero!

Nessuno dei due che allacciava la cintura!

Poi... l'incidente!

Quando Simon aprì gli occhi in ospedale, erano passati quasi dieci mesi.

Fu Gerald a dirgli della morte di Gina.

La loro auto era uscita di strada nella pioggia, e si era schiantata contro la barriera sul ponte.

L'auto era stata ritrovata. Ma di Gina nessuna traccia.

Simon era stato in coma da allora.

In ospedale, tornò in salute, anche se i dottori lo avvisarono che il coma gli aveva permanentemente indebolito il cuore. Avrebbe dovuto prendere medicinali a vita.

Ma, almeno, ora ce l'aveva, una vita!

Simon si sentì più in colpa che addolorato.

Il suo matrimonio era stato per lo più una farsa. Anche se non aveva mai voluto che sua moglie morisse, il destino gli aveva servito una buona mano, e intendeva approfittarne.

"Simon, ne sei sicuro?"

Simon si voltò verso Gerald, accanto a lui in macchina.

"Dovevo tornare qui, prima o poi. Tanto vale farlo ora", rispose.

Gerald ci pensò per un attimo.

"Senti", disse, "è la Vigilia di Natale, la casa è stata vuota per quasi tre mesi, ho dovuto licenziare la servitù... date le circostanze. Sei appena uscito dall'ospedale e non dovresti essere solo", Gerald si mosse sul sedile... "Soprattutto non stasera".

Simon sospirò, malinconico.

Gerald vide l'opportunità, e insisté.

"Senti, perché non vieni con me al club, per Natale, sarà tutto sistemato, e ti riporto qui con l'anno nuovo... che ne dici?"

Simon valutò l'offerta.

Dopo un po', disse "Apprezzo l'offerta, Gerald, davvero. Ma preferirei davvero stare solo, capisci?"

Gerald si arrese. "Ok, amico mio, fai come vuoi. Ma se cambi idea..."

"Lo so... e grazie ancora".

I due scaricarono la macchina ed entrarono in casa.

Simon non aveva mai visto la proprietà così vuota, silenziosa e desolata.

Gli corse immediatamente un brivido lungo la schiena, che riuscì a nascondere all'amico.

Anche dopo che ebbero acceso delle luci, il riscaldamento e il camino nello studio, Simon continuava a sentirsi pervaso da un'atmosfera priva di allegria.

Si chiese da dove venisse quella malinconia.

La grande casa, ora, era sua.

L'azienda, ora, era sua.

Tutti i soldi...

...E nessuna moglie rompiscatole, o suoceri impiccioni che rovinassero tutto!

Avrebbe dovuto essere estatico.

Si chiese se, nel profondo, questa pantomima di lutto non fosse un'imitazione di quella di sua moglie.

Una facciata di lutto per il resto del mondo, finché non fosse passato un intervallo rispettabile di tempo.

Simon aprì una bottiglia di whiskey di suo suocero, e i due uomini bevvero insieme.

Il liquido ardente scese nella gola di Simon, scaldandolo dall'interno.

"Vorrei proprio che tu cambiassi idea", disse Gerald. "Solo per qualche giorno".

Simon alzò gli occhi dal camino.

"Sul serio, Gerald, non c'è motivo di preoccuparsi. Starò bene".

Gerald sospirò. "Non insisto, allora".

Gerald si scolò il bicchiere.

"Posso portarti altro, prima di andarmene?"

"No, davvero. Starò bene".

Gerald si alzò, toccandosi le tasche.

"Non dimenticare queste", disse, prendendo il barattolo di pastiglie dalla tasca della giacca e mettendole sul tavolo davanti a Simon.

"Oh, sì", disse Simon. "Le mie piccole salva-vita. Che ha detto il dottore? Al primo segno di stress, devo metterne una sotto la lingua?"

"Be', meglio prevenire che curare".

Gerald prese il soprabito dallo schienale della sedia.

Simon lo accompagnò alla porta, e attese finché l'auto non svanì dietro la siepe in fondo al viale.

Simon rimase per un attimo sulla porta, a respirare profondamente; inspirando a pieni polmoni l'aria frizzante della notte.

Una volta dentro, Simon aggiunse dei nuovi ciocchi al camino e si versò un altro bicchiere di whiskey.

Andò allo stereo, e mise della musica di sottofondo - scegliendola lui, per una volta.

Si lasciò andare in poltrona, e si gustò il drink.

La vita sarebbe stata bella, d'ora in avanti. Si ripromise questo.

Simon guardò le fiamme gialle e blu consumare fameliche la legna, e si addormentò.

Sonnecchiò, in modo irregolare.

Era sul ponte... la pioggia gli sferzava il viso... poteva vedere sua moglie, in lontananza... allungare una mano verso di lui... chiamarlo... cercarlo...

In lontananza, poteva sentire qualcuno chiamare il suo nome.

Simon... Siimmoonnn!

Si alzò a sedere di colpo!

Il fuoco si era consumato fino alle braci. C'era a malapena un po' di luce che veniva dal focolare.

Simon si sfregò gli occhi e si guardò intorno, cercando di distinguere qualcosa nella semi-oscurità.

Era tutto silenzioso, tranne il *tick, tick, tick* dell'orologio a pendolo nell'ingresso.

Ascoltò con attenzione.

Non si sentiva altro!

Se l'era sognato?

Simon guardò l'orologio.

Erano le 23.45!

"Ma guarda!" pensò. Un anno preciso dall'incidente.

Simon si alzò dalla sedia, si stiracchiò, e si assicurò che la griglia fosse ferma intorno al camino.

Si scolò quel che restava nel bicchiere, e si avviò alle scale.

Mentre stava arrivando all'ingresso, lo sentì di nuovo.

Simon... Siimmoonnn!

Questa volta non si era sbagliato!

Una voce lontana!

Inquietante!

Bramosa!

Si voltò. Non riusciva a capire da dove venisse. Sembrava circondarlo. Echeggiava contro ogni cosa presente in casa e rimbalzava direttamente verso di lui.

Simon...Siimmoonnn...SIIIIIIMMMMMONNN!!!

Si portò le mani alle orecchie.

Voleva urlare!

Ma non poteva!

All'improvviso, con la coda dell'occhio vide qualcosa muoversi.

Si voltò, fissando l'oscurità in cima alle scale, cercando di vedere qualcosa.

Corse all'interruttore, lo tentò due volte, poi altre due.

Nessuna reazione!

La casa restava nell'oscurità.

Guardò di nuovo le scale.

In cima, vide un'ombra.

Qualcosa si muoveva!

Cambiava posizione nella sua visuale!

"SIIIIIMMMMMONNN!!!"

"No!"

Non poteva essere!

Quella voce era inconfondibile!

L'apparizione si fece avanti.

GINA!!!

La sua mente iniziò a galoppare, come poteva essere possibile?

Era morta!

La figura aleggiò sul pianerottolo. Poi, in modo poco plausibile, sembrò scivolare lentamente per le scale fino a lui.

Simon era congelato sul posto!

Si sentiva sul punto di perdere la ragione!

Mentre la visione di sua moglie morta si avvicinava, i suoi tratti diventavano più chiari.

I capelli, che una volta erano lunghe ciocche dorate e setose, ora erano ciuffi piatti e disordinati, incrostati di quello che sembrava fango, o sangue, o entrambe le cose!

Indossava ancora il vestito bianco lungo che aveva la notte dell'incidente.

Ma ora era strappato e rovinato. Brandelli di stoffa che si tenevano appena insieme, zuppi di pioggia, aderivano alla figura.

Mentre Gina scivolava per le scale, sempre più vicina, ciocche di capelli inzaccherati e pieghe di stoffa si gonfiavano nella brezza che lei stessa creava.

Poteva vederne il viso!

I suoi tratti, una volta scolpiti, angelici e bellissimi, ora erano distorti in un una smorfia arrabbiata.

I suoi occhi, che erano sempre stati di un profondo blu, ora erano infossati e cupi.

La pelle d'avorio era diventata color carta, tesa sulle ossa e le copriva a malapena.

L'apparizione era a metà della scalinata.

Scivolava... volteggiava verso di lui!

"SIIIIIMMMMONNN!!!"

"SIIIIIMMMMONNN... mio caro, ti stavo aspettando... sono stata così sola!"

Simon ritrovò l'uso delle gambe!

Corse alla porta e afferrò la maniglia.

Provò varie volte, ma non si apriva.

Tempestò la porta di pugni per la frustrazione!

Si voltò.

Cercò di pensare... dove andare... dove nascondersi!

Era in trappola!

La figura era quasi in fondo alle scale.

Ora poteva vedere i buchi neri che una volta erano i suoi occhi!

"Simon, vieni da me, caro... sei il mio tesoro, ora!

"NNNOOOO!" urlò!

All'improvviso, sentì un dolore fortissimo. Si afferrò il petto.

"Il mio cuore!"

La figura aveva iniziato a muoversi lungo il corridoio verso di lui.

Corse meglio che poteva, stringendosi il petto, fino al salotto.

Le pastiglie!

Devo prenderne una!

Le portefinestre... un'altra possibile via d'uscita!

Simon cadde contro il tavolo, prendendo il barattolo delle medicine.

Riuscì a farne saltare il tappo, facendone cadere il contenuto sul pavimento.

Si gettò in ginocchio, ne prese una e se la fece scivolare sotto la lingua.

Aspettò che facesse effetto.

Non sentiva niente!

Si voltò di nuovo.

L'orrenda mostruosità che era stata sua moglie stava per raggiungerlo!

Aveva le braccia tese in una macabra offerta di abbraccio.

Le dita dalla manicure perfetta ora sembravano artigli, con unghie affilate e appuntite che puntavano direttamente a lui.

Aveva scavato con le unghie per uscire dalla tomba!

Il petto gli si strinse.

Le medicine avrebbero dovuto aver già fatto effetto!

Simon poteva sentire il cuore battere con forza.

Non ci sentiva più.

Il corpo si stava intorpidendo.

Gina era quasi arrivata a lui!

"Mio caro, perché mi hai lasciata?"

Vicinissima!

"Ho aspettato così a lungo questo momento!"

Gli prese il viso tra le mani gelide. Simon si sentì rabbrividire. Era fredda come il ghiaccio; congelata dalla tomba. I bordi rovinati dei suoi artigli gli graffiarono i lobi, mentre lei gli accarezzava le guance, poteva sentire il fetore della morte che veniva dal suo corpo, assalirgli le narici, fino a non farlo respirare.

Gli strinse il viso fra i palmi e lo avvicinò a sé.

I loro nasi si toccarono.

"Sei il mio tesoro, ora!"

Fu lì che il cuore di Simon scoppiò!

Il corpo accartocciato di Simon giaceva, immobile, sul pavimento di legno lucido e freddo.

Gina si chinò in avanti e gli mise un piede nudo accanto alla testa.

Spinse, piano. La testa di Simon cadde di lato, gli occhi sgranati, la lingua di fuori.

Gina tolse il piede, e rimase a guardarlo.

La porta che conduceva in cucina si aprì, e ne uscì Gerald.

Si fermò, osservando la scena.

"Com'è stato?" chiese.

Gina si tolse la parrucca e, piano, tirò via la maschera di gomma dal viso. Togliendo la barriera, gettò entrambe le cose nel fuoco. Le braci si infiammarono con il nuovo combustibile.

"Bello", disse, rispondendo a Gerald.

Gina si tolse le dita finte e le gettò fra le fiamme, che ora avevano incendiato il resto del suo travestimento.

Gerald guardò per un attimo il cadavere di Simon, poi si chinò e raccolse le pillole sparse sul pavimento.

"Ne ha presa qualcuna?" chiese.

"Sì", rispose Gina. "Solo una, credo. Hai avuto una buona idea, a sostituirle con delle caramelle, o si sarebbe salvato".

Gerald sostituì le pillole finte con quelle vere, mettendone una sotto la lingua dell'amico morto.

"Non si sa mai", disse.

Gina sorrise. "Va bene", disse. "È meglio che vada a cambiarmi, mentre togli tutto".

"Sì", rispose Gerald. "Il proiettore ha funzionato bene, alla fine".

Gina si sciolse i capelli, e li scrollò.

Grattandosi il collo, disse "In realtà, farei volentieri un bagno, quella parrucca prudeva da morire".

Si voltò, e guardò il resto del suo travestimento venir avvolto dalle fiamme.

"Non vuoi che passi troppo tempo, prima di chiamare l'ambulanza", la mise in guardia Gerald.

"No, hai ragione. La storia del collasso sarà credibile solo se la chiamo presto".

Gerald si avvicinò a lei.

Circondandola con un braccio, la tirò a sé.

"E poi", disse. "Dopo un periodo sufficiente di lutto, potremo finalmente stare insieme".

Gina sorrise e si avvicinò, mettendogli la testa sulla spalla.

Guardò oltre la spalla di Gerald.

"Sì", rispose. "Sei il mio tesoro, ora!"

Sotto il letto

Sophie era stesa sul letto, a guardare il cielo notturno fuori dalla finestra.

Amava quando spuntavano le stelle e la mamma lasciava che le guardasse, con le tende della finestra aperte, fino ad addormentarsi.

Sognava spesso di volare in cielo con una navicella spaziale, passando così vicino a pianeti e costellazioni da poterli quasi toccare.

Era così che le piaceva far andare l'immaginazione prima di dormire.

Tranne stanotte!

Stanotte era la Vigilia di Natale e, anche se era eccitata come ogni altra bambina di otto anni, il fatto che i suoi genitori fossero usciti e l'avessero lasciata sola le impediva di rilassarsi abbastanza per addormentarsi.

Sophie odiava quando dovevano uscire entrambi.

Anche se, ad essere onesti, lo facevano di rado.

Il più delle volte, era solo uno dei due ad uscire, e l'altro restava con lei, per assicurarsi che cenasse e facesse il bagno, e per leggerle una storia della buonanotte.

Ma stanotte era una di quelle in cui le avevano spiegato che mamma e papà avevano bisogno di un po' di tempo speciale insieme e, anche se non potevano portarla con loro, questo non voleva dire che l'amassero di meno, o che non volessero che stesse con loro.

Era solo una di quelle cose!

Ad essere sinceri, non avevano passato una di queste serate da soli da tempo, per cui Sophie si aspettava che sarebbe capitato, prima o poi, solo non pensava che sarebbe stato alla Vigilia di Natale.

Mamma e papà se ne erano andati appena aveva fatto buio, per cui Sophie si era dovuta preparare la cena e, invece del bagno, i suoi genitori avevano insistito perché facesse la doccia, che era meno pericolosa, nel caso qualcosa andasse storto.

Sophie sapeva di essere più che capace di farsi il bagno da sola. Aveva visto i suoi genitori prepararglielo tantissime volte.

Per prima cosa, si apre l'acqua calda e poi, quando la paperella di gomma inizia a galleggiare, si aggiunge l'acqua fredda, finché la temperatura dell'acqua non è giusta.

Una volta che si è sicuri che a posto, si chiudono i rubinetti prima di entrare nella vasca e, dopo aver finito, si toglie il tappo prima di uscire ad asciugarsi.

Semplice!

Sophie era stata tentata, all'ora del bagno, di prepararselo da sola e dire a mamma e papà, quando tornavano, quanto era stata brava.

Ma mamma era stata piuttosto rigida, sul non farle fare il bagno da sola, e, visto che non voleva farli arrabbiare, soprattutto a Natale, Sophie aveva fatto la doccia come avevano deciso.

Con nessuno a leggerle una storia, Sophie aveva preso uno dei libri illustrati; quello sull'orso affamato che cercava il miele nella foresta.

Poteva leggere alcune delle parole, visto che ora era una bimba grande, ma non tutte. Comunque, le piaceva guardare le figure e le espressioni buffe sul viso delle persone, quando l'orso le avvicinava nella sua ricerca del miele.

Quando fu stanca di guardare il libro, Sophie spense la luce e scese dal letto per aprire le tende.

Erano molto lunghe e arrivavano fino al pavimento, per cui era facile afferrarle. Ma erano anche estremamente pesanti e foderate con una stoffa spessa, che le rendeva difficile tirarle.

Alla fine, ci riuscì, anche se lo sforzo la lasciò esausta, e saltò di nuovo sul letto, per guardare le stelle.

Poi sentì un rumore di sotto!

Sophie si alzò a sedere di scatto.

Stava per chiamare mamma e papà, ma qualcosa, istintivamente, le disse che non erano i suoi genitori che rientravano.

Ascoltò con attenzione. Aspettando di sentire di nuovo il rumore.

Non aveva idea di cosa potesse averlo causato. Le era sembrato una finestra che veniva aperta. Non come quelle che aveva in cameretta, che si aprivano da dentro a fuori, ma più come quelle vecchie della sala da pranzo, che facevano su e giù e grattavano sempre contro le cornici di legno, indipendentemente da con quanta attenzione le si manovrasse.

Anche se non riusciva ad immaginare perché qualcuno volesse aprirle a quell'ora della notte.

Mamma e papà le avevano detto, prima di andarsene, che si aspettavano di trovarla a letto al loro ritorno, per cui Sophie era un po' in ansia all'idea di andare di sotto a controllare, nel caso arrivassero i suoi genitori.

Poteva sempre spiegar loro le circostanze, e sapevano entrambi che lei diceva sempre, o quasi, la verità. Ma, comunque, se non ci fosse stato nulla, di sotto, a provare quello che lei diceva di aver sentito, non voleva essere sculacciata per niente.

Sophie decise che era meglio aspettare e vedere se sentiva qualcos'altro prima di andare a controllare.

La casa era molto vecchia e, certe volte, scricchiolava e gemeva, quasi fosse viva.

E poi, poteva vedere i rami degli alberi che si muovevano fuori dalla finestra, quindi sapeva che il vento doveva essere forte, e quello faceva sempre diventare la casa rumorosa, perché le raffiche andavano giù per il camino e facevano muovere i ciocchi nel focolare.

In ogni caso, quello non spiegava il preciso rumore della finestra che veniva aperta, e Sophie era sicura che era quello, che aveva sentito.

Ed eccolo di nuovo!

Ne era sicura, stavolta.

Sapeva per certo che la finestra era chiusa, prima di andare a letto; papà l'aveva controllata prima di uscire, come sempre.

Ma se stavolta se l'è dimenticato?

In verità, Sophie non aveva controllato. Per prima cosa, le tende erano già tirate, e le tende di sotto erano ancora più pesanti e fastidiose delle sue.

E non aveva ragione di sospettare che papà se ne fosse dimenticato.

Ma se l'ha fatto?

Lo stress del suo dilemma la stava logorando.

Doveva andare di sotto e investigare, e rischiare una sgridata se fosse stata sorpresa, o doveva restare dov'era e aspettare che fossero i suoi genitori a controllare per lei?

Era troppo per il suo cervellino di otto anni.

Sophie decise che avrebbe controllato.

Ma, per stare tranquilla, sarebbe arrivata solo fino alle scale, e sarebbe rimasta in ascolto di altri rumori.

In quel modo, se i suoi genitori fossero tornati, poteva dire che stava andando in bagno, che era alla fine del pianerottolo.

Sophie sorrise, compiaciuta per aver trovato il miglior modo per procedere.

Scansò le coperte e saltò giù dal letto.

Mettendo i piedi nudi sul pavimento di legno, si rese improvvisamente conto di quanto facesse freddo fuori dal piumone, per cui mise le pantofole e infilò la vestaglia sul pigiama, prima di avventurarsi fuori.

Tirò lentamente verso di sé la porta della cameretta, ricordandosi che, alle volte, scricchiolava se la si tirava troppo forte.

Riuscì ad aprirla abbastanza da uscire senza far rumore.

Quando uscì sul pianerottolo, la prima asse del pavimentò scricchiolò sotto il suo peso.

Sophie fece istintivamente un passo indietro e trattenne il fiato, restando in ascolto.

Nessun rumore!

Alzando con attenzione il piede per superare l'asse scricchiolante, Sophie ripartì una seconda volta e riuscì ad arrivare alla ringhiera senza far rumore.

Si rese conto di stare ancora trattenendo il fiato, per cui espirò lentamente e aspettò di ricominciare a respirare normalmente prima di proseguire.

Mentre raggiungeva lentamente le scale, Sophie rimase in ascolto di eventuali rumori provenienti dal piano di sotto, per quanto innocenti fossero.

Si fermò quando arrivò alla colonnina alla fine della ringhiera, e attese.

Era sicura di poter sentire qualcosa, di sotto, ma non era certa di cosa!

Mentre aspettava al buio, l'orologio a pendolo nell'atrio, di sotto, batté l'ora.

Sophie aspettò che finisse. I rintocchi riverberarono attraverso la casa, e le resero impossibile sentire altri rumori dal piano di sotto. Immaginò un'orda di elefanti che percorreva con passo pesante la sala da pranzo, senza che lei potesse sentirli.

Come sempre, l'ultimo rintocco echeggiò per quella che a Sophie sembrò un'eternità.

Quando finalmente non si sentì più, Sophie si sporse dalla ringhiera e guardò in basso, in modo da intravedere le piastrelle a mosaico del pavimento dell'atrio al buio, e ascoltò pazientemente.

Eccolo!

Questa volta non aveva dubbi.

C'era qualcuno di sotto!

Poteva sentirli aprire e chiudere le ante degli armadietti della sala da pranzo. Quelle con i pannelli di vetro avevano un rumore preciso, che era inconfondibile persino da lontano.

Sophie era completamente confusa. Chi poteva essere?

Quando i suoi genitori invitavano degli ospiti, erano sempre presenti anche loro, per cui perché avrebbero dovuto invitare qualcuno per poi uscire?

Non aveva senso!

Poi le venne in mente una cosa.

Forse erano Babbo Natale e i suoi piccoli elfi che gironzolavano di sotto, mettendo i regali sotto l'albero.

Doveva essere così!

Ma poi Sophie ricordò che l'albero era in salotto, e chiunque fosse di sotto sicuramente non era lì.

Non c'era altro da fare; doveva investigare.

Ma se fosse stato Babbo Natale?

Se avesse visto che era ancora sveglia, non le avrebbe lasciato i regali.

Sophie decise che sarebbe stata molto ingegnosa nella sua indagine, e avrebbe scoperto chi c'era di sotto senza farsi scoprire.

Attese finché non fu sicura che chiunque fosse di sotto non fosse uscito dalla sala da pranzo, e poi scese lentamente, un gradino alla volta, reggendosi alla ringhiera per tutto il tempo.

Sophie arrivò a metà scala e, da dove si trovava, poteva vedere una parte della sala da pranzo attraverso la ringhiera.

Si accovacciò e si concentrò a guardare dalla porta. Ma, ovviamente, chiunque c'era doveva essere dall'altro lato della stanza, perché non riusciva a vedere nessun segno di movimento.

Attese, con pazienza.

Erano ancora lì, poteva sentirli bisbigliare. Era troppo lontana per capire cosa dicevano, ma una delle voci sembrava molto bassa e roca, e pensò che, se c'era Babbo Natale, fosse lui a parlare.

Sophie sentì una punta di entusiasmo scorrerle dentro al pensiero dell'omone allegro con la barba, in casa sua a consegnare regali.

Si accovacciò il più possibile, e tornò nell'ombra. Se Babbo Natale si fosse reso conto di essere nella stanza sbagliata e avesse attraversato l'atrio, non voleva rovinare tutto facendosi vedere da lui.

Per un po', non sentì nulla se non il ticchettio dell'orologio a pendolo.

Ci voleva troppo!

Di sicuro Babbo Natale doveva essersi reso conto che l'albero era in un'altra stanza.

Forse se n'era già andato?

Forse, non trovando il loro albero di Natale, aveva pensato che non credessero in lui, e aveva portato i regali da un'altra parte.

Tutte le loro decorazioni erano in salotto, per cui non avrebbe avuto idea che le avevano messe, se non aveva mai lasciato la sala da pranzo.

Sophie sentì un'improvvisa ondata di panico all'idea che Babbo Natale se ne fosse già andato, verso la casa di qualche bambino fortunato, con i suoi regali.

Senza aspettare, balzò in piedi sulle scale, e ricominciò a scendere più in fretta che poteva.

Riusciva ancora a scendere solo un gradino alla volta, perché, ogni volta che provava a scendere le scale come facevano i suoi genitori, quasi cadeva. E, per quanto disperatamente volesse impedire a Babbo Natale di andarsene, sapeva che cadere dalle scale non sarebbe servito, e si sarebbe fatta male, molto!

Concentrata a scendere le scale, Sophie non si accorse nelle voci che venivano dalla sala da pranzo.

In fondo alle scale, girò intorno alla colonnina nodosa della ringhiera e corse verso la sala da pranzo.

Superando di corsa la porta, Sophie saltò per far scattare l'interruttore, inondando la stanza di luce.

I due uomini, che la guardarono quando entrò, avevano entrambi un'espressione sorpresa sul viso.

Nessuno dei due sembrava essere Babbo Natale o i suoi elfi.

Erano entrambi alti e magri, e vestiti di nero da capo a piedi.

Avevano entrambi dei sacchi, ma non sembravano pieni di regali.

Sophie non poté nascondere l'espressione delusa sul visino.

Senza che se ne accorgesse, il labbro inferiore iniziò a sporgerle, proprio come quando la mamma diceva che non poteva andare a giocare da sola.

I due uomini si guardarono, e poi si voltarono verso Sophie.

Nessuno parlò.

"Non siete gli aiutanti di Babbo Natale!" annunciò Sophie, con aria accusatoria.

Gli intrusi chinarono la testa d'istinto, temendo che l'annuncio di Sophie avrebbe fatto arrivare qualcun altro.

Uno dei due si portò un dito alle labbra, come faceva suo papà quando Sophie parlava troppo o a voce troppo alta.

Sophie si accigliò.

"Chi siete?" chiese, indignata. "Perché siete qui, se non portate regali? Lo sapete che è la Vigilia di Natale?"

I due uomini fecero una smorfia, man mano che la voce di Sophie saliva di volume.

Attesero in silenzio, aspettandosi che qualcuno scendesse le scale per scoprire la fonte di tutto quel rumore.

Ma non veniva nessuno!

I due uomini si fissarono, perplessi.

Di certo qualcuno doveva aver sentito la bambina urlare?

"Allora?" chiese Sophie, incrociando le braccia e battendo il piede sul pavimento, come aveva visto fare alla mamma quando aspettava una risposta dal papà.

L'uomo che si era messo il dito sulla bocca parlò per primo.

"Ciao piccolina, come ti chiami?" La sua voce era appena più alta di un bisbiglio.

Sophie si accigliò. "Mi chiamo Sophie, e non mi avete risposto!"

"Be', Sophie", continuò lui, "Babbo Natale ci ha chiesto di venire ad assicurarci che fossi a letto prima che lui arrivasse".

"Oh", rispose Sophie, rendendosi conto immediatamente che, in quel momento, lei non era per nulla a letto.

"Dove sono i tuoi genitori?" chiese l'altro uomo, a voce un po' più alta del primo.

Sophie alzò le spalle. "Sono usciti", rispose, opportunamente. "Hanno detto che tornavano tardi, e che dovevo restare a letto finché non venivano", guardò con imbarazzo i due uomini. "Ma voi avete fatto così tanto rumore che ho pensato che dovevo venire a vedere che succedeva... non lo direte a Babbo Natale, vero?"

I due uomini si scambiarono uno sguardo d'intesa.

Il primo uomo si chinò in avanti. "Se i tuoi genitori sono usciti, chi si sta occupando di te?"

Sophie si piantò i pugni sui fianchi. "Non ho bisogno che qualcuno si occupi di me, ho otto anni", annunciò, trionfante. "E posso mangiare e fare la doccia e lavarmi i denti e mettere il pigiama da sola, vedi?" Aprì la vestaglia e mostrò il pigiama colorato, tutta orgogliosa.

"Oh, sei una bambina in gamba", annunciò il primo uomo, avvicinandosi lentamente. "Per essere chiari, sei tutta sola in casa?"

Sophie fece una smorfia. "No, sciocco", disse, senza esitazioni.

L'uomo guardò l'amico, confuso.

Da dietro di lui, l'altro chiese. "E allora chi c'è?"

Sophie sospirò esageratamente, e puntò il dito. "Voi due!" annunciò.

I due intrusi sorrisero.

"Sì, ci siamo noi", rispose quello più lontano, "e sai che facciamo, con le bambine e i bambini che troviamo da soli alla Vigilia di Natale?"

Sophie scosse la testa, impaziente.

"Facciamo un gioco", disse il primo uomo, "solo noi tre, un gioco che teniamo per noi e di cui non parliamo a nessuno, altrimenti Babbo Natale non verrà a lasciare regali".

Sophie sembrava terrorizzata all'idea di non ricevere regali.

Il secondo uomo colse al volo i pensieri della bambina.

Superò il suo amico, fino ad essere a breve distanza da Sophie, e si accovacciò alla sua altezza.

"Adesso", chiese, sorridendo, "vorresti giocare con noi?"

Sophie annuì.

Il secondo uomo si voltò verso il suo amico e gli fece l'occhiolino, prima di rivolgere di nuovo la sua attenzione a Sophie. "Brava bambina, ecco quello che devi fare", si alzò di nuovo prima di continuare. "Corri di sopra e ti nascondi, e poi io e il mio amico veniamo a cercarti".

Sophie annuì.

Conosceva il gioco; era nascondino, e ci aveva spesso giocato con mamma e papà, e aveva sempre vinto, perché conosceva tutti i posti migliori in cui nascondersi.

"Se non mi trovate, vinco io?" chiese, già sicura delle sue abilità.

"Sì, vinci tu", rispose il secondo uomo, "ma se ti troviamo, devi fare un altro gioco con noi, e di questo non devi parlare, se vuoi che Babbo Natale ti porti i regali".

Sophie annuì.

"Perfetto", disse il primo uomo, "vai a nasconderti".

Sophie girò su se stessa senza dire una parola e corse fuori dalla stanza.

I due uomini la guardarono salire le scale più in fretta di quanto avesse fatto a scendere.

Aspettarono finché non sentirono una porta sbattere al piano di sopra.

Sophie conosceva il posto perfetto per nascondersi.

Da quando la mamma aveva messo quegli scatoloni di plastica sotto il suo letto, Sophie era riuscita a crearsi un labirinto che solo lei poteva attraversare e schiacciarcisi dentro, fino a diventare completamente invisibile a chiunque fosse nella stanza.

Sophie si tolse la vestaglia senza pensarci e la lasciò sul letto, mentre ci strisciava sotto e si infilava in mezzo al suo labirinto.

Una volta lì, Sophie rimase il più ferma e muta possibile.

I due uomini continuarono a cercare oggetti di valore al piano di sotto che potessero infilare nei sacchi.

Rovistarono negli armadietti del salotto, tirando fuori tutti i cassetti e riversandone il contenuto sul tavolo, prima di passarlo al setaccio.

Usarono le torce piuttosto che accendere le luci.

L'ultima cosa che volevano, era attirare l'attenzione sulla loro presenza.

Esplorarono tutto il piano di sotto e, quando ebbero finito, avevano entrambi riempito i sacchi con cianfrusaglie e tesori che erano sicuri di poter rivendere.

Una volta finito, si diedero di gomito e salirono le scale, in cerca della loro vittima inconsapevole.

Una volta in cima alle scale, perlustrarono ogni stanza, rivoltando armadi e pensili in cerca di tesori nascosti e della loro preda.

Ragionevolmente certi di non aver mancato la bambina, arrivarono alla sua camera.

Si sorrisero, mentre il primo uomo girava piano la maniglia e apriva lentamente la porta.

L'interno della stanza era buio, ma, con le tende aperte, la luce dall'esterno gettava un bagliore sinistro, che permetteva loro di vedere abbastanza senza dover accendere le torce.

Sotto il letto, Sophie cercò di non muoversi.

Era sicura che non potessero sapere dove si era nascosta, e l'ultima cosa che voleva era farsi scoprire facendo rumore.

I due uomini si guardarono intorno al buio.

Non aveva senso rovistare in quei cassetti, la bambina non poteva avere nulla che valesse la pena rubare.

Dopo un po', il secondo uomo andò ai due armadi, separati da un tavolino da toletta.

Aprì piano la prima porta, e ci mise dentro la testa, per vedere se Sophie ci si fosse nascosta dentro.

Quando fu ovvio che non era lì, fece lo stesso con l'altro armadio, inutilmente.

Guardò il suo amico, e poi il letto.

La vestaglia sul piumone era un indizio.

Il primo uomo fece l'occhiolino all'amico. "Vieni fuori, vieni fuori", cantilenò.

Aspettarono.

Da sotto il letto, nessun movimento.

Il secondo uomo si mise in ginocchio e fece passare la luce della torcia sotto il letto. Fra i contenitori di plastica, il raggio colpì un paio di pantofole rosa a forma di coniglietto.

L'uomo allungò una mano sotto il letto e afferrò una delle pantofole, stringendo il piede che c'era dentro. "Trovata", disse, dolcemente.

Sophie si contorse, cercando di infilarsi ancora di più fra i contenitori, ma stava già riempiendo tutto lo spazio e, anche se cercava di piegare di più le ginocchia, non faceva progressi.

"Andiamo", disse il primo uomo, "conosci le regole, ti abbiamo trovata e ora devi venire fuori e giocare al nostro gioco speciale".

Da sotto il letto, sentirono Sophie sospirare rassegnata.

Questi uomini erano ovviamente esperti a trovare i bambini.

Mamma e papà non la trovavano quasi mai, e, quando ci riuscivano, ci mettevano molto più tempo.

Sophie si chiese se era perché loro lavoravano per Babbo Natale.

Forse avevano qualche modo speciale per sapere dove si nascondevano i bambini, per tutte le volte in cui avevano dovuto fare questo gioco ogni Vigilia di Natale.

Mentre pensava alle varie possibilità che poteva dare l'uso dei loro poteri, Sophie uscì dal suo nascondiglio.

Una volta libera, si alzò e si presentò ai vincitori, i pugnetti contro i fianchi con aria di sfida.

"Come avete fatto a trovarmi tanto in fretta?" chiese, piegando la testa di lato in attesa di risposta.

"È perché abbiamo dei poteri magici", rispose il secondo uomo.

Sophie sgranò gli occhi, stupita e meravigliata. "Vuoi dire che Babbo Natale vi ha dato i poteri?" chiese, curiosa.

"Esatto", rispose il secondo uomo, cercando di suonare plausibile, senza far notare la sua impazienza.

"Potete darmi dei poteri?" squittì Sophie, saltando sul posto e battendo le mani.

"No!" rispose il primo uomo, brusco.

L'improvvisa arroganza della sua risposta colse Sophie di sorpresa.

Erano stati entrambi così gentili con lei, fino a quel momento, e non sapeva cosa avesse fatto per meritare quel cambiamento improvviso nel comportamento dell'uomo.

Non poté fare a meno di sentire il labbro inferiore che iniziava a tremare.

Il primo uomo, rendendosi conto dell'errore, si mise in ginocchio davanti a Sophie, parlandole con gentilezza come aveva fatto in precedenza.

"Mi dispiace di essere stato sgarbato, Sophie", disse, con impazienza, "è solo che io e il mio amico siamo molto stanchi, e ci sono ancora così tanti bambini da cui andare, perdonami, per favore".

Sophie si sfregò gli occhi col dorso della mano, asciugandosi le lacrime prima che potessero scorrerle sulle guance.

Gli sorrise. "Ok."

L'uomo sorrise a sua volta. "Grazie, ora dobbiamo solo tempo per il nostro gioco speciale prima di chiamare Babbo Natale".

Sophie annuì, impaziente, e un sorriso allegro le si allargò sul viso.

Il primo uomo si alzò.

Il secondo uomo andò alla porta e la chiuse, girando il chiavistello.

"Adesso", disse il primo uomo, "per prima cosa dobbiamo toglierci tutti i vestiti".

Sophie storse il naso. "Sembra una cosa sciocca; dobbiamo fare il bagno? Perché so riempire la vasca".

"No", sorrise il secondo uomo, togliendosi la giacca e mettendola su una sedia. "Non ci serve un bagno; questo è più divertente".

"Andiamo, ora", s'inserì il primo uomo, "prima comincia il gioco, prima viene Babbo Natale".

"Non sarà l'unico", rise il secondo uomo, chinandosi per togliersi scarpe e calzini.

Sophie guardò i due uomini spogliarsi.

Non riusciva a immaginare a gioco avrebbero giocato.

C'erano dei giochi che conosceva in cui ci si poteva sporcare, ma di solito la mamma si metteva un grembiule.

Forse, pensò, quegli uomini avevano dimenticato i grembiuli, e per questo dovevano spogliarsi.

Sophie era sicura di poter trovare uno dei grembiuli della mamma, di sotto, ma non voleva dirlo, in caso il primo uomo si arrabbiasse di nuovo.

Capiva che qualche volta gli adulti erano impazienti, quando andavano di fretta, e l'ultima cosa che voleva era che dicessero a Babbo Natale di non venire perché lei non aveva obbedito.

Entrambi gli uomini erano quasi nudi prima che Sophie iniziasse a sbottonarsi il pigiama.

Due ore dopo, i genitori di Sophie tornarono dalla loro serata fuori.

Appena entrati in casa, istintivamente seppero che qualcosa non andava.

Prima ancora di entrare in sala e vedere le loro cose sparse sul pavimento.

Marion Callard e suo marito Jonathan si guardarono, spaventati.

Corsero per le scale.

"Sophie, piccola!" urlò Marion, mentre iniziava a salire.

Quando arrivarono a metà scala, la figlia apparve in cima alle scale, stropicciandosi gli occhi assonnati.

Immediatamente, i genitori furono invasi dal sollievo nel vederla viva, subito sostituito dalla preoccupazione quando notarono lo sguardo cupo, quasi minaccioso sul suo viso.

Suo padre la raggiunse per primo e prese Sophie in braccio.

Sua madre arrivò subito dopo di lui, e accarezzò i capelli aggrovigliati della figlia col palmo della mano. "Stai bene, piccolina?" le chiese, incapace di nascondere la preoccupazione.

Sophie annuì, senza parlare.

Continuò a sfregarsi gli occhi con il dorso della mano, come se cercasse di non piangere.

"Cos'è successo, angelo mio?" chiese suo padre, il viso che diventava rosso dalla preoccupazione.

"Sono venuti degli uomini", rispose Sophie, esitante.

Sua madre sussultò e si mise una mano sulla bocca, come per impedirsi di urlare.

Jonathan mise una mano sulla spalla alla moglie, e la strinse per confortarla.

Guardò la figlia negli occhi; poteva vedere che aveva pianto.

Si sforzò di ingoiare; aveva la gola improvvisamente secca.

"Cosa è successo, cara?" chiese, paziente.

Sophie guardò da un genitore all'altro. "Promettete che non vi arrabbiate?" chiese, evidentemente preoccupata dalla risposta.

Marion poteva sentire gli occhi riempirsi di lacrime; le asciugò in fretta e tirò su col naso, strofinandosi le narici col palmo.

Prese la mano della figlia e la baciò. "No, cara, mamma e papà vogliono solo che dici esattamente cosa è successo mentre non c'eravamo".

"Promettiamo di non arrabbiarci", la rassicurò il padre. "Dicci tutto".

Sophie si rilassò visibilmente fra le braccia del padre. "Be'", cominciò, "so che non volete che scendo di sotto sa sola, ma ho sentito un rumore e pensavo che era Babbo Natale, ma quando sono scesa c'erano due uomini nella sala da pranzo. Hanno detto che erano aiutanti di Babbo Natale, ma non sembravano elfi".

Jonathan e Marion si guardarono, e ora avevano entrambi le lacrime agli occhi.

"Hanno detto che volevano fare un gioco", continuò Sophie, ignara dell'angoscia che pativano i suoi genitori.

"Che gioco, cara?" chiese sua madre, cercando di mantenere calma la voce.

"Nascondino", rispose Sophie, corrucciata perché era stata interrotta. "Mi sono nascosta, ma sono stati bravi e mi hanno trovata. Allora, volevano fare un altro gioco, ma io non volevo, perché hanno detto che ci dovevamo prima spogliare. Ma quando ho tolto il pigiama avevo freddo e non volevo giocare, e gliel'ho detto, ma si sono arrabbiati con me".

Jonathan e Marion Callard si presero per mano.

Attesero, trattenendo il fiato, che la bambina continuasse la storia.

Ma Sophie rimase in silenzio.

Alla fine, Jonathan cercò di convincere la figlia a continuare.

"Di' a mamma e papà cos'è successo dopo, piccola".

Sophie guardò i suoi genitori e fece la faccia più seria e complessa che riusciva a fare.

"Avete promesso che non vi arrabbiate", ricordò loro, cauta.

"Abbiamo promesso", la rassicurò la madre.

"Ok, allora, dovete venire in camera mia", Sophie indicò la porta della cameretta.

Con trepidazione, Jonathan e Marion riportarono la bambina in camera.

Quando accesero la luce, videro due uomini nudi sul pavimento.

Entrambi tremavano e avevano le convulsioni, ed entrambi avevano le mani premute con forza sul collo, dove i Callard potevano vedere il sangue che gli scorreva tra le dita.

I Callard si guardarono e sorrisero.

Nel farlo, i canini si allungarono, preparandosi alle delizie in arrivo.

Jonathan baciò amorevolmente la figlia sulla guancia e la rimise sul pavimento.

"Chiudi le tende, da brava", suggerì, "non vogliamo che i vicini diventino sospettosi, no?"

Sophie annuì entusiasta e, superando le due forme nude e sanguinanti sul pavimento, raggiunse le tende e le chiuse come richiesto.

Jonathan si rivolse a sua moglie. "Affamata, cara?" chiese.

Marion si passò la lingua sui denti prima di rispondere. "Mmmhh, be', so che abbiamo appena mangiato, ma è Natale e forse ho un po' di spazio per il dolce", sussurrò.

Sophie guardò da vicino la finestra e sorrise con orgoglio mentre i genitori si mettevano in ginocchio e banchettavano con il sangue delle sue due vittime.

IL PROCESSO DI GOODY WEEKES

"Fate fare silenzio, per favore", il magistrato ordinò al suo usciere temporaneo, Jeremiah Welsh.

Welsh non se lo fece ripetere due volte. "Silenzio!" urlò, a pieni polmoni. "Il Magistrato Clemence Fortescue è pronto a processare la strega!"

I cittadini che si erano radunati per il processo si zittirono immediatamente.

Clemence Fortescue si sporse sulla scrivania e fece cenno al suo usciere perché si avvicinasse, così nessun altro poteva sentire quello che doveva dirgli.

"Non è appropriato, da parte nostra, chiamare l'imputata una strega, Jeremiah", sussurrò, "forse, dopo il processo, una volta raggiunto il verdetto, ma non prima".

Jeremiah si tirò la frangia e chinò la testa in segno di scuse. Aveva sempre sognato di fare l'usciere di un magistrato, e sapeva di dover fare buona impressione sul giudice, in modo che potesse raccomandarlo per processi futuri.

"Mi dispiace molto, Vostro Onore, non succederà più".

Il vecchio giudice annuì, accettando le scuse.

"Ora dite a tutti di prendere posto, e fate portare dentro l'imputata. È la Vigilia di Natale, dopo tutto, e sono sicuro di non essere l'unico a volersene andare prima".

"Sì, Vostro Onore", Jeremiah girò sui tacchi e urlò l'ordine alla congregazione. "Prendete posto, basta parlare!"

Le persone lì radunate si mossero fra le file di panche di legno, disposte ai lati di un corridoio centrale. C'era a malapena spazio per tutti, ma ciò non era inusuale durante i processi. In special modo, o così aveva notato Fortescue, quando il processo si teneva localmente in un'area in cui non si era mai assistito a un tale spettacolo.

Welsh si fece strada lungo il corridoio, mandando le persone a sedersi con modi bruschi, che sentiva tradissero la sua attuale posizione.

Una volta che fu soddisfatto e che fu riportato l'ordine, ripercorse il corridoio e fece cenno che si portasse l'imputata.

Nell'attimo in cui la figura piccola e misera di Geraldine Weekes fu visibile, la congregazione iniziò a gridare 'Strega', 'Arpia', 'Meretrice di Satana', e altre etichette similmente dispregiative, tutte mirate alla donna infangata mentre veniva condotta in tribunale da due guardie nerborute.

Il banco degli imputati, costruito appositamente per quel processo, era poco più che un leggio con una recinzione di legno.

Geraldine Weekes fu brutalmente messa in posizione dietro il banco improvvisato, in modo che il pubblico potesse vedere solo la parte superiore del suo corpo.

A ventitré anni, Geraldine Weekes era già stata vedova due volte e, per i precedenti tre giorni - dato che i suoi accusatori avevano mantenuto le loro minacce - era stata spogliata e fatta vestire con un vecchio sacco, prima di essere chiusa in una capanna senza finestre, a pane e acqua.

In piedi davanti al magistrato, non riusciva ad impedirsi di battere le palpebre e sfregarsi continuamente gli occhi, cercando di riabituarsi alla luce del giorno che filtrava dalle finestre dell'aula improvvisata.

Prima che il giudice avesse la possibilità di chiedere all'usciere di mantenere l'ordine, Jeremiah urlò al pubblico di sedersi e smettere di urlare oscenità all'imputata.

Si sentì piuttosto fiero di sé, per essere intervenuto prima che il giudice dovesse dirgli di agire, e l'ampio sogghigno sul suo viso trasmise quel pensiero a tutti i presenti.

Una volta che la sala tornò all'ordine, Clemence Fortescue cominciò il suo discorso iniziale.

"Goody Weekes, siete davanti a questa corte, nel giorno del Signore 24 dicembre, anno 1598, accusata della pratica di stregoneria, nel villaggio di Havisham, nella contea dell'Hertfordshire. Come vi dichiarate?"

La giovane nel banco degli imputati guardò il Giudice. "Non sono colpevole, Vostro Onore, giuro di non avere nessuna idea delle nozioni per cui vengo accusata."

"Bugiarda!" Ad urlare, era stato un uomo in prima fila, che indossava un completo di velluto verde, con le finiture di broccato color oro.

Fortescue strinse gli occhi, per vedere meglio l'uomo, prima di riconoscerlo.

"Squire Francis", disse, con tono serio ma amichevole. "Vi chiederei di aspettare finché non sarete chiamato a testimoniare, prima di fare tali accuse".

Lo Squire sorrise a sua volta. "Certo, Vostro Onore, vogliate scusarmi".

Fortescue annuì, e rivolse di nuovo la sua attenzione alla ragazza infangata nel banco.

"Che sia messo agli atti, l'imputata, Goody Weekes, nega l'accusa".

Jeremiah Welsh, che aveva ripreso il suo posto, iniziò a scribacchiare freneticamente mentre il giudice parlava.

In verità, l'usciere aveva una mano modesta, quando si trattava di scrivere, ma era stata la sua grande determinazione a fare un buon lavoro che gli aveva fatto guadagnare quella possibilità, ed era determinato a provare il suo valore.

Il vecchio giudice alzò la testa per assicurarsi che lo sentissero in fondo all'aula. "Che venga chiamata l'Accusa, Simeon Cullis!"

Ci fu un mormorio basso di voci, che dilagò nell'assemblea, mentre la folla aspettava di vedere per la prima volta il famoso cacciatore di streghe.

Tutti gli occhi erano puntati in fondo all'aula, verso l'ingresso da cui, pochi minuti prima, era stata trascinata Geraldine Weekes.

Ci fu un attimo di pausa, quando la pesante tenda che copriva l'apertura iniziò ad incresparsi e ad andare avanti e indietro, come in balia di un forte vento.

Quando la stoffa venne, infine, spostata di lato, rivelò il cacciatore di streghe, quasi sull'attenti come un attore che aspettava l'applauso alla fine della sua parte.

Ma nessuno osò fare il minimo rumore.

Il cacciatore di streghe era alto ed estremamente magro. Era vestito da capo a piedi in blu scuro, quasi nero.

Aveva i capelli nerissimi, accuratamente tagliati ai lati e più lunghi davanti, in modo da poterli portare indietro sulla testa.

Aveva la barba lunga almeno quindici centimetri sul davanti, ma tagliata corta ai lati e sotto il mento.

L'uomo rimase immobile per diversi attimi, studiando la folla, fissando chiunque osasse guardarlo negli occhi per più di un paio di secondi.

Una volta che fu convinto che tutti fossero consapevoli della sua presenza e gli dimostrassero il dovuto rispetto, fece un cenno con la testa al giudice e percorse lentamente il corridoio.

Una volta seduto, Cullis si versò con attenzione un bicchiere d'acqua dalla caraffa e, una volta che ne ebbe preso qualche sorso, si terse la bocca con il fazzoletto e fece un altro cenno al giudice, per indicare che fosse pronto a procedere.

Il vecchio giudice sorrise e guardò Jeremiah.

"Chiamate il primo testimone, prego, usciere".

Jeremiah scattò in piedi. "Si faccia avanti, Squire Francis".

Lo squire si alzò dalla panca. "Sono qui per dire la verità sugli eventi di cui sono stato testimone!" disse, a voce alta, a beneficio di quelli che sedevano in fondo.

Simeon Cullis si alzò dalla sedia ed esaminò i documenti che aveva davanti, prima di parlare.

"Squire Francis", cominciò, "è vero che, tre notti fa, e molte altre notti in precedenza, avete visto l'imputata, Goody Weekes, seduta davanti al fuoco, ad ora tarda, che lasciava che un famiglio del diavolo le succhiasse il seno, come un neonato?"

L'assemblea sussultò.

Lo squire fece un ampio sorriso. "Sì, è corretto, Vostro Onore".

"È una menzogna!" urlò Goody Weekes, fissando direttamente lo squire.

Per la prima volta dal suo arrivo, Cullis accennò alla ragazza.

"Se l'imputata non resta in silenzio a meno che non le venga fatta una domanda, sarà costretta al silenzio!"

Il giudice alzò la mano. "È corretto, Goody Weekes, dovete restare in silenzio e ascoltare quello che i vostri accusatori hanno da dire", spiegò, con gentilezza. "Parlate solo quando viene richiesta una vostra risposta".

La ragazza annuì, obbediente, e poi continuò a fissare lo squire, come a sfidarlo a inventarsi altre bugie su di lei.

Quando lo squire incontrò il suo sguardo, divenne subito turbato, e sembrava non riuscire a stare in piedi.

Riportò immediatamente gli occhi verso Cullis, sperando che nessuno dei presenti avesse notato la sua reazione improvvisa.

Cullis, da parte sua, rimase irremovibile.

I suoi tratti severi rimasero immobili, come se scolpiti nella roccia.

"E potete spiegare a questa corte", continuò, incrociando lo sguardo dello squire, "la forma di questo famiglio che avete visto al seno dell'imputata?"

Lo squire fece un respiro profondo prima di rispondere. "Era un gatto nero, Vostro Onore".

Un altro sussultò sfuggì all'assemblea, seguito da un lieve mormorio.

Cullis lasciò che l'interruzione proseguisse per enfasi, mentre osservava l'assemblea.

Il giudice, infine, batté il martelletto per richiamare all'ordine.

Quando tornò il silenzio, Cullis continuò. "Un gatto nero!" disse, secco. "La personificazione del diavolo in forma animale!"

Diversi membri dell'assemblea iniziarono a farsi il segno della croce.

Dopo un attimo di pausa, Cullis si rivolse a Jeremiah. "Che venga portato il famiglio dell'imputata".

Annuendo, Jeremiah balzò in piedi e corse in fondo all'aula.

Dopo un momento, emerse dalla tenda con un cesto di vimini, che tenne lontano dal corpo, tornando all'altra estremità dell'aula.

Mise il cesto sul pavimento di fronte al cacciatore di streghe, prima di tornare al suo posto.

"Fatevi avanti, squire Francis", disse Cullis, indicando il cesto, "e confermate che, in questa cesta, c'è il famiglio che avete visto al seno dell'imputata".

Titubante, lo squire si mosse e si diresse lentamente verso la cesta.

"Venite, venite", lo incoraggiò il giudice, "non c'è niente da temere, non in presenza del nostro onorato ospite", indicò Cullis con un cenno della testa.

Cullis, per la prima volta da che era entrato, sorrise.

Quando lo squire era ad un passo dalla cesta, si fermò. Guardò rapidamente il giudice e il cacciatore di streghe prima di chinarsi lentamente, e guardare attraverso il coperchio di vimini sulla cesta.

Dall'interno, giunse il miagolio di un gatto, che riempì l'aria.

Lo squire alzò in fretta la testa e si fece indietro.

"È quello", annunciò, indicando la cesta, "è la creatura che ho visto l'imputata lasciare che le succhiasse il seno come un neonato".

Cullis annuì. "Che la conferma del testimone sia messa agli atti".

Cullis guardò Jeremiah scribacchiare freneticamente. Si accorse che diversi membri della folla si facevano cenni d'assenso.

Si strinse i baveri del cappotto con le mani, prima di continuare.

"Inoltre, squire Francis, non è forse vero che diversi dei vostri agricoltori sono venuti da voi, in passato, a raccontare di come abbiano visto l'accusata in giro di notte, a correre a quattro zampe fra i campi, annusando l'aria e ululando alla luna?"

Lo squire si rivolse alla folla, poi di nuovo all'Accusa.

"È così, Vostro Onore".

Il giudice notò che Goody Weekes apriva la bocca per protestare, per cui sollevò una mano verso di lei. "Avrete la possibilità di difendervi a tempo debito, Goody Weekes; non sfidate la pazienza di questa corte con le vostre interruzioni".

La ragazza chiuse subito la bocca, ma, nei suoi occhi, si vedeva il dolore che provava per il non poter parlare.

Cullis continuò, rivolgendo le sue domande allo squire. "E non è, inoltre, vero che, in quelle notti già descritte, i vostri mezzadri hanno raccontato di aver trovato pecore e maiali morti il mattino dopo, alcuni con la gola tagliata?"

L'Accusa si rivolse al pubblico per enfatizzare la domanda.

Attraverso i sussulti scioccati e i mormorii di incredulità, arrivò la risposta dello squire. "È così, Vostro Onore".

Il cacciatore di streghe annuì, prima di lasciare che lo squire sedesse di nuovo.

Raggiungendo Jeremiah, Cullis porse la mano per prendere la penna dell'usciere.

Tenendola per il pennino, il cacciatore di streghe raggiunse la cesta, e infilò la grossa piuma attraverso la griglia, e iniziò a muoverla velocemente da un lato all'altro.

Da dentro la cesta, il gatto cominciò a soffiare e miagolare più forte di prima.

Più l'uomo tormentava la povera creatura, più questa si agitava, fino al punto di lanciarsi contro le pareti della sua prigione, quasi abbattendo la cesta.

Cullis balzò indietro, come se temesse che l'animale potesse fuggire e fargli del male. Le sue azioni, di nuovo, suscitarono una risposta eccitata dall'assemblea.

L'Accusa ringraziò Jeremiah per la penna e tornò al suo posto.

Si rivolse al giudice. "Temo che il famiglio dell'imputata sia posseduto; è noto che i demoni in forma animale temono il manto di altri animali".

Il giudice annuì. "Volete dire che il famiglio nella cesta ha reagito in quel modo perché gli avete mostrato la piuma di un altro animale?"

"Esatto", confermò il cacciatore di streghe. "Se la mostrassi a un altro gatto o a un cane non posseduto, non reagirebbe".

La folla annuì, insieme al giudice.

"Che cosa suggerite, allora?" chiese il giudice.

Cullis si rivolse a Geraldine Weekes. "Se l'imputata confessa i suoi crimini, prima che la mettiamo a morte potrebbe liberare questa povera creatura dai suoi tormenti, altrimenti temo che dovremo mettere a morte il suo famiglio insieme a lei".

Geraldine guardò il giudice, implorando pietà in silenzio, non solo per se stessa ma anche per il suo cucciolo.

Il giudice guardò Cullis prima di annuire con riluttanza.

Geraldine singhiozzò. Non le importava più di chi la vedeva.

Inizialmente, si era ripromessa di restare a testa alta e affrontare i suoi accusatori viso a viso, ma iniziava a sentire che la sua situazione fosse senza speranza.

Cullis si compiacque delle lacrime di Geraldine.

Ora era sicuro di averla in pugno, e il sapore della vittoria non era lontano.

Sotto la 'Legge contro gli scongiuri, gli incantesimi e le stregonerie' voluta dalla Regina, a Cullis venivano garantiti cinque scellini per ogni caso che perseguiva. Tuttavia, la sua tariffa sarebbe salita a venti scellini, se la sua accusa aveva successo e un'altra strega veniva consegnata al boia.

Poteva già vedere un bel regalo di Natale che arrivava.

L'accusatore si rivolse di nuovo al giudice. "Credo che abbiamo sentito tutte le testimonianze necessarie", decretò. "Dobbiamo concedere all'imputata la possibilità di provare la sua innocenza, prima che venga emanata la sentenza?"

Il giudice guardò l'assemblea.

"Signore e signori, ora daremo la possibilità all'imputata di difendersi dalle accuse. Quelli di voi di animo nervoso o debole potrebbero trovare che la possibile rivelazione di una relazione con il diavolo e con i suoi servitori sia troppo, perché le vostre anime cristiane la tollerino. Per cui, se ne sentite il bisogno, vi prego di cogliere l'occasione di lasciare l'aula ora".

Ci furono molti movimenti e spostamenti nella folla, e si sentirono diversi mariti ordinare alle mogli di andarsene prima che Geraldine potesse difendersi.

Ma, alla fine, rimasero tutti al loro posto.

"Molto bene, come volete", il giudice riconobbe la decisione generale.

Fece un altro cenno a Cullis.

L'accusatore rivolse la sua attenzione a Geraldine, con un'espressione di mero disprezzo.

"Goody Weekes", cominciò, la voce che risuonava nell'aula, "avendo sentito la testimonianza di questo brav'uomo onesto", indicò lo squire, che si inorgoglì della descrizione, "cosa avete da offrire per difendervi dalle accuse rivolte contro di voi?"

Geraldine guardò il giudice, perché le confermasse che poteva, finalmente, parlare.

Fece un respiro profondo. "Si sbaglia, mio signore, quello che ha detto di aver visto non è mai successo, lo giuro".

Il pubblicò sussultò, come se stessero tutti trattenendo il fiato e stessero aspettando di lasciar andare l'aria tutti insieme.

Cullis sorrise fra sé. "Andiamo, Goody Weekes, lo squire sostiene di avervi vista lasciare che il vostro famiglio vi si attaccasse al seno! Sostenete che abbia travisato quello che stava succedendo?"

"Un paio di sere fa mi sono preparata della minestra di pollo. L'ho bevuta davanti al fuoco e mi sono addormentata sulla sedia. Quando mi sono svegliata, Mezzanotte stava leccando la zuppa che mi era caduta sul vestito, qui", indicò un punto appena sopra il seno. "Da lontano, deve essere sembrato qualcosa di più sinistro, ma era tutto qui, lo giuro".

Geraldine si voltò dal cacciatore di streghe al pubblico, e poi verso il giudice, per enfasi.

La sua risposta a quello che poteva essere successo portò l'assemblea a riflettere ad alta voce sulla sua situazione.

Questo non fece piacere all'accusatore.

"E allora perché, se, come dite voi, l'atto in sé non era più di quello che affermate, pensate che lo squire abbia detto che sia stato molto di più?"

Geraldine fissò direttamente lo squire, che, istintivamente, si agitò sulla sedia e abbassò lo sguardo.

"Perché tutti sanno che vuole le mie terre", affermò Geraldine, indicando lo squire, "e, visto che continuo a rifiutare le sue offerte, questo è il suo modo di metterci sopra le mani!"

Di nuovo, sembrò esserci un accordo fra la folla.

Cullis sapeva che doveva far cambiare loro idea.

Ci pensò per un attimo.

Poi gli venne in mente una cosa.

"Mezzanotte!" esclamò, all'improvviso. "Confessate di aver chiamato il vostro famiglio Mezzanotte, davanti a questa corte?"

Geraldine sembrava perplessa. "Era il gatto della mia defunta suocera e, siccome è tutto nero, l'ha chiamato Mezzanotte".

"Mezzanotte!" ripeté l'accusatore, girando intorno al cesto.

All'improvviso, si fermò e girò sui tacchi, puntando direttamente a Geraldine. "L'ora delle streghe!" sputò.

Ci fu un altro sussulto di massa, e, ancora una volta, Cullis vide la gente farsi il segno della croce.

Cullis attese che il pubblico si calmasse, prima di continuare.

"Lasciate che vi chieda, buona gente di Havisham, chi altri, oltre quelli che praticano le arti nere, chiamerebbe il proprio animale come l'ora delle streghe?"

Si sentirono urla di approvazione.

Cullis poteva quasi sentirsi la borsa pesante in mano.

"E cosa dite, voi", continuò, rivolgendosi di nuovo a Geraldine, consapevole di non voler perdere l'approvazione della folla ora che sembravano sufficientemente sobillati, "ai testimoni che vi hanno visti nei campi a tarda notte, ad annusare l'aria e ululare alla luna, Goody Weekes?"

"Tutti sanno che ho problemi a dormine, ne ho da quando il mio Harold è morto, per cui alcune notti, quando tutto è tranquillo, vado a raccogliere erbe che uso per cucinare e in medicina".

"E allora, cosa vi fa ululare alla luna piena come se foste posseduta, ditecelo!" insisté Cullis.

Geraldine alzò le spalle. "Alle volte, al buio, finisco fra i cardi o in un cespuglio di rovi, e se mi pungo capita che urli, ma non ricordo se l'ultima volta c'era la luna piena o no!"

Il chiacchiericcio improvviso della folla fece voltare Cullis, che li guardò con uno sguardo raggelante, finché non si zittirono tutti di nuovo.

L'accusatore sentiva la sua frustrazione aumentare e le guance scaldarsi.

Si rivolse di nuovo al giudice. "È noto che le streghe lasciano che il loro famiglio succhi da loro quando hanno un terzo seno, dato loro dal diavolo per questo scopo".

Il giudice annuì, d'accordo. "Ne ho sentito parlare in passato, ma ho anche sentito dire che una strega può mascherare il terzo capezzolo perché non venga scoperto".

"Anche questo è vero", confermò l'accusatore, "ma, per fortuna, per quelli di noi ben addestrati a trovare i discepoli del diavolo, questi trucchi diventano futili".

Il giudice apparve genuinamente sconvolto. "Volete dire che potete dire per certo se l'imputata possiede un terzo capezzolo?"

"Posso farlo", lo rassicurò Cullis. "Vi prego di osservare".

Con questo, l'accusatore si avvicinò alla ragazza nel banco, tirandosi su le maniche man mano che si avvicinava.

Geraldine, istintivamente, si allontanò da lui, ma Cullis la prese bruscamente per la tela di sacco che la copriva, e vi infilò una mano dentro.

"Toglietevi di dosso". Geraldine cercò di allontanarsi, mentre il cacciatore di streghe le palpava il seno nudo sotto il vestito.

Anche se Cullis era di corporatura esile, era molto più forte di Geraldine, e riuscì a tenerla ferma mentre le rovistava sotto i vestiti, strizzando e strofinandole la pelle nuda.

Tutti, incluso il giudice, guardavano in attesa, e nessuno di loro aveva dei ripensamenti su Cullis, accettando il fatto che fosse un professionista che faceva il suo lavoro.

Alla fine, esclamò, trionfante "Ah-ha!"

Il giudice quasi si alzò dalla sedia. "Avete trovato qualcosa?" chiese, in attesa.

Cullis lasciò andare Geraldine e fece un sorriso ampio. "Ebbene sì, giudice".

Raggiunse il banco del giudice.

Una volta lì, si voltò e puntò il dito contro Geraldine. "L'imputata è in possesso di un terzo capezzolo, tale da dare ampio soccorso a un folletto o un famiglio, o persino al diavolo!"

Diverse donne nel pubblico svennero, scioccate dalla rivelazione.

Il giudice sprofondò sulla sedia, guardando Geraldine con pietà e scuotendo lentamente la testa.

"No, è una bugia!" urlò Geraldine.

"Strega", urlò qualcuno dalla folla.

"Meretrice di Satana", urlò un altro.

Il giudice Clemence Fortescue batté il martelletto, e pretese il silenzio.

Una volta che l'ordine fu ristabilito, il giudice guardò di nuovo Geraldine.

"Allora, che avete da dire in vostra difesa, Goody Weekes?"

"Giudice, Vostro Onore, vi imploro, non ho un terzo capezzolo", singhiozzò, "ha strizzato un segno che ho dalla nascita, non è un terzo capezzolo più di quanto non lo sia il foruncolo che ho sul culo".

Il suono delle risate che venivano dalla folla fece arrabbiare l'accusatore.

Cullis mise una mano in una tasca interna e ne estrasse un grosso tubo di legno.

Attese, pazientemente, che tutti reagissero alla vista dello strumento.

Finalmente, il giudice chiese. "Che strumento avete lì, accusatore?"

Senza voltarsi verso il giudice, Cullis premette il fondo del tubo di legno, e un chiodo ne uscì dalla sommità.

Ciò fece sussultare di nuovo l'assemblea.

"Questo", spiegò Cullis, "serve a testare i capezzoli, è stato appositamente benedetto da un prete per provare se una strega abbia o no un terzo capezzolo!"

"Come funziona?" chiese il giudice, visibilmente confuso. "Avete intenzione di usarlo per torturare l'imputata per ottenere una confessione?"

Cullis si voltò e sorrise. "Ahimè, no, giudice. Anche se ho sentito che i miei colleghi del nord hanno la facoltà di indulgere in tali azioni, sotto il dominio del loro re, la nostra regina lo vieta. Per cui, ho questo", guardò il chiodo all'estremità del tubo, con tenerezza, come se fosse un animaletto favorito.

L'accusatore guardò di nuovo l'assemblea per finire la sua spiegazione.

"Quando spingo il chiodo nella carne dell'imputata, se sanguina e urla di dolore, allora posso procedere al passo successivo, ovvero spingerlo direttamente nel terzo capezzolo, a quel punto, se non urla né sanguina, ho tutte le prove che mi servono riguardo il suo scopo".

Senza aspettare il permesso del giudice, Cullis raggiunse Geraldine con il chiodo diretto verso di lei.

Geraldine iniziò ad agitarsi e tremare nel banco.

Si strinse le braccia al corpo per proteggersi, sapendo benissimo che sarebbe stata una cosa inutile.

L'accusatore aveva deciso di eseguire il test, e non c'era nessuno che l'avrebbe protetta o aiutata.

Disperata, si voltò di nuovo verso il giudice, in cerca di compassione. Ma lui si limitò a guardare dritto davanti a sé, aspettando il risultato di quest'ultima invasione del corpo di Geraldine.

Mentre il chiodo le si avvicinava alla pelle, Geraldine allungò la mano e lo allontanò con uno schiaffo, facendolo cadere dalla mano di Cullis.

Il cacciatore di streghe si fece rosso dalla rabbia, e ordinò a Jeremiah di legarle le mani dietro la schiena con della corda.

Jeremiah fece quanto richiesto senza domande.

Quando Geraldine cominciò a lottare per non farsi legare, l'accusatore chiese aiuto alla folla.

Lo squire ordinò ad alcuni dei suoi mezzadri di aiutare l'usciere.

I contadini si guardarono, come se aspettassero che qualcun altro facesse la prima mossa. Era ovvio a tutti quelli che guardavano che nessuno di loro aveva molta voglia di entrare in contatto con una strega, per paura che potesse lanciar loro qualche incantesimo.

Alla fine, frustrato dall'attesa, Cullis urlò loro "Questa è l'opera di Dio, osate negare aiuto al vostro Dio?"

Le parole dell'accusatore li incitarono e, in pochi attimi, la povera Geraldine Weekes fu legata, impotente, alla mercé del chiodo del cacciatore di streghe.

Ancora una volta Cullis infilò la mano sotto il leggero abito di Geraldine, e iniziò a palpeggiarla in cerca di un posto adatto a infilarci il chiodo.

Alla fine, soddisfatto, premette lo strumento acuminato, e Geraldine urlò di dolore.

Cullis continuò ad applicare più pressione, finché non sentì il sangue appiccicoso che usciva dal corpo della sua vittima.

Sfregò il palmo contro la zona insanguinata e lo sollevò perché tutti potessero vederlo.

Alle persone lì riunite, incluso il magistrato, prese dal furore dei procedimenti, sembrò improvvisamente straordinario che una ragazza, punta da un oggetto acuminato, sanguinasse.

Per loro, il sangue era il primo segno positivo che fosse davvero una strega.

Avendo mostrato il sangue di Geraldine, Cullis si pulì la mano sul sacco, prima di poggiare il chiodo, con estrema delicatezza, sul punto in cui sosteneva ci fosse il terzo capezzolo.

"Osservate!" esclamò, e finse di spingere di nuovo la punta.

Geraldine si preparò ad una nuova agonia, ma, anche se l'accusatore sembrava impiegare tutte le sue forze per pungerla, le stava a malapena toccando la pelle.

Geraldine guardò Cullis, perplessa, aspettando ancora di sentire dolore.

Dopo un attimo, Cullis si allontanò dalla ragazza stupita, e iniziò a massaggiarle l'altro seno con la mano libera.

Di nuovo, sollevò la mano, e, questa volta, aveva strofinato Geraldine in un punto in cui non c'era sangue, e la mano era pulita.

"Ecco!" urlò Cullis, in trionfo e meraviglia. "Prova positiva, l'imputata è una STREGA!"

Sottolineò appositamente la parola, il che ebbe l'effetto desiderato, portando la folla ad unirsi alla frenesia.

Le panche furono spinte lungo il pavimento, mentre la gente si alzava e chiedeva giustizia.

Alcuni si abbracciarono, altri continuarono a farsi il segno della croce, come per proteggersi dal male che poteva emanare dalla strega.

Jeremiah si alzò in piedi e andò a stringere la mano all'accusatore.

Altri lo imitarono, qualcuno abbracciò Cullis come un amico che era stato lontano ed era appena tornato.

Qualcuno colse anche l'opportunità di guardare da vicino Geraldine, per sputarle addosso. Anche se molti sembravano accontentarsi di agitare il pugno e urlare insulti.

Nella cacofonia di urla e grida di trionfo, il giudice si mise la testa fra le mani, rassegnato al fatto che l'accusa si era dimostrata fondata senza ombra di dubbio. Sapeva che non poteva fare altro che confermare la sentenza per la povera creatura davanti a lui.

In verità, aveva sperato che la ragazza fosse innocente.

Non gli sembrava giusto dover condannare a morte qualcuno così giovane alla Vigilia di Natale.

Tuttavia, sapeva quale fosse il suo dovere.

Quando apparve ovvio che la folla non si sarebbe calmata da sola, Clemence Fortescue decise di usare di nuovo il martelletto.

Una volta che tutti tornarono al loro posto, guardò la povera ragazza nel banco.

"Goody Weekes", cominciò. "Ho ascoltato le prove esposte oggi in assise, ed è mio dovere solenne condannarvi, avendovi trovata colpevole, in processo, di atti malefici, in contravvenzione alle leggi di queste terre".

Geraldine rabbrividì nel banco.

Sapeva già cosa stava per succedere, ma non era preparata ad accettarlo, finché non sentì il giudice dirlo.

"La sentenza di questa corte vuole che siate portata via e condotta all'esecuzione, per impiccagione. Possa il Signore avere pietà della vostra anima".

La folla riprese ad urlare di gioia e a ridere.

Il vecchio giudice sciolse la seduta, anche se nessuno lo sentì.

Simeon Cullis guardò Geraldine e sorrise, malvagio.

Mentre il giudice lo superava uscendo, Cullis gli porse un pezzo di carta piegato.

"La mia tariffa per il lavoro di oggi", informò il giudice, cercando di non sorridere.

Il giudice annuì. "Vi sarà data subito, accusatore".

Superando Geraldine, il vecchio giudice le offrì uno sguardo rassegnato di compassione.

Con sua sorpresa, Geraldine gli fece l'occhiolino, furtiva.

L'aula si stava rapidamente svuotando, tutti volevano un buon posto per l'impiccagione.

Il dovere finale dell'accusa era chiamare il boia perché scortasse la condannata al suo destino.

Ma Cullis non aveva fretta. Gli piaceva fermarsi un momento o due prima di chiamare il boia, per far crescere l'attesa; in quel modo, l'esultanza, quando uscivano con la vittima, era sempre più forte ed eccitante.

Permetteva anche agli anziani e ai dignitari di mettersi comodi.

Sentendosi incredibilmente fiero del suo risultato, soprattutto dell'aver riportato la folla da sua quando credeva di aver perso la condanna, Simeon Cullis prese le sue carte e rimise il tubo di legno nella giacca.

Geraldine aspettò che tutti se ne fossero andati, prima di rivolgersi a lui.

"Voi sapete che non sono una strega più di quanto lo siate voi, vero?" disse, con fermezza.

Cullis rise. "Che differenza fa, strega? Una giuria di persone migliori di voi vi ha trovata colpevole, e sarete impiccata!"

"E voi sarete degnamente ricompensato, non c'è dubbio".

"Mi guadagno la mia tariffa con i miei servigi alla giustizia", si vantò Cullis.

Geraldine gettò la testa all'indietro e rise. "Giustizia, la chiamate. Che giustizia c'è, nell'impiccare ragazze innocenti che non vi hanno mai fatto del male?"

Cullis la guardò e sorrise, crudele. "Agli occhi della legge, siete una strega, e questo è tutto ciò che mi riguarda". Tolse il tubo di legno dalla tasca e lo scosse verso Geraldine. "Avete fallito il test!" annunciò.

Geraldine ghignò. "Sciocchezze, la seconda volta non mi avete punta di proposito, così non dovevo urlare!"

Cullis rimise a posto il tubo. "A nessuno interessa delle vostre teorie, il processo è finito".

L'accusatore si guardò dietro la spalla per essere sicuro che fossero soli.

Una volta certo, si voltò di nuovo verso Geraldine. "E, una volta che ci siamo liberati di voi, lo squire mi ha offerto una bella somma per averlo aiutato a mettere le mani sulle vostre terre, per cui, vedete, il mio incentivo era doppio".

Geraldine era scioccata. "Come fate a guardarvi allo specchio?" chiese, quasi retorica.

Cullis ignorò la domanda.

Finì di recuperare le carte, e andò a chiamare il boia, quando notò che il cesto di vimini era ancora sul pavimento.

Lo raggiunse, e gli diede un colpetto con il piede.

All'interno, il micio rinchiuso soffiò.

"Mmh", pensò Cullis ad alta voce, "forse il vostro famiglio dovrebbe essere messo a morte insieme alla padrona".

"Non potete!" urlò Geraldine. "Il povero piccino non ha mai fatto del male a nessuno!"

Cullis si voltò verso di lei. "Che mi importa?" disse, caustico.

Geraldine ci pensò per un attimo, prima di chiedere, "E se vi dessi una buona ragione per lasciar vivere il mio gatto?"

Cullis era intrigato. "Che tipo di ragione? Non siete nella posizione di fare scambi".

Geraldine sorrise. "So di piacervi; ho sentito quanto eravate duro, quando mi strizzavate il seno".

Cullis arrossì, schiarendosi la gola, involontariamente.

Geraldine insisté. "E se dicessimo che io vi lasci avermi, qui e ora, e voi, in cambio, lasciate vivere il mio Mezzanotte?" Si sedette sulla scrivania che aveva usato l'usciere e sollevò le ginocchia, aprendo le gambe. "Che ne dite?" sussurrò, in modo invitante. "Nessuno deve saperlo e, una volta che sarò morta, sarà il vostro piccolo segreto".

Cullis si asciugò la bocca con il dorso della mano.

Aveva le labbra secche, e se le inumidì passandoci sopra la lingua.

Geraldine rise, e fece lo stesso.

Anche se il suo gesto era molto più provocante.

Cullis dovette ammettere che la ragazza aveva ragione!

Poteva sentire la propria eccitazione al solo pensiero della loro unione.

Guardò l'ingresso.

La via era libera. Nessuno sarebbe entrato finché lui non fosse stato pronto a chiamare il boia, di questo era certo, quindi che male poteva esserci, se si godeva la ragazza prima di consegnarla al suo destino?

"Andiamo, signor cacciatore di streghe" lo invitò Geraldine. "Comincio a sentirmi bagnata solo a pensare di avervi dentro di me".

Questo lo convinse.

Cullis fece cadere la borsa sul suo banco e corse da Geraldine, che lo aspettava con le gambe aperte.

Armeggiò con i propri vestiti, aprendo i pantaloni e calandoseli piano oltre il membro.

Con le mani legate dietro la schiena, Geraldine non poteva aiutarlo. Ma, alla fine, lui sentì la sua fessura umida e riuscì a penetrarla senza troppa difficoltà.

Geraldine gemette e sussultò mentre l'uomo si spingeva dentro di lei, afferrandola per i glutei con entrambe le mani per tenerla in posizione.

Geraldine lo incoraggiò apertamente a prenderla, quasi implorandolo di spingere più a fondo e con più forza. Lui chiuse gli occhi sentendo il seme salire, fino a esplodere dentro di lei con un grido di estasi.

Da qualche parte, poteva sentire Geraldine ridere.

Aspettò di aver finito completamente prima di cercare di uscire da lei.

Ma, quando aprì gli occhi, con stupore si accorse di star guardando il proprio viso.

Per un attimo, la mente di Cullis non riuscì a processare quello che stava succedendo.

Batté le palpebre due volte ma, per qualche strano arcano, ogni volta che riapriva gli occhi, vedeva il proprio viso ghignare.

Cullis non riusciva a capire come, durante la loro unione, Geraldine fosse riuscita a mettersi sopra di lui.

Ma non importava, poteva facilmente spostarla.

Cercò di alzarsi, ma aveva le mani legate dietro la schiena.

Lottò con tutte le sue forze, ma non riusciva a liberarsi.

Cullis si guardò scendere dal tavolo e iniziare a rivestirsi.

Era una follia!

Non riusciva a immaginare come potesse guardarsi vestirsi, quando era ancora sdraiato sul tavolo.

Il suo sosia, in piedi davanti a lui, iniziò a ghignare, e poi a ridere.

Sentì la propria voce ridere di se stesso!

Con uno sforzo estremo, Cullis si sollevò dal tavolo e atterrò sul pavimento.

Guardandosi le gambe, vide quelle di una donna, coperte da tela di sacco.

Ricadde contro il tavolo, scioccato.

La strega gli aveva fatto un incantesimo?

Ma non era una strega, quello lo sapeva, era solo una povera sventurata, della cui fine aveva inteso approfittarsi.

Non era una strega più di quanto lo fossero state quelle venute prima di lei!

Freneticamente, Cullis guardò l'ingresso. Non c'era ragione di cercare di liberarsi, avrebbe dovuto chiedere aiuto.

"Aiutatemi!" urlò.

Ma la voce che gli uscì dalle labbra non era la sua, ma quella della ragazza con cui aveva appena avuto rapporti.

Di nuovo, urlò, e, di nuovo, la voce non era la sua, ma quella di lei!

Aveva il cervello in subbuglio, cosa diamine stava succedendo?

Cullis si guardò di nuovo.

Il suo altro corpo aveva finito di vestirsi, e stava togliendo il gatto dal cesto.

Il felino, in qualche modo già consapevole che la sua padrona lo stava liberando, saltò in braccio al cacciatore di streghe e iniziò a fare le fusa, strofinandogli la testa contro la spalla.

In quel momento, un uomo nerboruto con la testa coperta da un cappuccio nero entrò nella stanza.

"Siete pronto, accusatore?" chiese, educatamente.

Prima che Cullis avesse la possibilità di parlare, l'altro sé rispose, usando la sua voce.

"Sì, grazie, la prigioniera è pronta per la corda".

Cullis guardò, impotente, l'uomo camminare verso di lui.

"No, no!" protestò, ma la voce era sempre quella della ragazza. "Non è me che volete, è lui" indicò l'altro sé, prima di rendersi conto del suo errore. "Cioè, lei!" si corresse. "Volete lei, non me, io sono l'accusatore, lei è la strega!"

L'uomo nerboruto non vacillò.

Prese Cullis per il braccio e iniziò a trascinarlo fuori.

"Potete informare il giudice che sono riuscito a esorcizzare il demone dal famiglio della strega", disse l'altro Cullis, accarezzando il micio.

"Lo farò, signore", rispose il boia, tirando Cullis sempre più vicino all'ingresso e alla forca. "Volete che vi aspetti, prima di impiccarla?"

"No!" urlò di nuovo Cullis. "State prendendo la persona sbagliata, chiamate il giudice, sa chi sono, fatemi parlare con lui, ora!"

Il boia colpì Cullis dietro la testa col palmo della mano libera. "Zitta, strega!" ordinò. "Non voglio più sentire una parola!"

L'altro Cullis scosse la testa e rise.

Guardando il boia, rispose, "No, penso di no, andate avanti senza di me, ho visto abbastanza esecuzioni da bastarmi per una vita".

LA SPECIALITÀ DELLA CASA

Greg era spaparanzato sulla sedia dietro al bancone della sicurezza, la testa gli pulsava dopo la baldoria con gli amici la sera prima.

Dopo solo quattro ore di sonno, non era in condizioni di essere al lavoro ma, dato che era la Vigilia di Natale, sperava che l'ufficio avrebbe chiuso prima e che sarebbe riuscito a tornare a casa a recuperare il sonno perduto.

Il senso di aprire l'ufficio di lunedì, poco prima delle vacanze di Natale, restava un mistero. La maggior parte del personale aveva, ovviamente, preso il giorno libero, a giudicare dalle pochissime persone che gli erano passate davanti.

Ovviamente, alcuni dei direttori si erano presentati, per cui Greg supponeva che alcuni membri dello staff fossero lì solo per fare buona impressione, dannati leccapiedi.

Se solo ci fosse stato modo di trovare uno stanzino tranquillo in cui nascondersi, avrebbe potuto ricaricare le batterie in tempo per la serata, dato che doveva vedersi per bere qualcosa insieme ad altri colleghi della sicurezza.

Tuttavia, per come si sentiva in quel momento, avrebbe dovuto saltare la serata.

Aveva pensato di passare la notte dai suoi genitori, ma aveva deciso che ci avrebbe guadagnato di più ad essere nel proprio letto, dopo tutto. Inoltre, suo fratello e i suoi due mocciosi sarebbero già stati dai suoi genitori, a quell'ora, e sapeva che, se fosse finito lì, avrebbe dovuto intrattenerli tutta la sera, e non era dell'umore, grazie mille!

Greg guardò l'orologio sul muro di fronte.

Non erano nemmeno le nove, il che voleva dire che era al lavoro da meno di due ore.

Sarebbe stata una lunga giornata!

In quel momento, con la coda dell'occhio, Greg vide avvicinarsi la figura di Chantal, la loro nuova stagista.

Lavorava lì da un paio di settimane, e, ogni volta che la vedeva, poteva sentire il cuore mancare un battito.

Era assolutamente stupenda, non c'era altro modo per descriverla.

Greg la guardò avvicinarsi dal capo opposto del cortile.

Non cercò di farsi notare, dopo tutto, non voleva che lei pensasse che fosse un pervertito, ma non poté farne a meno.

Chantal era minuta. Greg stimò che fosse alta a malapena un metro e mezzo. Era sempre vestita in modo impeccabile, come oggi.

I lunghi capelli neri erano accuratamente legati in cima alla testa. La pelle pallida contribuiva ad accentuare la pienezza delle labbra che, come sempre, erano coperte di rossetto rosso.

La minigonna aderiva al didietro meraviglioso, dandogli la possibilità di sbirciare le giarrettiere.

I piedini erano strizzati in un paio di tacchi a spillo a punta, che ticchet-tavano in modo seducente quando attraversò il foyer diretta agli ascensori.

Mentre si avvicinava all'ingresso principale, Greg balzò in piedi e corse ad aprirle la porta. Di solito, non si scomodava, perché sarebbe sembrato troppo evidente, se ci fosse stato anche qualcun altro.

Ma questa mattina, dato che non c'era nessun altro nel foyer o nel cortile, sentì che era il momento perfetto per mostrare galanteria, che gli avrebbe anche fatto guadagnare qualche punto.

L'espressione allegra di Chantal si illuminò ancora di più, quando vide l'azione galante di Greg.

"Bonjour, Gregory, quanto sei gentile". Lo chiamava sempre con il nome completo, e, per quanto odiasse sentirlo da chiunque altro, geni-tori inclusi, adorava quando era Chantal a pronunciarlo, con il suo bellissimo accento francese.

"Di niente, Chantal", rispose, cercando di non arrossire. "E posso permettermi di dire quanto sei incantevole, stamattina, non che tu non lo sia anche gli altri giorni", si corresse rapidamente.

"Grassie, sei sempre così amabile e cortese".

Entrò nell'ingresso e, mentre Greg stava per godersi la visuale della sua figura che si allontanava, diretta agli ascensori, lei si voltò e gli sorrise.

"Come passerai il Natale, quest'anno?" chiese.

"Ehm... be'...", balbettò Greg, stupito del suo interesse improvviso. Di solito, gli sorrideva e gli faceva un cenno. "Andrò dai miei genitori, domani, ma stasera penso che starò a casa e andrò a letto presto".

Chantal si avvicinò. "Quindi, non passerai la serata in città, alla Vigilia, *non*?"

Greg poteva sentire il sudore scorrergli sotto la camicia.

Cosa stava per chiedergli?

Non voleva fraintendere e fare la figura del cretino, per cui Greg decise di non rischiare e vedere dove arrivava.

"Oh, be', i miei amici sono tutti impegnati, stasera, e non voglio andare da solo".

Lasciò che quello che aveva detto restasse in sospeso, sperando che Chantal abboccasse.

Ma, invece, continuò a sorridergli con quegli occhi splendidi.

Alla fine, Greg cedette. "E tu? Hai qualche piano per stasera?" fece del suo meglio per suonare disinvolto, ma sapeva che lei non si faceva ingannare dal suo tono.

"Oh, stasera è una serata molto importante per la mia famiglia", rispose. "Abbiamo un ristorante in città, e alla Vigilia di Natale mio zio, il grande chef, viene da Parigi appositamente per officiare alla nostra cena".

"Oh, capisco", annuì Greg, anche se non capiva che intendeva quando diceva che qualcuno doveva 'officiare' ad una cena.

Il sorriso di Chantal non vacillo, e Greg si sentì obbligato a indagare. "Quindi suppongo che sia una serata molto speciale nel vostro calendario culinario?"

"Oh, *mais oui*", l'espressione di Chantal si fece seria, "la nostra cena della Vigilia è uno dei momenti più importanti del nostro calendario, il ristorante fa il tutto esaurito dall'anno prima, vengono persone da ogni parte del mondo".

Greg era stupito. "Sul serio? Non immaginavo, mi spiace", sentì il bisogno di scusarsi, anche se non sapeva esattamente per cosa.

Chantal era ovviamente molto fiera dell'azienda di famiglia, e l'ultima cosa che voleva era insultarli.

Per un attimo, Chantal non parlò, ma si limitò a sorridere a Greg.

Dopo un po', lui iniziò a preoccuparsi che, se non avesse detto altro, lei si sarebbe voltata e sarebbe andata al lavoro e lui avrebbe perso la sua occasione.

"Ehm... allora parlami di questo spettacolare menu che la tua famiglia mette insieme per stasera, o è un segreto?"

"Be', ovviamente", cominciò Chantal, "non posso parlare dei segreti di famiglia, ma per stasera prepariamo un solo piatto, e tutti mangiano la stessa cosa".

Greg sembrava sorpreso. "Quindi non ci sono alternative?" chiese, aggrottando la fronte. "E se a qualche cliente non piace quello che c'è sul menu?"

Chantal alzò le spalle. "Abbiamo servito lo stesso piatto ogni Vigilia di Natale per anni, ora, e la gente sa cosa aspettarsi quando prenota in anticipo".

"Oh, capisco", rispose Greg, che ancora non si capacitava di quale fosse l'attrattiva del non avere scelte per una cena prenotata con fino ad un anno di anticipo.

Ma non aveva mai preteso di capire quegli individui che sembravano pensare che non fosse nulla, spendere lo stipendio di una settimana in una sola cena, solo per avere il privilegio di dire alla gente che avevano mangiato in quel ristorante.

"Ti è permesso dire di che piatto si tratta?" chiese, genuinamente interessato. "Prometto che i tuoi segreti di famiglia con me sono al sicuro".

Chantal rise. "Oh, il menu non è un segreto è stufato *du boeuf*".

Greg aggrottò la fronte. "Stufato *du* cosa?"

"Oh, *pardon*", si corresse Chantal, "è manzo, stufato di manzo".

Greg annuì. "Non sembra molto francese", rifletté.

Chantal gli fece l'occhiolino. "Sta tutto nella preparazione e nella dieta speciale che mio zio fa seguire alle mucche durante l'anno, che fa la differenza nella qualità della carne, e, di conseguenza, nel sapore finale del piatto".

"È davvero così buono?"

Chantal chiuse gli occhi e si leccò le labbra, con fare seducente. "Oh, *oui*, è la carne più tenera, succulenta e succosa che potresti mai assaggiare, Gregory".

"O non assaggiare, nel mio caso", sorrise.

Chantal gli si avvicinò ancora e gli punzecchiò con gentilezza la pancia con la punta dell'indice. "Sai", cominciò, "se hai intenzione di guadagnartelo, potrei riuscire a procurarti una cena gratis al ristorante, stasera, che ne dici?"

Greg spalancò gli occhi. "Davvero, sarebbe fantastico" approvò, entusiasta. "Ma che devo fare?"

"Niente di troppo faticoso", ridacchiò Chantal, "come ho detto, io servirò a tavola e abbiamo sempre bisogno di altri camerieri, soprattutto stasera, che ne pensi?"

Greg ci pensò su.

Non aveva mai fatto il cameriere, ma, guardando la cosa dall'esterno, non sembrava troppo faticoso, soprattutto se c'era solo un piatto da servire tutta la sera, per cui non avrebbe nemmeno dovuto ricordare comande specifiche.

Prima che avesse la possibilità di rispondere, Chantal si avvicinò ancora, finché non furono quasi l'uno fra le braccia dell'altra.

Greg inspirò a fondo.

L'odore del profumo di Chantal, da quella distanza, era inebriante.

Era così vicina che i loro corpi si toccavano.

Greg dovette impedirsi di allungare una mano e stringere Chantal. Per un attimo, pensò che la sua intenzione fosse quella, per questo gli era così vicina.

Ma perse il coraggio all'ultimo momento e lasciò le braccia lungo i fianchi.

In quel momento, Chantal si alzò in punta di piedi, per potergli bisbigliare qualcosa all'orecchio.

Greg, automaticamente, si chinò, voltando la testa per andare incontro alle sue labbra.

"Se mi servi bene stasera, dopo puoi portarmi a casa con te, se vuoi".

Greg non riusciva a credere a quello che aveva sentito.

Si ritrovò incapace di parlare, per cui si limitò ad annuire freneticamente, come uno di quei giochini a forma di cane con la testa che dondola, che si mettono sulla mensola del bagagliaio.

Chantal gli diede un bacio sulla guancia.

"Ok", disse, allontanandosi da lui. "Chiamerò mio zio e organizzerò la cosa. Non vedo l'ora di passare la serata insieme".

Con quello, girò sui tacchi e andò agli ascensori.

Per tutto il giorno, Greg ebbe difficoltà a concentrarsi.

L'unica cosa a cui riusciva a pensare era quello che sarebbe potuto succedere quando avrebbe portato Chantal a casa, dopo la serata al ristorante.

L'idea della notte che lo aspettava riuscì ad allontanare la stanchezza che Greg aveva sentito prima, e ora sembrava scoppiare di energia ed entusiasmo.

Mentre la giornata lavorativa stava per finire e diversi membri dello staff staccavano prima per Natale, Greg cominciò a preoccuparsi che

Chantal non fosse riuscita ad organizzarsi, e che non avrebbe potuto lavorare con lei.

Pensò che suo zio potesse essere un tipo pedante, e volesse usare solo personale accuratamente preparato. Dopo tutto, era la notte più importante per il ristorante.

Greg si chiese se avesse dovuto chiamare Chantal sulla linea interna, per assicurarsi che la serata sarebbe andata secondo i piani. Nella sua mente, la vide scendere a fine giornata e rendersi improvvisamente conto di essersi dimenticata di fargli sapere che i suoi servigi non erano necessari.

Ma poi, dall'altro lato, non voleva farla incazzare infastidendola in ufficio. Il suo capo era un rompiscatole sull'etichetta, e Greg sapeva che non se ne era andato ancora, per cui sarebbe stato meglio non rischiare.

Poteva mentire, se il capo di Chantal avesse risposto al telefono, e dire che stava chiamando perché c'era un pacco per lei all'ingresso.

A quel punto, però, avrebbe dovuto procurarsi un pacco da farle prendere, o altrimenti il suo capo si sarebbe insospettito, nel vederla tornare alla sua scrivania a mani vuote.

No, non c'era modo; avrebbe dovuto aspettare finché Chantal non avesse deciso di dirglielo, in un modo o nell'altro. La parte peggiore, per Greg, almeno, era non permettersi di diventare troppo eccitato, nel caso finisse in nulla.

Considerò anche la possibilità che, se non gli fosse stato permesso di lavorare al ristorante, avrebbe sempre avuto la possibilità di andare a prendere Chantal dopo e portarla a casa, come aveva suggerito.

Greg poteva sentire l'ansia che cresceva dentro di lui, come risultato delle sue domande senza risposta.

Doveva solo essere paziente.

Indipendentemente da quanto sarebbe stata dura!

Finalmente, Greg vide il capo di Chantal andarsene.

Aspettò, con il cuore che correva all'impazzata ogni volta che sentiva il campanello che segnalava l'apertura dell'ascensore.

Controllando l'elenco, si accorse che erano andati tutti a casa, e che, apparentemente, era rimasta solo Chantal. Adesso aveva l'opportunità di controllare con lei i piani per la serata.

Greg stava per chiudere la porta principale e andare di sopra, quando sentì di nuovo il campanello dell'ascensore.

Si voltò e fu più che felice di vedere Chantal uscire dall'ascensore e andare verso di lui.

Lo raggiunse con un grosso sorriso sulle labbra.

"Ci sono ancora molte persone che devono andare via?" chiese, allegra.

"No", rispose Greg, "sei l'ultima".

"Ottimo, andiamo, allora, faremmo meglio ad incamminarci, mio zio si arrabbierà se facciamo tardi".

Senza rendersene conto, Greg aveva trattenuto il fiato aspettando di scoprire se la loro serata era ancora nei piani.

Espirò.

"È tutto organizzato, allora?" chiese, ancora incredulo.

Chantal annuì. "*Oui*, ho parlato con mio zio, sarà più che felice di averti con noi".

Greg si tolse la giacca dell'uniforme e mise quella di pelle, sopra la camicia e la cravatta.

Dopo aver inserito l'allarme e chiuso la porta principale, si voltò verso il piazzale e Chantal lo prese a braccetto, mentre andavano al ristorante.

Il ristorante era in una stradina che Greg non aveva mai percorso.

Era nascosto in fondo a un vicolo cieco, dove molti dei negozi sui due lati della strada sembrava fossero falliti molto tempo prima. Molti avevano le finestre sbarrate con delle tavole di legno, con dei manifesti strappati e rovinati appiccicati sopra.

Un paio di edifici avevano il cartello 'Affittasi' sulle porte, ma, a vederli, Greg pensò che non ci fosse molto interesse al momento.

Greg fu improvvisamente colpito da un inquietante presentimento, mentre si avvicinavano al ristorante, ma pensò che fosse solo l'ansia dell'incontrare la famiglia di Chantal e di unirsi a loro nella serata più impegnativa dell'anno.

Il ristorante si chiamava 'Les Yeux D'Amour', e, quello che colpì immediatamente Greg a quella distanza, fu che le finestre che si affacciavano sulla strada sembravano coperte con tende di velluto rosso, in modo che nessuno potesse vedere nulla dall'esterno e viceversa.

Suppose che, a giudicare dal resto della strada, la famiglia di Chantal avesse deciso che era meglio tenere il ristorante accogliente, piuttosto che costringere i clienti a fissare la vista desolata fuori, mentre cercavano di godersi il pasto.

Mentre raggiungevano la porta, Chantal strinse la mano di Greg, come se potesse sentire la sua preoccupazione. Lui si voltò verso di lei con un'espressione titubante, così, ancora tenendolo per mano, lei lo attirò a sé per un altro bacio, stavolta sulle labbra.

Prima che Greg avesse la possibilità di pensare a come - o se - rispondere, Chantal lo stava trascinando attraverso la porta.

Una volta dentro, Greg rimase sorpreso di quanto fosse grande l'interno, in paragone all'esterno dell'edificio.

Il ristorante si allungava per diverse decine di metri, e Greg contò almeno trenta tavoli, preparati con tovaglie che sembravano abbinarsi al rosso delle tende.

C'era un omone corpulento con la testa calva e il pizzetto nero fermo al centro della sala, ad abbaiare ordini a diversi membri dello staff che gli si muovevano intorno.

Quando vide Chantal, gli si illuminarono gli occhi, e la durezza della sua espressione sparì. Tese le enormi braccia e Chantal corse da lui per farsi abbracciare.

Greg suppose che questo fosse il famoso zio di Parigi.

Mentre i due parlavano in francese, troppo veloce perché Greg potesse capirci qualcosa, date le sue competenze minime scolastiche della lingua, Greg si guardò intorno e fu immediatamente colpito dai dipinti alle pareti.

Ai suoi occhi inesperti, sembravano vecchi capolavori, che Greg pensò fossero più adatti ad una galleria d'arte o uno studio chic, in vendita per una piccola fortuna.

Si chiese se fossero degli originali o semplici copie.

Se fossero state copie, dovevano essere state dipinte da un esperto.

Oltre alle tende di velluto rosso e ai dipinti, il ristorante era stato decorato con gusto, come si confaceva al periodo dell'anno.

C'era un grande albero di Natale accanto alla porta, decorato in rosso e oro, con palline e luci colorate.

In tutto il ristorante, decorazioni delle stesse tonalità di quelle dell'albero erano state sistemate qui e là, in modo da non dare un'impressione scadente o pacchiana, ma, anzi, dare un'aria elegante e sofisticata, che sembrava abbellire il resto dell'arredamento.

In quel momento, Greg notò Chantal indicare la sua presenza allo zio.

L'uomo sorrise a Greg e gli fece cenno di raggiungerli.

Greg obbedì, e, appena fu abbastanza vicino, l'uomo lo prese fra le braccia e gli piazzò due baci sulle guance.

"Grassie mille per esserti unito a noi stasera, giovanotto", l'accento francese dell'uomo era più forte di quello di Chantal e, da quella distanza, Greg poteva sentire l'odore del vino nel suo alito.

Il disagio di Greg ad essere trattato in maniera così confidenziale doveva essere evidente dalla sua espressione, perché lo zio di Chantal lo lasciò andare subito e gli tese la mano.

La mano di Greg sprofondò in quella dell'omone, ma la tenne forte mentre se la stringevano.

In quel momento, la porta al lato opposto del ristorante si aprì, e un gruppo di persone vestite da cuochi o camerieri inondò la sala, andando ad abbracciare e baciare Chantal.

Una volta che la cerimonia fu finita, Chantal presentò Greg al resto del gruppo, e gli strinsero la mano a turno, con l'eccezione di due donne di mezza età che, come lo zio, abbracciarono calorosamente Greg, baciandolo sulle guance.

Per lo meno, venendo dalle donne, questa abitudine non sembrò così strana a Greg.

Mancava meno di un'ora all'apertura, per cui Chantal fece in modo di far familiarizzare Greg con i vari doveri cui avrebbe dovuto ottemperare durante la serata.

Doveva cominciare ricevendo gli ospiti alla porta e conducendoli ai loro tavoli.

Fu informato del fatto che ogni ospite avrebbe avuto un invito, senza il quale Greg non avrebbe dovuto farli entrare, finché non avesse controllato con lo zio di Chantal.

Gli fecero indossare un gilet a strisce blu e dorate, come tutti gli altri camerieri. Per fortuna, i pantaloni dell'uniforme erano neri, e la camicia bianca, per cui, una volta messo il gilet, si confondeva incredibilmente bene con gli altri in servizio.

Tutte le cameriere, inclusa Chantal, indossavano grembiuli di pizzo sopra le camicie bianche inamidate e le gonne corte nere. Come Chantal, avevano i capelli tirati indietro e, sopra, portavano dei baschi inclinati.

Greg fece un ampio sorriso quando vide Chantal uscire dalla cucina in uniforme, e lei gli fece una linguaccia.

Gli ospiti arrivarono, molti e in fretta, e, ad un certo punto, Greg si chiese se avessero viaggiato tutti insieme in autobus, dato che la fila fuori sembrava allungarsi ogni volta che tornava dopo aver scortato qualcuno al tavolo.

Una volta che il ristorante fu pieno, lo zio di Chantal diede a Greg un cartello e un cavalletto da mettere fuori in strada, che informava i passanti che il ristorante era chiuso per una festa privata.

Greg passò il resto della serata come pianificato, trasportando ciotole di stufato di manzo fumante dalla cucina agli ospiti in attesa. Trovò un po' strano che non ci fossero antipasti o dolci disponibili, ma sembravano tutti più che felici con il menu di zuppa di pomodoro, seguita dallo stufato, con un vassoio di formaggi francesi e cracker assortiti come dopopasto.

Lo zio di Chantal passò la serata andando di tavolo in tavolo a conversare con la clientela e, durante la festa, Greg vide l'uomo mandar giù quasi due bottiglie di vino rosso. Sorprendentemente, tuttavia, tranne le guance rosse, l'alcol sembrava non avere nessun effetto dannoso su di lui.

Nel corso della serata, Chantal flirtò con Greg ad ogni opportunità. Certe volte, soffiandogli un bacio dall'altro lato della sala, o facendogli l'occhiolino quando si incrociavano andando e venendo dalla cucina.

In un paio di occasioni, Chantal gli afferrò clandestinamente il sedere passando, e la prima volta Greg fu colto così di sorpresa che quasi faceva cadere il vassoio di cibo che aveva in mano.

Greg sperò che le attenzioni di Chantal fossero l'antipasto e che avrebbe avuto il resto della cena e il dolce più tardi.

Quando anche l'ultimo ospite fu andato via e la porta chiusa per l'ultima volta, tutti applaudirono e si diedero pacche vittoriose sulle spalle.

Greg si unì ai festeggiamenti, sentendo che il proprio contributo al successo della serata glielo permetteva.

Lo zio di Chantal si diresse verso Greg e gli gettò un braccio intorno alle spalle, prima di dire qualcosa in francese, a cui tutti applaudirono di nuovo, ma questa volta i loro apprezzamenti erano rivolti a Greg.

Greg poteva sentirsi arrossire sempre di più, quando Chantal andò da lui, di fronte a tutti, e lo baciò sulle labbra come aveva fatto prima. Questa volta, però, lo tenne stretto al suo corpo minuto, e Greg poté sentire la propria erezione crescere senza controllo, e Chantal si strofinò in modo seducente contro il suo inguine.

La performance di Chantal portò ad un altro giro di applausi e di esultanza.

Lo zio di Chantal fece un annuncio che sembrò ricevere un'altra risposta eccitata.

Chantal si allontanò da Greg, e gli fece scivolare la mano aperta fra le gambe.

Greg chiuse gli occhi e sussultò, mentre Chantal lo accarezzava lentamente attraverso i pantaloni dell'uniforme, ridacchiando fra sé mentre se lo lavorava.

A questo punto, a Greg non importava più se qualcuno li stesse guardando; era troppo preso dal lento movimento della sua mano.

Greg spinse i fianchi in avanti, per guadagnare il massimo piacere dai movimenti di Chantal.

Ma, appena lo fece, lei si fermò e gli strizzò per l'ultima volta l'erezione, prima di togliere la mano.

Greg aprì gli occhi e guardò il sogghigno sul viso di Chantal.

La ragazza poteva indovinare, dal suo sguardo implorante, che voleva disperatamente che lei continuasse quello che aveva iniziato. Ma, invece, si limitò a bisbigliare. "Non adesso, *mon chéri*, prima mangiamo, poi andiamo a casa a fare l'amore".

Gli altri sembravano aver lasciato la stanza.

Chantal prese Greg per mano e lo portò in cucina, e, insieme, si unirono al resto della famiglia, seduta al grande tavolo di legno che, prima, era servito come punto d'appoggio per i piatti che dovevano essere portati ai clienti.

Di nuovo, lo zio di Chantal tenne corte, a capotavola, e servì ciotole piene di stufato per tutti.

Ci tenne a portare lui stesso a Greg il suo piatto, mettendoglielo davanti prima di prenderlo per le spalle e abbracciarlo di nuovo.

Tutti divorarono lo stufato e bevvero ampie quantità di vino, chiacchierando amichevolmente - per lo più in francese - e pulirono i piatti con il pane.

Greg mangiò, famelico.

Essendo così indaffarato durante la serata, curiosamente non aveva notato quanta fame avesse.

Chantal lo guardò mangiare, tra un boccone e l'altro.

Il vino sembrava perfetto per il pasto e, anche se Greg non era un intenditore, si scolò tre bicchieri.

Alla fine, si lasciò andare sulla sedia, sazio.

"Wow", annunciò, "era fantastico".

Chantal sorrise e urlò qualcosa in francese allo zio, dall'altro lato del tavolo.

Lo zio alzò il bicchiere verso Greg, e gli altri lo seguirono nel brindisi.

Da dietro di lui, qualcuno riempì di nuovo il bicchiere di Greg, in modo che potesse unirsi.

A parte il fatto che erano in mezzo a così tante persone, Greg si sentiva particolarmente vicino a Chantal e, per il momento, gli sembrava che fossero gli unici lì.

Anche lei aveva finito di mangiare, e si era lasciata andare sulla sedia, strofinandosi lo stomaco per testimoniare quanto fosse piena.

Chantal fece tintinnare il bicchiere contro quello di Greg, e bevvero entrambi.

"Era buono, sì?" gli chiese, già convinta della risposta.

"Il miglior pasto mai mangiato", concordò lui, entusiasta. "Come fate a lasciare la carne così tenera e succulenta?"

Accanto a lui, un altro cameriere diede una pacca sul braccio a Greg.

Greg si voltò verso di lui.

Il cameriere aveva un gran sorriso pigro sul viso, e Greg sospettò, dal suo sguardo vitreo, che avesse bevuto un bel po'.

"Allora", cominciò, "voi conoscere il segreto di famiglia?"

Greg alzò le mani. "Scusa", rispose, "non volevo sembrare come se mi aspettassi che mi raccontaste qualcosa di privato, era solo una domanda generica".

L'uomo rise di gusto, e versò un altro bicchiere a Greg.

Greg poteva già sentire la stanza iniziare a girare, e stava biascicando, quindi aveva intenzione di rifiutare il bicchiere. Ma, allo stesso modo, temeva che potesse risultare offensivo, che era l'ultima cosa che voleva.

In quel momento, lo zio di Chantal apparve al suo fianco.

L'omone si accovacciò, in modo da avere il viso alla stessa altezza di quello di Greg.

"Sai che ti dico", cominciò, "visto che ci hai aiutati stasera, sei quasi di famiglia".

Ci furono altre esultazioni.

Greg cercò di ringraziare per il gesto, ma muovere la testa sembrava causare troppo sforzo, quindi rimase fermo, diretto verso lo zio di Chantal.

"Il segreto del nostro successo", continuò lo zio, "non è nelle mucche, *non*, è la dieta speciale che seguono durante l'anno, che rende la loro carne così tenera e succosa".

Greg cercò di annuire, ma, di nuovo, lo sforzo era troppo grande.

Lo zio di Chantal fece segno a Greg si avvicinarsi.

Per un orribile secondo, Greg ebbe paura che l'uomo lo avrebbe baciato di nuovo, ma si ritrovò incapace di muoversi più di un paio di centimetri.

"Questo è un segreto che devi promettere che ti porterai nella tomba", lo avvisò lo zio, duro.

Greg cercò di annuire, invano.

"Diamo da mangiare alle nostre mucche un misto di verdure a foglia larga, vino rosso e cereali, che mischiamo appositamente con la nostra farina di ossa fatta in casa", continuò l'omone, prendendo un sorso dal proprio bicchiere ad ogni pausa. "E nessuno al di fuori della famiglia conosce l'ingrediente segreto della nostra farina d'ossa", fece oscillare l'indice grassoccio per enfatizzare l'importanza di quello che stava dicendo.

Da qualche parte, Greg poteva sentire il rumore di legno che strisciava contro il pavimento di pietra.

Gli ci volle un po' per accorgersi che qualcuno degli altri faceva strisciare le sedie e andava verso una porta dall'altro lato della cucina.

Greg cercò di vedere cosa stava succedendo.

All'improvviso, si sentì sollevar in aria, e trasportare sulle spalle di quattro o cinque uomini verso la porta dal lato opposto della stanza.

Impossibilitato ad urlare o a resistere, Greg cercò di capire cosa stesse succedendo.

Si chiese se questo fosse un qualche tipo di benvenuto in famiglia.

Ma sospettava che ci fosse uno scopo più oscuro, uno che non riusciva ad immaginare al momento.

Greg voleva disperatamente chiamare Chantal, ma la voce si rifiutava di uscirgli dalla gola.

Mentre si avvicinavano alla porta, un paio degli altri la tennero aperta agli uomini che trasportavano Greg.

Una volta dentro, fu messo su un freddo tavolo di metallo, grande a malapena per sorreggerlo, tanto che aveva braccia e gambe che sembravano scivolare fuori.

Incapace di muovere la testa, Greg guardò Chantal e alcune delle altre donne del gruppo che iniziavano a spogliarlo.

Ridacchiarono mentre lavoravano, scambiandosi quelle che Greg poteva solo ipotizzare fossero battute, dato che erano in francese.

Lavorarono insieme per sollevare il corpo insensibile di Greg, in modo da togliergli camicia e pantaloni.

Finalmente, vide il viso dolce di Chantal, mentre, con attenzione, gli sfilava i boxer, lasciandolo completamente nudo.

Di solito, la sensazione di una superficie fredda di acciaio contro la carne nuda sarebbe stata estremamente scomoda, ma Greg non sentiva niente.

Chantal gli prese il membro flaccido in mano e lo agitò piano, mentre scambiava altre battute con le sue compatriote. In risposta, risero tutti in coro, anche se, per via del suo stato, Greg era inconsapevole di quello che stava succedendo.

La cacofonia di voci e risate intorno a lui cominciò ad echeggiare, come se fossero trasmessi attraverso un tunnel di metallo.

Lo zio di Chantal tornò a fuoco per un attimo, e Greg cercò di capire quello che diceva, prima di perdere conoscenza.

Per fortuna, Greg era già svenuto, prima che l'uomo finisse di parlare.

"Grazie mille, *mon ami*", ruggì l'umore, resosi conto che le sue parole andavano sprecate, perché Greg probabilmente non lo sentiva più. "Il tuo sacrificio è apprezzato con gratitudine, e le nostre mucche ti ameranno".

L'omone si fece indietro mentre gli altri sollevavano il corpo senza vita di Greg sopra il tritacarne industriale, che prese vita appena qualcuno premette il pulsante di accensione.

Mentre Greg veniva lentamente abbassato sulla macchina ronzante, Chantal andò dallo zio, che le mise il braccio intorno alle spalle e la abbracciò.

L'uomo tenne lo sguardo sul torso di Greg, mentre spariva lentamente sotto il bordo della macchina e le lame affilate facevano il loro lavoro.

"L'anno prossimo, *mon ami*", disse l'omone, "le tue ossa triturate saranno parte del cibo per la nostra Specialità della Casa".

LUNA CATTIVA

"Perché non aspettate e vi trovate una camera, voi due!", urlò Kelly, prima di girarsi sul sedile e guardare avanti.

Sul sedile posteriore dell'auto, Terri lanciò un gridolino mentre Jason le mordicchiava il collo.

"Oh, mio Dio", disse Kelly. "Perché te li sei portati?"

Richard le sorrise. "Che c'è, tesoro? Stanno solo passando un po' all'azione.

Forse dovresti rilassarti un po' e goderti il paesaggio. Andiamo", tolse una mano dal volante e le mise un braccio intorno alle spalle. "È la Vigilia di Natale!"

Kelly lo scrollò via. Odiava quando Richard cominciava a parlare come se fosse americano. Considerando che aveva vissuto per la maggior parte della sua vita nella zona est di Londra, e non era mai stato negli Stati Uniti, Kelly aveva ragione a dire che lui avesse guardato troppi polizieschi americani.

Anche il suo guardaroba era un riflesso delle sue fantasie. Kelly guardò il giubbotto della squadra rosso con le maniche color crema, per il quale aveva pagato due mesi di affitto, e il cappellino da baseball dei 'Denver Broncos', che aveva messo al contrario.

A chi crede di somigliare? pensò fra sé.

Anche la sua stanza nel dormitorio dell'università somigliava a quelle che si vedono spesso nei college americani delle commedie. Era piena di cianfrusaglie inutili.

C'era un trofeo Budweiser, un guantone da baseball, un'insegna fluorescente Harley Davidson - che il Preside gli aveva già detto di tenere spenta, dopo che diversi studenti delle stanze accanto si erano lamentati.

C'era un minifrigo a forma di lattina di coca e un assortimento di action figure di wrestling sparse per la stanza, ed era fiero di averle pagate una fortuna - per lo più su internet.

L'auto sobbalzò su del terreno sconnesso, facendo rimbalzare i due piccioncini sul sedile posteriore, e facendo battere a Terri la testa contro il tettuccio.

"Ow!", si lamentò, atterrando con uno scossone.

"Vacci piano, amico", disse Jason, "c'è merce di valore, qui dietro".

"Scusa, amico", rispose Richard, "il sentiero è sconnesso, qui".

Kelly alzò gli occhi al cielo, e poi tornò a guardare fuori dal finestrino. Gli alberi della foresta erano maestosamente in ombra. Il sole era tramontato diverse ore prima, e la luna era grande e piena, il suo bagliore argenteo risplendeva su tutto quello che illuminava.

Il viaggio era stato un'idea di Richard. Erano tutti iscritti alla facoltà di Storia, e loro quattro si erano iscritti ad un corso intitolato "Conoscenza arcana". Una delle lezioni aveva acceso l'interesse di Richard nel paranormale, con una storia su un lupo mannaro del dodicesimo secolo - o, almeno, un sospetto lupo mannaro - messo a morte la Vigilia di Natale 1192.

Richard era stato molto preso dalla storia, e aveva passato mesi su internet e in polverose biblioteche in città, in cerca di informazioni sulla leggenda.

Alla fine, aveva comprato un libro - americano, ovviamente - e conteneva estratti che l'autore sosteneva fossero stati presi direttamente da un manoscritto originale trovato al tempo della scoperta del lupo mannaro. Sembrava tutto molto improbabile, per gli altri, ma Richard era convinto che l'acquisto valesse ogni centesimo.

Una volta che il libro fu arrivato, Richard lo studiò giorno e notte per quasi un mese. Trascurando l'università, controllò diligentemente ogni fonte che il libro citava, fin quando non arrivò alla conclusione che la storia fosse vera.

Kelly non lo aveva mai visto così eccitato riguardo un progetto di ricerca, e gli disse che, se avesse messo la metà dell'impegno nei suoi studi, non sarebbe stato sul punto di non superare il secondo anno. Ma Richard era convinto che quella leggenda fosse più importante dello studio.

Una sera, quando avevano tutti bevuto troppo, Richard li portò in camera sua per rivelare i suoi ritrovamenti, in tutti i loro orridi dettagli. Jason e Terri portarono del vino, aspettandosi di annoiarsi a morte.

Kelly rimase impressionata, quando vide tutti gli appunti di Richard; si era chiaramente impegnato molto.

Una volta che si furono messi il più comodi possibile, raggruppati intorno ai suoi cimeli americani, Richard cominciò. "Secondo il folklore, la leggenda ha avuto luogo in una parte remota dello Wiltshire, nota all'epoca come il "Cappuccio del Frate", in seguito ribattezzata, nel diciassettesimo secolo, "Duneville", dal nome di un proprietario terriero locale, la cui generosità verso la comunità ne ha aiutato la crescita.

"Un giorno, arrivò una giovane donna nel villaggio, proveniente dall'Europa dell'est. Apparentemente, i paesani non l'avevano in simpatia e, in poco tempo, iniziò a girare la voce che praticasse la stregoneria, e che avesse persino firmato un patto col Diavolo.

"Poi, rimase incinta, e, anche se non fu mai detto che Duneville potesse essere il padre di suo figlio, la cosa fu certamente sospettata". Richard sfogliò le pagine dei suoi appunti, cercando il punto da cui proseguire. Non sorprese nessuno che, anche con il suo rinnovato entusiasmo per la ricerca, la sua disorganizzazione regnasse ancora sovrana.

"Ah!", esclamò, "ecco qui! I sospetti degli abitanti del villaggio furono confermati, quando la donna morì poco dopo aver dato alla luce un figlio, e Duneville lo prese a vivere con sé. Col tempo, il ragazzo, che sua madre aveva chiamato Cyrus, divenne troppo incontrollabile perché Duneville potesse gestirlo. Alla fine, lo cacciò fuori, e il ragazzo - ora in tarda adolescenza - tornò a vivere nella casetta della madre, rimasta vuota visto che nessun altro, al villaggio, voleva vivere lì".

"Utile", disse Jason, bevendo il vino direttamente dalla bottiglia.

"Porco!" disse Terri, strappandogliela di mano e facendogliene versare parte del contenuto sulla maglietta. "Anche gli altri devono bere da lì, lo sai?"

Jason si avvicinò, asciugandosi. "Non ti sei mai lamentata di niente che abbia messo in bocca, prima!" la guardò, lascivo, allungando la lingua verso di lei.

Terri lo colpì. "Smettila, sei disgustoso".

"Per favore, voi due, sono cose importanti!" urlò Richard, chiaramente seccato dal fatto che i suoi amici non stessero prendendo la sua storia sul serio.

"Sì, continua", si inserì Kelly. "È interessante".

Richard aggrottò la fronte, non sapendo se Kelly fosse o meno sarcastica. Aspettò che tornasse il silenzio, prima di tornare ai suoi appunti. "Anche se Duneville non ha mai ufficialmente adottato Cyrus, il ragazzo ha usato il suo cognome, almeno finché non fu cacciato fuori, poi tornò ad usare il nome da ragazza della madre, Montague. Poco dopo che Cyrus ebbe lasciato Duneville, ci furono diverse sparizioni nel distretto, e i testimoni hanno affermato di aver visto Cyrus Montague appostato nei boschi, di notte, comportarsi in maniera inusuale. I testimoni sostenevano di averlo visto diverse volte correre nella foresta, chino, usando mani e piedi per spingersi in avanti. Altri sostengono di averlo visto arrampicarsi sugli alberi e persino abbaiare alla luna.

"Quando persino lo stesso Duneville divenne una vittima, fu chiamato il vice-sceriffo locale. Quando andò ad interrogare Montague il mattino dopo l'ultima scomparsa, lo trovò nella sua casetta, che dormiva sul pavimento, con i vestiti strappati e la faccia macchiata di sangue".

"Come prova, è piuttosto definitiva", offrì Jason.

Richard continuò. "Montague si dichiarò innocente, sostenendo di non sapere nulla della scomparsa di Duneville, o di nessuna delle altre vittime. Sostenne, inoltre, che il suo aspetto scarmigliato era dovuto al fatto che era stato attaccato da un orso nella foresta. Ma gli anziani del villaggio non gli credettero. Fu trascinato con la forza al centro del villaggio prima di mezzanotte alla Vigilia di Natale, e bruciato sul rogo. Mentre i paesani lo guardavano contorcersi fra le fiamme, Montague giurò che, un giorno, sarebbe tornato e avrebbe banchettato dei loro discendenti".

"Ewww", disse Terri, coprendosi la bocca con la mano. "È orribile".

"Cos'è successo, poi?" chiese Kelly, impaziente.

"Be', più tardi, quando i paesani stavano ripulendo la casetta di Montague, a quanto pare trovarono un libro pieno di incantesimi e sortilegi, tra i quali uno per richiamare un lupo mannaro dalla tomba".

"E quello è il libro che hai comprato?" chiese Jason, incredulo.

"Be', non proprio", rispose Richard, infilando gli appunti fra le pagine del libro. "Ma contiene estratti dal libro che hanno trovato... be', almeno in apparenza. Comunque, c'è una riproduzione dell'incantesimo". Ripiegò il libro sulla copertina ad una pagina precisa, e lo porse a Jason.

Jason esaminò la pagina, studiando il contenuto. "Aspetta un attimo", disse, "è scritto in qualche lingua straniera". Porse il libro a Terri.

"Lo so", rispose Richard, imbarazzato. "Credo sia Polacco, ma non ci giurerei".

Kelly prese il libro da Terri. Esaminò le parole dell'incantesimo.

Tenendo il libro a distanza di braccio, disse, "Credo possa essere Rumeno, ma molto antico. Il creatore è all'imperativo".

Gli altri la guardarono, interrogativi. "Cosa è in che?" chiese Jason, facendo una smorfia.

"Oh, niente... non importa", rispose Kelly, ignorando la domanda.

Richard aveva un bicchiere di vino quasi alla bocca, la gola secca per aver raccontato la storia. Si fermò prima di portarselo alle labbra, con espressione scioccata e stupita. Kelly se ne accorse, oltre al fatto che la stessero guardando tutti. "Mia nonna era in parte Rumena, mi ha insegnato qualche parola, tutto qui", alzò le spalle.

"Quindi, puoi tradurlo?" chiese Richard, entusiasta.

"No, mi dispiace. Come ho detto, mi ha insegnato solo un paio di parole, prima di morire".

Richard tese la mano per riavere il libro. Kelly glielo passò. Studiò le pagine con le parole straniera, guardandole da diverse angolazioni, come se la cosa le rendesse più facili da leggere.

Kelly si versò dell'altro vino. "Comunque", disse, "è una storia fantastica. Hai intenzione di usarla come parte della tesi, l'anno prossimo?"

Richard alzò lo guardo. "Molto di più", disse, con aria di sfida. "Voglio trovare il villaggio della storia, andare lì e recitare l'incantesimo!"

Gli altri tre si scambiarono sguardi increduli.

Non volendo ferire i sentimenti del suo ragazzo, soprattutto davanti agli altri, Kelly scelse con cura le sue parole. "Che speri di guadagnarci?"

Richard alzò le spalle. "Non lo so, ma, anche se non succede nulla, sarà un gran finale".

Jason ci pensò per un attimo. Indicando il libro fra le mani di Richard, disse: "Ma non avrai bisogno che venga prima tradotto?"

Richard rifletté sull'idea. "Trovato!" annunciò all'improvviso, trionfante. "Vedrò se ci sono studenti Rumeni... e, se dovessi fallire, sono sicuro che qualcuno dei bidelli dell'edificio principale è Rumeno o qualcosa del genere".

"Qualcosa del genere, come l'hai così diplomaticamente messa, non sarà abbastanza", affermò Kelly. "A meno che non siano in grado di leggere il Rumeno, non potranno aiutarti!"

"Be', mi inventerò qualcosa", replicò Richard, impassibile.

Nelle settimane seguenti, Richard parlò con ogni docente, studente, bidello e ospite dell'università che sospettava fosse capace di leggere il Rumeno. Alla fine, riuscì a trovare un fattorino che disse di poterlo fare - per 50 sterline!

Richard era troppo eccitato per badare al prezzo. Si accordò con il fattorino per vedersi una sera in biblioteca. Gli altri tre si unirono a lui, curiosi di sapere cosa dicesse davvero l'incantesimo. "Probabilmente è una ricetta per il famoso gulasch della madre di Montague", bisbigliò Jason, avvicinandosi al tavolo dove Richard sedeva col il fattorino.

Kelly lo colpì alle costole. "Sshhh", lo sgridò, "non farti sentire... e poi, il gulasch è Ungherese, non Rumeno!"

Durante la traduzione, che durò poco più di un'ora, Kelly notò che il fattorino incespicò con le parole e si corresse in diverse occasioni, il che portò Richard a scrivere qualcosa, cancellarlo, e riscrivere passaggi più volte quando il fattorino cambiava idea.

Alla fine della sessione, la bozza finale era lunga poco più di una pagina.

Richard ringraziò il fattorino, lo pagò, e aspettò che se ne andasse, prima di rivolgersi agli altri. "Be', sono stati soldi ben spesi", disse, guardando il prodotto finale.

C'erano due passaggi distinti dal libro di Richard che il fattorino aveva tradotto per lui.

Il primo era una traduzione di quello che uno dei testimoni al rogo aveva detto che Cyrus Montague aveva urlato, mentre le fiamme lo uccidevano.

Richard lesse la traduzione al gruppo:

Con i poteri dell'oscurità e le forze del male,

giuro che avrò la mia vendetta, sui presenti,

e i loro discendenti, e i loro discendenti dopo di loro,

fino alla fine dei tempi. Coloro che odono il mio grido,

portino la mia supplica ai signori dell'eternità oscura. Facciano apparire

il mio spirito dall'oltretomba e mi riportino indietro integro,

e più potente che nella mia precedente esistenza. Se è relativo,

si ripetano le parole di resurrezione, cosicché io possa avere la mia vendetta!

"Come ha fatto a dire tutto questo mentre veniva bruciato?" chiese Terri, curiosa.

"Forse il legno era bagnato", offrì Jason, "forse ci è voluto un po' perché le fiamme prendessero piede", scherzò.

"Non è divertente!" lo sgridò Kelly. "È un modo orribile per morire!"

"Ok, scusa", disse Jason, imbarazzato. "Suppongo tu abbia ragione".

"Ascoltate", si intromise Richard, cercando di rimetterli in riga. "Questo è l'incantesimo che hanno trovato a casa del lupo mannaro".

Iniziò a leggere la seconda traduzione del fattorino:

Con il potere della luna. Con le forze dell'oscurità.

Liberate questa anima. Riportate il simile in vita.

Perché versi sangue. Perché abbia vendetta.

Perché sacrifichi i loro discendenti a voi.

Vi prego tutti, in nome del caduto.

Fatelo sorgere. Fateli soffrire!

"Oohh, questo è davvero inquietante", disse Terri, allontanandosi dal tavolo.

"Immagina di notte, con il vento forte e i tuoni", ghignò Jason.

"No!" Terri gli diede uno schiaffo sul braccio. "Mi fai paura!"

Il viso di Richard si illuminò all'improvviso. "Che idea geniale", disse, con enfasi. "Dobbiamo trovare il villaggio da cui viene la storia, e andarci!"

"Perché?" chiese Kelly, accigliata. Vedeva che Richard era fin troppo entusiasta.

Richard mise il libro sul tavolo e alzò le mani in maniera esplicativa, come ad enfatizzare l'importanza di ogni parola che stava per dire.

"Troviamo il villaggio, giusto, andiamo lì e recitiamo il rituale prima di mezzanotte nell'anniversario dell'esecuzione di Montague, e registriamo tutto. Sarà una figata! E farà una figura fantastica nel mio saggio di fine anno!"

Guardò gli altri, in attesa. "Che ne dite?"

Anche se gli altri non arrivavano allo stesso livello di entusiasmo di Richard, dopo aver discusso un po' fra loro, Jason disse che sarebbe stato felice di unirsi a lui. Per quanto Kelly e Terri non erano affascinate dall'idea, dopo un altro po' di vino, furono riluttantemente d'accordo. Kelly e Terri pensarono che, dato che loro quattro avevano già deciso di non tornare a casa per le vacanze, questa piccola avventura probabilmente sarebbe stata meglio che passare il tempo al bar, a guardare gli altri studenti festeggiare vomitando per tutto il campus.

Una volta presa la decisione, Richard riuscì a trovare il villaggio cui si alludeva nella leggenda. Si trovava a diverse miglia da una delle strade "B" nel Wiltshire, e, a quanto aveva stimato, a solo tre ore di macchina dal campus. Kelly si offrì di trovare degli alloggi economici. Riuscì a prenotare un B&B al centro del villaggio, a un tiro di schioppo dal supposto luogo dell'esecuzione. Richard era estatico, quando glielo disse.

Partirono dopo colazione, il 24 dicembre, con un misto di ansia, da parte delle ragazze, e di entusiasmo infantile e bravado, da parte dei ragazzi. Avevano sperato di raggiungere Duneville dopo pranzo ma, a causa di una combinazione di svolte sbagliate, traffico vacanziero e pause toilette - soprattutto perché Jason aveva i postumi della sbronza della sera prima - il loro viaggio fu più lungo di quanto avesse previsto Richard.

Davanti a loro, la strada si allargava, e, entrando in una zona libera, videro il cartello di un benzinaio.

"Questo ci può servire", disse Richard. "Ho dimenticato di fare il pieno prima di partire".

Accostò l'auto dietro una delle due pompe.

Guardarono tutti fuori dal finestrino, verso la baracca diroccata del benzinaio. Era tutto buio, nessun segno di vita dall'interno.

"Fantastico", disse Kelly. "Quanta benzina abbiamo?"

Richard guardò l'indicatore. "Non molta", si voltò a guardare la baracca deserta, spostandosi il cappellino da baseball sulla testa. "Dannazione", mormorò.

"Ne abbiamo abbastanza per arrivare al villaggio?" chiese Jason.

"Spero di sì", rispose Richard.

"Ho fame", si lamentò Terri, dal sedile posteriore. "Quando mangiamo?"

"Hai sempre fame", la prese in giro Jason. "Un giorno o l'altro esploderai perché avrai mangiato troppo".

"Chiudi il becco!" Terri gli diede un pugno sul braccio, forte.

"Ow, mi resterà un livido".

"Ti sta bene, sei stato cattivo". Terri si allontanò da lui sul sedile, e incrociò le braccia. Si voltò a guardare fuori dal finestrino, nella direzione opposta a dove si trovava Jason.

All'improvviso, apparve una faccia al lato della macchina, come se fosse arrivata dal nulla.

Terri strillò e arretrò sul sedile, quasi facendo cadere Jason.

Il vecchio li fissò per un attimo, il viso inespressivo. Era alto, forse intorno ai settant'anni, con ciuffi di capelli bianchi che gli erano arrivati oltre il colletto. Indossava una tuta sbiadita da meccanico sotto un giubbotto invernale imbottito, e aveva un cappello a scacchi sulla testa.

Camminò accanto all'auto fino al finestrino di Richard, e aspettò.

"Be', credo stia aspettando che tu apra il finestrino!" disse Kelly, impaziente.

Richard si voltò verso di lei "Cosa?"

Kelly esalò, esasperata. "Il finestrino, sta aspettando che lo abbassi, così può parlare con te. Non sei a Londra!"

Richard si voltò di nuovo. Il vecchio era ancora lì, in attesa.

Richard armeggiò con la manovella, e riuscì ad abbassare il finestrino.

"Buona sera", disse l'uomo, una volta che fu abbastanza basso da poter parlare. "Posso aiutarvi, ragazzi?"

"Sì", rispose Richard. "Speravamo di poter avere un po' di gas. L'abbiamo quasi finito".

L'uomo guardò Richard, confuso.

Kelly si fece avanti. "Intende benzina", offrì.

Il vecchio guardò il suo ufficio, con il grande cartello "Chiuso" nel mezzo. "Be', ho già chiuso", si voltò di nuovo verso Richard. "Siete disperati?"

"Be', ci aiuterebbe di certo ad assicurarci di non restare a piedi", disse Richard, mettendo le mani a coppa e soffiandoci dentro per combattere l'aria fredda che entrava dal finestrino aperto.

Kelly si sporse sul sedile. "Ci dispiace che sia così tardi, ma apprezzeremmo molto il suo aiuto". Sorrise, per scusarsi.

"Come posso dire di no a un così bel sorriso", ridacchiò il vecchio, tornando alla baracca. "Datemi un minuto". Cercò in tasca le chiavi mentre si incamminava. Una volta trovate, aprì la porta dell'ufficio e accese le luci.

"È stato un colpo di fortuna", disse Jason.

"Pensi venda qualcosa da mangiare?" chiese Terri, sporgendosi fra i sedili.

"Ci risiamo", sospirò Jason.

Lei lo ignorò.

"Ne dubito", rispose Kelly. "Sembra solo un ufficio. Forse ha solo i comandi per le pompe".

"Oh", Terri mise il broncio.

"Possiamo andare a vedere, se vuoi", si offrì Kelly.

"Oh, sì, ti prego", si illuminò Terri, aprendo la portiera prima che Jason potesse fare un altro commento sarcastico.

Kelly aprì la portiera. Rabbrividendo dal freddo, chiuse la zip del giubbotto e raggiunse Terri dall'altro lato dell'auto.

Mentre le due ragazze si avvicinavano alla porta dell'ufficio, il vecchio stava per uscirne.

Terri lo guardò. "Scusi il disturbo, ci stavamo chiedendo se magari vendeva del cibo?"

Il vecchio rise, "Troverete delle caramelle e delle barrette di cioccolato sul bancone, ma temo ci sia solo quello. Non ho molta richiesta, da queste parti".

Le ragazze lo ringraziarono ed entrarono.

L'interno era angusto, ma gli scaffali erano ben progettati e proporzionati. C'erano intere mensole di mappe e stradari. Ordinatamente impilati, c'erano un'unità con lattine di olio, antigelo, sapone per il parabrezza, e un assortimento di tergicristalli di vario tipo.

Mentre Kelly si guardava intorno, Terri andò dritta al banco dei dolci. Fece "oohh" e "aahh" come una scolaretta, mentre ne prendeva a manciate.

"Vacci piano", disse Kelly. "Ci fermeremo presto per cena".

Terri la guardò, timidamente. "Non sono tutte per me", disse, imbarazzata. "Sono per tutti. E poi, è sempre meglio fare rifornimento. Chissà che tipo di cibo ci offriranno al villaggio. Molti posti probabilmente sono chiusi per Natale".

"Be', la proprietaria del B&B mi ha detto che il pub servirà ancora cibo, per cui non dovrebbe essere così male".

Terri mise il bottino sulla cassa, e rovistò in tasca alla ricerca del portafogli, mentre il vecchio tornava con i soldi che Richard gli aveva dato per la benzina. Girò intorno alla cassa e li mise nel cassetto, poi lo chiuse un colpo secco.

Terri aprì il portafogli. "Quanto le devo, per favore?" chiese.

L'uomo osservò la merce, facendo la somma tra sé.

Alla fine, disse: "Sono quattro sterline e ottanta, per chiunque altro", fece una pausa, sorridendo a Terri. "Ma, per una bella ragazza come te, alla Vigilia di Natale... sono gratis!"

Terri batté le palpebre. "Gratis!" balbettò.

L'uomo uscì da dietro il bancone. "Be', tecnicamente, ho chiuso, per oggi, e contato l'incasso. Per cui, possono essere il mio regalo di Natale per te e i tuoi amici", sorrise a Kelly, facendole l'occhiolino.

"Oh, non possiamo!", insisté Kelly. "Non sarebbe giusto".

"Perché no?" disse l'uomo, alzando le mani. "Il Natale è un tempo per donare, e questo è il mio regalo per voi".

"Oh, grazie", trillò Terri, mettendosi già tutto in tasca.

Kelly fece un passo avanti. Alzandosi sulle punte, baciò l'uomo sulla guancia. "È molto gentile", disse. "E buon Natale".

Terri, riempitasi le tasche fino a scoppiare, si sentì obbligata a imitarla. Gettò le braccia intorno al collo dell'uomo, piantandogli un bacio sull'altra guancia. Immediatamente, una zaffata di whiskey e tabacco stantio le assalì le narici. Cercò di non tirarsi indietro quando sentì la sua pelle ruvida e ispida di barba grattare la sua, liscia.

Il vecchio sorrise. "Questi sono due regali di Natale che non dimenticherò presto".

Scortò le ragazze fino all'automobile, aprendo la portiera a Terri, che combatteva con l'incarto della cioccolata. Poi girò intorno all'auto appena in tempo per chiudere lo sportello a Kelly, assicurandosi prima che fosse all'interno dell'auto.

Kelly abbassò il finestrino. "Può dirci quanto siamo lontani dal villaggio di Duneville, per favore?"

Il vecchio aggrottò la fronte. "Duneville... non sono molti a chiedere di quel posto".

"Be', abbiamo prenotato in un B&B lì, per stanotte", disse Kelly.

"Oh", disse l'uomo, ancora accigliato. "Avete parenti lì?"

I quattro si guardarono. Kelly si voltò di nuovo verso di lui. "No, perché? È importante?" chiese, cercando di non sembrare curiosa.

"No, no", disse l'uomo, scuotendo la testa. "È solo un posto strano in cui andare a Natale, tutto qui".

"Perché?" chiese Jason, sporgendosi in avanti. "È per la leggenda del lupo mannaro?" rise, e Richard si unì a lui.

Il vecchio sembrava scioccato alla frivolezza dei ragazzi. Si sfregò il mento con il palmo della mano, e i calli che aveva all'interno delle nocche fecero rumore contro la barba. "Ora, ascoltatemi, giovanotti. Ci sono alcune cose su cui la gente del posto non scherza".

I ragazzi smisero di ridere, sentendosi ammoniti.

Terri alzò gli occhi dalla barretta di cioccolato, ancora masticando. "La gente del posto crede a quella vecchia leggenda?" chiese, la bocca impastata di cioccolato e caramello, asciugandosi le labbra quando sentì un improvviso rivolo di saliva dolce scenderle sul mento.

Per un attimo, l'uomo non rispose. Rimase lì, a fissare il vuoto. Negli alberi sopra di loro, un gufo bubolò, avvertendo della propria presenza.

Il vento si alzò all'improvviso, agitando i capelli del vecchio intorno alle orecchie.

Alla fine, disse: "Ora, so che voi giovani pensate che probabilmente io sia un vecchio pazzo, forse persino un ubriacone. Ma ho vissuto qui tutta la mia vita, e..." gli si spezzò la voce. "Oh, lasciamo perdere", disse, rassegnato. Si voltò e indicò a sinistra. "Andate per quella strada per circa un miglio, dovreste arrivare ad una vecchia chiesa abbandonata. Lì c'è un bivio. Prendete la strada a destra, e andate avanti per circa due miglia, poi dovreste vedere le indicazioni per il villaggio".

Si raddrizzò e si allontanò dal veicolo.

Richard avviò il motore.

Kelly sorrise all'uomo. "Grazie ancora, per tutto", disse.

Il vecchio cercò di sorridere. "È stato un piacere, signorina", rispose, guardando di nuovo nell'auto. "Ora, giovanotti, prendetevi cura di queste ragazze, ve le affido".

"Sarà fatto", ghignò Richard.

"Sicuro", disse Jason, cercando di prendere un pezzo della cioccolata di Terri, prima che potesse portarsela alla bocca.

Mentre si allontanavano, Richard disse, "Cavoli, ma cos'era, *Ai confini della realtà*? Dee, da, dee, dee, da", iniziò a canticchiare la sigla dello show.

Kelly si voltò verso di lui. "Smettila!" lo sgridò. "Era solo un dolce vecchietto inoffensivo".

"Sì", concordò Terri, dal sedile posteriore. "E ci ha dato della cioccolata gratis".

"A te piace chiunque ti dia della cioccolata gratis", rise Jason, mettendosene un pezzo in bocca. "Anche se fosse il lupo mannaro".

"Oh, sta' zitto!" Ritorse Terri, allontanandosi di nuovo da lui.

"Pensateci", disse Richard. "Non è stato strano, che diventasse inquietante, quando abbiamo parlato del villaggio?"

"Non c'è niente di strano", rispose Kelly. "Molti di questi posti sperduti sono un modo a parte".

"Vero", concordò Jason. "Scommetto che non hanno nemmeno il Wi-Fi".

Trovarono la chiesa in rovine, così come aveva detto il vecchio. Da lì, andarono a destra, finché non videro le indicazioni per il villaggio.

Mentre si inoltravano nella foresta, iniziò a calare la nebbia. Richard azionò i fendinebbia, e la luce penetrò la foschia, illuminandogli il sentiero. Quando arrivarono alla loro destinazione, l'intera area era avvolta dalla nebbia, che gettava ombre inquietanti intorno a loro.

Il B&B in cui Kelly aveva prenotato si trovava dal lato opposto del villaggio, e, dato che la loro era l'unica auto in giro, Richard procedette a passo d'uomo.

Superarono il pub del villaggio. Cercando di vedere qualcosa nella nebbia, Jason cercò di leggere il nome sull'insegna di legno appena sulla porta, sospesa da due catene.

"Luna Cattiva", lesse, ad alta voce. "Invitante".

Terri guardò oltre la sua spalla per cercare di vedere il pub. "Sembra inquietante", mormorò, a nessuno in particolare.

"Be', temo che non abbiamo molta scelta, per cena", rispose Kelly. "O andiamo lì, o ci dividiamo il bottino di Terri".

"O torniamo a casa", suggerì Terri.

"Oh, andiamo, non ho fatto tutta questa strada solo per tornare indietro". C'era rabbia nella voce di Richard, e lui non cercò di nasconderla.

"Non volevo dire che dobbiamo farlo", rispose Terri, sulla difensiva. "Solo che c'era un'altra opzione".

"Andiamo, voi due", disse Kelly, cercando di alleggerire l'atmosfera. "Siamo qui, adesso".

L'insegna del B&B apparve nella nebbia, e Richard fermò l'auto fuori dall'entrata. C'era una sola luce accesa alla finestra, attraverso la quale Kelly riusciva a malapena a distinguere la sagoma di una donna seduta ad una scrivania, che guardava qualcosa.

I quattro uscirono dall'auto, e Jason distribuì i bagagli.

Rimasero lì per un attimo, a guardarsi intorno.

Terri rabbrividì, e Jason le mise un braccio intorno alle spalle per confortarla. Lei si rannicchiò contro il suo petto, e lo strinse forte.

"Avanti, soldati", disse Kelly, facendo strada verso l'ingresso principale.

La proprietaria aprì la porta, presentandosi come la signorina James.

Era una donnina bassa e magra di circa cinquant'anni, con i riccioli neri spruzzati di grigio sulle tempie, cosa che aveva ovviamente cercato di nascondere. Indossava una camicia bianca inamidata, infilata in una gonna nera che le aderiva al corpo e arrivava appena sotto il ginocchio. Le calze color carne avevano una striscia larga nella parte posteriore, e la gonna stretta le faceva strofinare mentre camminava. Il suono che ne proveniva si univa al click! click! click! dei tacchi a spillo sul pavimento di pietra, mentre andava dietro la scrivania per registrarli. La zona reception era decorata con gusto in argento e oro, con un albero in un angolo, sotto il quale si trovava una dozzina di regali, incartati con carta dagli stessi colori.

C'era un enorme caminetto ad un'estremità della zona reception, con biglietti di Natale sistemati sulla mensola e, mentre Kelly firmava il registro per loro, gli altri si avvicinarono per approfittare del calore che proveniva dai ceppi scoppiettanti.

Sopra il caminetto, un enorme dipinto ad olio con una cornice dorata zigrinata dominava la parete. Ritraeva un uomo legato a un palo di legno conficcato nel terreno, circondando dalla folla esultante che brandiva forconi e mazze di legno, mentre le fiamme lo avvolgevano. Il viso dell'uomo era una maschera contorta di dolore e terrore. Le mascelle contratte in un ghigno e piene di bava gli sporgevano dal viso, formando un grugno non diverso da quello di un cane, e, dalle zanne bianche e appuntite, colavano larghe gocce di sangue e saliva. Gli occhi gli sporgevano dalle orbite con uno sguardo d'odio e cattiveria, puntati a quelli che lo circondavano e sembravano godere della sua agonia.

Nel vederlo, Terri rabbrividì. "È orribile".

Non si era accolta che Kelly e la signorina James erano accanto a lei.

Quando la signorina James parlò, Terri sobbalzò. "È un dipinto sull'esecuzione del lupo mannaro, Cyrus Montague", disse, in tono piatto. Parlò con una dizione chiara e precisa, che a Terri la fece somigliare alla preside di un collegio privato. "Fu messo al rogo qui, nel villaggio, nel 1192".

"Alla Vigilia di Natale, per di più", si inserì Jason.

La signorina James lo guardò sorpresa. "Oh, quindi conoscete la leggenda?" chiese, alzando un sopracciglio.

"Sì, ho fatto delle ricerche", disse Richard, fiero. "Infatti, la ragione per cui siamo qui, stanotte, è perché sono riuscito a mettere le mani su una copia del rituale nel libro di Montague. Ho intenzione di recitarlo stanotte nella piazza del villaggio. Voglio vedere se riesco a riportarlo indietro per la sua vendetta... OOOHHHH...!" Richard smise di imitare un fantasma quando vide l'espressione corrucciata e le labbra strette della proprietaria del B&B.

Kelly sperò che la cosa lo fermasse dall'aprire quella boccaccia. Sapeva che, per Richard, era tutto un gioco, ma, dalla sua espressione, Kelly seppe che la signorina James non vedeva il lato divertente.

"Faccia attenzione, giovanotto", disse la signorina James, con la sua voce più severa. "Gli abitanti del villaggio non apprezzano che i turisti si prendano gioco della loro storia".

Ci fu un attimo di silenzio, in cui la signorina James tenne gli occhi fissi su Richard, senza battere le palpebre.

Jason decise di rompere il ghiaccio. "Prendete sicuramente molto sul serio le vostre leggende, qui".

La donna si voltò verso di lui. Gli sorrise, ma non rispose. Girando sui tacchi, disse, "Ora, se volete seguirmi, vi mostro le vostre camere".

Kelly sentì di doversi scusare per il comportamento del suo ragazzo - sapeva che, di certo, lui non aveva intenzione di farlo. Richard era troppo egocentrico e vanitoso per rendersi conto di aver passato il segno.

Tuttavia, Kelly non sentiva il bisogno di imbarazzarlo, scusandosi in sua presenza. Decise che l'avrebbe fatto appena se ne fosse presentata l'occasione. Dopo tutto, la signorina James aveva già sgridato Richard, e quello era bastato a placare il suo modo di fare.

Le stanze erano piccole ed essenziali, ma non si erano aspettati molto dal B&B di un villaggio, soprattutto uno così sperduto. Dopo essersi rinfrescati, andarono al pub per cena. Richard mise il suo prezioso incantesimo nella tasca del cappotto, per più tardi. Kelly sorrise tra sé, guardandolo controllare, e poi ricontrollare, che la tasca fosse chiusa.

La nebbia era ancora più fitta, e la sua densità bloccava quasi del tutto la luce della luna. Incrociarono solo una manciata di abitanti per strada, ognuno dei quali emergeva dalle ombre dovute ai grandi inter-valli fra i lampioni, annuendo e sorridendo ai turisti. L'aria era fredda, ma almeno il vento non era più così forte.

Superarono i negozi locali, ora tutti al buio, chiusi per le vacanze.

Le piccole casette di pietra, che costituivano la maggior parte delle abitazioni, erano per lo più buie, con occasionali luci.

Mentre si avvicinavano all'angolo della strada, Kelly vide un segnale di legno, intagliato a forma di freccia, che puntava verso una grande area chiusa da un cancello alla loro sinistra. Si fermò davanti al cartello, cercando di decifrare le parole nella nebbia.

Richard, che era più alto di lei di quasi trenta centimetri, lo lesse per lei. "Il rogo di Cyrus Montague", lesse, ad alta voce. "Wow, pensate che abbiano davvero una targa o qualcosa del genere a segnalare il punto preciso dove è stato bruciato vivo?" Non riusciva a nascondere l'eccitazione nella voce.

"Credo sia possibile", rispose Jason, "perché no. Vogliamo dare un'occhiata?".

Alle sue parole, Terri gemette, guardandolo implorante.

Jason la prese per un braccio. "Andiamo, mangerai fra un minuto, è qui vicino".

Seguirono il cartello, superarono il cancello e, dopo un po', arrivarono ad un pozzo di pietra con il tetto spiovente. Sul lato del pozzo c'era una targa di ottone. Richard prese l'accendino, in modo da poter leggere quello che c'era scritto.

Questa targa indica il punto in cui Cyrus Montague il lupo mannaro ha incontrato la giustizia, il 24 dicembre, anno del Signore 1192.

Possa il Diavolo prendere la sua anima!

"Fiiiiico!" esclamò Richard. "È qui che devo leggere l'incantesimo stanotte; hanno anche segnato il posto per me".

"Dubito sia stato per te!" disse Kelly.

"Hai capito quello che volevo dire. È assolutamente fantastico".

Kelly gemette. Non lo vedeva così eccitato da quando aveva trovato quel portachiavi da collezione della Cadillac su internet. "Oh, be'..." sospirò, guardando gli altri. "Almeno è solo a due passi dal pub".

Andarono al pub "L'uomo in fiamme". A differenza della maggior parte dei pub e dei bar moderni, le vetrate erano opache, per cui al massimo si intravedevano delle ombre dall'interno. Richard entrò per primo, seguito dalle ragazze, con Jason a chiudere la fila.

Mentre si trovavano sull'uscio, a Kelly vennero in mente i vecchi film dell'orrore, dove uno straniero entra nella locanda e la gente del posto smette di parlare e si gira a guardarlo.

C'era poca gente, il che sembrava strano, dato che era la Vigilia di Natale, e quello era l'unico pub del villaggio. Ma Kelly immaginò che non tutti pensassero che andare al pub fosse un modo divertente per celebrare il Natale.

Nel bar non c'era nessuna indicazione che fosse un periodo di festa. Non c'era nessun tipo di decorazione, nemmeno un albero di Natale.

Dietro il bancone c'era una donna di mezza età burbera, con i capelli castano chiaro tirati indietro. Rimase ferma, con una mano su uno spillatore di birra e l'altra sul fianco, ad osservare l'ingresso dei nuovi clienti. Kelly colse il suo sguardo, e sorrise. La donna fece un cenno con la testa, come a dar loro il permesso di restare.

Davanti alla barista, sedevano due uomini dal viso rubizzo, entrambi con indosso giacche da lavoro e pantaloni infilati negli stivali di gomma. Sembravano appena usciti da una fattoria, anche se il loro colorito e il loro atteggiamento fecero pensare a Kelly che avessero passato gran parte della giornata a bere.

Nell'angolo opposto c'erano due coppie che stavano finendo di cenare. Le donne sorrisero a Kelly, quando incontrò il loro sguardo. Gli uomini che erano con loro, sembravano molto più vecchi delle donne e, a prima vista, Kelly sospettò potessero esserne i padri. Ma poi, riflettendoci, vedeva che uno degli uomini aveva la mano, sotto il tavolo, sul ginocchio della donna accanto a lui, e l'altro aveva il braccio intorno alla sedia della sua compagna, e le accarezzava la spalla come avrebbe fatto un amante, più che un genitore.

Il resto della compagnia era formato da tre uomini soli sparsi per la stanza, con delle pinte mezze vuote davanti a loro. E due ragazze, poco più grandi di Kelly e Terri, sedevano su un divano con una bottiglia di vino mezza vuota sul tavolo davanti a loro. Kelly mantenne il sorriso, ma nessuna delle due lo ricambiò.

Dei tavoli disponibili, ce n'era uno con quattro sedie accanto al camino. Scelsero quello come tavolo per la cena. Una volta che si furono seduti, il silenzio venne infranto e i locali tornarono alle loro conversazioni.

Jason rimase in piedi accanto al camino, avvicinando le mani alle fiamme, per poi sfregarsele, prima di sedersi. "Che bello", disse agli altri. Kelly non era sicura di aver colto una nota di sarcasmo nel suo tono o meno, ma decise di concedergli il beneficio del dubbio.

"Almeno è intimo", rispose.

Rimasero seduti per un po', aspettando che qualcuno venisse a prendere il loro ordine. Alla fine, dato che nessuno arrivava, Jason si alzò di nuovo. "Va bene, chi vuole da bere?"

"Vodka e mirtillo, per favore", rispose Terri.

"Io prenderò una pinta di qualcosa del posto, amico", s'inserì Richard. "E tu, tesoro?" chiese, rivolto a Kelly.

"Vino bianco, per favore, Jason", rispose Kelly. "Secco, se ce l'hanno".

"E chiedi qualche menu, già che vai lì", disse Terri, mentre lui andava verso il bancone.

Da dove sedeva, Kelly guardò Jason al banco. Diede l'ordine, poi la barista gli disse qualcosa e lui tornò al tavolo.

"Dice che li porterà lei", disse Jason, sedendosi di nuovo accanto a Terri.

"Hai chiesto del cibo?" chiese lei.

"Sì, non ne servono dopo le sei, non abbiamo avuto fortuna".

"COSA?" strillò Terri, con voce stridula.

Jason non riuscì a restare serio. "Sto scherzando, dice che verrà qualcuno a prendere l'ordine".

"Ohhh, tu!" Terri mise il broncio.

Kelly guardò un uomo grasso e calvo venir fuori dalle porte oscillanti dietro il bancone. La barista gli parlò mentre versava loro da bere. Lui li guardò senza espressione, e poi si girò e scomparve di nuovo nella stanza da cui era uscito.

Quando la barista portò loro da bere, l'uomo riapparve e si unì a lei al loro tavolo. La donna mise i bicchieri sul tavolo, togliendoli uno alla volta dal vassoio d'argento con cui li aveva portati. Lo fece in silenzio, mentre l'uomo aspettava con penna e blocchetto, pronto a prendere l'ordine.

Aspettavano che l'uomo parlasse, ma lui rimase in silenzio.

Si guardarono, e Richard parlò. "Possiamo vedere il menu, per favore?"

L'uomo calvo rise. "Non c'è un menu", disse, burbero. "È tutto qui dentro", si batté la testa con la matita. "Deduco siate tutti mangiatori di carne?"

Annuirono tutti.

"Bene, abbiamo avuto certi vegetariani qui, un paio di mesi fa, tipi strani, per cui devo chiedere. Facciamo una cena a prezzo fisso, dieci sterline, zuppa, piatto principale e dolce".

Kelly guardò gli altri prima di parlare. "Sembra una buon affare", confermò. "Che scelte ci sono?"

L'uomo guardò il soffitto come se dovesse ricordare qualcosa di terribilmente difficile. Dopo qualche secondo, elencò: "Zuppa, pomodori o funghi. Piatto principale: Pasticcio di agnello o di carne, con verdure. Dolce: Crumble di mele con crema pasticcera o panna, o torta di mele con crema pasticcera o panna", si fermò un attimo, controllando di non aver dimenticato niente, prima di continuare. Convinto di aver ricordato tutto, disse, "Allora, che prendete?"

Presi gli ordini, l'uomo calvo si girò per andarsene, quando Jason lo richiamò. "Che ne avete fatto dei vegetariani che sono venuti un po' di tempo fa?"

L'uomo si fermò, si voltò con deliberata lentezza, guardò dritto Jason e, senza sorridere, disse, "Li abbiamo serviti il giorno dopo, con del roast beef e del budino!"

I quattro si guardarono. Jason ridacchiò poco convinto, e Richard pensò di unirsi a lui. Ma quando vide che l'uomo calvo non sorrideva, ci ripensò.

L'uomo aspettò qualche altro secondo in silenzio prima di tornare in cucina.

Concordarono tutti sul fatto che i loro piatti erano estremamente saporiti. Considerando l'atmosfera che i padroni di casa creavano, Kelly si aspettava che fosse tutto fatto al microonde. Ma erano stati tutti molto sorpresi da quanto fosse fresco il cibo, e l'ovvia cura che era stata impiegata nel presentare ogni portata.

Alle undici erano al quarto giro di bevute, e i quattro amici stavano beneficiando del calore interno fornito dai loro drink. Durante la serata, i clienti regolari erano andati e venuti, e, fino a quel momento, loro esclusi, c'erano solo altre tre persone. Erano arrivati insieme circa un'ora prima, e, dato che avevano deciso di sedersi al tavolo accanto al gruppo di Kelly, lei era riuscita a scoprire, dalla loro conversazione, che si trattava di una coppia sposata che era venuta a far visita al padre di lei per Natale.

La coppia sembrava abbastanza amichevole, e aveva sorriso ai quattro amici quando arrivarono. Il vecchio con loro era cieco, o per lo meno ci vedeva molto poco. Portava occhiali scuri, e camminava con un bastone, anche se sembrava avere bisogno del sostegno di sua figlia e del marito per camminare.

Mentre Richard si alzava per prendere un altro giro di drink, la barista iniziò a far suonare una campana di ottone sospesa sul bancone del bar.

"Ultimo giro, prego, signore e signori", urlò con voce tonante, come se il pub fosse grande quanto un campo da calcio e ci fosse gente seduta dal lato opposto.

Jason guardò l'orologio. "Sono solo le undici", disse, perplesso. "Avrei pensato che, a Natale, facessero una proroga".

"Non sembrano avere richiesta", osservò Kelly, guardando le sedie vuote.

Il marito al tavolo accanto si unì a Richard al bar, e Kelly li vide chiacchierare amichevolmente.

All'improvviso, il marito si allontanò da Richard si voltò a guardarlo. Kelly sentì l'atmosfera cambiare, mentre l'uomo alzava le mani e sembrava voler tenere Richard lontano. Richard, per conto suo, si limitò ad alzare le spalle e scuotere la testa. Kelly non riusciva a sentire quello che dicevano, al di sopra di Terri e Jason, ma sentì che qualcosa non andava.

Quando Richard tornò con i bicchieri, l'uomo era ancora al bar. Aspettò che Richard fosse lontano, poi fece un cenno alla barista e iniziò a sussurrarle qualcosa.

Da come la barista guardava il loro tavolo, Kelly sospettò che non ci fossero buone notizie. Aspettò che Richard si sedesse, prima di chiedere, "Che è successo?"

Richard alzò le spalle, "Non lo so, stavo dicendo a quel tizio perché siamo qui, e all'improvviso si è messo sulla difensiva e ha iniziato a dire che la gente del posto non la prenderà bene se ci mettiamo a giocare con cose che non capiamo".

"Quali cose?" chiese Jason, afferrando solo la parte finale della conversazione.

Richard si sporse in avanti e abbassò la voce, non volendo che le persone sedute al tavolo accanto lo sentissero. "Sul rituale", bisbigliò. "Sembrava un tipo a posto finché non ne ho parlato, poi è diventato tutto serio e arrabbiato, come se stessimo progettando di commettere un crimine o qualcosa del genere".

"Forse è così che la vedono quelli del posto", suggerì Kelly. "Dopo tutto, non è un'eredità di cui essere fieri. Generare un lupo mannaro, e poi metterlo al rogo".

Richard sembrava scioccato. "Sì, lo so, ma siamo nel ventunesimo secolo. Montague probabilmente era solo un po' tocco, non crederai mica che fosse davvero un lupo mannaro".

Terri alzò gli occhi dal bicchiere. "Se è così", disse, "che ci facciamo qui?"

Richard alzò la mano in segno di protesta. "Senti", ritorse, "dico solo che sarebbe davvero stravagante essere in grado di dire che eravamo nel posto esatto in cui è stato giustiziato un sospetto lupo mannaro del dodicesimo secolo, e invocato un rituale che lui sosteneva lo avrebbe riportato dal regno dei morti... non credo davvero che tornerà in vita!"

A quel punto, il marito si era riunito al suo grippo, e Kelly lo vide bisbigliare qualcosa al suocero.

Il vecchio girò all'improvviso sulla sedia e urlò "NO!"

I quattro amici sobbalzarono. La donna si chinò verso suo padre, cercando di calmarlo, mentre il marito raddrizzava la sedia del vecchio, assicurandosi che con cadesse, come risultando del movimento violento.

Il vecchio guardò nella direzione dei quattro amici. Dal suo sguardo vagante dietro gli occhiali scuri, Kelly suppose che non potesse vederli chiaramente, se li vedeva, ma che sapeva all'incirca dove erano seduti.

Cercò di alzarsi, ma la figlia glielo impedì. Ma comunque cercò di mettersi in piedi. "Non devono, non devono", continuava a ripetere.

La donna guardò il marito, e annuirono a vicenda. Con quello, l'uomo aiutò il suocero ad alzarsi, e la moglie li raggiunse dal loro lato del tavolo, raggruppando cappotti e sciarpe dalle sedie. Mise il bastone in mano al padre e, insieme, iniziarono a muovere il vecchio verso la porta principale, i loro bicchieri intonsi dimenticati.

I quattro amici li guardarono in silenzio. L'uomo calvo che aveva preso i loro ordini si unì alla collega dietro il banco per vedere cos'era quel baccano.

Kelly si accorse che la barista gli sussurrava qualcosa all'orecchio.

Mentre superava il loro tavolo, il vecchio fece scattare all'improvviso il braccio e afferrò Richard per la spalla. La velocità del gesto colse tutti di sorpresa, inclusi la figlia e il genero. Sua figlia gli afferrò il polso e cercò gentilmente di staccargli la mano da Richard, ma la sua stretta era troppo forte. "Papà, andiamo", cercò di persuaderlo.

Il vecchio guardò Richard direttamente in faccia, gli occhiali scuri riflettevano l'espressione preoccupata di Richard.

"Piano, amico", disse Richard, cercando gentilmente di togliere la spalla dalla mano dell'uomo.

Il vecchio si chinò fino ad avere il viso vicinissimo a quello di Richard. Il riflesso automatico del ragazzo fu di arretrare, ma l'uomo lo teneva fermo. Per quanto fosse vecchio, Richard non riusciva a credere alla forza della sua stretta. L'impulso immediato era di alzarsi e spingerlo via, ma, considerate le circostanze, pensò che sarebbe stato meglio lasciare che fosse la coppia a fare gli onori. Sperava solo facessero in fretta.

Il vecchio iniziò a scuotere Richard per il colletto. "Non dovete farlo", s'infuriò. "La Bestia sorgerà e li riporterà indietro... la Bestia sorgerà e li riporterà indietro!"

Tra di loro, la coppia riuscì finalmente a tirar via il vecchio da Richard. Mentre un po' lo portavano, un po' lo trascinavano via dal pub, lui continuava a urlare a Richard di non liberare la Bestia nel villaggio.

Una volta che se ne furono andati, i quattro amici si rilassarono. Richard si risistemò il colletto e prese un sorso dalla pinta.

"Che diamine è successo?" chiese Jason, alzando il bicchiere. "Non dovrebbero farlo uscire col buio", rise, continuando a bere. Richard si strozzò con la pinta, visto che la battuta lo colse mentre ingoiava.

"Cattivo", disse Terri, scuotendo la testa.

I ragazzi continuarono a ridere.

"Non dovreste fare battute del genere sui nostri amici!" La barista era apparsa accanto a loro senza che se ne accorgessero. Torreggiava sul tavolo, le mani solidamente piantate sui fianchi generosi.

Sia Richard che Jason smisero di ridere. "Ci dispiace", mormorò Jason, imbarazzato, affondando il viso nella pinta. "Non volevamo offenderlo".

La barista non rispose.

Seguì un silenzio imbarazzante, che fece improvvisamente sentire i quattro amici incredibilmente indesiderati.

Alla fine, Kelly parlò. "Va bene", disse, spingendo indietro la sedia. "Credo sia ora di lasciare queste brave persone al loro riposo".

Richard aprì la bocca per protestare sullo spreco di una buona pinta, poi, vedendo che gli altri si alzavano, ci ripensò.

Pagarono il conto e si misero i cappotti, prima di avventurarsi nell'aria notturna.

Lo chef calvo seguì la barista mentre accompagnava le due coppie alla porta.

"Buona notte, e buon Natale", disse Kelly, allegra.

"Sì, buon Natale", si unì Terri.

Il personale del bar non rispose. Rimasero sulla porta con la stessa espressione corrucciata, aspettando che il gruppo lasciasse il cortile.

Quando raggiunsero il cancello, la barista li richiamò. "Dovreste andare a casa. Non vogliamo guai, qui. Soprattutto stanotte".

Gli amici si guardarono, interrogativi, chiedendosi se ci fosse qualche risposta utile in quel momento.

Ma prima che avessero la possibilità di parlare, la porta fu chiusa con forza. Dall'interno, si sentirono diversi chiavistelli pesanti venir chiusi. Poi le luci si spensero.

Fu Jason a rompere l'atmosfera cupa. "È sempre bello sentirsi i benvenuti", disse, scherzando.

"È stato strano", disse Terri.

"Be', chi se ne frega", Richard alzò le spalle. "Abbiamo mangiato e bevuto, ora viene il bello". Si sfregò le mani, con aria vogliosa.

"Sei davvero sicuro di voler andare fino in fondo?" chiese Kelly, infilando le mani nelle tasche del cappotto. "Voglio dire, dopo tutto quello che è successo qui", indicò la locanda buia con un cenno.

Richard sembrò offeso. "Non ho intenzione di lasciare che un gruppo di stramboidi ci rovini la festa", disse, indignato. "E dopo aver fatto tutta questa strada, non me ne vado senza aver pronunciato il rituale. Altrimenti, non ho una fine per la tesi".

"Ok, ok", disse Kelly, cercando di calmarlo. "Era solo un suggerimento".

Terri rabbrividì. "Ooohh, fa freddo", disse, accoccolandosi contro Jason. Lui le mise un braccio intorno alle spalle, e la strinse.

La nebbia era ancora più densa. E portava con sé un freddo gelido che arrivava fino all'osso.

Sopra di loro, la luna piena era nascosta da nuvole galoppanti, illuminando fiocamente il villaggio.

I quattro si incamminarono verso l'area che indicava la dipartita di Montague.

Richard e Jason fecero un tentativo di spavalderia, scherzando sull'idea di riportare in vita il morto, e i soldi che avrebbero potuto fare come suoi agenti con le interviste ai giornali e ai talk show.

Kelly era sicura di poter vedere, con la coda dell'occhio, delle figure nascoste nell'ombra. Ma, dato che gli altri non dicevano nulla, decise di tenerselo per sé.

Mentre si avvicinavano al pozzo con la targa di ottone che indicava il punto preciso, sentirono un tuono lontano.

Il vento si fece più forte attraverso gli alberi, facendo correre sull'erba i resti marroni delle foglie cadute.

I quattro rimasero in silenzio davanti al pozzo.

Un altro tuono rianimò Richard. "Ecco", disse, "ci siamo". Si tolse l'incantesimo di tasca, e lo sollevò per leggerlo.

"Ho paura!" pigolò Terri, stringendosi di più a Jason.

"Non c'è niente di cui preoccuparsi", la rassicurò Jason. "Sono qui a proteggerti".

"E chi proteggerà te, se questa cosa torna in vita?" sussurrò Terri.

"Volete stare zitti?" sbottò Richard. "Sto cercando di concentrarmi".

"Voglio tornare al B&B", gemette Terri. "Questa cosa mi fa venire i brividi".

Richard guardò Jason con un'espressione "non riesci a farla stare zitta?" sul viso.

Jason baciò con dolcezza la fronte di Terri, e la strinse a sé.

"Ne sei sicuro, Richard?" chiese Kelly, sentendo l'ansia nell'aria. "Voglio dire, vale la pena di far arrabbiare la gente del posto, solo per dire che lo hai fatto?"

Richard si voltò verso di lei. "Guarda, se non vuoi restare, vattene", senza aspettare risposta, si voltò verso gli altri. "Vale anche per voi".

Prima che Jason o Terri avessero la possibilità di rispondere, si voltò di nuovo verso il pozzo, dando loro le spalle. "Io lo faccio, da solo o in compagnia, non mi interessa!"

"Ok, ok", disse Kelly. "Se sei convinto, restiamo". Guardò gli altri e alzò gli occhi, esasperata.

Faceva ancora più freddo. Il vento divenne più intenso e portò via alcune nuvole, rivelando la luna piena in tutta la sua gloria.

C'era sicuramente qualcuno, o qualcosa, che si muoveva nelle ombre ai margini del loro campo visivo. Kelly non riusciva a distinguere una sagoma vera e propria, ma, questa volta, era convinta della presenza.

Richard cominciò a ripetere la traduzione.

"Con il potere della luna. Con le forze dell'oscurità..."

Lì!

Kelly vide la prima ombra farsi avanti. Era ancora al buio, ma era sicura che fosse un uomo. Un uomo grosso, con un cappuccio in testa.

Gli altri erano troppo impegnati ad ascoltare Richard per accorgersi del nuovo arrivo.

"Perché versi sangue. Perché abbia vendetta..."

Ora un altro!

Questa volta, un'ombra più piccola, forse una donna, che arrivava dal lato opposto.

Kelly non disse nulla.

Rimase a guardare mentre diverse altre figure emergevano dal limitare degli alberi.

"Vi prego tutti, in nome del caduto..."

Kelly si guardò intorno; ora le ombre erano troppe per poterle contare.

Ognuna di loro rimase visibile, senza muoversi.

Richard finì in modo trionfale.

"Fatelo sorgere... Fateli soffrire!"

Aspettarono, senza muoversi!

Richard trattenne il fiato, come se si aspettasse che l'incantesimo funzionasse davvero e riportasse Montague in vita.

Sentirono il tuono, sempre più forte.

L'unico altro suono fu quello del vento che aumentava d'intensità.

Nessuno di loro si mosse.

"Arrrggghhh!" Lo strillo di Terri infranse il momento!

Il gruppo, risvegliato dalle loro contemplazioni, si voltò a vedere quale fosse il problema.

Terri indicò il gruppo alle loro spalle, al limitare degli alberi.

I ragazzi si voltarono, notando gli intrusi. Guardandosi intorno, si resero conto di essere circondati. Emergevano figure dall'ombra da ogni direzione. Kelly stimò ce ne fossero almeno trenta, se non di più.

Richard e Jason si guardarono, in cerca di risposte. Potevano vedere il panico l'uno negli occhi dell'altro.

Erano troppi!

Sapevano entrambi di non avere possibilità.

Jason mise un braccio protettivo intorno alla sua ragazza. Le lacrime calde di Terri gli finirono sul giubbotto.

Non sapeva cosa volessero gli estranei, ma aveva una mezza idea di cosa volessero gli uomini, e lo sapeva anche lei.

Richard si fece avanti, il viso bagnato di sudore. Rimettendosi il suo prezioso libro in tasca, prese un pezzo di legno da terra e lo tenne nella mano destra come una clava. Sapeva che i suoi sforzi sarebbero stati futili, contro una tale folla, ma sentiva di dover fare qualcosa. Dopo tutto, era colpa sua se erano in quella situazione.

Osservò il gruppo che li circondava. Fece uno sforzo consapevole per controllare la respirazione, cercando disperatamente di non mostrare paura.

Voleva urlare!

Allontanare la folla!

Vedere se poteva fregarli!

Aveva già funzionato una volta, a una partita del Millwall!

Ma c'era più gente qui di quanta non ne avesse mai affrontata prima. Ed erano lontani dalla civiltà, in mezzo al nulla, dove nessuno li avrebbe sentiti, o gli sarebbe importato, se avessero urlato!

E inoltre, sembrava che mezzo villaggio fosse lì!

Richard strinse la clava di legno e fece per parlare.

Prima che avesse la possibilità di dire qualcosa, Kelly lo spinse indietro.

Avvicinandosi a lui, gli mise una mano in tasca e prese il libro.

Glielo agitò davanti. "Sai", disse, sfogliando le pagine. "Se fossi stato diligente nella tua ricerca la metà di quanto sostieni di essere, non saremmo in questa situazione".

Stupito, Richard rimase a guardare. Era stato pronto a rilasciare tutta la sua spacconeria e cercare di allontanare la folla. Ma ora le azioni di Kelly scalfito la sua resistenza.

Kelly trovò la pagina che stava cercando. "Allora, da dove cominciare?" rifletté.

"Che stai facendo?" chiese Richard, a bassa voce, andando verso di lei e prendendola per un polso. "Questi svitati stanno per attaccarci, e tu ti preoccupi delle ricerche che ho fatto su quel libro?"

Kerry sospirò. "No", disse, esasperata, "sono più preoccupata con la mancanza di ricerca, nel tuo caso", prese la traduzione del fattorino. "Per cominciare", iniziò, "quel tizio che ti ha fatto questa non era Rumeno, per questo continuava a cambiare quello che diceva. Ha probabilmente capito che eri disperato, per non dire anche abbastanza credulone da separarti da cinquanta sterline per niente".

Richard si accigliò. Non riusciva a capire perché Kelly sembrasse così preoccupata di cose futili, mentre metà del villaggio era pronto a fargli saltare la testa.

Aprì la bocca per parlare, ma Kelly gli agitò il foglio davanti.

"Quello che Montague ha detto, è stato che, quando un suo parente porterà un discendente di uno degli abitanti del villaggio che lo ha condannato, qui, al villaggio, e recita questo incantesimo, allora sorgerà e avrà la sua vendetta".

Richard aprì e chiuse la bocca senza emettere suono, la mente in fremito.

Jason e Terri si avvicinarono. "Come fai a saperlo?" chiese Jason.

"Non è ovvio?" rispose Kelly. Si voltò verso Richard. "Prima di sprecare soldi a fare ricerche su questo documento, avresti dovuto passare più tempo a fare ricerche sul tuo albero genealogico!"

"Che vuoi dire?" chiese Richard, confuso.

Kerry sospirò. "Vedrai!"

Andò al pozzo.

I tre amici si strinsero mentre la folla si avvicinava. Ora i loro visi erano più distinti. Riconobbero la signorina James. Lo staff del pub era lì, insieme alla coppia che aveva portato via il vecchio.

Terri continuò a guardare, sorpresa e scioccata, riconoscendo il vecchio benzinaio che era stato così gentile con lei. Per un attimo, si sentì di nuovo al sicuro. Abbozzò un mezzo sorriso, sperando in una risposta calorosa. Ma ora il suo sorriso gentile non c'era più, sostituito da un'espressione quasi folle di fame, che la colpì.

Si strinse a Jason, come se il suo corpo potesse farle da scudo.

Da dietro di loro, Kelly iniziò a parlare in una lingua che gli altri non capivano.

Si voltarono tutti verso di lei.

Kelly era rivolta al pozzo, le braccia aperte, il viso alzato alla luna, ora perfettamente visibile e tonda. Nessuno di loro capiva quello che diceva, ma, mentre lei continuava, la folla - che sembrava ricevere istruzioni da lei - si fece più vicina.

Terri si voltò, esaminando le facce. Avevano tutti la testa sollevata, gli occhi rivolti alla luna.

Si sentirono altri tuoni, più vicini.

Mentre Kelly continuava, Jason era certo di sentire la terra sotto i suoi piedi iniziare a tremare. Fece un passo indietro, allontanandosi dagli altri.

Anche Terri si accorse dei tremori. Iniziò a singhiozzare.

Richard, gli occhi ancora fissi sulla sua ragazza, sembrava non essersi accorto di nulla. Guardò con occhi spalancati Kelly che finiva il suo discorso.

Seguì un tuono terrificante, così forte da far sì che Terri strillasse e sobbalzasse, quasi facendo cadere Jason. Poi un fulmine squarciò il cielo, e colpì il pozzo davanti a Kelly.

La terra continuò a tremare, con maggiore violenza.

Dalle profondità del pozzo, cominciò a salire del fumo, che si univa alla foschia per creare una coperta di nebbia che quasi cancellava l'intera struttura.

Kelly si voltò verso i suoi amici e andò verso di loro.

Richard la fissò attraverso la nebbia. Mentre si avvicinava, si accorse che i suoi occhi avevano assunto una sfumatura cristallina. Le pupille, piccole quanto uno spillo, davano l'impressione che lei stesse guardando attraverso di lui, piuttosto che lui.

Mentre si avvicinava, i suoi tratti sembravano alterarsi. Richard non poteva specificare esattamente quali fossero i cambiamenti, ma sembravano avvenire con delicatezza davanti ai suoi occhi. Sembrava quasi di guardarla attraverso un vetro sfocato.

Kelly si fermò davanti ai suoi amici. A Richard sembrava più alta; prima torreggiava su di lei, ma ora poteva quasi guardarla negli occhi. Guardò in basso, per vedere se fosse in piedi su qualcosa, ma la parte inferiore del suo corpo era avvolta dalla nebbia.

Intorno a loro, gli amici potevano sentire la folla fare degli strani mugolii. Alcuni di loro iniziarono a respirare affannosamente, come sotto sforzo. Si fecero avanti, lentamente, con decisione, restringendo il cerchio.

Richard si guardò intorno. Aveva ancora il pezzo di legno stretto in mano. Mentre si avvicinavano, si sentiva sempre meno padrone di sé e più suscettibile di qualsiasi cosa pianificassero di fargli.

Anche Jason e Terri si guardavano intorno, convinti che la loro ora fosse vicina.

Quando Richard guardò di nuovo Kelly, la riconobbe appena!

I suoi occhi erano diventati fessure che si sollevavano alle estremità, la sfumatura penetrante delle sue iridi ancora visibile dietro le lunghe ciglia. La bocca e il naso sembravano sporgere, assottigliando la pelle sugli zigomi alti, rivelando denti piccoli, bianchi e appuntiti. La pelle, da vicino, sembrava essere coperta da ciuffi di pelo, della stessa tonalità dei capelli biondi che ondeggiavano dietro le orecchie, ora appuntite.

Passò la lingua lunga sugli incisivi affilati.

Voltandosi verso Jason, indicò Terri, "Portala via di qui". La sua voce era ancora morbida, ma c'era una sfumatura gutturale che fece gelare il sangue a Richard. "E assicurati che nessuno di voi dica nulla di questo!" li mise in guardia.

Jason guardò da Kelly a Richard, poi di nuovo Kelly.

Voleva parlare, chiedere che cosa stesse succedendo, la sua mente incapace di affrontare la situazione. Ma gli mancarono le parole.

Guardò di nuovo Richard, impotente. Poi tirò con sé Terri verso la folla.

Mentre andavano verso di loro, videro che i volti dei paesani avevano assunto le stesse strane sembianze lupesche di Kelly. Avvicinandosi alla linea di corpi che bloccava loro la strada Jason era sicuro fosse una trappola. Già immaginava la folla che si lanciava su di lui e sulla sua ragazza. Sapeva che non sarebbe riuscito a tenerli lontani. Terri, stretta al suo petto, singhiozzò, come se si fosse già arresa.

Si fermarono a poca distanza dalla folla.

I visi degli abitanti del villaggio erano ostili.

Occhi malevoli fissi su di loro.

Con le zanne snudate, sbavavano al pensiero della carne fresca.

Alcuni di loro alzarono la testa e iniziarono a ululare alla luna.

"Ci siamo!" pensò Jason. Tenne Terri stretta a sé, desiderando, ora, averla abbracciata, aver fatto l'amore più spesso, averle detto quanto fosse speciale e cosa provava davvero per lei!

Attesero quella che parve un'eternità.

Poi, si sentì un ululato più forte alle loro spalle.

Jason si voltò e vide che era Kelly, ora più in forma canina che umana.

La folla iniziò a dividersi, con riluttanza, per far passare i due amanti.

Richard guardò i suoi amici andare via, lasciandolo ad affrontare... cosa!

Guardò la creatura che torreggiava su di lui. Non riusciva a credere che, solo pochi minuti prima, era stata la ragazza con cui pensava, potenzialmente, di passare il resto della sua vita.

Per come stavano le cose, avrebbe passato i suoi ultimi minuti con lei, anche se non aveva pensato sarebbero stati così!

Voltandosi per un attimo, guardò Jason e Terri sparire nella nebbia senza guardarsi indietro. Poteva biasimarli? Sapeva che, nella loro posizione, avrebbe fatto la stessa cosa.

Guardò Kelly, appena in tempo per vedere il pozzo dietro di lei esplodere in una pioggia di malta e mattoni.

Richard si accovacciò per riflesso, coprendosi viso e testa con le braccia per proteggersi dai detriti.

Una volta che i mattoni ebbero finito di piovergli addosso, alzò lo sguardo, alzandosi lentamente.

La creatura che si trovava tra i resti del monumento, era molto più grande di quelle che circondavano il parco. La sua ombra, dovuta alla luna alle sue spalle, avvolta in una luce spettrale, rendeva ancora il suo aspetto ancora più minaccioso.

Anche se era per lo più in ombra e avvolto dalla nebbia, Richard poteva comunque distinguere la forma dell'apparizione mostruosa e, pur non vedendone gli occhi, sapeva che erano puntati su di lui.

Anche da quella distanza, poteva sentirlo respirare. Poteva quasi sentire l'odore fetido del suo respiro, mentre il petto gigantesco si alzava e abbassava, espellendo grosse nuvole di aria gelida.

La lupa che una volta era Kelly chinò la testa, e gli altri nel cerchio fecero lo stesso.

Richard sentì la mazza scivolargli dalle dita. Strinse la presa, realizzando, allo stesso tempo, quanto sarebbe stata inutile, come arma, contro il suo nemico.

Per quanto la sua mente fosse in subbuglio, cercando di venire a patti con la situazione, comprese che la creatura dinanzi a lui doveva essere la forma reincarnata di Montague. E che - stando a quello che gli aveva detto Kelly - era in qualche modo imparentato con i paesani che lo avevano mandato a morte.

Guardando il risultato della metamorfosi di Kelly, non c'era dubbio che anche lei fosse una discendente di Montague.

L'ombra di Montague iniziò a crescere. All'iniziò, Richard pensò che stesse assumendo le sue dimensioni finali... poi si rese conto che stava andando verso di lui!

Istintivamente, Richard arretrò, ma, con uno sguardo rapido alle proprie spalle, vide che la folla era vicinissima, tagliandogli ogni via di fuga.

Si fermò di colpo.

La creatura si avvicinò, in modo lento e minaccioso. Richard poteva sentire i suoi movimenti, il suo respiro sul viso, la sua enormità, che bloccava ogni cosa.

Prima che il lupo mannaro avesse completamente obliterato ogni cosa dalla sua visuale, Richard gettò un ultimo sguardo a Kelly. La lupa lo guardava ma, diversamente dal resto del branco, non c'erano odio o fame sul suo viso canino.

Per un attimo, Richard pensò di vedere una lacrima scenderle dagli occhi.

Poi ci fu un altro tuono.

E Montague andò all'attacco!

RAPINATORE

Stephan aspettò all'ingresso posteriore della stazione. Era sicuramente l'opzione migliore. Sapeva che le telecamere a circuito chiuso erano già state disabilitate. Lui e i suoi compagni ci avevano pensato la notte prima e, col fatto che fosse la Vigilia di Natale, era impossibile che il personale della stazione avrebbe chiamato un tecnico con così poco preavviso.

Questa era una delle ragioni per cui non avevano armeggiato con quelle dell'ingresso principale.

Se avessero staccato anche quelle, allora sarebbe stato più probabile che il personale si sarebbe sentito costretto a fare qualcosa al riguardo. Ma, così, il suo piano aveva funzionato. C'era ancora il cartello che avvisava i passeggeri che la telecamera era fuori uso. Non che a qualcuno sembrasse importare.

Erano tutti troppo impegnati a pensare al pranzo di Natale e ai regali sotto l'albero.

Be', se Stephan non faceva un po' di grana stasera, non ci sarebbe stato nessun pranzo di Natale, per lui.

Suo padre era stato molto eloquente, al riguardo.

Se l'indomani si fosse presentato senza un regalo per la mamma, la nonna e la sorellina, almeno, suo padre gli aveva detto di non farsi nemmeno vedere.

Miserabile bastardo!

A Stephan non era importato molto, quando suo padre lo aveva cacciato di casa. Aveva già un posto dove stare abusivamente fuori città. Aveva conosciuto alcuni dei tizi che stavano lì durante il suo ultimo periodo al riformatorio.

Nessuno dava loro fastidio, e potevano andare e venire a piacimento.

La polizia aveva fatto irruzione un paio di volte, ma non avevano trovato nulla. I tizi che dirigevano il posto erano fin troppo intelligenti.

Tutto quello che veniva portato, era usato subito. Ogni profitto era tenuto in un'altra casa sicura, in modo da non collegare il reato con chi stava nella casa occupata.

Tutto sommato, era comodo.

Ed era perfetto per Stephan, dato che suo padre lo aveva cacciato.

Ma Natale era speciale, persino per lui.

Era l'unico giorno dell'anno che aspettava con impazienza, e non riusciva ad immaginare di superare la giornata senza il pranzo natalizio di sua madre.

Cucinava sempre per un esercito, e suo padre lo aveva minacciato di non farlo entrare se non portava niente.

Stephan era preparato da un paio di giorni. Aveva 50 sterline in tasca, soldi guadagnati dopo aver portato della roba a un tizio dall'altra parte di Londra. Ed era preparato a spendere quei soldi per i regali di cui aveva bisogno.

Ma poi, sulla via del ritorno, si era imbattuto in uno dei suoi vecchi spacciatori, che gli aveva fatto un'offerta troppo buona per rifiutare.

Aveva provato un momentaneo senso di colpa, nel dargli i soldi, che fu subito sostituito dall'euforia quando si infilò l'ago nel braccio e scivolò verso l'oblio.

Ed era pure roba di qualità.

Stephan guardò il successivo gruppo di passeggeri scendere dal treno che era appena arrivato.

Come si aspettava, la maggior parte uscì usando l'entrata principale, ma un paio andarono verso di lui.

Aspettò, nel caso si fermassero al bancomat dall'altro lato della strada.

Non ebbe fortuna!

Stephan sospirò di frustrazione.

Ci voleva troppo! Era lì da più di un'ora, e tra non molto il personale sarebbe probabilmente passato a controllare l'uscita e l'avrebbe visto.

Avrebbe preferito evitare i testimoni!

In quel momento, una vecchietta lo superò con passo incerto.

Non l'aveva vista scendere dal treno. Doveva essere stata dall'altro lato del binario, per questo doveva averci messo così tanto a raggiungere la sua uscita.

Trattenne il fiato mentre la donna aspettava che il semaforo scattasse, prima di attraversare la strada.

Quando si illuminò l'omino verde, attraversò la strada e andò verso il bancomat.

Stephan si raddrizzò.

Era la sua occasione!

Ma poi lei superò il bancomat e continuò lungo la strada.

Stephan quasi urlò dall'angoscia.

Diede un pugno al muro, ferendosi le nocche, ma non gli importava. Iniziava a sentirsi in astinenza, il che peggiorò la situazione.

All'improvviso, la vecchietta girò sui tacchi e si diresse verso il bancomat.

Stephan rimase a guardare trattenendo il fiato.

Si chiese dovesse potesse andare, se non verso il bancomat.

Non c'erano negozi su quel lato della strada, a meno che non stesse per attraversare di nuovo. Ma, in quel caso, c'era solo negozio di liquori aperto, vicino a dove si trovava lui.

Forse la cara vecchina aveva deciso di concedersi una bottiglia di roba buona per il gran giorno.

Vecchia ubriacona!

Be', gliel'avrebbe sgraffignata, senza dubbio; se quella avrebbe dovuto essere la sua unica consolazione, che così fosse.

Gli balzò il cuore in gola quando la vide fermarsi al bancomat!

Aspettò per un momento, nel caso fosse solo una coincidenza che lei si fosse fermata in quel punto preciso. Ma poi la vide prendere il portafogli dalla borsetta e seppe istintivamente che la sua attesa non era stata vana.

Schivando le auto in movimento, Stephan saltò la ringhiera per non dover fare il giro fino al bancomat.

Raggiunse lentamente, senza fare rumore, la vecchietta, e finse di rovistare in cerca della propria carta di credito mentre lei metteva la sua nella macchinetta.

Era troppo bello per essere vero!

Non solo lei non sembrava essersi accorta di lui, ma, guardando al di sopra della sua testa, Stephan poteva vedere i numeri del PIN mentre lei li digitava sulla tastiera.

Stephan si guardò intorno per controllare che non ci fosse nessuno.

A parte qualche auto di passaggio, non sembrava esserci nessun potenziale testimone.

Mentre guardava, con suo grande stupore, vide la donna scegliere un prelievo da 100 sterline.

Soffocò un urlo di gioia, quando le banconote uscirono dalla fessura e la cara vecchina le prese e le piegò nel portafogli, prima di rimetterlo nella borsetta.

Stephan rimase accanto al bancomat per un po', fingendo di usarlo, mentre guardava il suo obiettivo avviarsi lentamente verso il grande complesso di appartamenti all'angolo.

Se viveva lì, allora la sua serata migliorava ad ogni secondo.

Aveva giocato vicino a quegli appartamenti fin da bambino, e conosceva ogni nascondiglio davanti al quale la vecchietta sarebbe dovuta passare per arrivare all'unico ascensore funzionante.

La maggior parte delle luci di sicurezza erano fuori uso, da quanto il consiglio comunale aveva smesso di sostituirle solo perché i bambini della zona potessero romperle di nuovo la sera seguente, quindi quello sarebbe stato un lavoretto facilissimo e, con 100 sterline in tasca, poteva comprare regali per tutti, incluso quel miserabile cretino di suo padre, e avere ancora abbastanza da procurarsi qualcosa tornando a casa.

Stephan aspettò finché la vecchietta non iniziò ad attraversare il parco, prima di seguirla.

Poteva sentire l'adrenalina pompare, mentre si avvicinava.

La vecchietta sembrava più arzilla di quanto avesse inizialmente considerato. Si muoveva piuttosto in fretta, per la sua età, ma non era veloce
quanto lui.

Poi successe qualcosa di incredibile.

Invece di continuare verso gli appartamenti, la vecchietta svoltò e si
incamminò lungo i lotti che facevano da sentieri verso le strade
dall'altro lato della città.

Stephan non riusciva a credere alla sua fortuna. In tutti gli anni in cui
aveva vissuto in quest'area, il consiglio comunale non aveva mai messo
dei lampioni in questo vicolo, nonostante le proteste di chi si rifiutava
di usarlo come scorciatoia al calar del buio.

Guardò la vecchietta prendere la prima svolta dopo le sbarre e sparire
alla sua vista.

Sapeva che lei sarebbe stata completamente camuffata dalle case, ora,
per almeno una trentina di metri, prima di raggiungere la successiva
uscita.

Questo era il suo momento.

Stephan si tastò le tasche, cercando il coltello.

Sarebbe stato fin troppo facile.

Si calò il cappuccio sulla testa e alzò il colletto del maglione sopra la
metà inferiore del viso.

Svoltò l'angolo a passo svelto, e, nel farlo, si trovò faccia a faccia con la
sua vittima designata.

La vecchietta gli stava davanti, girata verso di lui, ma, nella penombra,
non riusciva a vederla in viso.

Preso di sorpresa, Stephan si fermò di colpo a pochi metri da lei.

Aveva ancora il foulard che le aveva visto indossare quando era uscita dalla stazione ma, facendo un passo verso di lei, si rese improvvisamente conto che non era per niente una vecchietta.

Aveva ipotizzato la sua età dal suo portamento e da come camminava, ma, in effetti, probabilmente non era molto più vecchia di lui.

E, ora che poteva vederla meglio in viso, era anche molto bella.

Si tolse il foulard, mostrando i lunghi capelli neri, folti e lucidi, che le ricadevano sulle spalle.

"Ciao", disse, la voce bassa e roca, con una nota molto sexy. "È per me?", indicò il coltello che Stephan stringeva ancora in mano.

Anche se le regole erano, in qualche modo, cambiate, Stephan aveva ancora un lavoro da fare.

Tremando, sollevò il coltello e lo puntò al petto della donna.

Erano così vicini, ora, che la lama era a pochi centimetri da lei, ma, ciononostante, lei fece un altro mezzo passo in avanti.

Mentre si muoveva, le cadde lo scialle, rivelando una spalla nuda e la sommità dell'ampio petto.

Stephan sussultò.

Era così bella e davvero sexy.

Si chiese se sarebbe stato in grado di passare dalla rapina allo stupro.

Lei sarebbe sicuramente valsa lo sforzo.

Prima che avesse la possibilità di decidere, la donna balzò in avanti e gli affondò le zanne nel collo, squarciandogli la gola in un movimento rapido.

Stephan arretrò, la bocca che si apriva e chiudeva senza riuscire a parlare.

Fece cadere il coltello e sollevò la mano vuota fino alla ferita, come per chiuderla.

Ma era inutile, era troppo profonda.

Il sangue gli schizzò fra le dita, colandogli sulla mano e schizzandogli i vestiti.

Mentre barcollava all'indietro, la vampira si tolse i vestiti, rivelando la sua nudità in tutta la sua gloria, prendendolo fra le braccia e prosciugandolo.

POSTFAZIONE

Caro lettore,

Speriamo che leggere *Morte di Natale* ti sia piaciuto. Per favore, prenditi un attimo per lasciare una recensione, anche breve. La tua opinione è molto importante.

Scopri altro di Mark L'estrange su **https://www.nextchapter.pub/ authors/mark-lestrange**

Vuoi sapere se uno dei nostri titoli è gratuito o in sconto per Kindle? Unisciti alla newsletter su http://eepurl.com/bqqB3H

Saluti

Mark L'estrange e il team Next Chapter

SULL'AUTORE

Ho sempre amato i racconti dell'orrore, sia in forma letteraria, film, o raccontati da un bravo narratore. Quando ero piccolo, non sapevo che erano stati scritti dei libri così simili ai film che amavo guardare. I miei nonni - che mi hanno cresciuto - erano estremamente religiosi, e credevano che, se avessi letto qualcosa del genere, sarei finito senz'altro a praticare la stregoneria, l'adorazione del diavolo, il cannibalismo o, peggio ancora, sarei diventato un serial killer.

In quei giorni, i film dell'orrore reputati troppo spaventosi per delle giovani menti venivano trasmessi la sera tardi, troppo tardi perché io potessi restare alzato a guardarli, e, ovviamente, il videoregistratore ancora non era stato inventato, per cui, se vi perdevate il film, poi si doveva aspettare un altro anno, o di più. Per cui, è stato per lo più grazie a mia cugina Maria, più grande di me, che mi è stato permesso di vedere Dracula, Frankenstein, L'Uomo Lupo, e Il Mostro della Laguna Nera. Ogni volta che Maria restava dai nonni, riusciva a convincere la nonna a farmi restare sveglio, promettendo che, se il film fosse stato troppo spaventoso, mi avrebbe messo a letto - cosa che non ha mai fatto.

Il mio vero amore per la narrativa dell'orrore è iniziato con i vecchi libri horror Pan, una serie antologica che è durata a lungo, durante gli anni della mia formazione. Da lì, sono passato ai romanzi completi, e sono diventato un grande fan di autori come: James Herber, Guy N. Smith, Shaun Hutson e, più tardi, Stephen King e Richard Laymon. Era così semplice immergersi nei loro mondi di mostri, demoni, creature giganti e cose che si muovevano di notte.

Per anni, un buon romanzo dell'orrore mi ha fatto da compagnia costante. Anche quando ero all'università, un buon libro o film dell'orrore era il modo perfetto per rilassarsi dopo lo studio e aver arrancato nelle secche delle leggi antiche.

Anche se è vero che negli anni i miei gusti letterari si sono diversificati, esplorando altri generi, mi ritrovo sempre automaticamente attirato verso un buona trama horror.

Negli anni ho scritto diversi racconti brevi a tema horror per amici e colleghi, e ho provato a scrivere il mio primo romanzo quasi vent'anni fa, quando ancora si dovevano fisicamente inviare fogli battuti a macchina ad un potenziale editore, che venivano generalmente restituiti - nel mio caso - senza essere letti, con pagine strappate e sgualcite per l'incuria dell'ufficio smistamenti.

Per via della famiglia, del lavoro, etc, i miei sogni di scrittura sono stati messi in un cassetto fino all'anno scorso, quando mi sono finalmente deciso a darmi come obiettivo il completamente di un romanzo nel giro di un anno. Scrivendo per lo più la sera e nei finesettimana (e riscrivendo più di una volta), sono finalmente riuscito nel mio intento. Nemmeno in quel momento avrei mai immaginato che qualcosa di mio venisse pubblicato, e che qualcosa che avevo immaginato potesse essere condiviso con lettori in tutto il mondo.

Non vedo l'ora di imbarcarmi nel mio viaggio con Creativia, e spero che sarà lungo e pieno di successo, e che mi dia la possibilità di espandere il mio pubblico di lettori e collegarmi con persone come me, e a cui, come me, piace un po' di spavento.